T0026415

BESTSELLER

Biblioteca

MARIAN KEYES

Mi karma y yo

Traducción de
Matuca Fernández de Villavicencio

DEBOLS!LLO

Papel certificado por el Forest Stewardship Council®

MIXTO
Papel procedente de
fuentes responsables
FSC® C117695
www.fsc.org

Penguin
Random House
Grupo Editorial

Título original: *The Woman Who Stole My Life*

Primera edición con esta presentación: febrero de 2023

© 2014, Marian Keyes
© 2015, 2023, Penguin Random House Grupo Editorial, S. A. U.
Travessera de Gràcia, 47-49. 08021 Barcelona
© 2015, Matuca Fernández de Villavicencio, por la traducción
Diseño de la cubierta: Penguin Random House Grupo Editorial / Marta Pardina
Fotografía de la cubierta: © Gemma Correll

Printed in Spain – Impreso en España

ISBN: 978-84-663-7088-2
Depósito legal: B-21.538-2022

Compuesto en Revertext, S. L.
Impreso en Novoprint
Sant Andreu de la Barca (Barcelona)

P 37 0 8 8 A

Para Tony

Quiero dejar clara una cosa —no importa lo que hayas oído por ahí, y estoy segura de que has oído de todo—: yo no niego la existencia del Karma. Puede que exista y puede que no. ¿Cómo voy a saberlo? Lo único que estoy haciendo es dar mi versión de los hechos.

No obstante, si el Karma existe debo decir en su favor que posee una fantástica maquinaria publicitaria. Todos sabemos cómo funciona: el Karma lleva un gigantesco libro mayor en el cielo, donde anota todas las buenas obras hechas por cada ser humano, y más adelante en la vida —el momento lo elige él (el Karma es reservado en eso, juega con las cartas pegadas al pecho)— reembolsa esa buena obra. A veces hasta con intereses.

Así que creemos que si patrocinamos a unos jóvenes para que escalen una montaña a fin de recaudar fondos para el hospital de enfermos terminales del barrio o le cambiamos el pañal a nuestra sobrina cuando antes preferiríamos pegarnos un tiro en la cabeza, en algún momento futuro nos sucederá algo bueno. Y cuando efectivamente algo bueno nos sucede, decimos: «Ah, seguro que ha sido mi viejo amigo el Karma, que me está recompensando por aquella buena obra. ¡Gracias, Karma!».

El Karma posee una ristra de reconocimientos larga como el Amazonas, aunque en realidad sospecho que ha estado practicando la versión conceptual de repantigarse en el sofá en calzoncillos viendo *Sky Sports*.

Echemos un vistazo al Karma «en acción».

Cuatro años y medio atrás iba al volante de mi coche (un Hyundai todoterreno sencillito). Estaba avanzando en un tráfico lento pero fluido cuando vislumbré, más adelante, un coche que intentaba salir de una calle secundaria. Dos detalles me revelaron que el hombre llevaba un rato tratando de salir de esa calle. El primero: estaba inclinado sobre el volante en actitud de frustración cansina, implorante. El segundo: conducía un Range Rover, y por el mero hecho de conducir un Range Rover todo el mundo seguramente pensaba: «Ja, no pienso dejar salir al chuleta ese del Range Rover».

Así que yo pensé: «Ja, no pienso dejar salir al chuleta ese del Range Rover». Luego pensé —todo esto estaba sucediendo muy deprisa porque, como he dicho, el tráfico era lento pero fluido—: «Ni hablar, le dejaré salir, será —quédate con estas palabras— "buen karma"».

De modo que reduje la velocidad e hice luces para indicar al chuleta del Range Rover que podía salir; el tipo esbozó una sonrisa cansada y empezó a avanzar y, yo estaba experimentando ya una dulce sensación de beatitud y preguntándome qué maravillosa recompensa cósmica recibiría cuando el coche de detrás, que no se esperaba que yo redujera para dejar pasar al Range Rover —dado que era un Range Rover—, se estrelló contra la parte trasera de mi coche y me impulsó hacia delante con tanta fuerza que fui a empotrarme contra el costado del Range Rover (el término técnico de dicha maniobra es «impacto lateral»), y de repente tuvo lugar un idilio amoroso entre tres coches. Salvo que ahí, como es lógico, había de todo menos amor.

Para mí todo el suceso transcurrió a cámara lenta. En cuanto el vehículo de atrás empezó a espachurrarse contra el mío el tiempo casi se detuvo. Yo podía notar las ruedas de mi coche avanzando sin que yo se lo ordenara. Tenía mis ojos clavados en los del hombre que conducía el Range Rover, paralizados ambos por el espanto, unidos por la extraña intimidad de saber que nos disponíamos a hacernos daño mutuamente y que éramos incapaces de evitarlo.

Entonces llegó el terrible instante en que mi coche finalmente golpeó el suyo: el sonido del metal retorciéndose, el estallido de cristales, la violencia sísmica del impacto...

...seguido de silencio. Solo duró un segundo, pero un segundo que se me antojó una eternidad. Aturdidos y anonadados, el hombre y yo nos miramos. Lo tenía a solo unos centímetros: el impacto nos había desplazado de tal manera que nuestros coches estaban prácticamente el uno al lado del otro. Su ventanilla se había roto, y en sus cabellos pequeños fragmentos de vidrio titilaban y proyectaban una luz plateada del mismo color que sus ojos. Parecía aún más harto que cuando estaba aguardando a que le dejaran salir de la calle secundaria.

«¿Estás vivo?», le pregunté mentalmente.

«Sí —respondió—. ¿Y tú?»

«Sí.»

La puerta del pasajero de mi coche se abrió de golpe y el hechizo se rompió.

—¿Está bien? —preguntó alguien—. ¿Puede salir?

Con las piernas temblando, me arrastré hasta la portezuela abierta y cuando ya estaba fuera y apoyada en un muro vi que el Hombre Range Rover también había conseguido salir. Comprobé, aliviada, que caminaba erguido, por lo que, de tenerlas, sus heridas probablemente eran leves.

Como caído del cielo, un hombrecillo corrió hacia mí mientras aullaba:

—¿Qué demonios hace? ¡Ese Range Rover es nuevo! —Era el conductor del tercer coche, el que había provocado el accidente—. Esto me costará una fortuna. ¡Es un coche completamente nuevo! ¡Todavía no le han puesto ni las matrículas!

—Pero...

El Hombre Range Rover se interpuso entre nosotros.

—Basta, tranquilícese.

—¡Pero es un coche nuevo!

—Sus gritos no cambiarán eso.

Los bramidos cesaron.

—Trataba de hacer una buena obra al dejarle pasar —dije al Hombre Range Rover.

—No se preocupe.

De pronto me di cuenta de que estaba muy enfadado y al instante le hice la radiografía: uno de esos hombres guapos y consentidos, con su coche caro y un abrigo elegante y la expectativa de que la vida le trataría bien.

—Al menos nadie se ha hecho daño —dije.

El Hombre Range Rover se limpió una mancha de sangre de la frente.

—Sí. Nadie se ha hecho daño…

—Mucho, quiero decir…

—Lo sé. —Suspiró—. ¿Está bien?

—Sí —respondí fríamente. No quería que se preocupara por mí.

—Disculpe si he estado un poco… ya sabe. He tenido un mal día.

—Ya.

La situación a nuestro alrededor era caótica. El tráfico estaba parado en ambos sentidos, transeúntes «serviciales» ofrecían versiones contradictorias y el hombre gritón empezó a gritar otra vez.

Una persona amable me ayudó a sentarme en el escalón de un portal mientras esperábamos a la policía y otra persona amable me dio una bolsa de caramelos.

—Necesita azúcar —dijo—. Ha sufrido un shock.

La policía llegó enseguida y procedió a redirigir el tráfico y tomar declaraciones. Hombre Gritón gritaba mucho y me apuntaba todo el rato con el dedo, Hombre Range Rover hablaba con calma y yo los observaba a ambos como si estuviera viendo una película. «Ahí está mi coche —pensé vagamente—. Hecho polvo. Siniestro total. Es un milagro que haya salido ilesa de él.»

Hombre Gritón era el causante del accidente y su seguro tendría que aflojar la pasta, pero no me daría lo suficiente para sustituir mi coche por otro porque las aseguradoras siempre pagaban menos del valor real. Ryan se pondría furioso —aunque el trabajo le iba bien, siempre estábamos al borde de la quiebra—, pero ya me preocuparía de eso más tarde. Por el momento estaba bastante contenta comiendo caramelos en el escalón.

¡Un momento! Hombre Range Rover estaba acercándose a mí a grandes zancadas con el abrigo abierto ondeando al viento.

—¿Cómo se encuentra? —me preguntó.

—De maravilla. —Porque era cierto. El shock, la adrenalina, lo que fuera.

—¿Puede darme su teléfono?

Me reí en su cara.

—¡No! —¿Qué clase de pervertido era ese que intentaba ligar con mujeres en la escena de un accidente?—. ¡Además, estoy casada!

—Para el seguro…

—Oh. —«Qué vergüenza, qué vergüenza»—. Vale.

Y ahora examinemos el resultado kármico de mi buena obra: tres coches dañados, una frente herida, agresividad a mansalva, gritos, subidas de tensión arterial, preocupación económica y gran, gran humillación, de esa que te pone de color granate. Malo, todo muy malo.

YO

Viernes, 30 de mayo

14.49

Si ahora mismo levantaras la vista hacia mi ventana seguro que pensarías: «Mira a esa mujer. Mira lo recta que se sienta a su mesa. Mira con qué diligencia sus manos están posadas en el teclado. Es evidente que está trabajando con ahínco… Un momento… ¿Es Stella Sweeney? ¿De nuevo en Irlanda? ¿Escribiendo otro libro? ¡Tenía entendido que estaba acabada!».

Sí, soy Stella Sweeney. Sí, estoy (para mi gran decepción, pero no entraremos en eso ahora) de nuevo en Irlanda. Sí, estoy escribiendo otro libro. Sí, estoy acabada.

Pero no por mucho tiempo. Desde luego que no. Porque estoy trabajando. ¿No me ves aquí, sentada a mi mesa? Sí, estoy trabajando.

Bueno, en realidad no. Hacer ver que estás trabajando no es lo mismo que estar trabajando. No he tecleado una sola palabra. No se me ocurre nada que decir.

Una pequeña sonrisa juguetea en mis labios, no obstante. Por si acaso estás mirando. La fama tiene ese efecto en las personas. Has de mostrarte sonriente y agradable en todo momento si no quieres que la gente diga: «Se le ha subido la fama a la cabeza. Y mira que nunca fue nada del otro mundo».

Tendré que ponerme cortinas, me digo. Soy incapaz de estar todo el día con la sonrisa puesta. Me duele la cara de tanto sonreír y solo llevo aquí sentada quince minutos. Doce, en realidad. ¡Qué despacio pasa el tiempo!

Tecleo una palabra. «Joder.» Piedras sobre mi propio tejado, lo sé, pero sienta bien escribir algo.

—Empieza por el principio —me había dicho Phyllis aquel espantoso día, dos meses atrás, en su despacho de Nueva York—. Haz una presentación. Recuérdale a la gente quién eres.

—¿Ya lo han olvidado?

—Por supuesto.

Phyllis nunca me había caído bien; era una criatura aterradora, como un pequeño bulldog. Pero no tenía que caerme bien; era mi agente, no mi amiga.

El día que la conocí agitó mi libro en el aire y dijo:

—Podríamos llegar muy lejos con esto. Quítate cinco kilos de encima y seré tu agente.

Eliminé los carbohidratos y bajé dos kilos y medio de los cinco acordados. Hecho esto, nos reunimos y la convencí para que aceptara tres y medio y el compromiso por mi parte de llevar faja cada vez que saliera en la tele.

Y Phyllis tenía razón: llegamos muy lejos con ese libro. Muy lejos hacia arriba, luego muy lejos hacia los lados, luego muy lejos hacia abajo. Tan abajo que aquí estoy ahora, sentada frente a un escritorio en mi casita de Ferrytown, el barrio de las afueras de Dublín del que creía haber escapado para siempre, intentando escribir otro libro.

Vale, escribiré una presentación.

Nombre: Stella Sweeney.
Edad: cuarenta y un años y cuarto.
Estatura: media.
Pelo: largo, rizado, tirando a rubio.
Acontecimientos recientes en su vida: dramáticos.

No, no funcionará, es demasiado fría. Tiene que ser más coloquial, más efusiva.

¡Hola a todos! Soy Stella Sweeney. La esbelta Stella Sweeney de treinta y ocho años. Sé que no necesitáis que os recuerde quién soy pero, por si las moscas, yo escribí el edificante libro de éxito internacional *Guiño a guiño*. Incluso salí en programas de entrevistas. Hicieron que me dejase la piel en varias giras de promoción por treinta y cuatro ciudades estadounidenses (si cuentas Minneapolis-Saint Paul como dos lugares). Volé en un avión privado (una vez). Era todo fantástico, sencillamente fantástico, excepto las partes que eran horribles. ¡Estaba viviendo el gran sueño! Excepto cuando no lo estaba viviendo… Pero la rueda de la fortuna volvió a girar y ahora mis circunstancias son muy diferentes, más modestas. Adaptarme al último giro que ha dado mi vida ha sido doloroso pero a la larga gratificante. Inspirada por mi nueva sabiduría, por no mencionar el hecho de que estoy sin blanca…

No, no conviene mencionar que estoy sin blanca, mejor lo borro… Pulso la tecla «suprimir» hasta que toda mención de dinero ha desaparecido y sigo tecleando.

Inspirada por mi nueva sabiduría, estoy intentando escribir otro libro. Ignoro de qué va, pero confío en que si lanzo suficientes palabras sobre la pantalla consiga tejer algo. ¡Algo más edificante aún que *Guiño a guiño*!

Estupendo. Eso servirá. Vale, puede que la penúltima frase necesite unos retoques, pero básicamente me he desbloqueado. Buen trabajo. Como premio, echaré un vistazo a Twitter…

Alucinante la facilidad con que se te pueden ir tres horas sin darte cuenta. Emerjo mareada de mi agujero de Twitter para descubrir que sigo frente a mi mesa, en mi diminuto «despacho» (esto es, la habitación de invitados) de mi vieja casa de Ferrytown. En Twitterlandia estábamos manteniendo una charla animada sobre el hecho de que al fin había llegado el verano. Cada vez que la conversación empezaba a decaer entraba alguien nuevo y reavivaba el debate. Hemos hablado de autobronceadores, de la lechuga romana, de los pies impresentables… Ha sido fantástico. ¡FANTÁSTICO!

¡Me siento tan bien! Recuerdo haber leído en algún lugar que las sustancias químicas que segrega el cerebro en una sesión prolongada de Twitter se asemejan a las que produce la cocaína.

Mi burbuja estalla de forma inesperada y me enfrento a los hechos exentos de polvos mágicos: hoy he escrito diez frases. No es suficiente.

Voy a ponerme a trabajar. Voy a ponerme. Voy a ponerme. Si no lo hago tendré que castigarme desconectando internet de este ordenador…

¿Oigo llegar a Jeffrey?

¡Sí! Entra pegando un portazo y soltando su condenada esterilla de yoga en el suelo del recibidor. Puedo sentir cada movimiento que hace esa esterilla. Siempre soy consciente de su presencia, como ocurre cuando odias algo. Ella también me odia. Es como si estuviéramos en una lucha por poseer a Jeffrey.

Salto de la silla para decirle «hola» a pesar de que Jeffrey me odia casi tanto como su esterilla de yoga. Lleva siglos odiándome. Cinco años, más o menos, desde el instante en que cumplió los trece.

En aquel entonces yo creía que la adolescencia de las chicas era una auténtica pesadilla y que los chicos se volvían mudos durante esa fase. Pero la adolescencia de Betsy no estuvo mal, mientras que la de Jeffrey ha estado llena de… en fin… de ansiedad. Debo reconocer que, al tenerme a mí de madre, su vida ha sido como una montaña rusa, tanto es así que a los quince años pidió ser dado en adopción.

Sin embargo, estoy encantada de poder dejar de fingir durante un rato que estoy trabajando y bajo las escaleras corriendo.

—¡Cariño! —Trato de actuar como si la hostilidad entre nosotros no existiera.

Ahí está, con su metro ochenta y dos de estatura, flaco como un fideo y con una nuez grande como una magdalena. Igualito que su padre a esa edad.

Hoy percibo una dosis extra de animosidad.

—¿Qué pasa? —pregunto.

Sin mirarme dice:

—Córtate el pelo.

—¿Por qué?

—Eres demasiado mayor para llevarlo tan largo.

—¿De qué estás hablando?

—Por detrás pareces… diferente.

Le sonsaco la historia. Por lo visto esta mañana estaba en la «urbe» con uno de sus amigos de yoga. El amigo me vio de espaldas delante del Pound Shop y empezó a hacer ruiditos de admiración. Jeffrey empalideció y dijo: «Es mi madre. Tiene cuarenta y un años y cuarto».

Deduzco que la experiencia fue un duro golpe para ambos.

Quizá debería sentirme halagada, pero ya sé que si se me ve de espaldas no estoy mal. De frente, en cambio, es otra historia. Poseo esa extraña constitución en la que todo el peso que gano va a parar directamente a mi estómago. Ya de adolescente, cuando a las demás chicas les obsesionaba el tamaño de sus traseros y el ancho de sus muslos, yo observaba angustiada mi panza. Sabía que existía la posibilidad de que se rebelara, y mi vida ha sido una larga batalla para contenerla.

Jeffrey balancea una bolsa de pimientos delante de mi cara con lo que únicamente puede definirse como animadversión. («Me amenazó con un pimiento, señoría.») Suspiro por dentro. Sé lo que viene ahora. Quiere cocinar. Otra vez. Es una afición reciente y cree, contra toda evidencia, que se le da muy bien. Mientras busca su huequecito en el mundo, combina ingredientes que nada tienen que ver y me hace comer el resultado. Estofado de conejo y mango, eso cenamos anoche.

—Hoy hago yo la cena. —Me clava la mirada, esperando que me eche a llorar.

—Qué bien —respondo animadamente.

Eso significa que cenaremos a medianoche. Menos mal que tengo un alijo de galletas PIM'S en mi habitación, tan grande que casi ocupa una pared entera.

19.41

Entro de puntillas en la cocina y me encuentro a Jeffrey mirando inmóvil una lata de piña como si esta fuera un tablero de ajedrez y él un gran maestro planeando su siguiente jugada.

—Jeffrey…

Quedamente, dice:

—Estoy concentrándome. O mejor dicho, estaba.

—¿Tengo tiempo de ir a ver a los abuelos antes de cenar?

¿Ves lo que he hecho? No he dicho: «¿A qué hora me darás de cenar?». No he puesto el énfasis en mí sino en sus abuelos, lo que con un poco de suerte ablandará su enfadado corazón.

—No lo sé.

—Solo estaré fuera una hora.

—La cena ya estará lista para entonces.

Mentira. Me está reteniendo. En algún momento tendré que enfrentarme a esta guerra pasivo-agresiva, pero ahora mismo me siento tan derrotada por mi día inútil y mi vida inútil que no soy capaz.

—Vale…

—No entres en la cocina mientras estoy trabajando, por favor.

Regreso arriba y me entran ganas de tuitear «#Trabajando# Un cuerno», pero algunos amigos de Jeffrey me siguen en Twitter. Además, cada vez que envío un tuit le recuerdo a la gente que ya no soy nadie y que ha llegado la hora de dejar de seguirme. Es un hecho mensurable que pongo a prueba de vez en cuando, por si acaso no me siento ya lo bastante perdedora.

Reconozco que nunca fui Lady Gaga con sus millones y millones de seguidores, pero, a mi modesta manera, en su momento tuve cierta presencia en Twitter.

Puesto que se me ha negado una salida a mi pesimismo, saco un ladrillo de mi pared de PIM'S, me tumbo en la cama y engullo un número ingente de los pequeños discos de dichoso chocolate y naranja. Tantos que no puedo decir cuántos porque he tomado la decisión deliberada de no contarlos. Pero muchos. No te quepa duda.

Mañana será diferente, pienso. Mañana tiene que ser diferente. Escribiré mucho, produciré mucho, y no habrá PIM'S. No seré una mujer que yace tumbada en la cama con el pecho cubierto de esponjosas migas de galleta.

Hora y media después —sigo siendo una mujer sin cenar—, oigo la portezuela de un coche y luego a alguien que sube raudamente por nuestro caminito de entrada. En esta casa de cartón no solo oyes sino que notas todo lo que ocurre en un radio de cincuenta metros.

—Papá está aquí. —Percibo una nota de alarma en la voz de Jeffrey—. Parece un poco loco.

El timbre empieza a sonar insistentemente. Corro escaleras abajo, abro y ahí está Ryan. Jeffrey tiene razón: parece un poco loco.

Pasa por mi lado, irrumpe en el recibidor y con un entusiasmo que raya en la demencia dice:

—Stella, Jeffrey, ¡tengo una noticia fantástica!

Deja que te hable de Ryan, mi ex marido. Probablemente él explicaría las cosas de otro modo, y es libre de hacerlo, pero como esta es mi historia, tendrás mi versión.

Empezamos a salir cuando yo tenía diecinueve años y él veintiuno y la idea de ser pintor. Como Ryan era muy bueno dibujando perros y yo no sabía nada de arte, pensaba que poseía un gran talento. Fue admitido en una facultad donde, para consternación de ambos, no se desveló como el artista revelación de su generación. Teníamos largas conversaciones hasta altas horas de la madrugada, en las que él me contaba lo cretinos que eran sus profesores y yo le acariciaba las manos y asentía.

Cuatro años después se graduó con una nota mediocre y empezó a pintar como medio de subsistencia. Pero nadie compraba sus cuadros, de modo que decidió que la pintura se había acabado para él. Probó suerte en diferentes campos —cine, graffiti, periquitos disecados—, pero pasó un año y nada de eso despegó. Hombre en el fondo pragmático, Ryan se enfrentó a la realidad:

no quería ser pobre toda su vida. No estaba hecho para pasar hambre en una buhardilla, al parecer la especialidad de la mayoría de los artistas. Además, tenía una esposa (yo) y una hija, Betsy. Necesitaba conseguir un trabajo. Pero no un trabajo cualquiera. Pese a todo, seguía siendo un artista.

En torno a esa época la hermana glamurosa de mi padre, la tía Jeanette, heredó un dinero y decidió gastárselo en algo que había deseado desde niña: un hermoso cuarto de baño. Quería algo —dicho con un delicado ademán de la mano— «fabuloso». El pobre marido de Jeanette, tío Peter, que se había pasado los últimos veinte años esforzándose por proporcionar a su mujer el glamour que ella tanto ansiaba, preguntó:

—¿Qué quieres decir con «fabuloso»?

Jeanette, en realidad, no lo sabía.

—Pues eso, fabuloso.

Peter (más tarde se lo confesaría a mi padre) creyó que iba a echarse a llorar y que nunca podría parar, pero entonces tuvo una idea brillante que lo salvó de tal humillación.

—¿Por qué no le pedimos a Stella que pregunte a Ryan? —dijo—. Es un artista.

A Ryan le sentó como un cuerno que le pidieran consejo sobre un proyecto tan prosaico y me ordenó que le dijera a la tía Jeanette que podía irse al carajo, que él era un artista y que los artistas no «malgastaban su talento» pensando dónde colocar un lavamanos. Pero yo odio los enfrentamientos y temía provocar una escisión familiar, de modo que expresé la negativa de Ryan en términos un tanto vagos. Tan vagos que nos llegó a casa un cargamento de catálogos de cuartos de baño para que Ryan les echara un vistazo.

Permanecieron sobre nuestra pequeña mesa de la cocina más de una semana. De tanto en tanto yo cogía uno y decía: «Ostras, es precioso» o «¿Has visto esto? ¡Qué imaginativo!».

Verás, yo estaba manteniendo a nuestra pequeña familia a flote trabajando de esteticista y habría agradecido que Ryan se decidiera a traer algo de dinero a casa. Pero él se negaba a morder el anzuelo. Hasta que una noche empezó a ojear los catálogos y de repente se enganchó. Agarró papel y lápiz y un segundo después estaba aplicándose con brío.

—Si quiere un cuarto de baño fabuloso —farfulló—, tendrá un cuarto de baño fabuloso.

Se pasó las siguientes semanas trabajando en el diseño, buscando en *Buy and Sell* (eran tiempos pre-eBay) durante horas y saltando de la cama en plena noche con su mente de artista hirviendo de ideas artísticas.

La noticia sobre la diligencia de Ryan empezó a correr por mi familia. Estaban impresionados. Mi padre, que nunca había sido fan de Ryan, comenzó a cambiar de opinión, aunque de mala gana, respecto a él. Dejó de decir:

—¿Ryan Sweeny, artista? ¡Artista del escaqueo!

El resultado —y todos estaban de acuerdo, incluso papá, hombre escéptico de clase obrera— fue, efectivamente, fabuloso: Ryan había creado un mini Studio 54. Como había nacido en Dublín en 1971, no había tenido el privilegio de visitar la emblemática discoteca, por lo que tuvo que basar su diseño en fotografías y testimonios anecdóticos. Incluso escribió a Bianca Jagger. (Esta no le contestó, pero eso da una idea de hasta dónde estaba dispuesto a llegar.)

En cuanto ponías un pie en el cuarto de baño el suelo se iluminaba y el «Love to Love You, Baby» de Donna Summer empezaba a sonar bajito. La luz natural había sido desterrada y reemplazada por una iluminación ambiental dorada. Los armarios —y había la tira porque tía Jeanette tenía infinidad de potingues— estaban cubiertos de purpurina. Y la *Marilyn* de Warhol aparecía recreada en un mosaico de ocho mil azulejos diminutos que ocupaban una pared entera. La bañera tenía forma de huevo y era negra. El retrete se hallaba aparte, en un adorable cubículo lacado también en negro. La zona de maquillaje tenía bombillas tipo camerino suficientes para alumbrar Ferrytown (Jeanette había especificado que quería una iluminación «brutal»; estaba orgullosa de su habilidad para mezclar bases y correctores pero no podía hacerlo con una luz tenue).

Cuando, en un último gesto solemne, Ryan colgó una bola

brillante en el techo, mi marido supo que su obra maestra estaba terminada.

Podría haber pecado de hortera, estaba a un milímetro de resultar una cursilada, pero era —como estaba estipulado en las instrucciones— «fabuloso». Tía Jeanette extendió invitaciones a toda la familia y amigos para la Gran Inauguración, a la que había que ir vestido con ropa disco. A modo de pequeña broma, Ryan compró en la tienda de alimentos naturales de Ferrytown una bolsa de treinta gramos de fenogreco en polvo y lo dividió en varias rayas sobre el elegante lavamanos. A todos les pareció la monda. (Salvo a papá. «Las drogas no tienen ninguna gracia, aunque sean de mentira.»)

El ambiente era festivo; todos, jóvenes y viejos, con su indumentaria disco, apretujados y bailando sobre el pequeño suelo parpadeante. Yo, encantada de que a) se hubiera evitado una escisión familiar y b) que Ryan hubiera hecho un trabajo remunerado, probablemente era la persona más feliz allí. Vestía un pantalón vintage de pata de elefante Pucci y un blusón a juego que había encontrado en la tienda de segunda mano del barrio y lavado siete veces, y una colega peluquera me había hecho una onda a lo Farrah Fawcett a cambio de una manicura.

—Estás muy guapa —me dijo Ryan.

—Tú también estás muy guapo —respondí, contenta a más no poder.

Y lo decía en serio, porque, la verdad sea dicha, convertirse de repente en un artista remunerado añadiría lustre hasta al más corriente de los hombres. (Con eso no estoy diciendo que Ryan fuera corriente. Si se hubiera lavado el pelo más a menudo, habría sido un peligro.) En resumidas cuentas, fue un día dichoso.

De repente Ryan tenía una profesión. No la que habría deseado, pero por lo menos una profesión que se le daba muy bien. Tras su aclamado Studio 54 optó por algo muy diferente: creó un cuarto de baño que era un rincón de paz estilo selvático en tonos verdosos. Mosaicos de árboles cubrían tres paredes y helechos auténticos trepaban por la cuarta. La ventana fue sustituida por un cristal verde y la banda sonora era canto de pájaros. Antes de mostrar su obra al cliente, Ryan esparció piñas por toda la estancia. (Su plan original había sido conseguir una ardilla, pero aunque Caleb, su electricista, y Drugi, su albañil, se habían tirado casi toda una mañana en el bosque Crone agitando nueces y gritando: «¡ven, ardillita, ven!», no lograron cazar ninguna.)

Pisando los talones al cuarto de baño selvático llegó el proyecto que iba a valerle a Ryan su primera cobertura en una revista: el Joyero, un paraíso de espejos, azulejos Swarovski y papel de pared (resistente al agua) efecto terciopelo de color granate. Los tiradores de los armarios eran de cristal de Bohemia y la bañera de vidrio con motas plateadas, y una lámpara de araña de Murano pendía del techo. La banda sonora (la música se estaba convirtiendo en la Ventana Diferencial de Ryan) era «La danza del Hada del Azúcar», y cada vez que abrías los grifos una pequeña bailarina mecánica daba gráciles vueltas.

Trabajando con un reducido equipo de confianza, Ryan Sweeney se convirtió en el hombre al que recurrir para un cuarto de baño sorprendente. Era imaginativo, meticuloso e increíblemente caro.

La vida nos sonreía. Tuvimos algún que otro contratiempo: cuando Betsy contaba tres meses me quedé embarazada de Jeffrey. Pero, gracias al éxito de Ryan, pudimos comprar una casa de obra nueva con tres dormitorios, lo bastante grande para los cuatro.

El tiempo pasó y Ryan siguió ganando dinero, creando cuartos de baño preciosos y haciendo feliz a la gente, sobre todo a las mujeres. Al término de cada proyecto el cliente exclamaba: «¡Eres un artista, Ryan!». Lo decía en serio, y Ryan lo sabía, pero era el tipo de artista equivocado: él quería ser Damien Hirst. Quería tener fama y renombre, quería que la gente de los programas de debate nocturnos sobre arte discutiera a gritos sobre él, quería que algunos dijeran que era un fraude. Bueno, en realidad no. Quería que todo el mundo dijera que era un genio, pero los mejores genios generaban polémica, de modo que estaba dispuesto a soportar que de vez en cuando hablaran pestes de él.

Todo iba bien hasta que un día de 2010 le sobrevino una tragedia. Para ser más exactos, la tragedia me sobrevino a mí, pero los artistas, incluso los frustrados, tienen la costumbre de hacer que todo gire a su alrededor. La tragedia, que duró lo suyo, no nos unió, porque la vida no es un culebrón. De hecho, la tragedia nos llevó a Ryan y a mí a la separación.

Casi inmediatamente después empezaron a ocurrirme cosas extrañas y excitantes a las cuales ya llegaremos. Por ahora solo necesitas saber que Betsy, Jeffrey y yo nos fuimos a vivir a Nueva York.

Ryan se quedó en Dublín, en la casa que habíamos comprado como inversión a comienzos del nuevo milenio, cuando todo el mundo en Irlanda estaba invirtiendo su futuro en segundas propiedades. (Yo me quedé con nuestra primera vivienda tras el divorcio. Incluso cuando vivía en un dúplex de diez habitaciones en el Upper West Side me aferré a ella; nunca creí que mis nuevas circunstancias fueran a durar. Yo siempre vivía con el miedo de volver a ser pobre.)

Ryan salía con chicas; en cuanto empezó a lavarse el pelo con asiduidad nunca le faltó compañía. Tenía su profesión, un buen coche y una moto. No carecía de nada. Y sin embargo nunca estaba satisfecho. A veces esa lacerante sensación de no tener suficiente desaparecía, pero siempre volvía.

Y ahora aquí está, en mi recibidor con los ojos desorbitados mientras Jeffrey y yo lo miramos con preocupación.

—¡Ha ocurrido! ¡Por fin ha ocurrido! —exclama Ryan—. ¡Mi gran idea artística!

—Pasa y siéntate —digo—. Jeffrey, pon la tetera.

Sin dejar de hablar, Ryan me sigue hasta la sala mientras me cuenta lo sucedido.

—Empezó hará un año…

Nos sentamos el uno frente al otro mientras él me describe su gran descubrimiento. Una idea brillante había comenzado a fraguarse en lo más hondo de su ser y había ascendido hasta su conciencia en el transcurso de un año. Lo visitaba de manera vaga en sus sueños, durante milésimas de segundo entre un pensamiento y otro, y esta tarde finalmente salió a la luz. Había necesitado veinte años de trabajar sin descanso con sanitarios italianos para que el genio que llevaba dentro floreciera, pero finalmente lo había hecho.

—¿Y? —le insto.

—Lo llamaré Proyecto Karma: voy a regalar todo lo que tengo, absolutamente todo. Mis CD, mi ropa, mi dinero. Todos los televisores, hasta el último grano de arroz, hasta la última fotografía de las vacaciones. El coche, la moto, la casa…

Jeffrey se lo está mirando con cara de asco.

—Hay que ser capullo.

Dicho sea en su honor, Jeffrey parece odiar a Ryan tanto como a mí. Digamos que es equitativo en su odio. Podría hacer esas cosas que hacen algunos hijos de padres separados, como poner a estos en contra o fingir que tienen un favorito, pero la verdad es que costaría adivinar a quién de nosotros dos odia más.

—¡No tendrás dónde vivir! —señala Jeffrey.

—¡Falso! —A Ryan le brillan los ojos (pero es el brillo equivocado, un brillo que da miedo)—. El karma se ocupará de mi bienestar.

—¿Y si no lo hace?

Estoy empezando a inquietarme. Yo no confío en el karma, ya no. Tiempo atrás me ocurrió una cosa muy, muy mala. Como resultado de esa cosa muy mala me sucedió una cosa muy, muy buena. En aquel momento yo era una gran creyente del karma. Sin embargo, como resultado de esa cosa muy, muy buena me ocurrió una cosa muy mala. Y otra cosa mala. Actualmente mi ciclo kármico me debe un ascenso pero este no acaba de llegar. La verdad es que estoy hasta el gorro del karma.

Y desde el punto de vista práctico, temo que si Ryan no tiene dinero me vea obligada a ayudarle cuando casi no tengo ni para mí.

—Voy a demostrar que el karma existe —dice Ryan—. Estoy creando el Arte Espiritual.

—¿Puedo quedarme con tu casa? —pregunta Jeffrey.

Ryan parece sorprendido. No ha tenido en cuenta semejante petición.

—Eh, no. No. —Su determinación crece conforme habla—. Decididamente no. Si te la diera, parecería que no estoy haciendo esto de verdad.

—¿Puedo quedarme con tu coche?

—No.

—¿Puedo quedarme con algo?

—No.

—Que te jodan.

—Jeffrey —le riño.

Ryan está tan entusiasmado que apenas repara en el desprecio de su hijo.

—Escribiré un blog sobre la experiencia día a día, segundo a segundo. Será un triunfo artístico.

—Creo que ya se ha hecho. —El recuerdo de algo, en algún lugar, titila.

—No lo hagas —me advierte Ryan—. Stella, no intentes chafármelo. Tú ya tuviste tu momento de gloria, deja que yo tenga el mío.

—Pero…

—No, Stella. —Está prácticamente gritando—. Soy yo quien tendría que haberse hecho famoso. Era mi destino, no el tuyo. ¡Tú eres la mujer que me robó mi vida!

Se trata de un tema recurrente; Ryan lo saca casi a diario.

Jeffrey está cliqueando a toda pastilla en su móvil.

—Ya se ha hecho. Salen la tira. Escuchad esto: «El hombre que regaló todo lo que tenía». Aquí hay otro: «Un millonario austríaco planea dar todo su dinero y sus bienes».

—Ryan —digo con suavidad para no provocarle otro arrebato—, ¿crees que podrías estar… deprimido?

—¿Parezco deprimido?

—Pareces fuera de tus cabales.

Antes de que hable ya sé lo que va a decir: «Nunca he estado tanto en mis cabales». Mi predicción se cumple.

—Necesito que me ayudes, Stella —suplica—. Necesito publicidad.

—Siempre sales en alguna revista.

—Revistas de interiorismo —espeta con desdén—. No sirven. Tú tienes contactos con los medios de comunicación dominantes.

—Ya no.

—Claro que sí. Todavía te aprecian. Aunque todo se haya ido al garete.

—¿Cómo piensas ganar dinero con eso? —pregunta Jeffrey.

—La finalidad del arte no es ganar dinero.

Jeffrey farfulla algo. Pillo la palabra «imbécil».

Cuando Ryan se ha ido, Jeffrey y yo nos miramos.

—Di algo —dice Jeffrey.

—No lo hará.

—¿Tú crees?

—Sí.

22.00

Jeffrey y yo estamos sentados delante de la tele comiendo nuestro estofado de pimientos, piña y salchichas. Yo estoy esforzándome por digerir unos cuantos bocados —estas cenas de Jeffrey cuentan como Castigo Cruel e Insólito— y Jeffrey tiene la cara pegada al móvil. De repente dice:

—Hostia.

Es la primera palabra que cruzamos en un rato.

—¿Qué?

—Papá. Ha emitido una Declaración de Intenciones... y... —cliqueando a toda velocidad— ha colgado su primer blog de vídeo. Y ha comenzado una cuenta atrás hasta el Día Cero. De aquí a dos lunes. Diez días.

El Proyecto Karma está en marcha.

«Sigue respirando.»

Extracto de *Guiño a guiño*

Deja que te hable de la tragedia que me sobrevino hace casi cuatro años. Ahí estaba yo, con treinta y siete años y madre de una chica de quince y de un chico de catorce y esposa de un diseñador de cuartos de baño de éxito pero insatisfecho desde el punto de vista creativo. Yo trabajaba con mi hermana menor, Karen (pero en realidad *para* mi hermana menor, Karen), y era una persona de lo más normal —la vida tenía sus altibajos pero nada fuera del otro mundo— cuando una noche empecé a notar un hormigueo en las yemas de los dedos de la mano izquierda. Para cuando me acosté el hormigueo se había extendido a la mano derecha. El hecho de que me pareciera agradable, como si tuviera polvo cósmico explotando debajo de la piel, quizá sea un indicador de lo insulsa que era mi vida.

En algún momento durante la noche me desperté y noté que me hormigueaban los pies. Qué placer, pensé medio dormida, polvo cósmico también en los pies. Puede que por la mañana me despertara con todo el cuerpo hormigueando. Eso sí sería un gustazo, ¿verdad?

Cuando el despertador sonó a las siete estaba hecha polvo, pero eso no tenía nada de extraño. Cada mañana me despertaba hecha polvo; después de todo, era una persona de lo más normal. Sin embargo, el cansancio de esa mañana era diferente: era un cansancio denso, pesado, hecho de plomo.

—Arriba —dije a Ryan antes de bajar a la cocina a trompicones (y mirando atrás es muy probable que fuera realmente a trompicones) y proceder a poner teteras y plantar cajas de cereales en la mesa. A continuación subí a despertar (o sea, a gritar) a mis hijos.

Regresé a la cocina y bebí un sorbo de té, pero para mi sorpresa tenía un sabor extraño, como metálico. Lancé una mirada acusadora a la tetera de acero inoxidable: sin duda trocitos de acero se habían colado en mi té. Había sido una gran amiga todos estos años, ¿por qué se había vuelto de forma tan repentina contra mí?

Le lancé otra mirada dolida y me puse con la tostada especial de Jeffrey, que no era otra cosa que una tostada sin mantequilla —le daba grima la mantequilla, decía que era viscosa—, pero me notaba las manos torpes, como dormidas, y el agradable hormigueo había cesado.

Tomé un sorbo de zumo de naranja y un segundo después lo escupí y solté un alarido.

—¿Qué ocurre?

Ryan había aparecido. Nunca estaba de buen humor por las mañanas. Tampoco estaba de buen humor por las noches, ahora que lo pienso. Puede que estuviera de un humor excelente durante el día, pero yo nunca lo veía a esas horas, de modo que no puedo opinar.

—El zumo de naranja —dije—. Me ha quemado.

—¿Te ha quemado? Es zumo de naranja, está frío.

—Me ha quemado la lengua. La boca.

—¿Por qué hablas así?

—¿Cómo?

—Como… como si tuvieras la lengua hinchada. —Cogió mi vaso, bebió un sorbo y dijo—: A este zumo no le pasa nada.

Bebí otro sorbo. Volvió a quemarme la boca.

Jeffrey se materializó a mi lado y dijo en tono acusador:

—¿Has puesto mantequilla en mi tostada?

—No.

Jugábamos a eso cada mañana.

—Le has puesto mantequilla —dijo—. No puedo comérmela.

—Como quieras.

Me miró con cara de pasmo.

—Dale dinero —ordené a Ryan.

—¿Por qué?

—Para que pueda comprarse algo de desayuno.

Sorprendido, Ryan sacó un billete de cinco y Jeffrey, igual de sorprendido, lo agarró.

—Me voy —dijo Ryan.

—Adiós. Bien, chicos, coged vuestras cosas.

Normalmente hacía un repaso de una lista larga como mi brazo de todas las actividades extraescolares de mis hijos —natación, hockey, rugby, la orquesta del colegio—, pero ese día no me molesté. Como era de esperar, cuando llevábamos diez minutos en el coche Jeffrey dijo:

—Me he dejado el banjo.

No tenía intención de dar la vuelta.

—No te preocupes —dije—. Por un día no pasa nada.

Un silencio de estupefacción inundó el coche.

En la puerta del colegio docenas de adolescentes cosmopolitas privilegiados estaban entrando en tropel. El hecho de que Betsy y Jeffrey fueran alumnos del Quartley Daily, un colegio laico de pago que aspiraba a educar al «niño en su conjunto», constituía una de las principales fuentes de orgullo de mi vida. Mi placer inconfesable era verlos entrar con sus uniformes, los dos altos y un tanto desgarbados, los rizos rubios de Betsy columpiándose en una coleta y los mechones morenos de Jeffrey apuntando hacia arriba. Siempre me detenía unos instantes para ver cómo se mezclaban con los demás chicos (algunos de ellos hijos de diplomáticos; la bombilla de mi orgullo ganaba intensidad en ese momento, aunque, como es lógico, me abstenía de comentarlo; la única persona a la que se lo había confesado era a Ryan). Pero ese día no me quedé. Solo podía pensar en mi casa, donde esperaba poder echar una cabezada antes de ir al trabajo.

En cuanto crucé la puerta me asaltó una debilidad tan poderosa que tuve que tumbarme en el suelo del recibidor. Con la mejilla aplastada contra los fríos tablones, comprendí que no podría ir a trabajar. Probablemente era el primer día de baja de toda mi vida. Incluso con resaca, siempre había aparecido; la ética laboral formaba parte de mí.

Llamé a Karen. Mis dedos a duras penas podían sostener el teléfono.

—Tengo la gripe —dije.

—No tienes la gripe —replicó—. La gente dice que tiene la gripe cuando solo tiene un catarro. Créeme, si tuvieras la gripe, lo sabrías todo sobre ella.

—Lo sé todo sobre ella —insistí—. Tengo la gripe.

—¿Hablas así de raro para que te crea?

—En serio, tengo la gripe.

—¿Gripe en la lengua?

—Estoy enferma, Karen, te lo juro por Dios. Iré a trabajar mañana.

Me arrastré escaleras arriba, trepé agradecida a la cama, me puse la alarma del móvil a las tres y me quedé profundamente dormida.

Desperté desorientada y con la boca seca, y cuando bebí agua no pude tragar. Concentré toda mi energía en despabilar —he ahí lo que pasa cuando echas una siesta en mitad del día— y en tragar el agua que tenía en la boca, pero fue imposible: no podía tragar. Tuve que escupirla en el vaso.

Entonces comprobé que tampoco sin agua en la boca podía tragar. Los músculos de mi garganta no respondían. Procurando ignorar mi creciente pánico, me concentré en ellos, pero nada sucedió. No podía tragar, realmente no podía tragar.

Asustada, llamé a Ryan.

—Algo malo me pasa. No puedo tragar.

—Tómate un Strepsil y un Panadol.

—No estoy diciendo que me duele la garganta. Estoy diciendo que no puedo tragar.

Parecía desconcertado.

—Todo el mundo puede tragar.

—Yo no. No me funciona la garganta.

—Tienes la voz rara.

—¿Puedes venir a casa?

—Estoy en una obra en Carlow. Tardaré un par de horas. ¿Por qué no vas al médico?

—Vale, hasta luego.

Intenté entonces levantarme y las piernas no me respondieron.

Para mi consuelo, cuando Ryan llegó a casa y vio el estado en que me encontraba se mostró contrito.

—No era consciente de... ¿Puedes caminar?

—No.

—¿Y sigues sin poder tragar? Joder. Creo que deberíamos pedir una ambulancia. ¿Pedimos una ambulancia?

—Sí.

—¿En serio? ¿Tan grave es?

—¿Cómo voy a saberlo? Puede.

Al rato llegó una ambulancia con unos hombres que me ataron a una camilla. Al abandonar el dormitorio sentí una punzada de pena, como si algo me dijera que iba a tardar mucho, mucho tiempo en volver a verlo.

Betsy, Jeffrey y mamá, que estaban en la puerta de la calle mudos y asustados, me observaban mientras me metían en la furgoneta.

—Supongo que volveremos tarde —les dijo Ryan—. Ya sabéis cómo funciona urgencias. Es probable que nos hagan esperar varias horas.

Pero yo era un caso prioritario. No había pasado ni una hora desde mi llegada cuando un médico se acercó y dijo:

—¿Qué tiene? ¿Debilidad muscular?

—Sí. —Mi capacidad de habla se había deteriorado tanto que la palabra salió como un gruñido gangoso.

—Habla bien —me pidió Ryan.

—Lo intento.

—¿No puede hacerlo mejor? —El médico parecía interesado.

Quise negar con la cabeza y descubrí que no podía.

—¿Puede cogerlo? —El médico me tendió un bolígrafo.

Nos quedamos mirando cómo se escurría por mis torpes dedos.

—¿Y con la otra mano? ¿Tampoco? ¿Puede levantar el brazo? ¿Doblar el pie? ¿Mover los dedos? ¿No?

—Claro que puedes —me dijo Ryan—. Sí puede —repitió, pero el médico se había dado la vuelta para hablar con otra persona de bata blanca.

Pillé las expresiones «parálisis galopante» y «función respiratoria».

—¿Qué tiene? —Había pánico en la voz de Ryan.

—Es pronto para saberlo, pero todos los músculos están dejando de funcionar.

—¿Puede usted hacer algo? —suplicó Ryan.

El médico estaba siendo arrastrado hacia el extremo de la sala debido a alguna urgencia.

—¡Vuelva! —le ordenó Ryan—. No puede soltarnos eso y luego…

—Perdone. —Una enfermera empujando una barra instó a Ryan a apartarse de su camino. Volviéndose hacia mí, dijo—: Voy a conectarle el gotero. Si no puede tragar acabará deshidratándose.

Su búsqueda de una vena me dolió, pero no tanto como lo que hizo después: sondarme.

—¿Por qué? —pregunté.

—Porque no puede ir al baño sola. Y por si los riñones dejan de funcionar.

—¿Me voy… me voy a morir?

—¿Qué? ¿Qué está diciendo? No, por supuesto que no.

—¿Cómo lo sabe? ¿Por qué hablo de esta forma tan rara?

—¿Qué?

Otra enfermera llegó empujando una máquina con ruedas y me puso una mascarilla.

—Respire, señora, solo quiero medir su… —Observó unos números amarillos en la pantalla—. He dicho que respire.

Estaba respirando. Bueno, al menos eso intentaba.

Para mi sorpresa, la mujer empezó a vociferar códigos y números y de repente me encontré cruzando como una flecha salas y pasillos sobre una cama con ruedas en dirección a cuidados intensivos. Todo estaba sucediendo muy deprisa. Quería preguntar qué pasaba, pero de mi boca no salía sonido alguno. Ryan corría a mi lado tratando de descifrar el lenguaje médico.

—Creo que son tus pulmones —dijo—. Creo que están dejando de funcionar. Respira, Stella. ¡Por lo que más quieras, respira! ¡Hazlo por los chicos si no quieres hacerlo por mí!

Justo cuando mis pulmones se rendían me abrieron un agujero en la garganta —una traqueotomía— y me metieron un tubo y lo conectaron a un respirador artificial.

Me instalaron en una cama de la unidad de cuidados intensivos con incontables tubos entrando y saliendo de mi cuerpo. Podía ver y oír, y sabía qué me estaba ocurriendo exactamente. Pero, con excepción de los párpados, no podía moverme. No podía tragar, ni hablar, ni hacer pipí, ni respirar. Cuando los últimos vestigios de movimiento abandonaron mis manos, ya no tuve forma de comunicarme.

Estaba enterrada viva en mi propio cuerpo.

¿A que no está mal como tragedia?

Sábado, 31 de mayo

6.00

Es sábado pero mi despertador suena a las seis. He acordado conmigo misma una rutina de escritura: cada día me levantaré temprano, haré mis «abluciones» con agua fría y seré disciplinada como un monje. La diligencia será mi lema. Pero estoy hecha polvo. Anoche, la noticia de que Ryan pensaba seguir adelante con su insensato proyecto hizo que no empezara mi Rutina de Persuasión del Sueño hasta pasadas las doce.

Durante la mayor parte de mi vida adulta el sueño ha sido una criatura tímida e impredecible a la que debo demostrar cuánto deseo su presencia antes de que se digne aparecer. Le demuestro mi amor de infinitas maneras: bebo una infusión de menta, como yogur, me trago un puñado de Kalms, me doy un baño con aceite de sándalo, rocío mi almohada con lavanda, leo algo muy aburrido y escucho un CD de canto de ballenas.

A la una de la madrugada seguía dando vueltas y finalmente —sabe Dios la hora que era— me dormí y soñé con el Ned Mount de la tele. Nos encontrábamos en un lugar con sol, puede que en Wicklow. Estábamos sentados a una mesa de picnic y él se empeñaba en regalarme una caja grande que contenía un filtro de agua. «Acéptalo, por favor —decía—. Yo no lo uso. Solo bebo Evian.»

Yo sabía que no era cierto que solo bebiera Evian, que lo decía porque quería que me quedara con el filtro de agua. Su generosidad me conmovía aun cuando Ned había conseguido el filtro gratis, obsequio de una empresa de publicidad.

Ahora son las seis y se supone que he de levantarme, pero

estoy demasiado cansada, así que vuelvo a dormirme y me despierto a las nueve menos cuarto.

En la cocina, Jeffrey me observa con silenciosa desaprobación mientras me preparo un café y vuelco muesli en un cuenco. Sí, en el fondo yo también sé que el muesli no es más que muchos trocitos de galleta con algún que otro arándano o avellana «saludable». Pero está indicado oficialmente como «Alimento de Desayuno», por tanto tengo derecho a comérmelo sin remordimiento.

Subo corriendo a mi cuarto para huir del juicio de mi hijo, agarro el iPad, regreso a la cama y busco a Ryan. No ha publicado ningún post desde anoche. Gracias a Dios. Pero sigue horrorizándome.

El vídeo de su Declaración de Intenciones me recuerda al de un terrorista suicida: el discurso ensayado, el fervor; incluso parece un terrorista suicida con sus ojos castaños, su pelo oscuro y la barba cuidada. «Me llamo Ryan Sweeney y soy artista espiritual. Vosotros y yo estamos a punto de embarcarnos en una aventura única. Voy a regalar todo lo que tengo. ¡Absolutamente todo! Juntos observaremos cómo el universo se ocupa de mi bienestar. ¡Proyecto Karma!» Hasta levanta un puño. Trago saliva. Solo nos falta un *Allahu Akbar*.

Lo veo cuatro veces y pienso «Menudo idiota».

Pero el vídeo solo ha recibido doce visitas, todas ellas de Jeffrey y mías. Nadie más ha reparado en él. Puede que Ryan cambie de opinión. Pronto. Antes de que sea demasiado tarde. Puede que este vídeo sea retirado de un momento a otro. Puede que todo este asunto se quede en nada…

Estoy pensando en llamar a Ryan, pero a decir verdad prefiero vivir con la esperanza. Hasta no hace mucho ignoraba que poseyera semejante talento para la negación. Dedico unos instantes a echarme flores: tengo talento, pero qué mucho talento.

Ya que estoy conectada, decido ver cómo le van las cosas a Gilda; un par de clics es cuanto preciso. No obstante, consigo frenarme y mentalmente pronuncio para ella el mantra: «Que estés bien, que seas feliz, que estés libre de sufrimiento».

Bien, hora de tomarme la píldora. Las probabilidades de que

me quede embarazada en estos momentos son inexistentes, pero solo tengo cuarenta y un años y cuarto y todavía soy fértil.

¡Dios, más vale que me ponga a trabajar!

Salto de la cama y me preparo para hacer mis «abluciones»; hacer las «abluciones» suena mucho más admirable que darse una «ducha». No quiero hacer mis abluciones —ni darme una ducha— pero es importante mantener ciertos hábitos. No puedo poner ropa sobre mi cuerpo sin haber hecho primero mis abluciones, sencillamente no puedo. Sería el principio del fin. Además, mientras no compre cortinas no puedo sentarme a mi mesa en pijama para que me vean los transeúntes curiosos.

Hago mis abluciones con agua fría, porque Jeffrey ya se ha duchado y me ha dejado sin agua caliente.

¡Por Dios, mi ropa! En uno de sus numerosos intentos de herirme, Jeffrey ha decidido ponerse sus propias lavadoras —lo cual debo decir que no me resulta en absoluto hiriente—, pero se ha propuesto incluir inadvertidamente algunas de mis cosas y las ha secado demasiado, tanto que ahora están tiesas como el cartón. Y las ha encogido. Me enfundo un tejano pero el botón no me abrocha.

Pruebo un segundo tejano y se repite la historia. Tendré que aguantarme por el momento. Mi otro tejano está en la cesta de la ropa sucia, y más vale que me asegure de que Jeffrey no le ponga las manos encima.

Me siento a mi mesa, planto una pequeña sonrisa en mis labios y leo las palabras edificantes que leeré cada mañana hasta que el libro esté escrito. Son de Phyllis, mi agente, y las transcribí exactamente como me las ladró aquel día en su despacho:

—Eras rica, tenías éxito y estabas enamorada. ¿Y ahora? Tu carrera se ha ido a la mierda y no tengo ni idea de qué pasa entre tú y ese hombre, pero se diría que la cosa no va nada bien. ¡Tienes ahí un montón de material!

Detengo la lectura para interiorizar las palabras como haces con una oración. Sentí náuseas entonces y siento náuseas ahora. Phyllis se encogió de hombros.

—¿Quieres más? Tu hijo adolescente te odia. Tu hija está malgastando su vida. Has entrado en los cuarenta. De aquí a dos días estarás menopáusica. No podría irte mejor.

Moví los labios pero de mi boca no salió una sola palabra.

—En otros tiempos fuiste sabia —prosiguió Phyllis—. Lo que escribiste en *Guiño a guiño* llegó a la gente. Vuele a intentarlo con estos nuevos desafíos. Envíame el libro cuando esté terminado. —Estaba de pie e intentando conducirme hacia la puerta—. Tienes que irte, debo ver a unos clientes.

Me aferré a mi silla con desesperación.

—Phyllis. —Estaba suplicando—. ¿Tú crees en mí?

—¿Quieres un chute de autoestima? Ve al psiquiatra.

En otros tiempos fui sabia, me recuerdo con las manos sobrevolando el teclado, así que puedo volver a serlo. Con vigor, tecleo la palabra «Joder».

12.17

El timbre del móvil me distrae. No debería tenerlo en el despacho si pretendo trabajar sin interrupciones, pero vivimos en un universo imperfecto; ¿qué puedo hacer? Compruebo quién es. Mi hermana Karen.

—Ven a Wolfe Tone Terrace —dice.

—¿Por qué? —Wolfe Tone Terrace es el barrio de mis padres—. Estoy trabajando.

Suelta un bufido burlón.

—Trabajas para ti, puedes parar cuando te apetezca. ¿Quién va a despedirte?

En serio, nadie siente el menor respeto por mí, ni por mi trabajo, ni por mi tiempo, ni por mis circunstancias.

—De acuerdo —digo—. Llego en diez minutos.

Me echo el móvil al bolso y me prometo, una vez más, que pronto llevaré una disciplina. Muy pronto. Mañana.

Coincido con Jeffrey en el recibidor.

—¿Adónde vas? —me pregunta.

—A casa de los abuelos. ¿Adónde vas tú? —Como si no fuera obvia la manera desafiante en que él y su esterilla de yoga me están mirando, como una pareja a punto de fugarse. «Nos queremos —parecen decir—. ¿Algún problema?»—. ¿Otra vez a yoga?

Me clava una mirada cargada de desdén.

—Sí.

—Bien. Genial… esto…

Me inquieto. ¿No debería estar por ahí emborrachándose y metiéndose en peleas como un chico normal de dieciocho años?

Le he fallado como madre.

Mamá y papá viven en una callecita tranquila en una casa adosada que compraron al ayuntamiento hace mucho tiempo.

Mamá abre la puerta y me saluda diciendo:

—¿Qué diantre haces con botas?

—Eeeh…

Echa un vistazo a mis tejanos.

—¿No te asas?

Llegué a Irlanda a principios de marzo y desde entonces no he llevado otra prenda que mis tres tejanos. He tenido tantas cosas en la cabeza que la ropa ocupaba el último puesto de la lista.

Pero la estación ha seguido su curso y ha dado paso a otra y de repente necesito sandalias y prendas de lino sueltas.

Mamá, una criatura bajita y regordeta, siempre ha sido friolera, pero incluso ella va por ahí sin rebeca.

—¿Qué está pasando aquí? —le pregunto.

Puedo oír una especie de zumbido. Clark, el hijo mayor de Karen, se acerca corriendo y me grita:

—¡Han comprado un salvaescaleras! ¡Para la espalda mala del abuelo!

Ahora lo veo. Al pie de la escalera, conectado a la pared, hay un artefacto. Karen está abrochándose a una silla con Mathilde, su hija de tres años, sobre su regazo. Levanta una palanca y ambas inician un ascenso runruneante. Un ascenso runruneante muy lento.

Saludan con la mano a mamá, a Clark y a mí y nosotros saludamos también y aplaudimos.

Mamá baja la voz.

—Tu padre dice que no piensa usarlo. Ve y convéncelo.

Me detengo ante la puerta de la salita de estar y meto la cabeza. Como siempre, papá está sentado en el sillón con un libro de la biblioteca abierto sobre el regazo. Irradia malhumor, pero cuando ve que soy yo se anima un poco.

—Hola, Stella.

—¿Vienes a probar el salvaescaleras?

—No.

—Vamos papá...

—Ni vamos ni porras. Puedo subir las escaleras yo solito. Le dije a tu madre que no lo comprara. Me encuentro de maravilla y no tenemos el dinero.

Me hace señas para que me acerque.

—Miedo a la muerte, ese es el problema de tu madre. Cree que si compra chismes como ese, nos mantendrán vivos, pero cuando te llega la hora, te llega y punto.

—Aún tienes treinta años por delante —afirmo. Porque puede que así sea. Papá solo tiene setenta y dos y hoy la gente vive hasta los cien. Aunque no necesariamente gente como mis padres.

Mi padre hizo un trabajo físico desde los dieciséis años cargando y descargando cajas en los muelles de Ferrytown. Eso desgasta mucho más que estar sentado frente a un escritorio. Tenía veintidós años la primera vez que se le salió un disco de la espalda. Estuvo mucho tiempo —no sé, puede que ocho semanas— inmóvil en la cama tomando calmantes fuertes. Regresó al trabajo y, transcurrido un tiempo, volvió a fastidiarse. Se hacía daño constantemente —parecía ser una característica de mi infancia que papá estuviera «otra vez enfermo», algo que se repetía con la misma regularidad que Halloween y Semana Santa—, pero era un luchador y siguió currando hasta que el cuerpo le dijo basta. A los cincuenta y cuatro años lo rompieron de manera irreversible y ese fue el final de su vida laboral. Y de su vida como asalariado.

Hoy día los muelles tienen máquinas descargadoras, máquinas

que habrían salvado la espalda de papá pero que seguramente le habrían quitado el trabajo.

—Por favor, papá, hazlo por mí. Soy tu hija predilecta.

—Solo tengo dos. Acércate… —Señala el libro que descansa sobre su regazo—. Nabokov. *El original de Laura*, se titula. Te lo pasaré cuando lo haya terminado.

—No intentes cambiar de tema. —Y por favor, no me obligues a leerlo.

Ser la hija «inteligente» de papá es una maldición. Él lee libros de la misma manera que otra gente se da duchas de agua fría: son buenos para ti pero no debes disfrutar con ellos. Y él me ha pasado esa forma de pensar: si un libro me divierte, siento que he malgastado el tiempo.

Papá se entiende de maravilla con Joan, una mujer que trabaja en la biblioteca del barrio y que parece haberlo adoptado como su proyecto: ningún autor es demasiado críptico, ningún texto es demasiado ilegible.

—Es su última novela —me explica papá—. Nabokov dijo a su esposa que la quemara, pero la mujer no lo hizo. Imagina qué gran pérdida habría sido para la literatura. Eso sí, el tipo es un auténtico viejo verde…

—Subamos al salvaescaleras. —Estoy deseando dejar de hablar de Nabokov.

Papá se levanta despacio. Es un hombre bajito y nervudo. Le ofrezco mi brazo y lo aparta de un manotazo.

Karen está de nuevo en la planta baja, en el vestíbulo, y examino su ropa y su pelo con interés; en nuestro estado puro nos parecemos mucho, lo que quiere decir que si copio lo que ella hace no puedo equivocarme. Se diría que está llevando bien la transición hacia el calor. Tejano pitillo negro con cremalleras en los tobillos, plataformas de vértigo y una camiseta gris claro de una curiosa tela arrugada. Parece que el conjunto le haya costado una fortuna pero probablemente no sea así, porque Karen es muy espabilada en eso, muy buena con el dinero. Sus uñas son óvalos perfectos sin pintar, sus ojos son azules y están enmarcados por unas pestañas exuberantes y su pelo rubio —que en su estado exento de productos es tan rebelde y rizado como el mío— está recogido y domado en un elegante moño. Posee un estilo sofisticado pero informal, relajado pero elegante. Ese es el estilo que debería adoptar yo.

Agarro a la pequeña Mathilde.

—¡Deja que te achuche! —le digo.

Forcejea y grita alarmada:

—¡Mamá!

Qué niña tan finolis. Prefiero a Clark. Sospecho que a sus cinco años ya sufre de un TDAH, pero por lo menos es divertido.

—¡Stella! —Karen me planta un beso en cada mejilla. Lo hace de forma automática. Entonces recuerda que soy solo yo—. ¡Lo siento!

Papá sonríe. Le divierte ese estilo de mujer ambiciosa que adopta Karen y —aunque no lo reconocería— está orgulloso de ella. Yo era la historia de éxito de esta familia, pero en los últimos meses he sido despojada de ese título y ahora el puesto lo ocupa mi hermana pequeña.

Karen es una «mujer de negocios» —posee un salón de belleza—, y tiene todo el aspecto. Está casada con Enda, un hombre guapo y tranquilo de una familia adinerada de Tipperary que es comisario de la policía nacional.

Pobre Enda. Cuando empezó a salir con Karen, ella era tan dinámica, decidida y a la vez serena que la tomó por una chica de clase media. Cuando ya estaba enamorado de ella y era demasiado tarde para volverse atrás, conoció a su familia y descubrió que Karen era algo muy diferente: una chica de clase obrera que había prosperado.

Nunca olvidaré ese día. Pobre Enda, tan educado él, sentado en la diminuta salita de mis padres, haciendo equilibrios con la taza de té sobre su regazo gigante y preguntándose si había arrestado alguna vez a papá.

Doce años después todavía nos reímos. Bueno, Karen y yo nos reímos. Enda sigue sin verle la gracia.

—Quita de ahí, advenediza —dice papá a Karen.

—¿Por qué la llamas «advenediza»? —pregunta Clark. Lo pregunta siempre, pero no es capaz de retener la información.

—Un advenedizo —dice papá—, y cito el diccionario, es una «persona que siendo de origen humilde y habiendo reunido cierta fortuna pretende figurar entre gentes de más alta condición social; un nuevo rico; un arribista».

—¡Calla! —dice mamá, estridente donde las haya—. Será una advenediza, pero es la única de esta familia con un trabajo en estos momentos. ¡Y ahora sube a ese salvaescaleras!

Lanzo una mirada fugaz a Karen, para ver si le ha molestado lo de advenediza. En absoluto. Es extraordinaria.

Ayuda a papá a sentarse.

—Sube, viejo esnob.

—¿Cómo puedo ser un esnob? —farfulla él—. Pertenezco a la clase baja.

—Eres un esnob a la inversa. Un hombre de clase obrera equilibrado: tienes una espinita clavada en ambos costados.

Y con un ademán exagerado, Karen levanta la palanca y papá empieza a subir.

Todos aplaudimos y gritamos:

—¡Uau! —Y yo hago ver que no me da pena.

Llevado por el entusiasmo, Clark decide quitarse toda la ropa y bailar desnudo en la calle.

Papá regresa a su posición habitual en el sillón y prosigue aplicadamente con su libro, y mamá, Karen y yo nos sentamos en la cocina y bebemos té. Mathilde se acurruca en el regazo de Karen.

—Comed un pastelillo.

Mamá arroja sobre la mesa un paquete de celofán de dieciséis unidades. No necesito leer los ingredientes para saber que no hay nada que suene a alimento y que la fecha de caducidad es el próximo enero.

—No puedo creer que comas esas porquerías —dice Karen.

—Pues créetelo.

—A cinco minutos de aquí, en el centro de Ferrytown, el mercado de los sábados vende magdalenas caseras recién hechas.

—Que yo sepa, tú no creciste en medio de productos caseros recién hechos, nada más lejos de la realidad.

—Genial. —Karen es demasiado astuta para malgastar su energía en una discusión. Pero no tardará en marcharse.

—Come un pastelillo. —Mamá desliza la bolsa hacia Karen.

—¿Por qué no te lo comes tú? —responde Karen, y empuja la bolsa hacia mamá.

Los pastelillos se han convertido de repente en un campo de batalla. Para diluir la tensión, digo:

—Ya me lo como yo.

Me zampo cinco. Pero no los disfruto. Y están para eso.

«Poder rascarme la planta del pie con el dedo gordo
del otro pie es un verdadero milagro.»

Extracto de *Guiño a guiño*

La cadera izquierda me estaba matando. Podía ver el reloj en el mostrador de las enfermeras —era una de las ventajas de estar tumbada sobre el costado izquierdo; cuando estaba tumbada sobre el costado derecho solo veía una pared— y faltaban aún veinticuatro minutos para que alguien viniera a darme la vuelta. Me giraban cada tres horas, para que no me salieran úlceras. Pero durante la última hora antes del «giro» había empezado a notar molestia, luego dolor, luego mucho dolor.

La única manera de soportarlo era reducir el tiempo a asaltos de siete segundos. No sé por qué había elegido el siete; quizá porque era un número impar y ni el diez ni el sesenta eran divisibles, lo que mantenía el interés. A veces transcurrían cuatro o cinco minutos sin enterarme y entonces sentía un gran alivio.

Llevaba en la UCI veintitrés días; veintitrés días desde que mi cuerpo había dejado de responder y los únicos músculos que me funcionaban eran los de los ojos y los párpados. El shock había sido —seguía siendo— indescriptible.

Aquella primera noche en el hospital la enfermera había enviado a Ryan a casa.

—Duerma con el teléfono cerca —le dijo.

—No pienso irme —repuso él.

—Si empeora le llamaremos de inmediato para que venga. Será mejor que se traiga también a sus hijos, y a los padres de su mujer. ¿De qué religión es Stella?

—De ninguna.

—Tiene que elegir alguna.

—Católica, supongo. Fue a un colegio católico.

—Bien. Si fuera necesario, pediríamos un sacerdote. Ahora debe irse, no puede quedarse aquí. Estamos en la UCI. Váyase a casa, duerma un poco y no desconecte el teléfono.

Finalmente, con cara de cachorro vapuleado, Ryan se marchó y yo me quedé sola, y me sumergí en un aterrador mundo surrealista donde viví mil vidas. Jamás he pasado tanto miedo: existía una posibilidad real de que muriera. Podía notarlo en el ambiente. Nadie sabía qué me pasaba, pero era evidente que todos los sistemas de mi cuerpo estaban dejando de funcionar. Mis pulmones se habían rendido. ¿Y si mi hígado dejaba de trabajar? ¿Y si… qué idea tan horrible… se me paraba el corazón?

Concentré toda mi energía en él y le insté a seguir latiendo: «Vamos, vamos, no puede ser tan difícil».

Mi corazón tenía que seguir latiendo porque, si no lo hacía, ¿quién cuidaría de Betsy y Jeffrey? Y si no lo hacía, ¿qué me ocurriría a mí? ¿Adónde iría? De repente estaba contemplando el abismo, enfrentándome a la posibilidad de que mi vida terminara aquí.

Nunca había sido una persona religiosa. Nunca había pensado en el más allá. Pero ahora que existían grandes probabilidades de que me estuviera dirigiendo hacia él, descubría, un poco tarde, que el tema me interesaba.

Tendría que haber hecho cursos de crecimiento personal, me reprendí. Tendría que haber sido más amable con la gente. Lo había intentado, pero debería haberme esforzado más. Tendría que haber ido a misa y a todas esas cosas sagradas.

¿Y si las monjas del colegio tenían razón y el infierno existía de verdad? Mientras sumaba mis pecados —sexo antes del matrimonio, envidiar las vacaciones de mi vecina—, me di cuenta de que lo tenía crudo. Iba a conocer a mi creador y luego iba a ser lanzada a las tinieblas.

Si hubiese podido gemir de terror lo habría hecho. Quería llorar de miedo. Deseaba desesperadamente una segunda oportunidad, dar marcha atrás y enmendar las cosas.

Te lo ruego, Dios, no dejes que me muera. Si me salvas seré una madre mejor, una esposa mejor, una persona mejor.

Al oír el trajín de enfermeras alrededor de mi cama, supuse que mi ritmo cardíaco se había acelerado peligrosamente. Mi miedo lo había provocado. Era bueno que el corazón todavía me latiera, pero no tanto si eso me causaba un paro cardíaco. Decidieron darme un sedante, pero en lugar de relajarme simplemente me ralentizó el pensamiento, de manera que ahora podía ver mi peliaguda situación con más claridad.

Me repetía una y otra vez: «Esto no puede estar ocurriendo».

Alternaba el miedo con la rabia impotente: mi incapacidad me ponía furiosa. Estaba tan acostumbrada a hacer lo que quería que nunca me paraba a pensar en ello: podía coger una revista, podía apartarme el pelo de los ojos, podía toser. De repente comprendí que poder rascarme la planta del pie con el dedo gordo del otro pie era un verdadero milagro.

Mi mente no cesaba de enviarle órdenes al cuerpo —¡Muévete, por el amor de Dios, muévete!—, pero este permanecía quieto como una tabla. Su actitud era desafiante e irrespetuosa y... sí... insolente. Yo bramaba, echaba espuma por la boca y sacudía los brazos, pero sin mover un músculo.

Tenía miedo de dormirme por si perecía. Las luces a mi alrededor permanecieron encendidas y estuve toda la noche viendo pasar los segundos en el reloj. Finalmente amaneció y me bajaron para una punción lumbar, y entonces sí deseé la muerte; todavía ahora me entran náuseas al recordar el dolor.

Pero enseguida produjo un diagnóstico: tenía algo llamado síndrome de Guillain-Barré, un trastorno autoinmune increíblemente raro que ataca el sistema nervioso periférico destruyendo las vainas de mielina de los nervios. Ninguno de los médicos se había encontrado antes con un caso así.

—Existen más probabilidades de ganar la lotería que de contraer esa cosa —me explicó riendo mi especialista, un hombre pulcro y regordete, de pelo gris, llamado doctor Montgomery—. ¿Cómo lo ha conseguido?

Nadie sabía decir qué lo había provocado, pero a veces se

manifestaba (jerga médica) después de una intoxicación por alimentos.

—Hace cinco meses tuvo un accidente de coche —oí explicar a Ryan—. ¿Cree que podría ser la causa?

No, el médico no lo creía.

Mi pronóstico era reservadamente optimista: el SGB raras veces resultaba mortal. Si no pillaba una infección —que probablemente la pillaría ya que, al parecer, todo el mundo en los hospitales pillaba infecciones; por lo que contaban, tenías más probabilidades de disfrutar de una vida sana bebiendo diariamente siete litros de agua del Ganges sin filtrar—, con el tiempo me recuperaría y volvería a moverme, a hablar y a respirar sin ventilador.

Así que, por lo menos, no parecía que fuera a morirme.

Pero nadie sabía decirme cuándo me curaría. Hasta que esas vainas de mielina —lo que quiera que fuera eso— volvieran a crecer, me esperaba una larga temporada paralizada y muda en la unidad de cuidados intensivos.

—Por el momento nos concentraremos en mantenerla viva —dijo el doctor Montgomery a Ryan—. ¿Verdad, chicas? —gritó a las enfermeras con una alegría, en mi opinión, exagerada—. ¡Aguanta ahí, Patsy, aguanta! ¡Y usted venga aquí! —Agarró a Ryan por el brazo—. Ahora no vaya corriendo a casa a buscar información en Google. La gente escribe toda clase de paparruchas en ese internet y acojona a la gente, y luego vendrá usted gimoteando y diciendo que su mujer se morirá o se quedará paralítica para siempre. Llevo quince años como especialista en este hospital. Sé mucho más que todo ese internet junto y le digo que su mujer se curará. Con el tiempo.

—¿No existen medicamentos para acelerar su recuperación? —preguntó Ryan.

—No —respondió el doctor Montgomery casi con alborozo—. Ninguno.

—¿No podría realizarle pruebas para hacerse una idea de la gravedad de su estado…, del tiempo que tardará en curarse?

—¿No acaba la pobre mujer de recibir una punción lumbar?

—El médico me miró—. ¿A que no ha sido plato de gusto? —Luego volvió a centrar su atención de Ryan—. No hay nada más que usted pueda hacer salvo esperar. Cultive la paciencia, señor Sweeney. Deje que la paciencia sea su lema. Podría aficionarse a la pesca con mosca.

Ese mismo día, después del colegio, Ryan vino a verme con Betsy y Jeffrey. Observé detenidamente sus caras mientras se fijaban en los tubos que entraban y salían de mi cuerpo. Los grandes ojos azules de Betsy miraban horrorizados, pero Jeffrey, un muchacho de catorce años interesado en todo lo macabro, estaba fascinado.

—Te he traído unas revistas —dijo Betsy.

Pero no podía sostenerlas. Estaba deseando tener una distracción, pero, a menos que alguien me leyera, eso era imposible.

Ryan me volvió la cabeza hacia él para que pudiera verle.

—¿Cómo te sientes?

Le miré fijamente a los ojos. Paralizada, así me siento. E incapaz de hablar, así me siento.

—Perdona —dijo—. No sé cómo...

—Haz esa cosa —comentó Jeffrey—. Lo vi en la tele. Guiña el ojo derecho para decir sí y el izquierdo para decir no.

—¡No estamos en los malditos boy scouts!

—¿Te parece una buena idea, mamá? —Jeffrey acercó su cara a la mía.

Bueno, no teníamos otra. Guiñé el ojo derecho.

—¡Bingo! —exclamó Jeffrey—. Funciona. ¡Pregúntale algo!

Débilmente, Ryan dijo:

—No puedo creer que estemos haciendo esto. Vale. Stella, ¿tienes dolor?

Guiñé el ojo izquierdo.

—¿No? Qué bien. ¿Tienes hambre?

Volví a guiñar el ojo izquierdo.

—No. Bien...

Pregúntame si estoy asustada. Pero no lo hizo, porque sabía que lo estaba, y él también.

Perdido el interés, Jeffrey desvió la atención a su móvil. Un segundo después se oyeron unos pasos veloces. Era una enfermera con el rostro encendido.

—¡Apaga eso! —ordenó—. Los móviles no están permitidos en la UCI.

—¿Qué? —preguntó Jeffrey—. ¿Nunca?

—Nunca.

Jeffrey me miró por primera vez con compasión.

—Uau, no puedes usar el móvil… ¿Dónde está la tele? ¡Eh! —gritó hacia el mostrador de las enfermeras—. ¿Dónde está la tele de mi madre?

—¡Calla! —dijo Ryan.

La enfermera del rostro encendido volvió.

—En esta sala no hay teles. Esto es una unidad de cuidados intensivos, no un hotel. Y no levantes la voz, aquí hay gente muy enferma.

—Tranqui, nena.

—¡Jeffrey! —siseó Ryan. Se volvió hacia la enfermera—. Le pido disculpas. Él le pide disculpas. Es que estamos muy afectados.

—Silencio —exigió Jeffrey—, estoy pensando. —Parecía que estaba lidiando con un terrible dilema—. Está bien. —Había tomado una decisión—. Te dejaré mi iPod, pero solo esta noche…

—¡Nada de iPods! —gritó la enfermera a lo lejos.

—Pero entonces ¿qué vas a hacer? —Jeffrey estaba realmente preocupado.

Betsy, que no había abierto la boca desde su llegada, se aclaró la garganta.

—Mamá, creo que… me gustaría rezar contigo.

¿Qué demonios estaba diciendo?

Me olvidé al instante de mi situación y clavé la mirada en Ryan. Igual que otros padres sospechan que sus adolescentes están metidos en drogas, Ryan y yo llevábamos tiempo sospechando que Betsy estaba tonteando con el cristianismo. Había un club de jóvenes creyentes que merodeaba por su colegio en busca de adeptos. Se aprovechaban de la vulnerabilidad de los niños que habían crecido con padres agnósticos, y todo apuntaba a que Betsy había caído en sus redes.

No me importaba rezar en silencio, pero rezar —¡en alto!— con Betsy cual americanas conservadoras era excesivo. Guiñé el ojo izquierdo —no, no, no— pero Betsy tomó mis manos impotentes e inclinó la cabeza.

—Querido Señor, mira a esta pobre y desdichada pecadora, mi madre, y perdónale todas las cosas malas que ha hecho. No es mala persona, simplemente es débil y finge que hace Zumba cuando no va nunca a clase y puede ser bastante bruja, sobre todo cuando está con tía Karen y tía Zoe, que sé que no es mi tía de verdad, solo la mejor amiga de mamá, y le dan al vino…

—¡Ya basta, Betsy! —espetó Ryan.

De pronto empezó a sonar una alarma, unos pitidos intermitentes y apremiantes. Parecía llegar de cuatro cubículos más allá y desencadenó una actividad frenética entre las enfermeras. Una de ellas irrumpió en mi cubículo y dijo a Ryan:

—Tienen que irse. —Pero desapareció al instante para atender la emergencia y mis visitas, que no querían perderse el espectáculo, se quedaron.

Oí el susurro de la cortina de un cubículo y muchas voces elevadas dando órdenes y transmitiendo datos. Una mujer con bata de médico acudió rauda a la escena seguida de dos tipos de aspecto más joven con las batas blancas ondeando.

Luego —y podía sentirse el cambio de energía— el ruido y la actividad cesaron por completo. Tras unos segundos de nada absoluta oí a alguien decir alto y claro:

—Hora de la muerte: 17.47.

Instantes después las enfermeras pasaron por delante de nuestro cubículo empujando una camilla con un cuerpo sin vida.

—¿Está… está muerto? —Betsy tenía los ojos como platos.

—Un muerto —susurró Jeffrey—. Cómo mola.

Cuando la camilla hubo desaparecido, se volvió hacia mí, tumbada en la cama sin poder moverme, y el brillo de sus ojos se apagó.

14.17

Mientras regreso a pie de casa de mis padres con mi ropa encogida e inadecuada para este tiempo, advierto que tengo una llamada perdida. El pulso se me acelera cuando veo de quién es. Y ha dejado un mensaje.

No debería escucharlo. ¿No decidí cortar por lo sano?

Los dedos me tiemblan cuando pulso las teclas.

Y ahí está su voz. Son solo cuatro palabras: «Te echo de menos...».

Si no estuviera en la calle me doblaría en dos y aullaría.

No me doy cuenta de que estoy llorando hasta que reparo en las miradas curiosas de los conductores que pasan por mi lado. Aprieto el paso y rezo para no encontrarme a ningún conocido.

Una vez que he cerrado la puerta de mi casa tras de mí, hago lo que llevo haciendo desde hace —cuento— dos meses, tres semanas y dos días: seguir adelante con mi vida.

Echo un vistazo al vídeo de Ryan. No ha recibido ninguna visita desde esta mañana, y Ryan no ha añadido nada nuevo. Puede que haya pasado el peligro.

Bien, será mejor que busque alguna ropa de verano. Pese a lo mal que me siento, agradezco tener un proyecto que me desvíe de mi objetivo de intentar escribir. Sentarme delante de esa pantalla con la cabeza vacía dejaría demasiado espacio para que me asaltaran pensamientos horribles.

Me zambullo en el armario del cuarto de invitados y empiezo a sacar las prendas de verano que me traje de Nueva York. ¡Con qué orden y cuidado las colgué! No hay nada que desvele lo angustiada que había estado mientras deshacía el equipaje. Esperaba encontrar las perchas solapadas y apuntando en todas direcciones y las sandalias y las chanclas apiladas de cualquier manera. En lugar de eso parece el anuncio de un armario italiano hecho a medida. No recuerdo haberlo dejado todo tan ordenado, pero, por lo visto, había aceptado que realmente vivía aquí, que este era ahora mi hogar, quizá para siempre.

Estoy en estado de shock: no tengo nada que ponerme. La ropa de Nueva York no me cabe. En algún momento de los últimos dos meses he engordado. No sabría decir cuánto exactamente. En el cuarto de baño hay una báscula, pero no pienso subirme a ella. Además, no la necesito. Tengo una prueba irrefutable: no me entra nada.

El problema es mi... zona delantera. Susúrralo... «barriga»... Casi no puedo ni pensar en la palabra. Me aclaro mentalmente la garganta y me obligo a afrontar la espantosa verdad: tengo barriga. Una barriga a gran escala.

Siempre he sabido que este día llegaría...

Después de toda una vida esforzándome por contenerla, la muy bruja finalmente ha roto el dique.

Me obligo a colocarme delante del único espejo de cuerpo entero que hay en la casa. Está en el interior de la puerta del armario de invitados, y caigo en la cuenta de que, desde mi regreso a Irlanda, no me he mirado en él. Porque no he tenido relación con mi ropa de repuesto, obviamente.

Pero esa no es la única razón de que no haya reparado en mi ensanchamiento. He estado viviendo ajena a mí, a mi aspecto, a mi existencia. Mi pelo necesita desesperadamente un corte, y llevo las uñas rotas y mordidas a pesar de que Karen está siempre ofreciéndome manicuras gratis.

Me he limitado a vivir de veinticuatro en veinticuatro horas, a ocuparme de la nueva tanda de desafíos que llega con cada nuevo día: dinero, Jeffrey, el enorme agujero en el centro de mi ser...

En cierto modo me he... desconectado. Tenía que hacerlo, para sobrevivir.

Aunque, para estar desconectada, he comido mucho.

Pobre Jeffrey. Le he maldecido por encogerme la ropa cuando la culpa ha sido mía desde el principio.

Me lanzo algunas miradas. Miradas fugaces. Soy capaz de digerir mi desagradable realidad únicamente en pequeñas dosis, en vistazos fragmentados. ¿Esa de ahí soy yo? ¿De verdad soy yo? Parezco un huevo con patas. Una... barriga... con patas.

Los últimos dos años he mantenido a raya esa palabra que empieza con «b» con sesiones de footing y Pilates casi diarias y una dieta rica en proteínas. Pero mi vida con mi entrenadora-personal-chef-privado se ha esfumado y a cambio he recibido este... apéndice frontal. Si no pronuncio la palabra «b», puede que desaparezca. A lo mejor solo busca mi aprobación, y si la ignoro, se irá con el rabo entre las piernas y se pegará a otra mujer, que la colmará de atenciones acumulando puñados de trémula grasa y lanzando aullidos para inmediatamente después arrojarse al suelo y hacer dieciocho abdominales y levantarse y buscar en Google «Cómo conseguir una tripa plana en veinte minutos».

Sí, la ignoraré. Seguiré como si tal cosa. Estoy más tranquila ahora que tengo un plan.

Aunque sigo sin tener nada que ponerme...

Y eso me inquieta.

¡No dejaré que eso me hunda! ¡Soy una persona positiva! ¡Y me largo de compras!

Vuelvo a casa con las manos vacías y muy preocupada. Me he dado de bruces con un hecho estremecedor: en las tiendas no hay nada para las mujeres de cuarenta y un años y cuarto. No hacen ropa para nosotras. Se saltan directamente mi grupo de edad. Hay camisetas sin mangas y vestidos ajustados de lúrex para chicas de entre doce y treinta y nueve años. Hay pantalones antimanchas con cinturilla elástica para las de sesenta en adelante. Pero para mí, nada. Nada de nada.

Seguí el ejemplo de Karen y me probé un tejano pitillo hasta el tobillo y una camiseta moderna, pero parecía una colegiala obesa. Luego opté por un pantalón sastre de lino, me miré al espejo y me pregunté cómo había conseguido mamá meterse en el probador, hasta que me di cuenta de que la persona del espejo era yo. ¡Socorro!

Sin ánimo de ofender, por supuesto. Mamá es una mujer atractiva para sus setenta y dos años. Pero yo solo tengo cuarenta y uno y cuarto y esto es intolerable.

Ahora entiendo por qué la ropa de diseño es tan cara. Porque el corte es mejor. Porque la calidad de las telas es mejor. Creía que estaba pagando ese dinero de más para divertirme, para poder pasearme con mi bolsa de DKNY pensando: «¡He triunfado! Y acabo de demostrarlo pagando doscientos dólares por una sencilla falda negra que podría conseguir en Zara por diez».

¿Es esta ausencia de ropa para las mujeres de mi generación una especie de complot? ¿Para que no podamos salir de casa y mantengamos nuestro desagradable envejecimiento fuera de la vista de una sociedad obsesionada con la juventud? ¿O para que gastemos todo nuestro dinero en lipos? Juro que llegaré al fondo de la cuestión.

Camino del aparcamiento, pasé por un quiosco y recibí la mofa de las portadas de las revistas, en muchas de las cuales salían mujeres que aseguraban sentirse «¡fantásticas a los 40!».

Me detuve frente a una de ellas. Conocía a la mujer que me sonreía radiante desde la portada; había estado en su programa de entrevistas en Nueva York, y deja que te cuente algo: su «¡fantástica a los 40!» es un saco de mentiras. Tiene la cara llena de infiltraciones, llena. Está mentalmente enferma porque sufre hambre crónica. Y no tiene cuarenta, tiene treinta y seis; la muy astuta se ha alineado con el mercado de las cuarentonas adineradas anunciándose como un ejemplo de delgadez y aspecto joven. Con cada sonrisa y cada gesto transmite «soy una de vosotras». Pero su ejército de seguidoras nunca se parecerá a ella, por mucho que compren su línea de ropa. Eso, sin embargo, no impedirá que lo intenten. Y tampoco impedirá que se echen la culpa cuando fracasen en el intento.

> «Cuando estés pasando por un infierno,
> sigue adelante.»

Extracto de *Guiño a guiño*

La mayoría de los pacientes de cuidados intensivos son modélicos. Eso es porque la mayoría está en coma. Además, la estancia de casi todos ellos es breve: o se mueren o mejoran y entonces son trasladados a planta. Pero yo me encontraba en la atípica situación de tener en la UCI para largo, y las enfermeras no estaban preparadas para algo así. No me hablaban porque no estaban acostumbradas a hablar a sus pacientes. Además, ¿qué sentido tenía hacerlo si yo no podía responderles?

Cuando me daban la vuelta o me conectaban al estómago una bolsa de alimentación nueva actuaban con la misma brusquedad que si me hallara en coma. Si se me salía un tubo, volvían a metérmelo como si se tratara de un enchufe. A veces, en mitad de la maniobra, se acordaban de que yo era consciente de lo que estaba pasando y me pedían disculpas.

Pero esas eran las únicas veces que un miembro del personal me hablaba, y la soledad me estaba volviendo loca.

No tenía nada con que distraerme: ni móvil, ni Facebook, ni comida, ni libros, ni música, ni conversaciones, nada. Yo era una persona habladora por naturaleza; si me venía un pensamiento a la cabeza, lo soltaba al instante. Sin embargo, ahora el pensamiento rebotaba en la pared de mi cráneo y regresaba a mi cerebro, con los otros miles de pensamientos no expresados.

Tenía permitidas dos visitas al día de quince míseros minutos cada una. El resto del tiempo vivía atrapada en mi propia cabeza y en una preocupación constante. Se las habían arreglado para cuidar de Betsy y Jeffrey, pero cada día constituía un reto:

mamá hacía turnos en una residencia de ancianos, Karen era adicta al trabajo —Ryan también, a decir verdad— y la espalda de papá corría el riesgo de quedarse clavada en cualquier momento.

También me inquietaba el dinero. Ryan ganaba mucho, pero nuestros gastos eran desorbitados y necesitábamos lo que yo ganaba en el salón de belleza.

Y nuestro seguro médico, como todas las pólizas de seguros, estaba plagado de topes, salvedades y excepciones. Cuando lo firmé, había hecho lo posible por entender qué cubría, pero mi interés había estado centrado en asegurar a los niños, no a Ryan y a mí.

Mayor que mi inquietud por el dinero era mi preocupación por la salud emocional de Betsy y Jeffrey; podía ver el miedo en sus ojos cada vez que se acercaban de puntillas a mi cama. ¿Cómo les afectaría este trauma a largo plazo?

Ryan y yo nos esforzábamos muchísimo por ser unos buenos padres, iban a un colegio caro y tenían todo tipo de actividades extraescolares, pero esto iba a pasarles factura, con toda seguridad.

Casi tan malo era el sentimiento de culpa que me generaban mamá y papá. Yo era una persona adulta, su labor como padres había terminado, y sin embargo les estaba rompiendo el corazón. Sus visitas eran desgarradoras: mamá me sostenía la mano y papá apretaba la mandíbula y clavaba la mirada en el suelo. Lo único que papá me decía era: «Cuando estés pasando por un infierno, sigue adelante».

Los pocos momentos en que no me preocupaba los dedicaba a admirar la vida que había tenido. Qué afortunada había sido. Ahí estaba yo, conduciendo un coche y comiendo pasas de una bolsa que había encontrado abandonada en el suelo y animando a Betsy con sus clases de oboe y decidiendo que no tenía malditas ganas de ir a Zumba: la reina de la multitarea, hasta el último músculo de mi cuerpo estaba implicado en hacer algo.

Y aquí estaba ahora, tan paralizada que no podía ni bostezar.

Habría dado diez años de mi vida por poder ponerme unos calcetines.

Juré que si me curaba vería cada movimiento que hiciera como un pequeño milagro.

Pero ¿iba a curarme? Había momentos —como un millón al día— en que estaba convencida de que estaría atrapada en mi cuerpo inútil el resto de mi vida.

Constantemente instaba a mis extremidades a moverse, me concentraba en un músculo concreto hasta sentir que la cabeza me iba a estallar; sin embargo, nada ocurría. Era evidente que no mejoraba, pero al menos tampoco empeoraba. Me había aterrado la posibilidad de que también se me paralizaran los ojos y perdiera mi única forma de comunicación, pero habían seguido funcionando.

Sea como fuere, me resultaba difícil mantener la esperanza. Ryan hacía lo posible por permanecer optimista —era un verdadero héroe—; no obstante, sabía tan poco como yo.

El diagnóstico de mi enfermedad había generado un gran alboroto entre amigos y conocidos. El hecho de que pudiera morir añadía brillo al asunto. Según Ryan, «todo el mundo» estaba suplicando venir a verme y enviaba flores a pesar de que él les decía que no estaban permitidas en la UCI. Encendían velas por mi curación y me tenían «presente» en sus oraciones, pero los días pasaban y yo no me moría, y cuando finalmente me declararon «estable», mis admiradores me abandonaron a los pocos segundos. Incluso desde mi cama del hospital podía sentir su decepción. «Estable» es la más insulsa de las descripciones médicas, superada solo por «estacionario». Lo que la gente quiere es un buen «crítico». «Crítico» tiene a las madres entretenidas en las puertas de los colegios con regozijado espanto, diciendo sabiamente: «Podría ocurrirnos a cualquiera de nosotras... a cualquiera».

Pero ¿«estable»? Estable quiere decir que si buscas emociones fuertes, has apostado por el caballo equivocado.

Por increíble que pareciera, habían transcurrido veintitrés días. Yo semejaba una presa rascando rayas en la pared de la celda, porque medir el paso del tiempo era el único trocito de control que tenía.

Volví a mirar el reloj. Aún faltaban diecinueve minutos para que me dieran la vuelta y el dolor en la cadera era insufrible. No podía soportarlo más. Iba a volverme loca.

Pero pasaron otros siete segundos y no perdí la cabeza.

¿Qué hay que hacer para enloquecer?, me pregunté. Enloquecer es una habilidad muy útil que debería enseñarse en las escuelas. Resultaría muy práctico poder perder la cabeza cuando las cosas se ponen demasiado feas.

Podía ver el botón de llamada, lo tenía a menos de un metro de mi cara. Insté a mi cabeza a avanzar por la almohada, reuní hasta el último ápice de mis fuerzas para intentar darle un cabezazo al botón. Podía hacerlo. Si lo deseaba mucho, podía hacer que ocurriera. ¿No nos decían siempre que la voluntad del ser humano es la fuerza más poderosa del planeta? Pensaba en todas esas historias que había leído de niña en los *Reader's Digest* de papá, historias alucinantes de mujeres levantando solas un todoterreno para salvar la vida de un hijo y hombres caminando sesenta kilómetros por terrenos escabrosos con su esposa herida a cuestas. Todo lo que yo tenía que hacer era propinar un cabezazo a un pequeño botón de llamada.

Pero, a pesar de mi revuelo interior, nada ocurrió. Desear algo con todas tus fuerzas no te garantizaba que fuera a ocurrir. Me había dejado engañar por *X-Factor*. Sí, quería mover la cabeza. Sí, lo deseaba con todas mis fuerzas. Sí, estaba dispuesta a hacer lo que fuera. Sin embargo, no era suficiente.

Ojalá alguna de las enfermeras que pasaban por delante de mi cama se dignara mirarme. Seguro que vería en mis ojos mi tormento. Pero ellas no hacían reconocimientos aleatorios; las máquinas se ocupaban de todo y las enfermeras solo aparecían cuando algo empezaba a pitar.

La única persona que podía ayudarme a superar esto era yo. «No desesperes, Stella —me susurraba—, aguanta.»

Así que me puse a escuchar el respirador y conté hasta siete y volví a contar hasta siete e hice ver que mi cadera no me pertenecía y dejé de mirar el reloj y seguí contando y seguí contando y… ¡por ahí se acercaban dos enfermeras! ¡Había llegado el momento!

—Tú cógela por arriba —dijo una de ellas—. Cuidado con el respirador.

Me estaban levantando. El dolor desapareció de golpe y el alivio me inundó de éxtasis. Me sentía drogada, ligera, dichosa. Descendí hasta la cama sobre el costado derecho y las enfermeras recompusieron los tubos.

—Hasta dentro de tres horas —dijo una de ellas, y me miró directamente a los ojos. Yo la miré a mi vez, patéticamente agradecida por ese contacto humano.

En cuanto se fueron se apoderó de mí el pánico a morir. Este siempre se intensificaba cada vez que alguien se alejaba de mi cama. Me había preguntado si no debería pedir un sacerdote para limpiar mi alma, pero, aunque hubiera sido capaz de pedirlo, sospechaba que Dios no jugaba con reglas tan sencillas. Ya era tarde para que las cosas malas que había hecho en mi vida —que unas veces no me parecían tan terribles y otras sí— me fueran perdonadas.

Mi principal temor era que algo malo les sucediera a mis hijos, pero más aterrador me resultaba —me sorprendía mi egoísmo— contemplar mi propia muerte.

¡Ryan, Betsy y Jeffrey estaban aquí! Me besaron en la frente y retrocedieron enseguida, chocando entre sí, por miedo a desplazar los tubos.

Tímidamente, los niños me contaron las «novedades» que habían acumulado desde su visita del día anterior.

—¡Dios mío! —dijo Betsy con una sorpresa mal ensayada—. ¿No te has enterado? ¡Amber y Logan se han dado un respiro!

Amber era la mejor amiga de Betsy y Logan era el novio de Amber. O puede que ya no…

«¡Cuéntame!» Traté de proyectar vibraciones de ánimo a través de los ojos. «Vamos, cielo, cualquier tema de conversación es bienvenido por aquí. Y no imaginas cuánto me alegro de que se te haya ido de la cabeza esa obsesión por rezar.»

—¡Sí! Tuvieron una larga charla y Logan le dijo que sentía que estaba entorpeciendo el desarrollo personal de Amber, que, en el fondo, no quería que se dieran un respiro pero que pensaba que era lo correcto.

Por Dios, qué serios eran los chicos de ahora.

Y yo no estaría tan segura de las nobles motivaciones de Logan...

—Amber está, ¿cómo te diría?, destrozada. Pero es un puntazo que Logan sea tan maduro...

Pasando claramente de la saga Amber-Logan, Jeffrey soltó:

—¡Anoche vimos *The Apprentice*! Es genial.

¡Oh, no! ¿Y sus estudios? Yo dedicaba mucho tiempo y energía para que mis hijos se aplicaran con los deberes del colegio y me aterraba la posibilidad de que Ryan permitiera que todo eso se diluyera mientras yo yacía aquí, impotente.

—Necesitaban un premio —se defendió Ryan.

«Sí, pero...»

Lo lógico sería que una no se preocupara de cosas como esas, cosas nimias, cuando cada día que pasa teme que pueda morir e ir al infierno, pero ya ves.

Para desviar la atención de su falta, Ryan consultó mi historial.

—Dice que anoche dormiste bien.

Mentira. Era imposible dormir bien cuando las luces de la UCI permanecían encendidas las veinticuatro horas del día, el dolor en la cadera me despertaba cada dos horas y me giraban cada tres a lo largo de toda la noche.

—Amber dice que está bien que se tomen un respiro, que eso fortalecerá su relación. Pero, mamá, ¿puedo decir algo? ¿Soy una mala persona por pensar...?

«¡Dilo, dilo!»

—Creo que Logan solo quiere montárselo con otras chicas.

«¡Yo también! ¡Recuerda aquel rollo que tuvo en verano!»

—Me estoy acordando... de aquella chica del verano pasado.

«¡Sí! ¿La chica que trabajaba en la lancha pesquera?»

—Sé que no está bien llamar buscona a una chica, sé que no está bien, mamá, así que no me riñas... ah, claro, no puedes... pero aquella chica era un poco buscona.

Betsy era una chica preciosa, de piernas delgadas y una larga melena de rizos rubios —había heredado los mejores rasgos de Ryan y de mí—, pero cultivaba una imagen vehementemente antisexy. Vestía pichis sueltos hasta la espinilla y extrañas prendas deformes de punto que hacían que Karen comentara despectivamente: «Parece una campesina de siglo XIX».

—Sé que Logan dijo que estaba ayudando a esa buscona porque se había enredado en la red —continuó Betsy—, pero...

«Yo nunca me lo creí.»

—Me dio la impresión de que mentía. Y anoche Amber estuvo espiando a Logan.

¡Caray, esto era mejor que un culebrón!

—Bueno, no exactamente espiando... digamos que vigilando su casa. Y dijo que la buscona bajó de un coche y...

—Se acabó el tiempo. —Una enfermera se había detenido a los pies de mi cama.

¿Qué? ¿Ya? ¡No! ¡Necesitaba oír lo de la buscona! Habría llorado de frustración si mis conductos lagrimales hubieran funcionado.

—No quiero irme —dijo Jeffrey, súbitamente joven y vulnerable.

—Tienes que hacerlo —dijo la enfermera—. La paciente necesita descansar.

—Mamá, ¿cuándo te curarás? —preguntó Jeffrey—. ¿Cuándo volverás a casa?

Clavé la mirada en él. «Lo siento, lo siento, lo siento mucho.»

—Pronto —dijo Ryan en un falso tono tranquilizador—. Se curará pronto.

¿Y si no me curaba? ¿Y si me quedaba así para siempre?

Ryan se inclinó sobre mí y me apartó el pelo de la cara.

—Aguanta —susurró mirándome fijamente a los ojos—. Simplemente aguanta. Hazlo por mí y yo lo haré por ti y los dos lo haremos por ellos. —Compartimos un momento de profunda conexión y luego se incorporó—. En marcha, chicos.

Salieron en tropel y volví a quedarme sola. No podía ver el reloj, pero calculé que faltaban dos horas y cuarenta y un minutos para mi próximo «giro».

17.17

Irrumpo en casa impaciente por olvidar mi desastrosa salida de compras. Jeffrey está dentro y mi corazón salta de alegría al verlo. Pese a su constante insolencia, le quiero con una ternura que casi me duele.

—Lo siento —digo.

—¿Qué sientes?

—No me encogiste la ropa.

Me mira con cara de miedo.

—¿Siempre has estado tan chiflada?

Enderezo la espalda, dispuesta a hacerme la ofendida, cuando me suena el móvil. Es Zoe. Dudo un instante —no me siento con fuerzas, en serio— pero puede que esté llamando para cancelar la reunión de esta noche del Club de Lectura de Mujeres Amargadas. Además, es mi mejor amiga, así que obviamente contesto.

—Hola, Zoe.

—No vas a creer lo que me ha hecho ahora ese pedazo de capullo.

No necesito preguntar quién es el pedazo de capullo: es Brendan, su ex marido.

—Tenía que recoger a su hija a las cinco y aún no ha llegado. ¿Y qué hora es? ¡Exacto! ¡Las cinco y veinte! Que me trate a mí como una mierda vale, pero hacerle eso a sangre de su sangre… Ah, por ahí viene el muy cabrón. ¡Por Dios, tendrías que ver lo que lleva puesto! ¡Pitillos amarillo limón! ¿Se cree que tiene diecisiete años? Oye, vente antes. No, vente ahora. Ya estoy con el vino.

Cuelga abruptamente y me siento acorralada, casi atemorizada.

—Quizá deberías buscarte otra mejor amiga —señala Jeffrey.

Durante una milésima de segundo estoy completamente de acuerdo con él, luego cambio de onda.

—No digas tonterías —digo—. Es mi mejor amiga desde que teníamos seis años.

Zoe y yo fuimos al colegio juntas. De adolescentes, nos intercambiábamos los novios —de hecho, Ryan fue su novio antes de que empezara a salir conmigo—, y cuando crecimos y nos casamos, nuestros maridos se hicieron grandes amigos. Tuvimos a nuestros hijos casi al mismo tiempo y muchas veces íbamos todos juntos de vacaciones. Zoe y yo siempre seremos amigas.

Por muy difícil que me resulte últimamente.

La culpa la tuvo Brendan, pienso con tristeza. Zoe y él estaban felizmente casados, hasta que hace unos tres años él lo estropeó todo al acostarse con una chica del trabajo. El resultado fue devastador. Zoe dijo que estaba dispuesta a perdonarle si él prometía dejar a esa chica, pero Brendan nos horrorizó a todos diciendo que en realidad no quería volver con Zoe, gracias.

Pensábamos que eso sería el final de Zoe, que se vendría abajo y se convertiría en una triste sombra de su alegre ser. Pero nos equivocábamos. La traición de Brendan provocó en ella una transformación, y no precisamente positiva.

¿Sabes qué ocurre cuando una mujer de lo más corriente se aficiona de repente al culturismo? Las demás mujeres se dedican a mariconear con pesas de color rosa de dos kilos, mientras que ella empieza a darle a los batidos de proteínas y se despega del pelotón. De pronto la tienes engullendo esteroides y participando en competiciones y bronceándose de marrón caoba. El cuerpo le cambia por completo: las tetas se convierten en pectorales y los brazos se hinchan y se llenan de venas. Está en el gimnasio todos los días, resoplando y levantando pesas, entregando su vida y su alma a esta nueva versión de sí misma.

Pues bien, Zoe ha hecho eso mismo con su personalidad. Se ha remodelado y reinventado en alguien casi irreconocible. Y antes era encantadora, y muy divertida…

—¿Qué? —pregunta Jeffrey en un tono casi sarcástico—. ¿Esta noche toca reunión del Club de Lectura de Mujeres Amargadas?

Me muerdo el labio, me lo muerdo y me lo muerdo y me lo muerdo, mientras mi mente busca una salida y las encuentra todas bloqueadas. Finalmente me vuelvo hacia Jeffrey con una ira inesperada.

—¿Qué club de lectura se reúne un sábado por la noche? ¡Los

clubes de lectura son cosas de entresemana, para que tengas una excusa para pulirte una botella de vino un martes!

—La primera regla del Club de Lectura de Mujeres Amargadas es que nadie hable del Club de Lectura de Mujeres Amargadas —dice Jeffrey.

Incorrecto. La primera regla del Club de Lectura de Mujeres Amargadas es que todas beban vino tinto y sigan bebiendo hasta que se les pongan los labios agrietados y los dientes negros.

—Segunda regla —prosigue él—: todos los hombres son unos cabrones.

Correcto.

—Tercera regla: todos los hombres son unos cabrones.

También correcto.

—Y dime... —pregunto—. ¿Qué te ha parecido el libro?

—Mamá... —Jeffrey se remueve incómodo.

—¡No lo has leído! —le acuso—. ¡Nunca te pido nada! Solo que leas un maldito libro y...

—Mamá, la del club de lectura eres tú, no yo. Se supone que te gustan los libros...

—¿Cómo pueden gustarle a alguien los libros elegidos por el Club de Lectura de Mujeres Amargadas?

—En ese caso, deberías pensar en dejarlo.

Esta noche tendré que pillar una curda, una buena curda. No bebo mucho, pero es la única manera de que pueda aguantarlo. Eso significa que el coche queda descartado, pero también el transporte público. Desde su separación, Zoe vive lejos, muy lejos, en una urbanización donde los autobuses generan la misma consternación que los eclipses de sol en la Edad Media. (Cuando estaba casada tenía su domicilio en el corazón vibrante de Ferrytown, cerca de sus numerosos servicios, y su exilio actual en los confines de Dublín oeste es un motivo de amargura más en su larga lista.)

—¿Cena con las amigas? —me pregunta el taxista.

—Club de lectura.

—¿Un sábado por la noche?

—Lo sé.

—Entonces ¿empinarán el codo?

Lanzo una mirada a mi botella de vino.

—Sí.

—¿Qué libro toca hoy?

—Una cosa francesa. *La invitada*, se titula. Lo escribió Simone de Beauvoir. Solo lo he leído por encima, pero es muy triste. Autobiográfico. Simone de Beauvoir y Jean-Paul Sartre eran gente auténtica, escritores...

—Sé quiénes son. —Parece molesto—. Existencialistas.

—Tenían una relación abierta.

—Unos guarros. —El hombre chasquea la lengua—. Así son los franceses.

—Y hay otra chica con la que... —¿Cómo puedo expresar un *ménage à trois* de forma delicada?—. Se hacen amigos y la chica provoca su ruptura.

—Ellos se lo han buscado. Las reglas están para algo. ¿Adónde demonios vamos?

—Gire la próxima a la izquierda. Y la que viene a la derecha. Y la segunda a la izquierda. —Estamos en la enorme urbanización de casas clonadas—. Vaya hasta el final, gire a la izquierda, a la derecha, sí, continúe. La segunda a la izquierda, otra vez a la izquierda. Derecha. Izquierda. Siga, siga, lo está haciendo muy bien.

—Mi GPS se ha vuelto loco.

—Izquierda. Izquierda al final de todo. Una más a la derecha y... pare aquí.

Cuando voy a pagarle, el taxista me mira angustiado.

—Puede que nunca consiga salir de aquí.

De repente tomo conciencia de lo acorralada que estoy en esta prisión residencial. Noto como si los ojos me treparan hasta la coronilla y salieran disparados hacia arriba, lejos, muy lejos, por encima del laberinto de callecitas, de la gruesa red de autopistas, la cepa viral de Dublín, la costa de Irlanda, la masa continental de

Europa, hasta el espacio exterior. Soy diminuta, estoy atrapada y asustada, e impulsivamente digo:

—Venga a buscarme dentro de una hora y media.

—No puede largarse a la hora y media. —El taxista parece estupefacto—. Pórtese como es debido. Dos horas y cuarto.

Titubeo.

—Un poco de educación.

—Ah, está bien, dos horas y cuarto. Para entonces —siento que debo añadir— puede que esté borracha. No armaré ningún escándalo, pero a lo mejor me da por llorar. Le pido que no se burle de mí.

—¿Por qué iba a burlarme de usted? Ese no es mi estilo. Ha de saber que soy muy respetado en mi comunidad. Tengo fama, debo de añadir que bien merecida, de persona cortés. Los animales acuden instintivamente a mí... Ah, mire, su amiga la está esperando.

Zoe tiene abierta la puerta de la calle y, a juzgar por sus dientes negros y su pelo alborotado, ya está pedo.

—¡Bienvenida al Club de Lectura de Mujeres Amargadas! —grita.

Corro a su encuentro.

—Será cerdo —dice observando al taxista—. Se me está comiendo con los ojos. ¿No lo ves? ¡Y lleva anillo de casado! Viejo verde.

—¿Soy la primera? —Entro en la sala de estar.

—¡Eres la única!

—¿Qué?

—¡Lo que oyes! ¡Pandilla de impresentables! Se han rajado todas. Deirdre tiene una cita. Con un hombre. ¡Lo que oyes! ¡Y se ha rajado así, por la cara! —Zoe intenta chasquear los dedos pero no lo consigue—. Menuda hija de la gran P.

—¿Y dónde está Elsa? ¿Me das una copa?

Mi vino, por suerte, tiene tapón de rosca. Necesito empezar a beber ya. Ojalá hubiera empezado en el taxi.

—La madre de Elsa se ha caído de una escalera de mano y se ha roto la clavícula, así que Elsa está... —Zoe hace una pausa y pronuncia la siguiente frase con un sarcasmo feroz—. En urgencias.

—Eso es terrible. —Estoy sirviendo el vino. Empiezo a beber y siento un gran alivio.

—Lo que oyes. Qué. Jodidamente. Oportuno. Que su madre se rompa la clavícula justo la noche del Club de Lectura de Mujeres Amargadas.

—Dudo que se la haya roto a propósito… ¿Y dónde está Belén?

—No pronuncies ese nombre en mi casa. Esa impresentable está muerta para mí.

—¿Por qué?

Zoe se lleva los dedos a los labios.

—Chis. Es un secreto. Otro día. ¿Alguna novedad?

Podría contarle muchas: que la economía irlandesa está dando muestras de una modesta recuperación, que los científicos han conseguido tratar con éxito el cáncer de huesos en ratones. Podría incluso hablarle del demencial concepto del arte de Ryan. Sin embargo, las únicas novedades que le interesan a Zoe son las rupturas; las necesita tanto como el aire que respira. Prefiere que sean de conocidos cercanos, pero las de los famosos también le valen.

—No —digo con tono de disculpa.

—¿Ryan sigue soltero?

—Sí.

—Pero no por mucho tiempo, ¿eh? Cualquier día de estos una Barbie de diecinueve años con cerebro de mosquito se enamorará de su rollo de artista atormentado. Y dime, ¿qué te ha parecido el libro?

—Bueno… —Respiro hondo e intento animarme. Estoy aquí. Estoy en mi club de lectura. Me he tomado la molestia de leerme el libro por encima, así que por qué no hacer el esfuerzo—. Sé que son franceses y que los franceses son diferentes, que llevan bien lo de la infidelidad y todo eso, pero me pareció muy triste.

—Esa Xavière es un poco hija de P.

Quiero expresar mi acuerdo, pero no puedes hacer eso en un club de lectura. Debes «analizar» el libro. Así que, algo cansinamente, digo:

—¿Es tan sencillo?

—¡Dímelo tú! Françoise y Pierre eran felices. ¡Ellos invitaron a Xavière a su casa!

Un tanto sorprendida por la ira de Zoe, pregunto:

—Entonces ¿fue culpa de ellos?

—Fue culpa de ella, de Françoise.

Trago saliva.

—No sé si es justo culpar a Françoise de que Pierre se haya enamorado de Xavière.

Zoe me mira fijamente a los ojos.

—Es autobiográfica, ¿sabes? Ocurrió de verdad.

Me desconcierta su trasfondo de resentimiento, pero Zoe siempre lo tiene, simplemente empeora cuando está borracha.

—Lo sé, y por eso…

—Stella, Stella. —Zoe me está agarrando fuertemente del brazo, y de repente pone cara de tener algo muy importante que decirme—. Stella.

—¿Sí? —balbuceo.

—Ya sabes lo que voy a decirte. —Me clava una mirada a la vez intensa e inestable.

—Eh…

Una inesperada oleada de una emoción nueva la inunda.

—Mierda —dice—. Tengo que acostarme.

—¿Qué? ¿Ahora?

—Lo que oyes. —Sale de la sala y se dirige a la escalera dando bandazos—. Estoy muy borracha —dice—. Esas cosas pasan. Si bebes mucho. —Sube trabajosamente y entra en su dormitorio—. No voy a vomitar. No voy a llorar. Me encuentro genial. —Se quita el vestido y luego se mete debajo del edredón—. Solo quiero dormirme y, a ser posible, no despertar nunca. Pero me despertaré. Vete a casa, Stella.

La muevo hasta colocarla de costado y murmura:

—Para de una vez. No voy a vomitar, ni a llorar, ya te lo he dicho. —Es una mezcla extraña de borrachera y lucidez.

Empieza a roncar flojito y me tumbo a su lado y pienso en lo triste que es todo. Zoe es una de las personas con mejor corazón que conozco, un alma desenfadada que ve lo bueno en todo el mundo. O por lo menos lo veía. La traición de Brendan afectó a todos los ámbitos de su vida: no solo fue públicamente humillada, sino que le destrozó el corazón. Zoe amaba a Brendan de verdad.

Para colmo, Brendan desmanteló en secreto la empresa de limpieza que dirigía con Zoe y se quedó con las compañías grandes y lucrativas; a ella le dejó los trabajos pequeños, inestables y a corto plazo. Zoe se estaba dejando la piel intentando sacar el negocio adelante.

Y las dos hijas de Zoe, Sharrie, de diecinueve años, y Moya, de dieciocho, la desprecian. Fueron ellas las que idearon el nombre del Club de Lectura de Mujeres Amargadas, y Zoe lo adoptó en un acto de desafío tipo si-no-puedes-con-el-enemigo-únete-a-él.

Contemplo su cuerpo tendido. Incluso dormida parece enfadada y decepcionada. ¿Me ocurrirá a mí lo mismo? Aunque mi vida no ha ido como esperaba, no quiero ser una amargada. Pero ¿y si no depende de uno?

Suena el timbre de la puerta y pegamos un bote.

—¿Quién es? —farfulla Zoe.

—Mi taxista. Había olvidado que volvería. Le diré que se vaya.

—No te quedes, Stella. —Se incorpora.

—Por supuesto que me quedo.

—No. Estoy bien, en serio. Olvidaremos esta noche y mañana empezaremos de cero, ¿vale?

Titubeo.

—¿Estás segura?

—Te lo prometo.

Bajo y salgo al aire de la noche. El taxista me lanza una mirada cauta por el retrovisor.

—¿Lo ha pasado bien?

—Genial.

—Bien. ¿A casa entonces?

—Sí, a casa.

> «El contacto humano es tan importante
> como el agua, la comida, el aire, la risa
> y los zapatos nuevos.»
>
> Extracto de *Guiño a guiño*

En mi vigésimo cuarto día de hospital un hombre entró en mi cubículo. Llevaba una carpeta y, para mi sorpresa, lo reconocí: no del personal del hospital, sino de mi antigua vida. Era el cascarrabias en cuyo Range Rover me había empotrado, el hombre al que había acusado de tirarme los tejos. ¿Qué estaba haciendo aquí, en mi cubículo? ¿Tenía que ver con la reclamación del seguro?

Pero si yo había hecho todo lo necesario: había rellenado debidamente los interminables impresos así como los formularios de seguimiento, y había telefoneado cada mes a mi compañía, únicamente para que me dijeran que estaban intentando «aclararse» con las otras aseguradoras implicadas; básicamente, me había rendido al laberíntico proceso como haría cualquier persona sensata.

No podía ser que ese hombre estuviera aquí para instarme a agilizar las cosas. Aunque hubiera podido hablar, no había nada que yo pudiese hacer. Estaba confundida y asustada, luego acalorada por la vergüenza que había sentido cuando me dijo por qué quería mi número de teléfono.

—¿Stella? —Lucía una bata blanca de médico sobre un traje oscuro. Llevaba el pelo muy corto y sus ojos eran de color gris plata y parecían cansados, tal como los recordaba—. Me llamo Mannix Taylor. Soy neurólogo.

No tenía ni idea de qué era un neurólogo.

—Voy a ocuparme de tu rehabilitación física.

Primera noticia. Pensaba que el doctor Montgomery estaba

a cargo de mi tratamiento. Aunque como paciente «estable» poco podía ofrecerle a modo de emociones fuertes, y las únicas veces que lo veía era cuando se dirigía a alguno de los estimulantes pacientes «críticos» de otros cubículos. De hecho, en una ocasión dijo: «¡Ah, sigue aquí! ¡Aguanta ahí, Patsy, aguanta!».

Pero puede que el propio doctor Montgomery hubiera enviado a este neurólogo cascarrabias.

Aunque estaba paralizada y, por tanto, del todo inmóvil, me envié la orden de permanecer todavía más inmóvil. Si me volvía invisible, tal vez Hombre Cascarrabias se marchara desconcertado y le dijera a la enfermera que en la cama siete no había nadie. Existían muchas probabilidades de que no me reconociera: habían pasado casi seis meses desde que me empotrara en su coche, y sospechaba que mi aspecto era ahora muy diferente. No había visto un espejo desde mi ingreso en el hospital, pero no iba maquillada, tenía el pelo hecho un desastre y había adelgazado mucho.

—Hoy trabajaremos la circulación —dijo—. ¿Le parece bien?

No, no me parecía bien.

Mi hosquedad debió de apoderarse del cubículo, porque Hombre Cascarrabias parecía un poco sorprendido. Me miró de una forma nueva y la expresión de su cara cambió.

—¿Nos conocemos?

Guiñé el ojo izquierdo repetidas veces en un intento de transmitirle: «Lárgate. Lárgate y no vuelvas nunca».

—¿Sí? ¿No? —Arrugó la frente—. ¿Qué está intentando decirme? —Parecía un episodio de *Skippy el canguro*.

«Lárgate. Lárgate y no vuelvas nunca.»

—El accidente de coche. —El ceño desapareció de su frente mientras recordaba—. La colisión.

«Lárgate. Lárgate y no vuelvas nunca.»

Me observó detenidamente y soltó una risita.

—Quieres que me largue.

«Sí, quiero que te largues y no vuelvas nunca.»

Hombre Cascarrabias —¿cómo dijo que se llamaba? Mannix— se encogió de hombros.

—Tengo un trabajo que hacer.

«Lárgate y no vuelvas nunca.»

Rió de manera bastante cruel.

—Caray, cuando alguien te cae mal, te cae mal de verdad. ¡Bien! —Cogió la tablilla y acercó una silla a mi cama—. ¿Cómo te encuentras hoy? Sé que no puedes contestar. El informe de las enfermeras dice que has pasado «buena noche». ¿Es cierto?

Me miró atentamente. Guiñé el ojo izquierdo. Que adivinara él lo que significaba.

—¿No? O sea que guiñar el ojo izquierdo quiere decir «no». Entonces ¿no has pasado buena noche? —Suspiró—. Siempre dicen que el paciente ha pasado buena noche, salvo que este haya estado corriendo en cueros por la planta gritando que la CIA le está espiando. En ese caso, dicen que ha pasado «mala noche».

Enarcó una ceja, esperando una reacción.

—¿Ni siquiera una sonrisa? —Su tono era sarcástico.

«No puedo sonreír, y aunque pudiera, no lo haría. Para ti no.»

—Sé que no puedes sonreír —dijo—. Reconozco que ha sido un chiste malo. Bien, diez minutos y me largo. Hoy te masajearé los dedos.

Me tomó la mano y, después de más de tres semanas sin que nadie me tocara como es debido, la experiencia me impactó. Empezó frotando la yema del pulgar alrededor de mis uñas, pequeños movimientos que liberaron placenteras sustancias químicas en mi cerebro. De repente me sentía mareada, casi colocada. Me cogió los nudillos y los movió en círculos, luego tiró suavemente de mis dedos, lo que desencadenó una cascada de placer que lanzó pequeñas descargas eléctricas por todo mi cuerpo. Ryan y los niños mantenían las distancias por miedo a hacerme daño, pero era evidente que esa clase de privación no podía ser buena si el mero hecho de que alguien me frotara la mano me producía semejante euforia.

—¿Qué tal? —preguntó Mannix Taylor.

Resultaba tan íntimo que tuve que cerrar los ojos.

—¿Te gusta? —preguntó.

Abrí los ojos y guiñé el derecho.

—¿Eso es un «sí»? —preguntó—. ¿Guiñar el ojo derecho significa «sí»? Es la primera vez que trabajo con alguien que no puede hablar. ¿No te vuelves loca?

«Lo intento. Cada día hago lo posible por perder la cabeza.»

—Bien, hagamos la otra mano.

Cerré los ojos y me rendí a las sensaciones; entré entonces en una especie de trance extático. Estaba pensando en esas historias sobre los bebés de los orfanatos a los que nadie coge en brazos y lo mucho que eso entorpece su desarrollo. Ahora entendía perfectamente por qué. Perfectamente. El contacto humano era importante, muy importante, tan importante como el agua, la comida, el aire, la risa, los zapatos nuevos...

¿Qué ocurría? ¿Por qué había parado? Abrí los ojos. Mannix Taylor estaba mesándose el pelo y luego se levantó.

—Ya he terminado. —Soltó una de sus risitas maliciosas—. No ha estado mal, ¿eh?

«Que te jodan.»

Domingo, 1 de junio

5.15 ¡de la mañana!

Domingo, día de descanso. Pero no para una fracasada que está intentando rehacer su vida. El despertador está puesto para que suene a las seis. Sin embargo, ya estoy despierta.

El insomnio es un enemigo que ataca de muchas maneras. A veces aparece justo cuando me meto en la cama, y se queda rondando un par de horas. Otras noches permanece alejado hasta las cinco de la mañana, hora en que irrumpe y merodea unos veinte minutos antes de que suene la alarma. Es un trabajo de jornada completa lidiar con ese cabrón.

Hoy me despierto a las cinco y cuarto; empiezo a darle vueltas a muchas cosas. Opto por Zoe y le envío un mensaje.

Tas bien? xxx

Contesta al instante.

Siento lo d anoche. Pronto dejo d bbr tanto

No sé qué responder. Está bebiendo demasiado, pero también es cierto que tiene muchos problemas, y ¿en qué momento dejas de sentir pena por alguien y empiezas a sermonearle?

Me preocupo por eso durante diez o quince minutos, luego compruebo cómo va el proyecto de Ryan y, por suerte, nada ha ocurrido desde la última vez que miré. Más animada, veo vídeos de cabras cantoras y pierdo todo el tiempo que puedo hasta que súbitamente, como me ocurre unas noventa veces al día, me asalta el deseo de buscar a Gilda en Google. Pero no puedo, no debo, así que en lugar de eso entono el mantra: «Que estés bien, que seas feliz, que estés libre de sufrimiento».

No puedo contener el impulso de remontarme a aquella fatídica mañana dos años atrás, cuando me la encontré en el Dean & DeLuca de Nueva York. Yo estaba en la sección de bombones, buscando regalos para mamá y Karen, cuando alargué la mano hacia una caja al mismo tiempo que otra persona.

—Lo siento. —La retiré.

—No, quédeselos —dijo la mujer.

Sorprendida, caí en la cuenta de que conocía esa voz; pertenecía a la adorable Gilda, a quien había conocido en una cena justo la noche antes. Me di la vuelta. ¡Era ella! Llevaba su pelo rubio recogido desenfadadamente sobre la coronilla y vestía ropa de deporte holgada en lugar del elegante vestido de anoche, pero sin duda era ella.

Entonces Gilda me reconoció.

—¡Hola!

Parecía encantada de verme. Hizo el gesto de darme un abrazo pero se contuvo, como si temiera que su actitud fuese «desacertada». (Por lo que había podido observar, eso era lo que la gente de Nueva York temía más. Más incluso que los monstruos o el fracaso profesional o estar gordo.)

—¡Qué casualidad! —Experimenté un sentimiento cálido hacia ella—. ¿Vives por aquí?

—Vengo de entrenar a una clienta que vive cerca. Corremos juntas en el parque. —Nos sonreímos y, con cierta timidez, me preguntó—: ¿Tienes diez minutos para tomar un té?

—No puedo —respondí con sincero pesar—. Vuelo a Dublín esta misma tarde.

—¿Y qué me dices dentro de un par de semanas, cuando estés debidamente instalada? —Se ruborizó—. Me gustaría darte las gracias por el libro que escribiste. —Su rubor se intensificó, volviéndola hermosa como una rosa—. Espero que no te moleste, pero Bryce me pasó una copia. No pretendo incomodarte, pero quiero que sepas que lo encontré muy inspirador. Sé que es un libro que leeré una y otra vez.

—Muchas gracias —dije, cohibida—. Pero en realidad no es gran cosa…

—¡No te quites mérito! Hay mucha gente que ya se encargará de hacerlo por ti.

Pensé en el tipo horrible que había asistido a la cena de la noche anterior y, por la expresión de los ojos de Gilda, deduje que ella también.

—Oye —me dijo con una risita—, ¿qué te pareció la cena de anoche?

—¡Dios! —Enterré la cara en las manos y solté un gemido—. Tremenda.

—Con ese Arnold lleno de manías y esa esposa tan agresiva.

—Me dijo que solo los turistas venían a Dean & DeLuca.

—Yo no soy una turista y me encanta. Estos bombones son el regalo perfecto. Es una mujer cruel, nada más.

Esta Gilda era adorable.

—Cuando vuelva —dije—, tenemos que quedar para ese café. —Entonces tuve una idea. Gilda era entrenadora personal y nutricionista—. ¿Tú bebes café?

—A veces. Sobre todo té de frambuesa.

—¿Llevas una vida muy saludable?

—Me cuesta.

Su respuesta fue música para mis oídos.

—A veces —dijo— me resulta excesivo y me rindo a la tentación del chocolate y la cafeína.

El engranaje de mi cabeza ya estaba en marcha. Me habían dicho que debía perder cinco kilos.

—Creo que necesito una entrenadora personal. Imagino que tú no… Perdona, lo siento, probablemente estás hasta arriba de trabajo.

—Actualmente tengo bastante, lo cual es genial.

—Claro…

Parecía estar pensando.

—¿Qué te interesa? ¿Cardio? ¿Tonificación? ¿Dieta?

—Ostras, no sé. Estar delgada, eso es todo.

—Creo que podría ayudarte. Debería echar primero un vistazo a lo que comes y podríamos correr juntas.

—El único problema es que no soy una persona deportista.

De pronto me asusté. ¿Dónde me estaba metiendo?

—¿Qué te parece si probamos… digamos… una semana? Para ver si conectamos.

—¿Una semana? —Caray, no te daban mucho tiempo para adaptarte en esta ciudad.

Sonrió.

—Aquí tienes mi tarjeta. No pongas esa cara de susto. Todo irá bien, ya lo verás.

—¿Tú crees?

—Sí, todo irá de maravilla.

9.48

Karen me llama.

—¿Qué estás haciendo?

—Trabajando. —Suspiro—. Oye, Karen, necesito ropa. No me entra nada. He engordado.

—¿Y qué esperabas después de zamparte todos esos pastelitos?

Tartamudeando, digo:

—Pero… pero eran asquerosos.

Caigo en la cuenta de que siempre he creído que si un alimento no me gustaba quería decir que tenía cero calorías.

—Díselo a los pastelitos. Y a los demás carbohidratos que has estado metiéndote estos dos últimos meses.

—Vale. —La verdad es que me siento fatal—. Entonces ¿qué me pongo? —Aunque Karen es dos años menor, siempre le pido consejo.

—Puedo llevarte de compras más tarde.

—Nada de tiendas caras.

Sobra el comentario. Karen Mulreid es la reina de los chollos. Puede decirte en todo momento el dinero exacto que lleva en la cartera, incluidos los céntimos. A veces jugamos a eso. Me recuerda a Derren Brown, el famoso mentalista.

—Hablando de dinero —dice—, ¿cómo va tu nuevo libro?

—Lento —respondo—. Lento e… inexistente. —En un arrebato de pánico, pregunto—: Karen, ¿y si no puedo escribir otro libro?

—¡Por supuesto que escribirás otro libro! ¡Eres escritora!

No lo soy. En realidad soy una esteticista que contrajo una extraña enfermedad y se curó.

—¿Chinos? —exclamo, alarmada—. Ni hablar.

—Ya lo creo que sí. —Karen me conduce hasta el probador.

Los chinos son pantalones para hombres, esos cuarentones fanáticos del rugby de voz atronadora y sin el menor estilo. ¡No puedo llevar chinos!

—Los chinos de ahora son diferentes —asegura Karen—. Estos chinos son de mujer. Y no tienes elección, es lo único que te entrará hasta que desaparezca la barriga.

—Te lo ruego, Karen. —Me aferro a su brazo con mirada implorante—. No pronuncies esa palabra. Te prometo que me desharé de ella, pero no la pronuncies.

Después de conseguir que me pruebe un montón de prendas, me obliga a comprar dos chinos de color azul marino, algunas camisetas y un pañuelo largo y vaporoso.

—Estoy horrible —protesto.

—Es a lo que puedes aspirar por el momento —señala—. Lleva siempre el pañuelo. Te camuflará… el culo.

Ya en la caja me consigue un descuento por una mancha invisible.

—Recuerda —dice—, es una medida de emergencia, no una solución a largo plazo. Te llevo a casa, pero primero quiero pasarme por el salón.

Pese a tener dos hijos, el negocio es su gran amor y no hay un día que no se dé una vuelta por él.

—¿Para qué? —pregunto.

—Me gusta mantener a Mella alerta.

Mella es la gerente del salón.

—Creía que confiabas en ella.

—No puedes confiar en nadie, Stella. Lo sabes mejor que nadie.

Mientras nos abrimos paso entre la multitud de compradores domingueros para regresar al coche diviso a un conocido, un padre del antiguo colegio de Jeffrey. «Trágame, tierra.» No puedo ponerme a charlar con él, no con esta barriga. Bajo la cabeza y paso por su lado como una flecha y creo que lo he conseguido cuando le oigo decir:

—¿Stella?

—¿Sí? —Me doy la vuelta y me hago la sorprendida—. ¡Roddy! ¡Roddy...! —No recuerdo su apellido, así que paso a otra cosa—. ¡Ja, ja, ja, hola!

—Me alegro de verte, Stella.

—Yo también.

Le presento a Karen.

—Roddy tiene un hijo que iba a la misma clase que Jeffrey.

—¿Cómo está Jeffrey? —me pregunta Roddy.

—Bien. Genial. Una pesadilla. ¿Cómo está...? —¿Cómo demonios se llamaba el hijo?

—Brian. Acaba de terminar el bachillerato sin pegar sello. Y ahora él y sus amigos se han apoderado de la sala de estar. Son una pandilla de tarugos.

—Me recuerda a Jeffrey —digo débilmente. Salvo en lo de los amigos.

—Se quedan hasta las tantas jugando a los videojuegos y durante el día se duermen por los rincones.

Envalentonada, quizá por haber encontrado a un alma gemela, pregunto:

—¿Brian cocina alguna vez?

—¿Te refieres a comida? —Roddy suelta una carcajada—. ¿Me tomas el pelo? Solo comen guarradas. Cuando bajo por la mañana, las cajas de pizza no me dejan ver el suelo. Han talado bosques enteros para hacer esas cajas.

Trago saliva. Jeffrey no encarga pizza. ¿Qué estoy haciendo mal?

—Y jamás me dirige una palabra amable.

Me agarro a eso visiblemente aliviada. Jeffrey tampoco me dirige nunca una palabra amable. Debo de estar haciendo algo bien…

—¿Así que estás de compras? —pregunta Roddy un tanto innecesariamente.

—Sí. —Pruebo la frase—: Me he comprado unos chinos. Chinos para mujer.

—¿Chinos para mujer? —Parece sorprendido—. No sabía que existieran. En fin, que los disfrutes. Cuídate.

—Roddy no sabía que existían —farfullo a Karen cuando nos alejamos.

—Naturalmente que no, vive en una urbanización. Pero un hombre sofisticado y con gusto lo sabría. Apuesto a que…

—¡No! Ni se te ocurra pronunciar su nombre.

17.31

Karen aparca delante de Honey Day Spa con medio coche sobre la acera y el otro medio pisando las rayas amarillas.

—¿Entras?

Se me hace extraño volver al local del que en otros tiempos fui propietaria junto con Karen y donde trabajé durante tantos años.

—¿No te preocupa la guardia urbana? —pregunto.

—Me conocen y conocen el coche. Además, solo será un minuto. Vamos.

Karen y yo nos habíamos formado juntas como esteticistas. Yo había seguido en el colegio hasta los dieciocho pero Karen lo dejó a los dieciséis. Dado nuestro estrato social, no creíamos que tuviéramos demasiadas opciones profesionales: podíamos ser peluqueras o esteticistas o trabajar en una tienda. Todo a nuestro alrededor nos alentaba a apuntar bajo.

A decir verdad, papá había deseado algo mejor para mí.

—Eres inteligente, Stella. Estudia. Si yo volviera a ser joven…

Pero ni él ni yo poseíamos la confianza necesaria para impulsar mi educación, de modo que papá y mamá pidieron un crédito a la cooperativa para mandarnos a Karen y a mí a la academia de estética. A las pocas semanas Karen ya estaba depilando piernas en su habitación y generando dinero, y cuando recibimos el diploma las dos conseguimos trabajo en un spa de Sandyford.

Karen solía decirme:

—Esto no es para siempre. No pienso pasarme la vida trabajando para otra gente como papá y mamá. Tú y yo vamos a tener nuestro propio negocio.

Pero yo estaba acostumbrada a ser pobre.

Y con Ryan Sweeney de novio y más tarde de marido, me mantuve en esa costumbre mucho tiempo.

Karen intentaba arrastrarme en su ambición. Nos registró a ambas como sociedad limitada y declaró:

—Ahorra, Stella, ahorra. Necesitaremos hasta el último céntimo para cuando aparezca el local idóneo.

Pero yo no tenía céntimos que ahorrar —debía mantener a Ryan, y luego a Betsy— y nunca me tomaba a Karen en serio. Hasta el día que me llamó y dijo:

—¡He encontrado el lugar perfecto! Está en la calle principal de Ferrytown. Mejor ubicación imposible. Tengo las llaves. Vamos a echarle un vistazo.

El local consistía en cuatro habitaciones lúgubres encima de una farmacia. Miré incrédula a mi alrededor.

—Karen, esto es un agujero. No puedes traer a la gente aquí. ¿Eso de ahí son...? —Corrí hasta unas cosas que crecían en un rincón—. ¿Son hongos? ¡Son hongos!

—Una capa de pintura y quedará como nuevo. Oye, a nuestras clientas les traerán sin cuidado las fuentes y las velas. Ellas querrán piernas suaves y bronceados baratos. Serán jóvenes, no se fijarán en los hongos.

Eché una última ojeada y dije:

—Ni hablar, Karen. Siento mucho aguarte la fiesta, pero este no es el local.

—Demasiado tarde —repuso—. Ya lo he alquilado. A nombre de las dos. Y he comunicado tu dimisión en el trabajo.

Me quedé mirándola, esperando el final del chiste. Como no llegaba, susurré:

—Tengo una hija de tres meses.

—Está feliz al cuidado de tía Jeanette. Esto no cambia nada.

—¿Dónde está el lavabo? Tengo ganas de vomitar.

—Lo tienes justo detrás.

Corrí hasta él.

—Eres una cobarde —dijo mi hermana a través de la puerta del lavabo.

Tras un par de arcadas, repliqué:

—Me dará demasiada vergüenza traer a gente a esta barraca.

Karen rió.

—No podrás permitírtelo. Espera a ver lo que pagamos al mes. —Tuve otra arcada y Karen dijo—: No estarás embarazada, ¿verdad?

—No. —No podía estarlo; habíamos tomado precauciones. Lo peor que podría pasarme en ese momento era estar embarazada.

Pero lo estaba.

En cuanto nos pusimos a trabajar por nuestra cuenta, Karen adquirió una velocidad endiablada. Siempre había sido rápida depilando, pero ahora parecía que llevara dentro un cohete. Se pasaba las sesiones de depilación, incluso las más delicadas, hablando sin parar.

—Lo que viene ahora te dolerá. —Agarrándote la pierna por el tobillo, te la levantaba y te arrancaba la tira de cera de los labios mayores antes de que te dieras cuenta de lo que estaba pasando—. Aprieta los dientes —decía con una risa macabra—, que viene el otro lado. ¡Ay! ¡Ya está! Ni un pelo, te he dejado lisa como una bola de billar. ¿A que ha valido la pena?

No había tiempo para recuperarse ni palabras reconfortantes; tan siquiera un «vístete sin prisas, te dejo sola». Karen sonreía a la pobre chica que yacía despatarrada en la camilla, mareada y presa del shock.

—Levántate, necesitamos la camilla. La próxima vez tómate dos Solpadine media hora antes de venir y ni te enterarás. Si tienes ganas de vomitar ahí está el lavabo. No te cortes, aquí no juzgamos a nadie. Stella también se mareó después de su primera brasileña completa. ¿A que sí, Stella?

Seis meses después de la gran inauguración di a luz a Jeffrey, y Karen aceptó —a regañadientes— que me cogiera cuatros semanas de baja por maternidad.

—No podrías haber elegido peor momento —dijo.

Cuando regresé al trabajo estaba tan aturdida y agotada de cuidar a dos bebés que tenía que utilizar las horas muertas de la mañana, entre las diez y las doce, para tumbarme en la cama solar y recuperar algo de sueño. Karen, entretanto, salía a repartir folletos para atraer a nuevas clientas.

Se mantenía al día de las últimas innovaciones en estética no a base de leer catálogos, sino estudiando las fotos de *Closer*. Cada mes hacíamos una oferta especial superbarata porque, como decía Karen, «lo único que necesito es que alguien cruce esa puerta». No imaginas lo persuasiva que era: las mujeres entraban para una depilación de cejas y se iban con una extensión de pestañas, uñas acrílicas y un cuerpo sin un solo pelo.

En el mundo de Karen la palabra «no» no existía. Si una clienta quería una sesión de cama solar a las siete y media de la mañana, abría especialmente para ella, y trabajábamos siete días a la semana, muchas veces hasta las nueve de la noche. Si alguien llamaba y pedía un tratamiento del que Karen no había oído hablar, decía con gran aplomo:

—Lo tenemos encargado. La llamaré en cuanto llegue. —Y lo encontraba.

Era una negocianta implacable; estableció un complejo sistema de trueque con medio Ferrytown, gracias al cual nunca pagaba en efectivo.

Tampoco tenía reparos en pedir descuentos. Si lo conseguía, se alegraba; si no, también se alegraba. «Valía la pena intentarlo, ¿no crees?»

Yo era todo lo contrario. Preferiría ir descalza y dormir en una cuneta antes que sonreír a alguien y decirle: «¡Rebájame diez euros y seremos amigos!». Yo era un desastre regateando, y Ryan tres cuartos de lo mismo. De ahí que, incluso cuando terminó dirigiendo un negocio próspero, siguiéramos sin blanca. Imagino que cada persona posee un talento: unos son fantásticos contando chistes, otros son excelentes panaderos y algunos, como Karen, nunca pagan el precio marcado.

En Honey Day Spa Karen jamás bajaba la guardia. En cuanto advirtió que nuestro volumen de depilaciones con cera había bajado —y no necesitaba una hoja de cálculo para eso, lo sabía instintivamente—, enseguida averiguó que todo el mundo se había pasado al láser. Lo que implicaba que había llegado el momento de pasarse al láser.

Pero la empresa de láser se negaba a vendernos el equipo si no hacíamos un curso de formación, carísimo, con ellos. Así pues, Karen hizo un montón de indagaciones y finalmente compró una máquina láser china, sin haberla visto antes, y se «formó» con sus amigas y familiares. Fue así como también dominó la manicura de larga duración, la micropigmentación de cejas y el vajazzling.

Cuando la locura de las infiltraciones alcanzó su punto álgido, Karen ignoró el hecho de que carecía de titulación médica y empezó a hacer tratamientos a un precio módico. Como siempre, se formó con amigas y familiares.

—Se aprende con el tiempo —le decía a Enda a quien enviaba a trabajar con la cara torcida y semiparalizada—. ¡Tranquilo! Dicen que dura tres meses, pero tendrás suerte si te aguanta seis semanas.

Nada suponía un problema para ella: hacía descuentos por fidelidad, bajaba a la calle para alimentar el parquímetro de las clientas, y los fines de semana el local se abarrotaba de chicas, unas con cita, otras con una emergencia (como una uña partida), otras simplemente para pasar el rato.

Honey Beauty Salon se convirtió en una institución en Ferrytown. Muchos otros salones de belleza abrieron y cerraron sus puertas durante los diecinueve años que llevábamos Karen y yo en el negocio. La mayoría comenzaban su andadura cargados de deudas por azulejos de jade y equipos de música ambiental, pero no nuestro salón, que se convirtió en Honey Day Spa en 1999 (aunque lo único que cambió fue el rótulo). Exceptuando alguna que otra mano de pintura, Karen no ha invertido un solo céntimo en embellecer el local.

Aunque éramos copropietarias, siempre fue su salón.

—¿Entras o no? —me pregunta Karen con impaciencia.

—No, yo...

No quiero entrar. No quiero entrar en ese local lleno de hongos. Creía haber dejado todo eso atrás.

—Te espero en el coche.

—Vale. Algo en lo que pensar mientras estás ahí sentada: necesitas hacer ejercicio.

—Ya lo hago.

—No es cierto.

—¡Lo es!

Hasta no hace mucho era una de esas personas que, por muy liada que tuviera la vida, hacía ejercicio.

—Solo te lo comentaba.

Karen se marcha y yo me quedo en el coche sintiéndome herida e incomprendida: es cierto que hago ejercicio. Bueno, hacía. Y era muy disciplinada. ¡Mucho!

Entrenaba fuerte día sí y día también. Una mañana —no sé por qué recuerdo esta en particular si la mayoría eran casi idénticas— Gilda entró en mi habitación del hotel, encendió la luz y, en un tono contundente pero amable, dijo:

—Stella, cariño, hora de levantarse.

Yo no tenía ni idea de qué hora era, los números que aparecían en el reloj resultaban irrelevantes; lo único que importaba era que si me decían que me levantara, debía levantarme.

Recuerdo que estaba muy, muy cansada. Ignoraba cuántas horas había dormido. Lo mismo podían ser seis que tres y media. Pero no más de seis. Nunca eran más de seis.

Gilda me tendió un vaso y dijo:

—Bebe.

No tenía ni idea de qué era: lo mismo podía ser té verde que un batido de col. Pero si Gilda me decía que bebiera, yo bebía.

Apuré el vaso y Gilda me tendió mi ropa de correr. Ella ya estaba vestida.

—Vamos.

Fuera del hotel el sol no había salido aún. Hicimos nuestros ejercicios de calentamiento y estiramientos y empezamos a correr por las calles desiertas. Gilda establecía el ritmo, y era rápida. Por un momento pensé que acabaría sacando los pulmones por la boca, pero no tenía sentido pedirle que aflojara. Hacía aquello por mi bien; me había comprometido.

Cuando regresamos al hotel, nos detuvimos para hacer unos cuantos estiramientos y Gilda me dijo:

—Lo has hecho muy bien.

Yo estaba jadeando.

—¿Cuánto hemos corrido?

—Seis kilómetros.

Me habían parecido sesenta.

—Estamos en Denver —señaló Gilda—. Hay mucha altitud. Los pulmones tienen que trabajar más.

¡Acababa de aprender dos cosas realmente útiles!

A grandes altitudes los pulmones tienen que trabajar más.

Y estaba en Denver.

Sabía que se trataba de uno de esos lugares: Dallas, Detroit, Des Moines. Decididamente, una de las D. La noche anterior habíamos llegado muy tarde de… de… de otro lugar. Una ciudad que empezaba por… ¿T? Baltimore, eso era. Vale, no empezaba por T, pero se me podía perdonar teniendo en cuenta que el día previo había estado en tres ciudades. Había amanecido en Chicago, donde tuve incontables entrevistas, participé en un acto en una librería a media mañana y di un discurso en una comida benéfica. Luego corrimos hacia el aeropuerto y tomamos un avión a Baltimore, donde tuve más entrevistas y una lectura a la que solo asistieron catorce personas. De ahí regresamos al aeropuerto para volar a Denver. Estaba atravesando tantas zonas horarias que había dejado de calcular las horas que ganaba y perdía.

Pero, estuviera donde estuviese, por poco que hubiera dormido, hacía ejercicio.

Para lo que me había servido.

«Mantente viva. A veces es todo lo que
puedes hacer, pero debes hacerlo.»

Extracto de *Guiño a guiño*

El día después de su primera aparición, Cascarrabias Range
Rover entró en mi cubículo.

—He vuelto.

«Ya lo veo.»

—Mannix Taylor, tu neurólogo.

«Sé cómo te llamas. Sé a qué te dedicas.»

—Veo que estás encantada con mi visita —dijo riendo.

Tenía unos dientes preciosos. Dientes de persona rica, pensé
despectivamente. Dientes de neurólogo.

Acercó una silla a mi cama y levantó la tablilla.

—Veamos qué tal has dormido. Oh, aquí dice que has pasado una noche «excelente». No solo buena, sino excelente. —Me
miró—. ¿Estás de acuerdo?

Lo miré con indiferencia y me negué a parpadear.

—¿No quieres hablar? En ese caso, me pondré a trabajar.
Diez minutos, como ayer. —De pronto, me clavó una mirada
imperiosa—. El doctor Montgomery te dijo que yo vendría
cada día, ¿no?

Llevaba cerca de una semana sin ver al doctor Montgomery.

Guiñé el ojo izquierdo.

—¿No te lo dijo o no ha venido a verte? ¿Y ese pánfilo que
lo sigue como un perrito?

Se refería al residente en prácticas del doctor Montgomery,
el doctor DeGroot, quien me visitaba de tanto en tanto y que
parecía tener terror a la UCI. Sus ojos eran grandes como huevos duros y se atascaba al hablar. Se aseguraba siempre de com-

probar que mi respirador estuviera enchufado y después huía. Yo tenía la impresión de que se sentiría más realizado en otro tipo de trabajo. Quizá como verificador de enchufes.

—¿Tampoco te lo dijo? —Mannix Taylor cerró los ojos y murmuró algo—. Bien, por el momento vendré a verte cinco días a la semana. Las vainas de mielina crecen a un ritmo de unos trece milímetros por mes. Entretanto, necesitamos mantener activa la circulación de tus extremidades. Pero eso ya lo sabes.

No sabía nada. Desde que me dijeron que había contraído uno de los síndromes más raros que existían actualmente, nadie me había explicado nada, salvo que me mantuviese viva. («¡Aguanta ahí, Patsy, aguanta!») Pero el tal Mannix Taylor acababa de comunicarme el primer dato cruel: que las vainas de mielina crecían a un ritmo de trece milímetros por mes. ¿Cuántos milímetros necesitaban crecer? ¿Y ya habían empezado a crecer?

—Hoy —dijo Mannix Taylor— voy a trabajar con tus pies.

Casi levité de la impresión. «¡Los pies no! ¡Cualquier cosa menos los pies!»

Gracias a toda una vida de tacones kilométricos tenía los pies más horrendos del mundo —juanetes, callos y dedos deformados—, y desde mi ingreso en el hospital nadie se había molestado siquiera en cortarme las uñas.

«No, no, no, señor Cascarrabias Range Rover, ni se le ocurra acercarse a mis pies.»

Pero ya estaba levantando la sábana, y de pronto apareció mi pie derecho. Lo roció con algo —un desinfectante, esperé por su bien—, lo tomó entre sus manos y presionó el sensible arco con el pulgar. Mantuvo la presión unos instantes, caliente y firme, y comenzó a mover los dedos en círculos lentos y seguros, apretando y estirando los tendones bajo la piel de una manera casi dolorosa.

Cerré los ojos. Descargas eléctricas recorrían mi cuerpo. Notaba un cosquilleo en los labios y mi cuero cabelludo se retorcía de gusto.

Colocó la palma de la mano sobre la planta de mi pie y la apretó con fuerza hasta que todos los músculos se estiraron y los huesos crujieron felizmente aliviados.

Empleando la uña del pulgar, me dio pequeños y agradables pellizcos en la punta del dedo gordo. Los movimientos eran minúsculos, un martirio delicioso.

Dejaron de importarme los juanetes, las pieles secas, el extraño bulto en el meñique que podría ser un sabañón. Lo único que quería era que esas maravillosas sensaciones no acabaran nunca.

Noté que empezaba a entrar en calor, y entonces comprendí que no era yo, que era él.

Deslizó su dedo entre los dedos gordo y segundo de mi pie y, cuando lo encajó en el hueco, noté un estremecimiento en mi centro femenino. Sobresaltada, abrí los ojos de golpe. Mannix Taylor me estaba mirando fijamente y parecía sorprendido. Me bajó el pie con una prisa inesperada y lo acurrucó bajo la sábana.

—Suficiente por hoy.

18.11

Karen me deja en casa. Entro en mi hogar vacío y me recibe una bofetada de angustiosa soledad que mis chinos nuevos no consiguen aliviar.

¿Qué puedo hacer para sentirme mejor? Podría llamar a Zoe, pero cada vez que hablo con ella es como si me envenenara. Podría ver *Nurse Jackie* y comer galletas, pero en mi actual estado barrigudo voy a tener que descartarlas. Mis días de galletas se han terminado. Tendré que volver a ese suplicio rico en proteínas y exento de carbohidratos en el que desayunaba salmón y me decía que los donuts eran como los unicornios: criaturas míticas que solo existían en los cuentos.

Hubo un tiempo en que era capaz de vivir así. Debería ser capaz de vivir así ahora. Pero entonces tenía a Gilda para obligarme a hacerlo, para supervisar mis comidas y transmitirme palabras de ánimo como: «¡Delicioso requesón! ¡Con deliciosos langostinos! ¡Recuerda: nada sabe tan bien como estar delgada!».

Dependía por completo de ella y ella cuidaba maravillosamente de mí. Sería incapaz de recrear ese sostén yo sola.

Además, puede que sea demasiado mayor para estar delgada. Sé que los cuarenta y uno son los nuevos dieciocho, pero cuéntaselo a mi metabolismo.

Las últimas doce semanas me he mostrado valiente, he seguido adelante, pero de repente me entran ganas de tirar la toalla.

Ojalá pudiera hablar con él... Vivo en un estado de perpetua añoranza. Todavía siento que nada ha «ocurrido» de verdad hasta que se lo he contado a él.

Miro el teléfono tratando de aferrarme a los hechos, recordándome mi realidad. No conseguiría nada con llamarle. Probablemente solo lograría sentirme peor.

Soy consciente de que mi vida está acabada. Lo acepto, pero todavía me quedan muchos años por delante. A menos que ocurra algo, seguramente viviré hasta los ochenta como mínimo. ¿Cómo voy a llenar el tiempo?

Quizá debería seguir el ejemplo de la ropa de las tiendas y desaparecer durante veinte años. Podría comer lo que me apetecira y ver tele a saco y resurgir a los sesenta y uno. Conocería a un hombre que haría diez minutos que es viudo —no pierden el tiempo los viudos, se les pasa rapidito, según Zoe— y se convertiría en mi novio. Iríamos de fin de semana a Florencia a mirar cuadros, porque para entonces yo ya habría desarrollado un interés por el arte (surgiría en torno a la misma época en que empezaría a perder el control de la vejiga: el sistema de trueque de la naturaleza). Yo y el viudo —¿Clive?— nunca tendríamos peleas. Ni sexo, pero eso no sería un problema.

Sus hijas, obviamente, me odiarían. Dirían entre dientes: «¡Nunca te llamaremos mamá!». Y yo respondería con calma: «Vuestra madre era una mujer maravillosa. Sé que nunca podré reemplazarla». Entonces empezaría a gustarles y celebraríamos juntas la Navidad mientras yo, en secreto, solo para fastidiar a las malvadas hijas, susurraría a los nietos: «Ahora vuestra abuela soy yo».

Me digo que algún día volveré a ser feliz. Será una felicidad diferente de la que acabo de perder. Bastante más aburrida.

Aunque falta mucho para eso, así que será mejor que me resigne y me acostumbre a la soledad.

Se me ocurre que podría tomarme una copa de vino, pero es un poco pronto para beber. Cansada, abandono mis compras en el recibidor, subo a mi cuarto y me meto en la cama vestida.

Soy una persona fuerte, me digo mientras me cubro la cabeza con el edredón. He superado retos emocionales, físicos y económicos. La clave está en ser positiva, en mirar hacia delante. En no mirar nunca atrás. En adaptarse a la nueva realidad, en subirse a la montaña rusa de la vida; creo que eso decía en mi primer libro. Aceptar todo lo que me es dado y todo lo que me es arrebatado. Reconocer que también la pérdida y el dolor son un regalo.

¿Realmente escribí yo esas chorradas? ¿Y la gente se las creía? De hecho, me parece que incluso yo me las creía entonces.

Siempre había pensado que los desamores se superaban, que cuanto mayor te hacías menos dolían, hasta que dejaban enteramente de afectarte. Pero la experiencia me ha enseñado que el desamor es igual de terrible cuando eres mayor. El dolor sigue siendo atroz. Peor incluso, debido —Zoe me lo explicó— al efecto acumulador: las pérdidas se van apilando y sientes el peso de todas ellas.

Pero lloriquear y deambular por la casa como un alma en pena es mucho menos digno a mi edad. Pasada la barrera de los cuarenta se espera que seas sabia, filosófica, que te sientes tranquilamente con tu conjunto de Eileen Fisher y digas: «Mejor haber amado y perdido que no haber amado nunca. ¿Quién quiere una manzanilla?».

«No todo el mundo puede encontrar una cura para el cáncer. Alguien tiene que ordenar los calcetines y ocuparse de las comidas.»

Extracto de *Guiño a guiño*

—Sé que debes de estar culpándote por haber contraído esta enfermedad —me dijo Betsy muy seria—, pero recuerda esto, mamá: puedes haber hecho cosas malas, pero eso no te convierte en una mala persona.

«¡No sigas!»

—Probablemente lamentes haber nacido, pero —me estrujó la mano con fuerza— nunca debes pensar eso. ¡La vida es un gran regalo!

«Eeeh…»

—Sé que papá y tú tenéis vuestros problemas…

«¿Los tenemos?» Por un momento me sentí terriblemente irritada. Con Betsy todo era tan serio e intenso, todo tenía que ser analizado, considerado deficiente y finalmente solucionado.

—Pero el hecho de que tú estés paralizada y él tenga que acompañarnos al colegio os acercará. —Esbozó una sonrisa aterradoramente eufórica—. Solo necesitas tener fe.

Seguro que estaba yendo a ese club de jóvenes cristianos, ¡seguro! Casi podía imaginarme a sus espeluznantes líderes, un hombre y una mujer de veintipocos; el hombre llevaría el pelo un poco largo y tejanos acampanados, y la mujer, un tabardo de cuadros escoceses sobre un fino jersey blanco de cuello alto. Un día de estos se presentarían aquí con sus guitarras y panderetas y cantarían «Michael, Row the Boat Ashore» y me buscarían problemas con las enfermeras.

Ryan tenía que proteger a Betsy de esa gente, pero ¿cómo podía decírselo?

Sufrí un ataque de abrumadora impotencia. Mira la pinta de Betsy: llevaba la camisa del colegio sin planchar y tenía una extraña mancha de color amarillo en la solapa de la americana ¿Y por qué tenía la barbilla llena de granos? ¿Era solo porque tenía quince años o porque estaba viviendo rodeada de mierda?

No tenía ni idea de lo que mi familia comía —nadie me lo contaba y yo no podía preguntarlo—, pero las probabilidades de que Ryan estuviera cocinando cosas saludables eran prácticamente nulas. No era capaz ni de abrir un bote.

No estaba siendo justa con él; esa parte había sido siempre mi responsabilidad. Existía un acuerdo tácito entre ambos: Ryan era el talento y yo la número dos.

—Voy a irme para que papá y tú podáis estar un rato a solas —dijo Betsy.

Ryan se sentó en la silla y me cogió la mano con cuidado.

—Stella… —Parecía abatido—. Karen vendrá mañana en mi lugar. Debo volar a la isla de Man para presentar un proyecto.

Desde mi ingreso en el hospital no se había perdido una sola visita, pero la vida tenía que continuar.

—Lo siento —dijo.

«Tranquilo, no pasa nada.»

—Tengo que seguir trabajando.

«Lo sé.»

—Te echaré de menos.

«Y yo a ti.»

—¡Ah! —Había recordado algo—. No encuentro mi maleta pequeña de ruedas. ¿Dónde crees…? —Su voz se apagó cuando cayó en la cuenta de que no podía contestarle.

«Debajo de la escalera. Está debajo de la escalera.»

Yo siempre le hacía la maleta cuando salía de viaje. Esta era la primera vez en años que tendría que hacérsela él.

—No te preocupes —dijo—. Compraré una, algo barato. No pasa nada. Cuando recuperes la voz podrás decirme dónde está.

—¡Tiempo! —anunció la enfermera.

Ryan se levantó de un salto.

—Nos vamos, Betsy. —Me dio un beso fugaz en la frente—. Hasta dentro de dos días.

Nada de sentimentalismos. En los círculos donde nos movíamos las muestras de afecto marital estaban mal vistas. La norma era que los hombres se referían a sus esposas como «la mujer» o «el dolor de oídos», y las esposas se quejaban de que sus maridos eran unos vagos que no podían ni atarse los cordones de los zapatos. En tu aniversario de bodas decías cosas como: «¿Quince años? Si hubiese matado a alguien a estas alturas ya estaría libre».

Pero yo sabía que a Ryan y a mí nos unía un fuerte vínculo. No éramos tan solo una pareja, formábamos parte de una familia de cuatro, una unidad estrecha. Pese a lo mucho que discutíamos todos —porque discutíamos, éramos completamente normales—, cada uno de nosotros sabía que no era nada sin el resto.

Ryan me quería. Yo le quería. Esta era la prueba más difícil que la vida nos había puesto por delante en nuestros dieciocho años juntos, pero yo sabía que la superaríamos.

¿Habían sido los mejillones en aquel restaurante de Malahide? ¿O los langostinos del sándwich rebajado? Dicen que nunca debes jugártela con el marisco, pero no estaba caducado, simplemente había que comerlo ese día. Que fue lo que hice.

Ya estaba otra vez tratando de recordar todo lo que había comido las semanas previas al comienzo del hormigueo en los dedos, preguntándome cuál de esos alimentos contenía la bacteria que había desencadenado el síndrome de Guillain-Barré.

¿Tal vez fueron los productos químicos con los que trabajaba en el salón de belleza? ¿O había tenido un brote de gripe porcina y no me había dando cuenta? Los hormigueos solían preceder a la aparición del síndrome. Pero un brote de gripe porcina no era algo que pasaría inadvertido…

A lo mejor no había sido una intoxicación ni debido a los productos químicos ni a la gripe porcina. El Guillain-Barré era un síndrome tan raro que no podía por menos que preguntarme si la causa no sería algo diferente, algo más oscuro. A lo mejor —como había insinuado Betsy—, Dios me estaba castigando porque no era una buena persona.

Pero yo era una buena persona. ¿Recuerdas aquella vez que, debido a mi torpeza aparcando, rayé un coche en un aparcamiento y, después de forcejear con mi conciencia durante cinco largos minutos y comprobar si había cámaras de vigilancia —no las había—, dejé mi número de teléfono debajo del limpiaparabrisas?

(El dueño del coche rayado nunca me llamó, por lo que pude disfrutar de la agradable sensación de saber que había obrado correctamente sin que mi economía se viese afectada.)

Quizá la razón por la que no había sido buena era que no había Desarrollado mi Verdadero Potencial. Eso parecía ser un crimen hoy día, de acuerdo con las revistas.

Pero como madre, esposa y esteticista sí lo había hecho. No tienes que hacer algo espectacular para Desarrollar tu Verdadero Potencial. No todo el mundo puede encontrar una cura para el cáncer. Alguien tiene que ordenar los calcetines y ocuparse de las comidas.

El dolor lacerante en la cadera había empezado y —miré el reloj— todavía tenía por delante cuarenta y dos minutos. Debía evitar pensar en ello. Volví a mis preocupaciones.

Siempre había procurado hacer las cosas lo mejor posible, me dije. Incluso cuando metía la pata hasta el fondo, como en aquella fiesta de cumpleaños en la que admiré a un bebé regordete diciendo: «¡Qué niño tan rico!», y lo mejoré añadiendo: «Es igualito que tú» al hombre que no era el padre sino el tipo del que todos sospechaban que había tenido un lío con la madre del bebé.

Pero por mucho que intentara racionalizarlo, sí había hecho algo mal…

Fue un delito de omisión más que de obra. Lo había apartado de mi mente, pero como en el hospital no tenía otra cosa que hacer salvo pensar, el recuerdo por fin había aflorado y la culpa me estaba matando.

Fue algo relacionado con el trabajo. Acababa de terminar una depilación brasileña completa y creía que lo había sacado todo, pero cuando Sheryl —fíjate, todavía me acuerdo de su nombre— cuando Sheryl estaba bajándose de la camilla vi que me había dejado un trocito sin depilar. Y no se lo dije.

Debo alegar en mi defensa que estaba agotada y que Sheryl tenía mucha prisa porque debía arreglarse para su tercera cita con un hombre, ergo, la cita del primer polvo. (Mis clientas me trataban como a un confesor, me lo contaban todo.) Así que lo dejé pasar.

Y resulta que lo del hombre no salió bien. Alan, se llamaba. Sheryl acudió a la cita y Alan y ella hicieron sus cosas pero él no volvió a enviarle ningún mensaje, y siempre me he preguntado si ese trocito sin depilar había sido la causa.

El remordimiento me carcomía, pero una noche que me desperté a las cuatro y cuarto decidí que a la mañana siguiente buscaría a ese Alan y le suplicaría que lo reconsiderara. Me parecía una decisión de lo más acertada; sin embargo, para cuando se hizo de día mi determinación se había esfumado y la idea de intentar dar con Alan se me antojó una locura.

No me quedaba otra que vivir con aquello. Para sentirme en paz, me decía que todas las personas hacen cosas de las que nunca serán absueltas. La vida no consiste en convertirse en una persona perfecta, sino en aceptar que eres una persona mala. No mala de malvada, como Osama Bin Laden o un chiflado de esos, sino defectuosa y, por tanto, peligrosa, capaz de cometer errores que pueden provocar daños irreparables.

Había conseguido olvidarlo —hacía cinco años de eso—, pero ahora la culpa afloraba de nuevo y no me dejaba sola ni un minuto. ¿Y si hubiera dicho: «Sube de nuevo a la camilla, Sheryl, me he dejado un trocito»? ¿Estaría ahora Sheryl casada con Alan y tendría tres hijos? ¿Había alterado con mi desidia el curso de la vida de dos personas? ¿Tenía yo la culpa de que tres niños preciosos no hubieran nacido? ¿De que nunca hubieran sido concebidos?

¿O acaso Sheryl y Alan no eran compatibles? A lo mejor el hecho de que no se hubieran casado no tenía nada que ver con ese trocito de vello sin depilar. Tal vez él ni siquiera lo había visto. ¡Dios, qué horror! No podía ir a ninguna parte con mis pensamientos, solo hacían que girar y girar en círculos…

La cadera me ardía como si estuviera sobre un fuego; no podía seguir ignorando el dolor. Todavía tenía por delante veintiún minutos y estaba empezando a sentir náuseas. ¿Y si vomitaba? ¿Podía siquiera vomitar? ¿Y si mi estómago podía vomitar pero los músculos de mi garganta eran incapaces de expulsar el vómito? ¿Me ahogaría? ¿Se me rompería la garganta?

Dirigí una mirada implorante al mostrador de las enfermeras. Por favor, mirad hacia aquí, por favor, sacadme de este suplicio.

«Uno, dos, tres, cuatro, cinco, seis, siete.» El pánico se estaba adueñando de mí. No iba a poder aguantar. «Uno, dos, tres, cuatro, cinco, seis, siete.» No iba a poder resistirlo. «Uno, dos, tres, cuatro, cinco, seis, siete.»

Los números amarillos del monitor cardíaco estaban subiendo. A lo mejor cuando mi ritmo cardíaco sobrepasara cierta cifra se dispararía una alarma. «Uno, dos, tres, cuatro, cinco, seis, siete. Uno, dos, tres, cuatro, cinco, seis, siete.»

—Buenos días. —Doctor Mannix Bata Ondeante Taylor entró en mi cubículo y se detuvo en seco—. ¿Qué ocurre?

«Dolor», transmití con los ojos.

—Eso ya lo veo —dijo—. ¿Dónde? ¡Maldita sea!

Se largó y regresó con Olive, una de las enfermeras.

—Tenemos que darle la vuelta para aliviarle el peso del costado izquierdo.

—El doctor Montgomery dijo que debíamos girar a la paciente cada tres horas —replicó Olive.

—La paciente tiene un nombre —señaló Mannix Taylor—. Y Montgomery será el especialista de Stella, pero yo soy su neurólogo y le digo que tiene un dolor muy fuerte. ¡Mírela!

Olive apretó la mandíbula.

—Si necesita la aprobación de Montgomery, llámele —dijo Mannix Taylor.

Yo contemplaba la escena envuelta en una neblina de dolor. No estaba segura de que fuera una buena idea tener a Mannix Taylor de paladín; parecía poseer el don de irritar a la gente.

—Aunque —continuó Mannix—, siempre desconecta el teléfono cuando está en el club de golf.

—¿Quién dice que está en el club de golf?

—Siempre está en el club de golf. Él y sus amigotes se pasan el día allí. Seguro que duermen en el edificio, dentro de sus bolsas de golf, todos alineados como cápsulas dentro de una nave espacial. Vamos, Olive, yo cogeré a Stella por la parte de arriba. Usted cójala por las piernas.

Olive titubeó.

—Écheme la culpa a mí —dijo Mannix—. Diga que la amenacé.

—Seguro que se lo creen —replicó Olive con tirantez—. Tenga cuidado con el respirador.

—Bien.

No podía creer que aquello estuviera ocurriendo de verdad. Me levantaron y me dieron la vuelta para tenderme sobre la otra cadera. Cuando el dolor se diluyó el alivio fue indescriptible.

—¿Mejor así? —me preguntó Mannix.

«Gracias.»

—¿Con qué frecuencia necesitas que te muevan? ¿En qué momento empieza el dolor?

Lo miré en silencio.

—¡Joder! —Parecía tremendamente frustrado—. Esto es...

«No es culpa mía que no pueda hablar.»

—¿Cada hora?

Guiñé el ojo izquierdo.

—¿No? ¿Cada dos? Bien, a partir de ahora te darán la vuelta cada dos horas.

Me puso la mano en la frente.

—Estás ardiendo. —Ya no parecía tan irritado—. El dolor debía de ser insoportable.

Volvió a desaparecer y, tras unas palabras acaloradas con Olive, regresó con un cuenco de agua y una toallita. Me pasó agua fría por mi rostro febril y utilizó los nudos del tejido para masajearme el contorno de los ojos, secarme los párpados y enjugarme la boca. Su misericordia se me antojaba bíblica.

19.22

Oigo ruido abajo. Jeffrey debe de haber vuelto. Mi corazón celebra la presencia de otro ser humano en casa.

Bajo corriendo y la visión de mi hijo larguirucho y adusto despierta en mí tanto amor que me entran ganas de estrujarle.

Por una vez no acarrea su esterilla de yoga. Pero acarrea otra cosa, una cesta pequeña, algo así como una canastilla. La lleva colgada del brazo y le da un aire... muy poco viril. Un aire, sí, ridículo. Parece Caperucita Roja yendo a ver a su abuela.

—¿Qué tal? —Trato de sonar alegre.

—He estado recolectando.

—¿Recolectando?

Lo que faltaba.

—Cosas silvestres. —Saca de su cesta de Caperucita Roja un puñado de hierbajos—. Hierbas y plantas silvestres. ¿Tienes idea de la cantidad de comida que crece ahí fuera? ¿En los setos? ¿Incluso en las grietas de las aceras?

Voy a vomitar, en serio. Me obligará a comer eso. Mi hijo es un misántropo que quiere envenenarme.

Repara en las bolsas que descansan junto a la escalera.

—¿Has estado gastando dinero? —me acusa como un patriarca victoriano.

—Necesito ropa nueva. No tengo nada que ponerme.

—Tienes ropa a montones.

—Ya no me entra.

—¡No tenemos dinero!

Hago una pausa para elegir con cuidado mis palabras.

—Sí tenemos dinero. —Por ahora—. El suficiente para vivir un tiempo. Un tiempo largo —me apresuro a añadir. ¿Por qué no?—. Y cuando termine mi nuevo libro estaremos de fábula. —Eso si consigo una editorial y gente que lo compre—. No hay razón para agobiarse, Jeffrey. Siento mucho que estés preocupado.

—Estoy muy preocupado.

Habla como una vieja quisquillosa. Y sin embargo, ni una palabra de buscarse un trabajo. Pero no se lo digo. Un punto a mi favor. Muchos padres lo habrían hecho.

—Me he encontrado en la calle a Roddy, el padre de Brian —le comento—. ¿Te acuerdas de Brian? Podrías llamarle.

—¿Quieres que haga amigos?

—Buenooo, ahora vivimos aquí.

Maldita sea, tengo ganas de decirle. Yo tampoco estoy contenta con la situación, pero estoy haciendo lo posible por seguir adelante.

Nuestro enfrentamiento verbal es interrumpido por mi móvil. Betsy me está llamando desde Nueva York. A principios de año se prometió con un abogado rico y guapo, de treinta y seis años llamado Chad, otro de los legados de Gilda. Cuando Betsy terminó el instituto y no encontraba trabajo ni doblando jerséis en Gap, Gilda le consiguió un empleo en una galería de arte puntera del Lower East Side. Un día Chad entró en la galería, le echó el ojo a mi hija y le dijo con todo el descaro que compraría una obra si aceptaba cenar con él.

Se enamoraron al instante, y, pese a la fortuna que Ryan y yo habíamos invertido en su educación, Betsy dejó el «trabajo» de un día para otro y se mudó al enorme apartamento de Chad. Tienen previsto casarse el año que viene, y aunque Betsy parece feliz, me aterra su falta de ambición.

—¿Tanto te cuesta entenderlo? —me preguntó en una ocasión—. No quiero tenerlo todo. Me parece agotador. Quiero quedarme en casa, tener hijos y aprender patchwork.

—Pero eres tan joven…

—Tú me tuviste a los veintidós.

—Hay una gran diferencia entre diecinueve y veintidós.

Lo que más me preocupaba era su incapacidad para apañárselas sola en el caso de que Chad se largara. Y la situación tenía «Chad largándose» escrita en la frente. Encajaba en el prototipo: cargado de dinero y creyéndose con derecho a todo. Se casaría con ella pero transcurridos cinco o diez años la dejaría por una versión más joven y Betsy se sentiría perdida.

Por otro lado, quizá le fuera bien. Se reciclaría como agente inmobiliaria, que es lo que parecían hacer todas las ex esposas trofeo. Espabilaban y se independizaban. Se compraban un brioso TransAm y se iban de vacaciones a lugares soleados y tenían novios más jóvenes que ellas, sin responsabilidades e insulsamente guapos, de los que sospechabas que en el fondo eran gays.

—¡Betsy! —gritó—. ¡Cariño!

Aunque hablamos casi todos los días, esta vez temo que me esté llamando para darme una mala noticia. Si el estúpido proyecto de Ryan ha llegado a sus oídos, entonces tenemos un problema de verdad. O a lo mejor ha salido algo en el *New York Times* sobre Gilda…

Pero solo me habla del bolso que se ha comprado.

—De Michael Kors —dice—. Y me he comprado tres vestiditos sueltos de Tory Burch.

Durante los últimos seis meses la imagen de Betsy, financiada por Chad, ha experimentado una profunda transformación.

—Voy a aclararme el pelo dos tonos —me cuenta—. Estaré completamente rubia.

—Eh… ¡qué bien!

—¿Y si no me favorece?

—Puedes volver a tu color natural.

—Pero tendré el pelo muy estropeado.

—Puedes hacerte tratamientos.

—Es cierto —trina—. Y tú ¿cómo estás?

—¡Bien, muy bien! —Porque eso es lo que debes decir cuando eres madre.

—¿Estás segura?

—¡Segurísima! En fin, cariño, hablamos pronto. Y… hum… recuerdos a Chad.

—Se los daré —responde riendo.

Oigo a mi espalda el tintineo de un tenedor contra un vaso.

Me doy la vuelta. La mesa de la cocina está puesta con dos platos repletos de hierbajos.

—¡A cenar! —dice Jeffrey—. ¡Espero que tengas hambre!

> «Yo no tenía la barriga plana, pero por lo menos
> no iba por ahí partiéndome las piernas
> al levantarme de una silla.»
>
> Extracto de *Guiño a guiño*

—¡Odio mi vida! —declaró Betsy—. ¡Ojalá no hubiera nacido! —Abandonó mi cubículo a grandes zancadas.

¡Había cambiado el discurso! ¿Ayer mismo no me estaba diciendo el fabuloso regalo que era la vida?

Miré inquisitivamente a Karen y a Jeffrey.

«¿Qué ha ocurrido?»

Jeffrey se puso colorado y desvió la mirada.

—Anoche tuvo su visita del mes —explicó Karen—. No había tampones en casa e intentó salir a comprarlos a escondidas, pero Ryan la pilló y tuvo que contárselo.

Me odié: no debería estar tumbada en esta cama de hospital, tendría que estar en casa, cuidando de mi familia. La situación debió de ser espantosa para ambos. Betsy era muy reservada con su cuerpo y a Ryan se le ponían los pelos de punta cuando alguien comentaba que su pequeña estaba hecha una mujercita. Tendrías que haberlo visto el día que compré a Betsy su primer sujetador.

—Es demasiado pequeña —había balbuceado Ryan.

—Pero tiene pecho —había dicho yo.

—¡No digas eso! ¡No lo digas! —Ryan se había tapado la cara con las manos—. ¡No tiene!

—Betsy estaba muerta de vergüenza —continuó Karen—. Y Ryan también, como puedes imaginar, pero aún así salió a comprarle una caja de tampones. De la marca equivocada, claro... —Hizo una pausa y añadió—: Pero se ha portado como un jabato. Sé que siempre lo he tachado de gandul, pero lo está haciendo muy bien. Cocina y todo.

Yo sabía a qué llamaba Karen cocinar. Si metía en el microondas una bolsa de arroz se creía una aspirante a *Masterchef*.

—Será mejor que me lleve a tus hijos al cole —dijo levantándose—. Mamá y papá vendrán esta tarde. Busquemos a tu hermana, Jeffrey.

Y se fueron, dejándome sola con mis pensamientos.

Pobre Betsy. A su edad todo parecía tan importante y trágico. «¡Ojalá no hubiese nacido!»

Por extraño que resultara, pese a los tenebrosos lugares donde yo había estado durante el último mes, ni una sola vez había deseado no haber nacido.

Quizá fuese porque la muerte siempre estaba presente en esta sala: constantemente moría gente en las camas a mi alrededor. A veces pasaban cinco o seis días sin bajas y luego morían dos pacientes en una misma mañana.

Cada vez que eso ocurría daba las gracias por que no me hubiera tocado a mí.

Eso no quiere decir que mis pensamientos fuesen siempre positivos. Lamentaba haber contraído esta extraña y terrible enfermedad y lamentaba no poder irme a casa y estar con mis hijos y con Ryan y trabajando. ¡Dios, qué valioso me parecía todo eso ahora! Era muy duro sentirse tan asustada y sola, pero jamás, ni siquiera cuando me dolía terriblemente la cadera, deseaba no haber nacido.

Un dicho que solía decir mi abuela rodaba como una piedrecilla por las profundidades de mi mente: «Si te alistas, has de mantenerte al pie del cañón».

¿Te has fijado que la gente mayor siempre tiene una letanía de noticias horribles? A una mujer que vivía al final de la calle le habían robado las tejas del tejado, un semáforo había caído sobre el marido de menganita y el perro del hombre que trabajaba en correos había mordido a un abogado.

Pues bien, cada vez que la abuela Locke (la madre de papá) venía a vernos, contaba toda clase de desdichas y cuando terminaba, suspiraba con gratificante pesar y decía: «Si te alistas, has de mantenerte al pie del cañón».

Con ello quería decir que cuando te enrolas en esto que es la vida, lo aceptas todo, lo bueno y lo malo; no existe una cláusula que te permita excluir el dolor. Todo el mundo sufría —ahora podía verlo con una claridad pasmosa—, incluso los padres del colegio de Betsy y Jeffrey. Desde fuera, sus vidas semejaban un largo carrusel de vacaciones fabulosas, pero oías cosas. Una de las madres, médico de profesión, fue despedida por colocarse con sus propias provisiones de calmantes con receta.

Otra madre, una de las más fabulosas —tendrías que haberla visto, parecía la esposa de una estrella del rock—, llevaba tejanos de la sección infantil y estaba muy, muy delgada, de esa manera que parece natural. Pues bien, un día se rompió el fémur al levantarse de una silla y resultó que tenía osteoporosis, ¡a los treinta y cinco! Anoréxica desde niña, al parecer.

La ingresaron de inmediato en un psiquiátrico y no volví a verla. (¿Me convierte en una persona malísima —probablemente— que su historia me proporcionara cierto consuelo? Yo no tenía la barriga plana, pero por lo menos no iba por ahí partiéndome las piernas al levantarme de una silla.)

Todo el mundo sufría, no solo yo.

Por ahí venía Mannix Taylor. La bata de médico desabrochada y ondeando: siempre que aparecía lo hacía con un gran revuelo.

«Abróchate la jodida bata.»

Acercó una silla y, casi con alegría, dijo:

—Stella, sé que no te caigo bien.

Guiñé el ojo izquierdo. No. ¿Qué sentido tenía mentir? Era evidente. Y yo tampoco le caía bien a él.

—Pero ¿te prestarías a trabajar conmigo en un pequeño proyecto? —Parecía… entusiasmado.

«Eeeh… bueno…» Guiñé el ojo derecho.

—¿Es todo lo que puedes hacer? —preguntó—. ¿Parpadear?

Le clavé la mirada. Empleando mi tono más sarcástico, pensé: «Lamento decepcionarte».

—Vale, solo quería asegurarme. Verás, he estado pensando en tu situación. Es intolerable que no puedas comunicarte. ¿Has oído hablar del libro *La escafandra y la mariposa*?

Sí. Papá me lo había hecho leer años atrás.

—Lo escribió un hombre que, como tú, solo podía mover los párpados. De hecho, solo podía mover uno, por lo que su situación era aún peor que la tuya. Lo que intento decirte es que si puedes parpadear, puedes hablar. Así que piensa en algo que te gustaría decirme. —Sacó un bolígrafo del bolsillo. Con una sonrisita burlona, dijo—: Intenta que sea agradable. —Desprendió una hoja de la tablilla que había a los pies de mi cama y la giró por el lado en blanco—. No tienes la suficiente energía para decir muchas cosas, así que ve al grano. ¿Has pensado ya en algo?

Guiñé el ojo derecho.

—Bien. Primera letra. ¿Es una vocal?

Guiñé el ojo izquierdo.

—¿No? ¿Es una consonante?

Guiñé el ojo derecho.

—Una consonante. ¿Está en la primera mitad del alfabeto, entre la A y la M? ¿No? ¿Segunda mitad?

Volví a guiñar el ojo derecho.

—¿Es la N? —preguntó.

Guiñé el ojo izquierdo.

—Para, para —dijo—. Acabarás agotada si respondes a cada letra. Tenemos que perfeccionar el método. Bien, si no es la letra correcta, no parpadees. Yo te observaré y haré el trabajo duro, ¿vale? ¿Es la P?

No reaccioné.

—¿Q? ¿R? ¿S?

En la S guiñé el ojo derecho.

—¿La S? Bien. —La escribió en su hoja—. Segunda letra. ¿Una vocal? ¿A? ¿E? ¿I? ¿Es la I? Bien, siguiente letra. ¿Vocal? No, consonante…

Continuamos así hasta que hube deletreado la palabra «SIENTO».

Se recostó en su silla y dijo:

—¿Qué es lo que sientes? —Soltó una risa burlona—. Estoy deseando averiguarlo. ¿Te ves capaz de continuar?

«Ya lo creo.»

Proseguimos hasta que terminé de «decir», «SIENTO LO DE TU COCHE».

—Tu primera oportunidad en un mes de comunicarte y la empleas para mostrarte sarcástica. ¿Nada de tengo frío o calor o dolor? Bueno, me alegra saber que estás tan bien. Y yo preocupándome por ti.

De pronto lamenté profundamente haber desperdiciado esa preciosa oportunidad haciéndome la listilla. Debería haber pedido que alguien obligara a Jeffrey a lavarse el pelo —sospechaba que no lo había hecho desde mi ingreso en el hospital— o que Karen comprara *Grazia* y me la leyera en voz alta.

—No te preocupes. —Mannix Taylor inclinó elegantemente la cabeza—. Disculpas aceptadas.

«¿Quién es ahora el sarcástico?»

—¿Quién es ahora el sarcástico? —farfulló para sí, y levantó raudamente la vista. Casi asustado, dijo—: Eso era justo lo que estabas pensando.

Guiñé el ojo izquierdo. No.

Sacudió la cabeza.

—Para no poder mover ni un solo músculo, Stella Sweeney, tu cara de póker es un desastre. Ya que lo mencionas, te diré que el coche que embestiste no era mío.

Empecé a parpadear. «¿DE QUIÉN ERA?»

Mannix Taylor contempló la hoja donde había transcrito mis guiños. Luego levantó la vista.

—Stella… —Meneó la cabeza con una sonrisa—. ¿Por qué no olvidas el asunto?

Pero quería saberlo.

Se me quedó mirando tanto rato que pensé que no iba a decírmelo. Luego, para mi sorpresa, declaró:

—Era el coche de mi hermano.

«¿De su hermano?»

—Más o menos.

«¿Lo era o no lo era?»

—Había convencido al concesionario para que le dejara conducir un Range Rover antes de pagarlo.

«¿Cómo?»

—Mi hermano es un hombre sumamente encantador. —Mannix me miró con sorna—. Es evidente que no me parezco nada a él.

«Oye, eso lo has dicho tú…»

—Me disponía a devolver el coche al concesionario, pero no estaba asegurado. Era un trayecto corto y yo tengo seguro a terceros, pero…

Tardé unos instantes en unir todos los puntos hasta obtener la imagen completa, y no era una imagen agradable. Mannix Taylor había estado conduciendo un coche nuevo del que no tenía seguro, de modo que el coste del vehículo podría recaer en él.

Puede que el hombre colérico que me había embestido por detrás, pese a su ataque de furia, no fuera declarado responsable del accidente.

Ignoraba cuánto costaba un Range Rover, pero seguro que un ojo de la cara.

—«Lo siento.»

—No te preocupes. —Se frotó la cara con la mano.

Estaba tan necesitada de conversación que habría escuchado gustosamente cualquier cosa, pero esta historia no tenía desperdicio.

Le insté a continuar con la mirada.

—Se trata de mi hermano mayor. Se llama Roland Taylor y es agente inmobiliario. Probablemente sepas quién es. Todo el mundo lo conoce. Todos lo adoran.

Roland Taylor. ¡Sí, sabía quién era! Salía en programas de entrevistas, increíblemente gordo y deleitando a la gente con anécdotas divertidas. La verdad es que era muy ameno: el primer agente inmobiliario famoso de Irlanda. Una de las muchas cosas raras que el Tigre Celta ha creado, junto con conocidos oculistas y reputados zahoríes.

Pese a su tamaño, Roland Taylor siempre vestía ropa moderna y gafas retro, pero conseguía resultar encantador en lugar de ridículo. Era realmente simpático, de esos famosos que te gustaría tener como amigo en la vida real. Y hete aquí que era el hermano de Mannix Taylor. ¡Quién me lo iba a decir!

—Mi hermano tiene… problemas —continuó Mannix Taylor—. Con el dinero. Con lo que gasta. No es culpa suya, es un… un rasgo familiar. Algún día te hablaré de ello. —Me miró como si estuviera considerándolo—. O puede que no…

Lunes, 2 de junio

4.14

Me despierto. No es mi intención, pero es evidente que no he aplacado a los Dioses del Sueño con suficientes ofrendas. Entro en el estudio y enciendo el ordenador. Luego pienso: ¿Qué diantre estoy haciendo? Son las cuatro de la mañana. Lo apago a toda prisa, vuelvo a la cama y busco en el cajón de mi mesilla de noche algo que me ayude a dormir. Asoma una caja de valerianas; el prospecto recomienda dos comprimidos «para un sueño tranquilo», así que me tomo seis porque, qué caray, solo son hierbas. Es evidente que mi actitud desafiante impresiona a los Dioses del Sueño, porque me recompensan con cinco horas de duermevela.

9.40

Me levanto de nuevo. Abajo encuentro pruebas de que Jeffrey ha roto su ayuno y ya se ha ido: una taza y un cuenco limpios descansan en el escurreplatos, irradiando escrupulosidad. Tenemos lavavajillas, por lo que no necesita fregar nada a mano, pero lo hace de todos modos, como si quisiera echarme algo en cara.

Pierdo el tiempo en la mesa de la cocina, bebo té y medito sobre lo raro que es mi hijo. Anoche podría habernos envenenado a los dos con esas cosas que recolectó. Obviamente no es más que una fase por la que está pasando, pero cuanto antes vuelva a ser normal, mejor para todos.

Bebo otro té y me zampo un buen cuenco de muesli. Sí, muesli: galletas desmenuzadas que se hacen pasar por comida sana. Sé muy bien lo que estoy haciendo. Ya no vivo en la negación. Pero para poder empezar mi RRAF (Régimen Reductor de Apéndice Frontal) debo comprarme unos alimentos especiales horribles y hasta entonces por qué no acabarme lo que hay en casa. Después de todo, es un crimen tirar comida y más aún en estos tiempos difíciles.

Me asalta un miedo repentino: la idea de vivir sin carbohidratos se me antoja aterradora.

Pero he podido hacerlo en el pasado, me recuerdo. Aunque cuando miro atrás me sorprende que fuera tan obediente. Rememoro una vez más aquel día en Denver que Gilda me sacó de la cama y me hizo correr seis kilómetros en la oscuridad. Cuando regresamos al hotel me duché y me limité a esperar nuevas instrucciones. Abrigaba la esperanza de ser alimentada, pero sabía que de nada me serviría pedirlo. Si me tocaba recibir alimento, lo recibiría. Si no, no lo recibiría. Así de sencillo. No tenía que pensar. Pensar era tarea de Gilda.

Ella estaba a cargo de mi dieta: un plan sin azúcar y rico en proteínas con cálculo de calorías. Entre eso y correr conseguía mantenerme en la talla 36. La talla 36 europea, debo aclarar; no la talla 36 estadounidense, que en realidad es una 40 y nadie te admira con esas medidas.

Mientras Gilda me pasaba el secador por el pelo —eran muy pocas las cosas que Gilda no sabía hacer— me recitaba el programa del día.

—Dentro de diez minutos nos recogerá el coche para llevarnos a *Good Morning Denver*. Saldrás en el espacio de las siete treinta y cinco y dispones de cuatro minutos. Meterán lo de la comida de este mediodía y mostrarán la tapa del libro. Después de eso iremos a un centro de rehabilitación física donde hablarás con los pacientes. Les darás de desayunar. Una cadena de noticias local cubrirá…

—¿Y yo? —Se me había disparado la ansiedad—. ¿Yo no desayuno?

—Claro que sí.

—¿Ah, sí?

Gilda rió.

—No la tomes conmigo. Desayunarás comida de hospital con los pacientes.

—¿Comida de hospital?

—Vamos —trató de animarme—, será conmovedor. Hablarás de los recuerdos que eso te trae de cuando te alimentaban a través de un tubo conectado al estómago. ¿Quién no se conmovería con un recuerdo como ese? Ya noto cómo se me saltan las lágrimas.

—¿Y tú? —dije—. Supongo que tú desayunarás un plato enorme de crepes con sirope.

—Probablemente. Pero yo no soy la estrella. —Y nos reímos.

De vuelta en el presente, como un poco más de muesli y medito sobre mi mañana. Tarea uno: necesito perder tres kilos en la zona b. Tarea dos: necesito escribir un libro.

Me suena el móvil. Es mamá.

—¿Dónde estás? —Parece mosqueada.

—¿Dónde debería estar?

—Aquí, para llevarme al supermercado. Es lunes.

Es mi misión acompañar a mamá en coche al supermercado los lunes por la mañana. ¿Cómo he podido olvidarlo?

Eso significa que puedo posponer un rato lo de intentar escribir. ¡Bien!

—Estaré en tu casa en quince minutos.

—Deberías estar en mi casa ahora.

Empleando como base mis chinos de mujer nuevos, me armo un conjunto de verano. Por suerte, los kilos no han afectado a mis pies, por lo que las sandalias del año pasado todavía me caben.

10.30

Subo al coche, ese con el que solía llevar a Betsy y a Jeffrey al colegio. El coche que dejé de necesitar cuando empezó mi nueva vida y me mudé a Nueva York. Le había pedido a Karen que lo vendiera pero no lo hizo porque ella no confiaba tanto como yo en mi final feliz.

Y acertó, porque cuando mi final feliz resultó ser un espejismo necesité un coche y este me estaba esperando con los brazos abiertos, como si nunca me hubiese ido.

Mientras conduzco ponen «Bringing Sexy Back» en la radio y recuerdo, muy a mi pesar, el concierto de Justin Timberlake en el Madison Square Garden al que me había llevado Gilda. Fue una de las mejores noches de mi vida. Me pregunto por enésima vez cómo estará Gilda. Pero no puedo permitirme buscarla en Google. Lo único que puedo hacer es recitar el mantra: «Que estés bien, que seas feliz, que estés libre de sufrimiento».

10.35

Cuando mamá abre la puerta lleva puesta su cara de enfado por haberme olvidado de la compra semanal. Entonces me mira de arriba abajo y exclama complacida:

—¡Stella, estrenas pantalón!

Con inesperado orgullo, digo:

—Karen me ayudó a elegirlos. Son chinos.

—¿Los chinos no son pantalones de hombre?

—Son chinos para mujer.

—¡Chinos para mujer! Deben de ser una novedad. ¡Caramba, caramba! —Toda ella desprende admiración—. ¡Te quedan que ni pintados! Entra y enséñaselos a tu padre.

—Vale. Hola, papá. —No me limito a asomar la cabeza por la puerta de la sala, sino que entro para que pueda verme bien.

—Hola, Stella —dice. Luego me mira detenidamente—. ¿Qué te has hecho? Estás fantástica.

—Le ha dado por comprar chinos. —Mamá ha entrado detrás de mí.

—¿Chinos?

—Chinos para mujer —decimos mamá y yo al unísono.

—¿Tiene la Advenediza algo que ver con esto?

—¡Sí! —exclamamos.

—Pues ha hecho un buen trabajo —asegura papá—. Estás fantástica.

—Fantástica —conviene mamá—. La mar de fantástica.

¿Quién lo iba decir? ¡Estoy fantástica! ¡Mis chinos de mujer son un éxito! ¡Mi nueva imagen funciona!

12.17

Señor, las porquerías que comen esos dos: galletas, patatas fritas, bizcochos que caducan a los diez meses… Cualquier combinación de grasas saturadas y azúcar es bienvenida en el carro de Hazel Locke.

Comprar con mamá se convierte siempre en una lucha de poder; la que controla el carro controla lo que va dentro. Esta semana gana mamá. Me ha pedido que aparcara mejor, entonces ha salido disparada del coche con un euro en la mano y se ha hecho con un carro antes de que yo hubiera apagado el motor. Cuando le conviene, mamá puede ser muy ágil. Y muy astuta.

Pasamos una eternidad en el pasillo de las grasas saturadas, luego insisto en que visitemos la sección de frutas y verduras.

—¿Qué tal un brócoli? —propongo.

—Odio el brócoli —responde, irritada.

—Nunca lo has probado.

—Ya, porque lo odio.

—Vamos, mamá, ¿y unas zanahorias?

Con gesto lánguido, toca una bolsa de zanahorias y da unos pasos hacia atrás como si fueran radioactivas.

—¡Ecológicas!

—Lo ecológico es bueno —digo como siempre—. Es más saludable que los alimentos corrientes.

Mamá coge una manzana ecológica.

—¿Cómo es posible, Stella? Mira la forma tan rara que tiene. Parece una manzana de Chernóbil. Además —añade, melancólica—, a estas alturas de nuestra vida nos merecemos darnos un gusto.

—Morirás prematuramente.

—¿Y qué?

Me entran ganas de agarrarla de los hombros y decirle muy seria: «¡Deja de comportarte como una vieja!».

Pero no puede evitarlo. Mamá y papá nunca vestirán ropa de lino blanco y caminarán descalzos por la playa, sonriendo y cogidos de la mano e irradiando salud inducida por el aceite de pescado.

> «Que vivas cerca de un campo de golf no significa
> que tengas que jugar al golf.»
>
> Extracto de *Guiño a guiño*

Mannix Taylor irrumpió en mi cubículo acompañado de cuatro, no, de cinco enfermeras. ¿Qué ocurría?

—Buenos días, Stella —dijo—. Vamos a tener una pequeña clase. ¿Puedes mostrar a tus enfermeras los guiños que practicamos ayer?

«Eeeh... vale.»

Las enfermeras se congregaron alrededor de mi cama con cara de pocos amigos. «Tenemos mucho trabajo —decían sus vibraciones—. Bastante ocupadas estamos ya sin necesidad de ver cómo parpadea una mujer paralizada. Especialmente ahora que debemos girarla cada dos horas en lugar de cada tres.»

—¡Bien! —Mannix sostenía un bolígrafo sobre un folio—. ¿Qué te gustaría decir, Stella? Primera letra. ¿Una vocal? ¿No? ¿Una consonante? ¿Primera mitad del alfabeto? ¿Sí? ¿B, C, D, F, G, H? ¡H! Bien. La H. —Se volvió hacia las enfermeras—. Ya han visto cómo se hace. ¿Quién quiere probar?

En vista de que nadie se ofrecía, endilgó el bolígrafo y el folio a la enfermera que tenía más cerca.

—Empiece usted, Olive —dijo—. Adelante, Stella.

Casi con timidez, deletreé la palabra «HOLA».

Las enfermeras me miraron perplejas y finalmente una de ellas dijo:

—Hola a ti también.

—¿Por qué le dices hola? —le preguntó otra—. Lleva aquí un mes.

—Pero es la primera vez que Stella les habla —señaló Mannix.

—Ya. Bien, tenemos que irnos.

Camino del mostrador oí a una de ellas decir:

—¿Quién demonios se cree ese que es?

—¿A qué hora suele venir el marido? —preguntó Mannix a Olive.

—La mayoría de las mañanas en torno a las ocho y por las tardes a las siete.

—¿O sea que podríamos haber hablado todo este tiempo? —espetó Ryan, enfadado y triste, a Mannix Taylor—. ¿Lleva un mes aquí y nos lo dicen ahora?

«Sí, pero…»

Ryan no parecía entender que Mannix había creado el sistema de los guiños especialmente para mí.

—El síndrome de Guillain-Barré es increíblemente raro —explicó Mannix—. En todo el tiempo que llevo ejerciendo de neurólogo es el primer caso que veo. En ningún hospital de este país existe un protocolo establecido para tratarlo.

—¡Chorradas! —dijo Ryan.

—Sin embargo, me he puesto en contacto con expertos de Estados Unidos y…

—¡Mi mujer lleva un mes aquí y no ha mejorado lo más mínimo!

Yo estaba intentando desesperadamente atraer la atención de Ryan. «Deja de gritar —quería decirle—. El doctor Taylor me está ayudando. Se ha quedado hasta tarde para poder explicártelo.»

—¿Y quién diantre es usted? —inquirió Ryan.

—Como ya le he dicho, soy el neurólogo de Stella.

—¿Qué ha pasado con el doctor Montgomery?

—El doctor Montgomery es el especialista de Stella. Yo soy su neurólogo. Tenemos funciones diferentes. Él es el responsable general del cuidado de Stella.

—¿Dos honorarios en lugar de uno?

Yo no quería ni imaginar lo que debía de estar costando.

—¿Y por qué ha tardado un mes en aparecer?

—Stella tendría que haber sido derivada a un neurólogo el mismo día de su ingreso, pero a alguien se le pasó por alto. Un error administrativo. Lamento que el sistema les haya fallado a Stella y a usted.

—La madre que…

Era evidente que a Ryan se le estaba agotando la paciencia. Había venido directamente del aeropuerto después de su presentación en la isla de Man arrastrando su maleta de ruedas barata. Parecía nervioso, agotado y muy deprimido.

—Stella… —dijo—. No puedo hacer esto esta noche. Te veré por la mañana.

Fulminó una última vez a Mannix Taylor con la mirada y se marchó.

Mientras el eco de sus pasos se alejaba, Taylor y yo nos miramos.

«Toda buena acción tiene su justo castigo.»

Rió, como si hubiera entendido lo que yo estaba pensando —tal vez lo había entendido, tal vez no—, luego giró sobre sus talones y también se marchó.

El doctor Montgomery se estaba retrasando.

Después del enfrentamiento con Mannix Taylor, Ryan había pedido un informe sobre mi progreso.

—Quiero respuestas —me había dicho, tenso por la ira—. Estoy harto de ver cómo te pudres en esta cama si experimentar ninguna mejoría. Y quiero saber quién es ese Mannix Taylor.

Ryan se había traído a Karen para la reunión. Estaban aguardando frente a mi cubículo, formando un triángulo tirante con Mannix Taylor, y por su lenguaje corporal supe que a Karen le gustaba Mannix Taylor tan poco como a Ryan.

El problema era que Ryan y Karen estaban enfadados —enfadados porque yo estaba enferma y porque no mejoraba— y su enfado necesitaba un blanco.

Nota a mí misma, pensé: si alguien se enfada conmigo no

debo tomármelo como algo personal porque a saber qué problemas tiene esa persona.

—¿Piensa retrasarse mucho más tiempo ese doctor Montgomery? —soltó Karen a Mannix Taylor—. Tengo que ir a trabajar.

—Yo también —repuso él.

Mala respuesta. Karen se irritó y yo la observé impotente desde mi cama.

De repente la energía que impregnaba la sala cambió. El doctor Montgomery había llegado. Por ahí venía, acicalado y sonriente, rezumando cordialidad por todos los poros y arrastrando una comitiva de médicos residentes.

—Buenos días, doctor Montgomery —trinaron las enfermeras.

—¡Buenos días!

La llegada del doctor Montgomery desencadenó una explosión de apretones de mano, tanto es así que Ryan y Karen se dieron la mano sin querer.

Nadie me dio la mano a mí. Nadie me miró siquiera.

—Doctor Montgomery —dijo Ryan—, me aconsejó que fuera paciente y he sido paciente, pero necesito, la familia de Stella necesita, que nos ponga al día sobre su estado.

—¡Naturalmente, naturalmente! Bien, mi colega, el doctor Taylor, es el experto en neurología. Mannix, quizá podría compartir con nosotros algo de su —tono sarcástico— sabiduría.

—Lo explicaré de la manera más sencilla posible —dijo Mannix Taylor—. El síndrome de Guillain-Barré ataca las vainas de mielina de los nervios. Antes de que las extremidades puedan recuperar el movimiento es necesario que dichas vainas crezcan de nuevo. Sin embargo…

Montgomery le interrumpió con suavidad.

—Ya lo han oído: las vainas de mielina de los nervios de Sheila deben crecer antes de que las extremidades puedan recuperar el movimiento.

—La paciente se llama Stella —señaló Mannix Taylor.

El doctor Montgomery lo ignoró y mantuvo su mirada benévola en el rostro preocupado de Ryan.

—¿Y cuánto tardará eso? —preguntó Ryan—. Mi mujer sigue igual desde el día en que ingresó. ¿Pueden darnos una idea aproximada de cuándo podrá irse a casa?

—Estoy seguro de que la echa de menos, y también sus platos caseros —dijo el doctor Montgomery—. Y estoy seguro de que sabe que todos estamos poniendo todo de nuestra parte para hacer que Sheila se recupere lo antes posible. Las enfermeras de esta sala son unas chicas excelentes.

Mannix Taylor se volvió deliberadamente hacia el mostrador, donde había dos hombres.

—¿Podría darnos un plazo aproximado? —preguntó Ryan—. ¿Algo? ¿Una semana?

—¿Quiere hacer el favor de calmarse? —Montgomery señaló mi cuerpo postrado—. Fíjese en su estado.

—¿Un mes?

—Tal vez —concedió Montgomery—. Puede que incluso menos.

«¿En serio?»

Mannix Taylor lo miró horrorizado.

—Con todos mis respetos, en mi...

Montgomery lo interrumpió secamente.

—Sin embargo, la salud de Sheila es nuestra prioridad y no podemos darle el alta hasta que esté completamente curada. Usted es un hombre culto, señor Sweeney, y sabe de qué le hablo. Por tanto, si Sheila sigue aquí dentro de un mes, ¡no se le ocurra telefonear y gritar a mi secretaria como hizo esta mañana! ¡A la pobre Gertie esas cosas la superan! Es toda una veterana, pero de la vieja escuela. ¡Ja, ja, ja!

—Pero ¿un mes es un cálculo aproximado? —insistió Ryan.

—Sin duda. ¿Se ha aficionado a la pesca con mosca?

—No...

—Debería. ¿Y usted? —El doctor Montgomery miró a Karen con visible admiración—. ¿Juega a golf?

—Mmm, no.

—Debería. Pásese algún día por el club. Una chica tan encantadora como usted seguro que provoca más de una sonrisa.

—Montgomery miró su reloj, dio un respingo y dijo—: ¡Santo Dios! —Acto seguido, procedió a repartir tarjetas de visita, una a Ryan, otra a Karen y otra al pánfilo del doctor DeGroot, la cual recuperó al instante—. ¡Dame eso, pelmazo! No quiero que me llames a casa. Qué harto estoy de tu cara. Yo y mi sombra, ¡ja, ja, ja!

Se volvió hacia Ryan y Karen y añadió:

—En la tarjeta aparece el número de mi casa. Llámenme cuando quieran, de día o de noche; insisto: de día o de noche. La señora Montgomery está acostumbrada. Cae redonda después de tomarse sus pastillas, ¡ja, ja, ja! Cualquier inquietud que tengan, no duden en coger el teléfono. Ahora, queridos, lo siento pero que debo irme. Tengo una cita.

—¿Cómo va su hándicap? —preguntó deliberadamente Mannix Taylor.

El doctor Montgomery lo miró con indulgente aversión.

—¿Sabe una cosa? Debería unirse algún día a nosotros en el fairway, Mannix, le sentaría bien. —Miró a su público—. El doctor Taylor es un tipo muy serio.

Todos rieron obedientemente.

—¿Qué es eso que dice mi nieto? —se preguntó Montgomery—. «Relájate, abuelo».

Y todos volvieron a reír.

—Ha sido un placer. —El doctor Montgomery esbozó una sonrisa de oreja a oreja—. Tenemos que repetirlo. —Eficientemente, estrechó la mano de todos menos la de Mannix. Y la mía, claro. Luego gritó—: ¡Aguanta ahí, Patsy, aguanta! —Y se largó seguido de su pandilla.

—Qué enrollado —comentó Karen mientras se alejaba.

«¿En serio?» Karen era la persona más lista que conocía, ¿cómo se había dejado engañar por el doctor Montgomery? El hombre los había encandilado a todos cuando era evidente —por lo menos para mí— que no sabía nada sobre mi enfermedad. Y la sangre se me heló al preguntarme cuánto había cobrado por esos preciosos minutos de reunión.

La partida del doctor Montgomery tuvo el mismo efecto

que si se hubiera pinchado un globo. Se había acabado la fiesta. Entonces Mannix Taylor empezó a hablar y el ambiente se ensombreció aún más.

—Escuchen —dijo a Ryan y Karen—, sé que el doctor Montgomery ha dicho que Stella podría estar en casa dentro de un mes, pero no es así.

Ryan entornó los párpados.

—¿Perdone?

—Es imposible que...

—El doctor Montgomery se licenció con matrícula de honor por la Universidad de Trinity —dijo Ryan—. Lleva más de quince años como especialista en este hospital. ¿Me está diciendo que sabe más que su jefe?

—Soy neurólogo. Estoy especializado en trastornos del sistema nervioso central.

—Me dijo que no sabía nada del síndrome de Guillain-Barré —observó Ryan.

—Dije que nunca lo había visto en un entorno clínico. Pero he hablado con especialistas de Estados Unidos y, por lo que me han dicho, convendría que no se hicieran ilusiones.

—Entonces ¿no estará en casa dentro de un mes?

—No.

—¿Cómo se le ocurre decir eso delante de ella? —protestó acaloradamente Karen—. ¿Cómo puede ser tan cruel?

—No es mi intención ser cruel...

—Entonces, según usted, ¿cuándo podrá volver a casa? —preguntó Ryan.

—Es imposible saberlo.

—Fantástico —exclamó Ryan con vehemente sarcasmo—. Sencillamente fantástico.

Karen lo agarró del brazo para intentar calmarlo.

—Ryan, será mejor que nos vayamos —dijo—. Dejémoslo así por el momento.

Me dieron un beso malhumorado en la frente, se marcharon y la única persona que permaneció junto a mi cama fue Mannix Taylor.

—Es cierto que el doctor Montgomery se licenció con matrícula de honor —dijo. Luego añadió—: Hace unos mil años.

Para mi gran sorpresa, se me escapó la risa por dentro.

—Y lleva la tira de años como especialista en este hospital. Todo lo que su marido ha dicho es cierto.

Pero eso no lo convertía en un buen médico.

—«Mucha erudición no enseña comprensión» —citó Mannix—. Creo que lo dijo Sócrates.

Agité los párpados. Era la señal que habíamos acordado para cuando quisiera hablar. Cogió su bolígrafo y papel y deletreé: «HERÁCLITO».

—¿Heráclito? —Mannix Taylor me miró perplejo—. ¿Qué es un Heráclito? —Luego se echó a reír—. ¡Heráclito! Fue Heráclito quien dijo «mucha erudición no enseña comprensión», no Sócrates. Eres única, Stella Sweeney. ¿O puedo llamarte Sheila? ¿Cómo es que sabes tanto de filósofos griegos si eres una humilde peluquera?

—EST…

—Esteticista, lo sé. Era una broma.

«Se supone que las bromas deben hacer gracia.»

—Lo sé —suspiró—. Creo que debería dejar las bromas. No acabo de pillarles el truco.

Esa noche, durante las largas horas vacías de mi sueño «excelente», pensé en Mannix Taylor. Era un hombre realmente peculiar. La manera en que había criticado al doctor Montgomery era muy poco profesional, aunque tuviera razón.

Me pregunté sobre su vida fuera del hospital. Llevaba anillo de casado —cómo no—, tenía unos dientes bonitos y ejercía una profesión respetada y bien remunerada. Seguro que su esposa era perfecta.

A menos que fuera gay. Pero no me daba esa impresión. No, decididamente tenía esposa.

Me pregunté si era tan temperamental en casa como en el trabajo. Supuse que no. Yo diría que su mujer no le aguantaba las tonterías. «Deja tus malos rollos en el trabajo —podía oírle decir—. No los traigas a casa.» La imaginaba alta, una belleza de tipo escandinavo, puede que una ex modelo. Muy completa. Tenía su propia empresa. Haciendo... ¿qué? ¿Interiorismo? Sí, interiorismo. Las mujeres como ella siempre hacían eso; se paseaban con cartas de colores y muestras de tejidos y cobraban una fortuna. O puede que fuera psicóloga infantil; a veces podían sacarse algo del sombrero y sorprenderte, esas mujeres.

Decidí que Mannix y ella eran padres de tres hijos rubios adorables. Uno era... veamos... disléxico... porque nadie tenía una vida del todo perfecta. Un profesor particular iba cuatro tardes a la semana; salía caro, pero valía la pena y a Saoirse le iba muy bien y así podía seguir el ritmo de la clase.

Mannix Taylor vivía... ¿dónde? En un lugar con verjas electrónicas. Sí, sin duda. Probablemente en una de esas casas tan bonitas de Wicklow, cerca del club de golf Druid's Glen. Un granero transformado y sometido a una colosal ampliación, con un terreno de dos mil metros cuadrados. Muy rural, rodeado de campos pero próximo a la N11 para poder plantarse en Dublín en media hora.

¿Qué hacía ese Mannix Taylor en su tiempo libre? Difícil saberlo, pero una cosa era segura: no jugaba al golf. Lo cual era una pena, viviendo tan cerca de un renombrado club de golf.

16.22

—¡He oído que vas por ahí fardando de chinos! —Karen está en la puerta de mi casa con una melena rubia superlisa.

—¡Sí! —Me aparto para dejarla pasar—. ¡Cuánto te lo agradezco! Debo reconocer que tenía mis dudas…

—Déjalo ahí. —Se encamina hacia la cocina—. ¿Es demasiado pronto para una copa de vino? Supongo que sí. Además, tú no puedes beber. —Enciende la tetera—. ¿Dónde estábamos? Ah, sí, ahora no empieces a pensar que estás bien. Los chinos solo son una solución temporal. Un camuflaje. Todavía tienes que perder cinco kilos.

—¡De cinco nada! —exclamo—. Tres.

—Cuatro y medio.

—Tres y medio.

—Tú misma. La mayoría de la gente —comenta pensativa— cuando su vida se va al garete se adelgaza. ¿Cómo puedes tener tan mala suerte? —Abre y cierra un par de cajones—. ¿Hay bolsas de té normales? No pienso beber esas hierbas asquerosas.

—Yo tampoco —afirmo toda digna—. Esas hierbas asquerosas son de Jeffrey.

—Mira que tienes un hijo raro… Aunque al mío déjalo correr. ¿Crees que somos portadoras de algún tipo de tara que afecta a los varones? Proteínas —dice de pronto—. Eso es lo que necesitas. Proteínas a saco. Olvida que los carbohidratos existen siquiera.

—¿Esas pestañas son tuyas? —pregunto, ansiosa por cambiar de tema.

—¿Esto? —Agita sus pestañas largas y afiladas—. Nada es mío. Todo es falso. Uñas. —Alarga las manos hasta mi cara y las retira en un visto y no visto—. Dientes. —Abre sus fauces con un rápido rugido—. Cejas. Bronceado. Voy a hacerte una extensión de pestañas. —Traga saliva y, no sin cierta vacilación, añade—: A precio de coste.

Niego con la cabeza.

—Ya he llevado extensiones en las pestañas y son una pesadilla.

No puedes tocarlas, no hagas nada que pueda alterarlas. Es como estar en una relación disfuncional.

Karen me clava una mirada cargada de significado.

—No era disfuncional —digo—. Era funcional.

—Hasta que dejó de serlo.

Empiezo a notarme un poco llorosa.

—Karen… quizá deberías irte. —De repente recuerdo algo—. Anoche volví a soñar con Ned Mount.

—¿Y qué haces soñando con él?

—¡No podemos decidir con quién soñamos! Además, me cae bien. —Me había entrevistado en su programa de radio cuando *Guiño a guiño* salió en Irlanda. Congeniamos enseguida.

—¿Podrías…?

—No… Esa parte de mi vida ha terminado.

—Solo tienes cuarenta y dos.

—Cuarenta y uno.

—Y medio.

—Y cuarto. Solo y cuarto.

Karen observa detenidamente mi rostro.

—No te irían mal un par de pinchazos. El doctor JinJing estará el jueves. Yo invito.

—No, gracias…

Debido a drásticas restricciones en la ley, Karen tuvo que dejar de hacer infiltraciones, y ahora un joven médico chino acudía al salón cada dos jueves e inyectaba Botox y rellenos a una clientela entusiasta. Pero yo había visto los resultados del trabajo del doctor JinJing y tenía pánico. Torpes sería la mejor manera de describirlos, y sabía por experiencia que un Botox mal inyectado era peor que cero Botox.

En Nueva York, recurrí a alguien muy bueno, un médico que entendía el significado de «sutil». Incluso podía mover las cejas… Luego cometí el error de querer ahorrar y acudí al especialista más barato que convirtió mi frente en una especie de toldo. Parecía una cromañona permanentemente enfadada. Los dos meses que estuve esperando a que ese Botox mal inyectado abandonara mi rostro se me hicieron eternos.

—¿Estás segura? —me pregunta Karen con impaciencia—. No te cobraré. No todos los días se recibe una oferta como esta.

—En serio, Karen, estoy bien así.

—¿Es que no me escuchas? ¡He dicho que no te cobraré!

—Gracias. Genial. Pero… más adelante, ¿vale?

«En lugar de pensar "¿por qué a mí?",
pienso "¿por qué no a mí?"»

Extracto de *Guiño a guiño*

En mi cama del hospital todo cambió tras el advenimiento del Código por Guiños. Mi primera comunicación con mi familia fue pedir a Karen que me lavara el pelo, y solo una persona con su empuje habría podido conseguirlo, pues supuso una tarea colosal que implicó láminas de plástico, jarras, esponjas e incontables cuencos de agua. Por no mencionar el delicado sorteo de todos los tubos que entraban y salían de mi cuerpo. Mamá, Betsy y Jeffrey hicieron de ayudantes corriendo obedientemente al cuarto de baño para vaciar el agua jabonosa y regresar con agua limpia. Finalizado el lavado, Karen me hizo tirabuzones con el secador. Me sentí tan limpia que me entraron ganas de llorar.

Mi siguiente petición fue una promesa solemne de Betsy y de Jeffrey de que no se relajarían con los estudios, y mi tercer deseo fue un poco de diversión. Estaba harta de que la gente entrara, me mirara con cara de pena durante quince minutos y se largara. Quería distracciones, quería incluso reír. Habría dado mi vida por un capítulo de *Coronation Street*, pero como eso quedaba descartado, tal vez alguien podría leerme alguna revista: estaba ávida de noticias sobre uniones y rupturas de famosos, sobre engordes y adelgazamientos y sobre las nuevas tendencias en belleza y zapatos.

Luego la cosa se torció un poco. Papá se enteró de que yo había pedido que me leyeran y llegó todo contento con un libro de la biblioteca dentro de una bolsa de plástico.

—Una primera novela —anunció agitándola en el aire— de

un americano. Tom Wolfe lo describió como el mejor novelista del siglo veintiuno. Joan lo separó especialmente para ti.

Acercó una silla y empezó a leer, y era terrible, sencillamente terrible.

—«Caídas. Carretas. Tómbolas. Llenas de leche. Abundancia. Carne cremosa que rebosa. Cascada copiosa.»

Mannix Taylor apareció detrás de él.

—Piel. Pellejo. Una verdad teutónica —siguió leyendo papá—. Carne. Todo lo que somos y todo lo que seremos. Finos sacos dérmicos de agua roja y músculo marmóreo. Gente de cartílago...

—¿Qué es esto? —Mannix Taylor parecía molesto.

Papá saltó de la silla y se volvió hacia él.

—Mannix Taylor, el neurólogo de Stella. —Mannix le tendió la mano.

—Bert Locke, el padre de Stella. —Papá aceptó el apretón a regañadientes—. Y Stella quiere que le lean.

—Está débil. Necesita su energía para sanar su cuerpo. Hablo en serio. Eso... —Mannix señaló la novela con gesto desdeñoso— parece denso. Demasiado para ella.

Suspiré en silencio. Mannix Taylor era tan despótico que hacía enemigos sin despeinarse.

—¿Y qué debería leerle? —preguntó papá con sarcasmo—. ¿*Harry Potter*?

Estaba troceando una cebolla. Aunque esté mal que lo diga yo, era un crack, como un chef en uno de esos programas. Mis dedos, ágiles y veloces, empuñaban mi carísimo cuchillo japonés, proyectando destellos de acero azul. Estaba rodeada de gente de rostro borroso que soltaba grititos de admiración. Con gran seguridad, giraba la cebolla noventa grados y comenzaba otro troceado frenético, casi demasiado rápido para el ojo humano, hasta que finalmente soltaba mi carísimo cuchillo japonés.

Y ahora viene lo mejor. Tenía las manos alrededor de la cebolla, casi como si estuviera orando. Entonces la levantaba despacio, como si hubieran emprendido el vuelo, y —*voilà!*— la cebolla se deshacía en trocitos perfectos y la gente prorrumpía en aplausos.

Un segundo después estaba despierta. Y en mi cama del hospital, en mi cuerpo inmóvil, con unos dedos completamente inútiles.

Algo me había despertado.

Alguien. Mannix Taylor. Estaba a los pies de mi cama, observándome.

Guardó un silencio tan largo que me pregunté si se había quedado mudo, con lo que ya seríamos dos. Finalmente habló.

—¿Alguna vez piensas «¿por qué a mí?»?

Lo miré con desdén. ¿Qué demonios le pasaba? ¿Acaso Saoirse, su hija disléxica imaginaria, no conseguía estar entre los cinco mejores de su curso pese a las clases particulares?

—No estoy hablando de mí —continuó—, sino de ti. —Señaló toda la parafernalia de hospital—. Contrajiste esta insólita enfermedad. No imaginas lo rara que es. Y cruel... No poder hablar, no poder moverse, es la peor pesadilla de la mayoría de la gente. Así que deja que te lo pregunte de nuevo: ¿alguna vez piensas «¿por qué a mí?»?

Me tomé un segundo antes de parpadear. No. Pensaba muchas cosas, pero eso no.

Mannix Taylor introdujo una mano en el esterilizador que había junto a mi cama y sacó un bolígrafo y una libreta que alguien —¿tal vez él?— había traído.

—¿En serio? —preguntó—. ¿Por qué no?

—¿POR QUÉ NO A MÍ?

—Sigue. —Parecía realmente interesado.

—¿POR QUÉ TENGO QUE SER YO ESPECIAL? LAS TRAGEDIAS OCURREN CONSTANTEMENTE. CADA DÍA SUCEDE ALGUNA DESGRACIA. ES COMO LA LLUVIA. A VECES TE MOJAS.

—Caray —dijo—. Eres mejor persona que yo.

No lo era. Se lo debía a mi padre. Durante mi infancia papá me había desactivado por completo la aplicación de la autocompasión. Cada vez que la probaba, me daba un manotazo en la oreja y decía:

—Basta. Piensa en otras personas.

—¡Ay! —aullaba yo.

Y él decía:

—Sé amable, pues cada persona que encuentres en tu camino está librando una dura batalla. Lo dijo Platón. Un griego.

A lo que yo respondía:

—¿Y qué tiene de amable darme un manotazo en la oreja?

—Antes de que me olvide… —Mannix Taylor sacó un libro del bolsillo de su bata—. Le pedí a mi mujer que me recomendara algo. Dice que es ligero pero que está bien escrito. —Guardó el libro en el esterilizador y me miró con recochineo—. A ver qué opina tu padre.

«Oye, no te burles de mi padre.»

—Lo siento —dijo a pesar de que yo no había hablado—. Bueno, me he puesto en contacto con dos neurólogos de Texas que han trabajado directamente con el síndrome de Guillain-Barré y tengo información. Cuando los envoltorios de tus nervios empiecen de nuevo a crecer, y no sabemos cuándo ocurrirá eso, es posible que tengas picores u hormigueos, o que experimentes dolor, el cual podría ser agudo, y en cuyo caso miraremos la manera de tratarlo. —Hizo una pausa y, algo exasperado, añadió—: Con eso quiero decir que te medicaremos. No sé por qué no podemos decirlo así… En fin. Cuando puedas volver a moverte, tus músculos estarán atrofiados por la falta de uso, de modo que cada día deberás hacer fisioterapia intensiva. Pero tendrás poca energía, por lo que solo podrás hacer sesiones breves. Tardarás varios meses en volver a tener un cuerpo y una vida normal. Tu hermana dijo que soy cruel por decirte la verdad. Yo pienso que lo cruel es no decirla. Otra cosa —prosiguió—, existe una prueba llamada EMG que puede decirnos hasta qué punto están dañadas las vainas. Nos daría una idea real de cuánto durará tu recuperación. La máquina de este hospital, no obstante, está rota. Yo visito en otro hospital que tiene una máquina que funciona.

Sentí un subidón de esperanza.

—Pero como estás en la UCI, no puedes ser trasladada a otro hospital —dijo—. Temas de burocracia, de seguros, lo de siempre. Este hospital se niega a darte el alta ni siquiera un par de horas, y ningún otro hospital está dispuesto a asumir la responsabilidad.

Un aullido de angustia estalló dentro de mí, pero como no tenía adónde ir fue devuelto de inmediato a mis células. Siempre había oído hablar del mal funcionamiento del sistema sanitario, pero solo ahora que estaba atrapado en él comprendía cuán cierto era.

—Estoy viendo lo que puedo hacer —prosiguió Mannix—, pero debes saber que el EMG no es una prueba agradable. No conlleva ningún peligro, pero sí resulta dolorosa. Te enviarán descargas eléctricas a los nervios para medir tus respuestas. Desde el punto de vista médico el dolor es positivo porque indica que tu sistema nervioso está funcionando.

«Entiendo…»

—¿Quieres que siga intentándolo?

Guiñé el ojo derecho.

—¿Entiendes que será doloroso? No podremos darte calmantes porque entorpecerían justamente lo que estamos intentando medir. ¿Lo entiendes?

«¡Sí, joder, sí! Lo entiendo.»

—¿Lo entiendes?

Cerré los ojos porque ahora estaba haciéndose el graciosillo.

—Abre los ojos —dijo—. Háblame. Solo era una broma.

Abrí los ojos y lo fulminé con la mirada.

—¿Hay algo que quieras preguntarme?

Debería estar empleando mi escasa energía para preguntarle más cosas sobre la prueba o sobre mi enfermedad, pero me había hartado del tema. Hice de tripas corazón y parpadeé algo que me había tenido intrigada desde la primera vez que mencionó a su hermano.

—HÁBLAME DE TU FAMILIA.

Vaciló.

—POR FAVOR.

—Vale, si me lo pides así. —Respiró hondo—. Bien, vista desde fuera mi infancia fue… —tono profundamente sarcástico— dorada. Mi padre era médico y mi madre, una belleza. Muy sociables los dos. Se pasaban el día acudiendo a fiestas y a las carreras, sobre todo a las carreras, y salían en la prensa. Tengo un hermano, Roland, del cual ya te he hablando, en quien recayó el peso de las expectativas de nuestro padre. Mi padre quería que mi hermano fuera médico como él, pero Roland no obtuvo la nota necesaria. Yo quería ser médico, y también confiaba en que eso liberara a mi hermano de semejante carga. Sin embargo no funcionó. Roland siempre se ha sentido un fracaso.

Pensé en el hombre que había visto en la tele, tan simpático y divertido, y me dio pena.

—Tengo dos hermanas menores —continuó Mannix Taylor—, Rosa y Hero. Son gemelas. Todos íbamos a colegios pijos y vivíamos en una casa grande en Rathfarnham. A veces nos cortaban la electricidad, pero teníamos prohibido contarlo.

«¿Qué? Eso sí que no me lo esperaba.»

—En mi casa ocurrían cosas raras… con el dinero. A veces abría un cajón y me encontraba con un gran fajo de billetes; debía de haber varios miles de libras. Yo no decía nada, y al día siguiente ya no estaba. O a veces llamaba gente a la puerta y yo escuchaba cómo discutían en voz baja en la grava de la entrada.

Qué historia tan fascinante.

—La gente considera muy glamuroso lo de ir a las carreras y apostar diez de los grandes a un caballo.

Yo no. Me ponía mala solo de pensarlo.

—Pero si el caballo no gana…

«¡Exacto!»

—A mi casa llegaban constantemente cosas que luego desaparecían. —Mannix se quedó un rato pensativo—. Una Nochebuena mis padres se presentaron en casa con un cuadro enorme. Habían estado en una subasta y llegaron entusiasmados. No podían dejar de hablar de la puja y de cómo habían mantenido la calma y habían ganado. «Nunca muestres tu miedo, hijo —me dijo mi padre—. Esa es la clave.» Dijeron que era un Jack Yeats auténtico, y a lo mejor lo era… Lo colgaron sobre la repisa de la chimenea de la sala de estar. Dos días después una camioneta paró delante de casa y dos hombres entraron y, sin mediar palabra, se llevaron el cuadro. Nadie volvió a mencionarlo.

«Caray…»

—Mis padres viven ahora en Niza, en el sur de Francia. Es menos glamurosa de lo que parece, pero saben sacarle provecho. Son la bomba.

¿Más sarcasmo?

—En serio, son la bomba —dijo—. Les encanta la juerga. Un pequeño consejo: nunca aceptes un gin-tonic de mi madre. Te mataría.

18.49

Estoy en mi despacho, conectada a Twitter, cuando Jeffrey llega a casa con unos «colegas»: tres jovencitos que no me miran a los ojos. Se meten en la habitación de Jeffrey y me cierran la puerta en las narices, y algo me dice que van a ver pornografía en la red y que de aquí a nada encargarán pizzas por teléfono. Dentro de una hora, más o menos, el suelo estará cubierto de enormes cajas de pizza.

¡Estamos comportándonos como una familia normal! ¡Mi dicha es infinita!

Y en el caso de que me ofrecieran un trozo de pizza, no debo aceptar. Sería un excelente ejercicio de acercamiento afectivo, sin duda, pero después de la visita alentadora de Karen salí a comprar una nevera entera de alimentos ricos en proteínas. Estoy decidida a perder peso. Todavía no he sido capaz de tirar a la basura mis adoradas galletas PIM'S, pero estoy mentalizándome. Pronto, lo haré pronto.

Mientras estoy sentada a mi mesa oigo un zumbido quedo. Avispas, pienso horrorizada. O puede que abejas. Un nido de abejas. O un enjambre… o como se llame eso. Te lo ruego, Dios, no permitas que haya un nido de abejas en mi desván.

El zumbido se desvanece y me digo que lo he imaginado.

Comienza de nuevo, más fuerte esta vez. Suena como si estuvieran juntándose para un ataque. Puede que el nido esté pegado a la parte exterior del muro. Con cautela, abro la ventana y saco la cabeza. No veo ninguna abeja, pero sigo oyendo el zumbido. Deben de estar en el desván. Atemorizada, levanto la vista hacia el techo.

¿A quién puedo pedir ayuda? Ryan es un inútil, y Jeffrey tres cuartos de lo mismo. Enda Mulreid probablemente estrangularía el nido de abejas con sus propias manos, pero yo trato de restringir mis interacciones con Enda. Es un buen hombre, pero nunca sé qué decirle.

Sin embargo, ahora mismo hay unos cuantos hombres jóvenes

en la casa. Puede que alguno de ellos sea más valiente que mi hijo. Debería pedirles ayuda. ¡Sí, eso haré!

Salgo al rellano y, cuando llego a la puerta de Jeffrey, vacilo. No quiero irrumpir mientras están viendo pornografía. Decido llamar, luego aguardo cinco segundos y vuelvo a llamar. Sí, eso será lo mejor.

Pero mientras estoy delante de la puerta de Jeffrey me percato de algo espantoso: el zumbido proviene de su habitación. A lo mejor las abejas han llegado porque se han enterado de que había pizza en camino. ¿A las abejas les gusta la pizza? ¿O la pornografía?

Finalmente acepto la terrible verdad: en la habitación no hay abejas. Son Jeffrey y sus colegas los que están haciendo ese ruido. Me atrevería a decir que están meditando.

Esto sí que es un golpe.

Un golpe fuerte.

Un golpe fortísimo.

«Nadie ha dicho que la vida sea justa.»

Extracto de *Guiño a guiño*

—...Y si miras aquí —Ryan me puso la factura delante de la cara y la señaló con el dedo—, dice que tenemos un saldo positivo de 1,91 euros. ¿Cómo puede ser? ¿Y qué se supone que debo pagarles?

¿Cómo podía explicarle que pagábamos una cuota fija a nuestro suministrador de gas para evitar el palo de las facturas desorbitadas durante el invierno?

Yo siempre me había ocupado de las finanzas familiares, pero como mi temporada en el hospital se estaba alargando —iba por mi séptima semana— Ryan se veía obligado a lidiar con ellas.

Empecé a parpadear para deletrear «cuota fija».

—Primera letra —dijo Ryan—. ¿Vocal? ¿No? ¿Consonante? ¿Primera mitad del alfabeto? ¿Sí? ¿B? ¿C?

Guiñé el ojo derecho pero no me vio.

—¿D? ¿F? ¿G?

«¡Para! ¡Para!»

Pestañeé como una loca para atraer su atención.

—¿Es la D?

«¡No!»

—¿Me la he saltado? —Suspiró hondo—. Está bien, empecemos de nuevo. ¿B? ¿C? Sí, C. Vale. —La escribió—. Segunda letra. ¿Vocal? ¿Sí? ¿A? ¿E? ¿I? ¿O? ¿U? Bien, la U. Tercera letra. ¿Vocal? ¿Sí? ¿A? ¿E? ¿I? ¿O? La O. Cuarta letra. ¿Vocal? ¿No? ¿Primera mitad del alfabeto? ¿No? ¿P? ¿Q? ¿R? ¿S? ¿T?

Guiñé el ojo derecho pero no lo vio.

—¿V? ¿W? ¿X? ¿Y? ¿Z? —Me clavó una mirada acusadora—. ¡Tiene que ser una de esas, Stella! Joder. Puedes decirle a tu Mannix Taylor que su método es una porquería. ¿Sabes qué? —Hizo una pelota con la factura y la tiró al suelo—. ¿A quién le importa? Que nos lo corten.

No podía ver a las enfermeras reírse por lo bajo, pero sentía que se estaban partiendo de risa.

Pobre Ryan. Estaba frustrado y confuso y harto de todo. Había tenido que ir a la isla de Man cuatro veces en las últimas dos semanas para pelear por ese nuevo proyecto y estaba agotado.

—Lo siento. —Respiró profundamente—. Te pido disculpas. Jeffrey, recoge eso y tíralo a la papelera.

—Recógelo tú. Tú lo has tirado, tú lo recoges. Consecuencias, papá, consecuencias.

—Yo sí que te voy a dar consecuencias. ¡Coge el puto papel!

Otra tanda de risitas procedente de las enfermeras cruzó la unidad. El Show de la Familia Sweeney estaba demostrando ser un éxito.

—Ya lo cojo yo —se ofreció Betsy.

—Se lo he dicho a él —dijo Ryan.

Dios, qué bochorno.

Jeffrey y Ryan se sostuvieron la mirada un buen rato y finalmente Jeffrey cedió.

—Valeee.

Agarró la pelota de papel, la lanzó hacia el mostrador de las enfermeras y gritó:

—¡Cogedla!

Varias enfermeras se echaron para atrás con exagerada alarma y a mis oídos llegaron chillidos y chasquidos de lengua. Estaba muerta de vergüenza.

Jeffrey se mostraba cada vez más rebelde y la culpa era mía. Le había abandonado al caer enferma y necesitaba volver a casa cuanto antes y cumplir con mi papel de madre.

Como si ya no estuviera lo bastante abatida, Ryan sacó otra hoja de papel.

—He estado examinando nuestro extracto bancario. ¿Por qué pagamos diez euros mensuales a Oxfam?

«No lo sé. ¿Para construir pozos en Ghana?»

—Nos iría bien ese dinero —dijo—. Sobre todo ahora. ¿Cómo lo paro?

No creía que pudiera. Si no me fallaba la memoria, se trataba de otra cuota fija que duraba un año. Pero no tenía fuerzas para intentar explicárselo.

—No lo sabe —dijo despectivamente Jeffrey—. Mi turno. Mamá, ¿sabes dónde están mis calcetines de hockey?

«¿Cómo voy a saberlo? Llevo siete semanas fuera de casa.»

—Papá no los encuentra —insistió—. Pensé que tú podrías saberlo.

Pero… pero ¿cómo quería que lo supiera? Por absurdo que pareciera, me sentí culpable, porque debería saberlo. Podían estar en el cajón, en la lavadora, en la secadora, en su petate, en su taquilla del colegio, a lo mejor se habían mezclado con la ropa de Betsy. Pero no podía pestañear todo eso, tardaría una eternidad.

—Ahora, ¿puedo hablar yo, por favor? —exigió Betsy—. Mamá, ¿dónde está mi pelele del conejito?

«Ni puñetera idea. ¿Dónde lo viste por última vez?»

—Lo necesito —dijo—. Vamos a dormir a casa de Birgitte y hemos quedado que todas nos pondríamos nuestro pelele.

¿Quién era esa Birgitte en cuya casa iba dormir? Nunca había oído hablar de ella. ¿Había hablado Ryan con los padres? ¿Se había asegurado de que todo fuera…?

—Y otra cosa —dijo Ryan—. Los inquilinos de Sandycove se largan.

El alma se me cayó a los pies. La casa que habíamos comprado como inversión había resultado ser una maldición. Necesitábamos alquilarla para pagar las letras de la hipoteca pero nadie se quedaba más de seis meses. Tenía la sensación de que me pasaba la vida haciendo inventarios, cambiando datos bancarios y —lo más difícil de todo— buscando inquilinos que no destrozaran la casa.

—¿Qué voy a hacer? —preguntó Ryan.

Habría jurado que el tiempo de visita se había agotado. No obstante, había observado que a las enfermeras les había dado por permitir que mis visitas sobrepasaran los quince minutos estipulados. Abrigaba la sospecha de que estaban encantadas de que el «Código de los guiños» de Mannix Taylor estuviera demostrando ser una carga para mí.

Ryan y los niños se fueron al fin y volví a quedarme sola. Qué curioso, pensé, la gente pagaba fortunas para ir a retiros donde no tenían permitido hablar, leer ni ver la tele. Debían pasarse el día entero atrapados en sus pensamientos y emociones, por incómodos que fuesen.

Se parecía mucho a lo que yo hacía aquí, en mi cama del hospital, y era una verdadera lástima que nunca me hubiese interesado ese rollo de la búsqueda interior.

La imagen de Mannix Taylor caminando hacia mí me sacó de mi ensimismamiento. ¿Qué estaba haciendo aquí? Ya habíamos tenido nuestra sesión del día.

Sacó el bolígrafo y la libreta del esterilizador y acercó una silla.

—Hola. —Yo estaba tendida de costado. Me miró y dijo—: ¿Sabes? Lo más alucinante es que la gente paga por esta clase de chorradas: silencio, aislamiento… —Hizo un gesto desdeñoso con la mano—. Lo hacen para conocerse a sí mismos.

—ESTABA PENSANDO LO MISMO.

—¿Y funciona? ¿Estás conociéndote a ti misma, Stella Sweeney?

—NO NECESITO CONOCERME. YA CONOZCO A SUFICIENTE GENTE.

Rió. Lo notaba un tanto nervioso, casi atolondrado. Algo bueno ha debido de pasarle.

—Pero no es muy justo que digamos, ¿verdad? —observó.

—¿QUIÉN DIJO QUE LA VIDA ES JUSTA?

Se me daba cada vez mejor lo de los guiños, o puede que a él se le diera cada vez mejor leerme. Mannix Taylor adivinaba a menudo toda la palabra a partir de la primera letra. Eso hacía que yo no me cansara tan pronto y pudiera decir más cosas.

Reparó en el libro que me había dejado su esposa.

—¿Qué te parece?

Fantástico, la verdad. Estábamos casi al final.

Papá se había removido receloso en su asiento la primera vez que lo vio.

—No voy a leerte nada que no cuente con el visto bueno de Joan.

Se lo llevó, bolsa de plástico incluida, y regresó con la aprobación de Joan.

—Dice que está bien escrito.

En ese momento supuse, obviamente, que sería infumable.

Pero, para mi gran sorpresa, el libro que me había recomendado la esposa de Mannix Taylor era de lo más entretenido. Se trataba de la biografía de una mujer británica de clase alta que había causado un gran escándalo en los años treinta al dejar a su marido y largarse a Kenia, donde estaba haciendo toda clase de travesuras. Papá y yo estábamos totalmente enganchados.

—Me hace sentir un poco… mal que me guste tanto —había dicho papá—, pero si Joan dice que está bien…

Parpadeé a Mannix Taylor: «TRAE OTRO».

—¿Otro qué? ¿Libro? De acuerdo, le pediré a Georgie que te seleccione unos cuantos.

Georgie. De modo que ese era su nombre. Georgie Taylor. La interiorista-puede-que-psicóloga-infantil de físico escandinavo. Me había preguntado cómo se llamaba.

—¡Bien! —Mannix parecía realmente animado esta tarde—. Pregúntame qué hago aquí.

Cuando empecé a parpadear, se apresuró a añadir:

—¡No, no! Era una manera de hablar. Dime, Stella Sweeney, ¿te apetecería pasar un día fuera?

¿De qué estaba hablando?

—¡Nos han dado luz verde para la prueba del EMG! La gente de aquí te dejará salir y la gente de allá te dejará entrar.

¡Oh!

—¿Que cómo lo he conseguido? No te aburriré con los detalles. Hay una cláusula... Ah, no, no voy a empezar por ahí, te mataría de aburrimiento y estoy ligado al juramento hipocrático de intentar mantenerte viva. Todo eso da igual. Lo único que importa es que es un hecho. Tu marido tendrá que firmar un montón de papeles del seguro, pero la cosa está básicamente en marcha.

Me invadió la esperanza. Por fin tendría una idea de cuánto tiempo más iba a durar este infierno.

Mannix Taylor se puso serio de repente.

—¿Te acuerdas de lo que te dije? Será doloroso. De hecho, es mejor que lo sea. Querrá decir que estás mejorando.

Me asaltó el recuerdo de la punción lumbar y el miedo se apoderó de mí.

—¡Pero será la bomba! —Hablaba como si estuviera intentando animar a un niño—. Iremos en una ambulancia. Pondremos la sirena con la luz azul y cruzaremos la ciudad a toda pastilla. Haremos ver que somos dignatarios extranjeros. Lo pasaremos en grande. ¿De qué nacionalidad quieres ser?

Fácil.

—ITA...

—Ah, no —protestó—. Italiana es demasiado... Todo el mundo quiere ser italiano. Ten un poco de imaginación.

¡Qué coñazo de hombre! Cada vez que empezaba a caerme bien, iba él y lo estropeaba. Yo quería ser italiana. Era italiana. Era Giuliana de Milán. Trabajaba para Gucci. Conseguía cosas gratis.

Rebelándome, lo fulminé con la mirada. «Soy italiana, soy italiana, soy italiana.»

Entonces, tras un inesperado cambio de parecer, decidí que quería ser brasileña. ¿En qué había estado pensando? Brasil era mi lugar. Vivía en Río y era una bailarina fabulosa y tenía un culo enorme y no importaba.

—BRAS...

—¡Brasileña! Ahora te escucho. ¿Y yo? Yo seré... Veamos. Creo que me gustaría ser argentino.

Me parece bien.

—¿Crees que es una pena que hayamos elegido el mismo continente —preguntó Mannix, súbitamente inquieto— teniendo todo el planeta para elegir? No —repuso con firmeza—. Decididamente quiero ser argentino. Soy un gaucho de la pampa. —Con gran sentimiento, añadió—: Caray, ojalá lo fuera. Me pasaría el día a lomos de mi fiel caballo reuniendo ganado, sin tener que rendir cuentas a nadie, y los fines de semana iría al pueblo y bailaría tango. Con otros gauchos —aclaró sombríamente—, porque no habría suficientes mujeres. Tenemos que bailar entre nosotros y a veces, cuando hacemos esas sacudidas de pierna, nos golpeamos mutuamente los huevos sin querer. —Suspiró—. Pero no nos enfadamos. Sabemos sacar lo bueno de las cosas.

—ESTÁS COMO UNA CABRA.

—No es ninguna novedad —dijo—, créeme.

Martes, 3 de junio

9.22

Mi desayuno consiste en cien gramos de salmón. Para eso preferiría no comer nada. No soy una persona de proteínas. Soy una persona de carbohidratos.

10.09

Pese a mi triste desayuno, empiezo a trabajar. Hoy escribiré mucho. Estoy segura.

10.11

Necesito un café.

10.21

Me pongo de nuevo a trabajar. Me siento inspirada, llena de energía... ¿Es el cartero?

10.24

Me meto en la cama con el catálogo de Boden que acaba de llegar y escudriño las páginas, evaluando cada prenda de acuerdo con su capacidad para disimular la barriga.

13.17

La puerta de la calle se abre y luego se cierra con un estruendo. Jeffrey grita «mamá» y empieza a subir las escaleras. Me levanto de un salto e intento dar la impresión de que llevo toda la mañana trabajando diligentemente. Jeffrey irrumpe en mi dormitorio muy alterado. Echa un vistazo a mi edredón arrugado y pregunta con suspicacia:

—¿Qué haces?

—¡Nada! Escribir. ¿Qué pasa?

—¿Dónde está tu iPad? —Me enseña su móvil—. ¡El proyecto karma de papá está en marcha!

Empiezo a cliquear y Jeffrey y yo miramos juntos el blog. Ryan ha subido sesenta y tres fotos de cosas para regalar, entre ellas la casa, el coche y la moto. Angustiada, paso las imágenes de sus preciosos muebles, lámparas y numerosos televisores.

—¡Eh! —Me entra un ataque de posesividad al reconocer un objeto que me pertenece—. ¡Esa es mi figurita de Jesucristo!

Un vecino de mamá me la había regalado cuando me encontraba en el hospital. Es espeluznante. No quise llevármela cuando Ryan y yo nos separamos, pero ahora que se dispone a regalársela a un extraño, la quiero.

El vídeo de Ryan ha tenido ochenta y nueve visitas. Noventa. Noventa y una. Noventa y siete. Ciento treinta y cuatro. La cifra crece a una velocidad pasmosa ante nuestros propios ojos. Es como ver el desencadenamiento de un desastre natural.

—¿Por qué lo hace? —pregunto.

—Porque es un capullo —responde Jeffrey.

—¿En serio?

—Puede que quiera hacerse famoso.

Fama. Eso es lo que la gente cree que quiere. La fama buena, claro. No la fama mala, esa en la que tiras un gato al contenedor de basura y una cámara de videovigilancia te graba y corre como la pólvora en YouTube y te conviertes en un paria internacional.

Pero la fama buena, esa tampoco es tan estupenda, desde luego no tanto como parece. En algún momento te hablaré de ello.

13.28

Llamo a Ryan. Me sale el buzón de voz.

13.31

Llamo a Ryan. Me sale el buzón de voz.

13.33

Llamo a Ryan. Me sale el buzón de voz.

13.34

Jeffrey llama a Ryan. Le sale el buzón de voz.

13.36

Jeffrey llama a Ryan. Le sale el buzón de voz.

13.38

Jeffrey llama a Ryan. Le sale el buzón de voz.

13.40 - 13.43

Me como once PIM'S.

14.24

Aparece otra foto en el blog de Ryan: su máquina Nespresso.

14.25

Aparece otra foto en el blog. Esta vez es una licuadora… Seguida de tres latas de tomate. Una tabla del pan. Cinco trapos de cocina.

—Está desmantelando la cocina —susurra Jeffrey.

Contemplamos horrorizados la pantalla.

Por ahí llega una sartén… y… otra sartén… y medio tarro de pasta de curry. ¿Quién va a querer medio tarro de pasta de curry? Se le ha ido la olla.

La culpa es mía. Nunca debí aceptar el contrato de la editorial ni mudarme a Nueva York. Tendría que haber sabido que en algún momento Ryan haría algo para reafirmarse como el verdadero creativo de los dos.

Con cada segundo que pasa aparecen nuevas fotos de sus posesiones: un escurrelechugas, una sandwichera, una colección de tenedores, un paquete de galletas Custard Creams.

—¿Custard Creams? —Jeffrey no sale de su asombro—. ¿Quién come Custard Creams en estos tiempos?

El vídeo de Ryan ha recibido 2.564 visitas. 2.577. 2.609.

—¿No deberíamos ir a su casa y detenerlo?

—Déjame pensar.

14.44

Agarro el bolso, abro la cremallera del bolsillo secreto, localizo mi Xanax de emergencia y me tomo medio.

—¿Qué es eso? —pregunta Jeffrey.

—Eeeh… un Xanax.

—¿Un tranquilizante? ¿De dónde lo has sacado?

—De Karen. Dice que todas las mujeres deberían llevar un Xanax en el bolsillo secreto del bolso para casos de emergencia. Y esto es una emergencia.

14.48

Llama Karen.

—Oye —dice—, Ryan está haciendo cosas muy raras.

—Lo sé.

—¿Ha perdido el juicio?

—Eso parece.

—¿Y qué piensas hacer al respecto? Tienes que internarlo en un psiquiátrico.

—¿Y cómo lo hago?

—Preguntaré a Enda. Luego te llamo.

14.49

—Enda va a averiguar cómo internar a Ryan en un psiquiátrico —digo a Jeffrey.

—Vale. Genial.

—Sí, genial. Ya lo creo que sí. Genial. Lo internaremos y todo se arreglará.

Pero tengo la desagradable sospecha de que internar a una persona no es tan fácil como parece. Y que una vez internada podría ser difícil desinternarla.

Me tomo el resto del Xanax.

15.01

—Vamos a su casa e intentemos razonar con él —propongo.

Ryan vive a solo tres kilómetros, y tanto Jeffrey como yo tenemos llaves de su casa.

—¿Cómo? ¿Piensas conducir? Acabas de tomarte dos tranquilizantes.

—Un tranquilizante —le corrijo—. Uno. En dos mitades.

Pero tiene razón. No puedo conducir después de haberme tomado el Xanax. Podría provocar un accidente.

—Está bien —concedo en un tono altivo—. Iremos andando.

—Te caerás en una zanja y me tocará a mí sacarte.

—Estamos en la ciudad, aquí no hay zanjas.

No obstante, estoy empezando a arrastrar las palabras. No me caeré en una zanja, pero puede que a los diez minutos de caminata decida que sería de lo más agradable tumbarse en la acera y sonreír beatíficamente a los transeúntes.

—¿Por qué tienes que drogarte? —Jeffrey está enfadado.

—No me drogo. ¡Es un medicamento recetado por el médico!

—No era tu médico.

—Un tecnicismo, Jeffrey. Un mero tecnicismo.

—Necesitamos hablar con una persona sensata.

Nos miramos fijamente, y pese a la nube de Xanax que me envuelve, me asalta el dolor. Sé lo que Jeffrey se dispone a decir.

—No —le freno.

—Pero…

—No. Él ya no forma parte de nuestras vidas.

—Pero…

—No.

El timbre de mi móvil me hace dar un respingo.

—¡Es Ryan!

—Pásamelo. —Jeffrey agarra el teléfono—. Papá. ¡Papá! ¿Te has vuelto completamente loco?

Tras una conversación breve en la que solo habla Ryan, Jeffrey cuelga. Parece hundido.

—Dice que son sus cosas y que puede hacer con ellas lo que quiera.

Abrumada por mi propia incapacidad, me como otros tres PIM'S. No, cuatro. No, cinco. No...

—Para. —Jeffrey me quita la caja.

—¡Son míos! —Parezco un poco trastornada.

Sostiene la caja por encima de su cabeza.

—¿No puedes encontrar otra manera de afrontar los problemas que no sea drogándote con Xanax o azúcar?

—No, ahora mismo no.

—Me voy a meditar.

—Vale, como quieras, yo me voy a...

... tumbar en la cama y sentir cómo floto. Y a rescatar otra caja de PIM'S de mi «muro».

«¿Cómo te comes un elefante? Bocado a bocado.»

Extracto de *Guiño a guiño*

Estaba en un lugar maravillosamente ingrávido, en una nada blanca y embriagadora. Cada vez que empezaba a subir a la superficie, donde aguardaba la dura realidad, algo ocurría y caía de nuevo en ese paraíso indoloro.

Pero no esta vez. Estaba emergiendo. Subía y subía y subía, hasta que salía a la superficie, y de repente me hallaba despierta y en mi cama del hospital.

Papá estaba sentado en una silla, leyendo un libro.

—¡Caramba, Stella, has vuelto! Llevas dos días en dormilandia.

Estoy atontada.

—Te han hecho la prueba del EMG —dijo papá.

¿En serio?

—Te dejó hecha polvo. Te medicaron para que durmieras.

Los horribles detalles empezaron a abrirse paso en mi memoria. Primero estaba el tema de la responsabilidad legal sobre mi persona: el doctor Montgomery había tenido que darme de alta del hospital y dejarme a cargo de Ryan; hasta ahí todo bien. Pero luego Ryan debía firmar mi cesión a Mannix Taylor hasta que llegáramos al otro hospital, y rezumaba hostilidad. Y el comentario de Mannix Taylor, «Cuidaré bien de ella», solo hizo que empeorar las cosas. Ryan apretó la mandíbula y temí que se negase a firmar.

Tras diez segundos de tensión, garabateó algo en el formulario de consentimiento, y nos pusimos en marcha. Se necesitaron cuatro camilleros para trasladarme hasta la ambulancia. Me ha-

bían desconectado del monitor cardíaco y del catéter —un rega-
lito, dijo Mannix Taylor—, pero así y todo tenía a un camillero
empujando mi respirador artificial, a otro manejando el gotero y
a dos más llevando la cama. Los cuatro tenían que avanzar exactamente a la misma velocidad, no fuera a ser que el hombre del
respirador se adelantara y me arrancara el tubo de la garganta,
provocando mi asfixia.

La pandilla la completaban Mannix Taylor y una enfermera.

El día antes de la prueba Mannix Taylor me había traído un
listado.

—¿Te gustaría un nombre brasileño para mañana? Tengo
aquí una lista: Julia, Isabella, Sophia, Manuela, María Eduarda,
Giovanna, Alice, Laura, Luiza...

Parpadeé: ¡Luiza!

—¿Y yo? —preguntó—. Necesito un nombre argentino.
Santiago, Benjamín, Lautaro, Álvarez. —Me miró—. Álvarez
—repitió—. Me gusta. Significa «noble defensor». Pensé que
era apropiado.

En vista de que yo no respondía, siguió leyendo.

—Joaquín, Satino, Valentino, Thiago...

Parpadeé. Me gustaba Thiago.

—¿Y Álvarez? —insistió—. A mí me gusta Álvarez.

—TH...

—¿Thiago? ¿En serio? ¿Álvarez no? Álvarez significa «noble defensor».

—ESO YA LO HAS DICHO. TE LLAMARÁS THIAGO.

Me encendí. ¿Por qué me había leído la lista de nombres si
ya lo tenía decidido?

—Álvarez —dijo.

«Thiago.»

Me miró fijamente a los ojos y luego bajó sumisamente la
cabeza.

—Está bien, Thiago. Eres más terca que una mula.

Quién fue a hablar.

Una vez en la ambulancia, dijo:

—Así que, Luiza, vives en Río, una ciudad donde siempre

luce el sol, y eres la protagonista de una telenovela. Cada día, después del trabajo, vas a la playa. Te compras la ropa en… bueno, donde quieras, eso te lo dejo a ti. Pero escúchame bien: si la prueba te duele mucho, piensa que eres Luiza, no Stella. Y —añadió— si te duele mucho, mucho, podemos parar.

No. No pararíamos. Esta era la única oportunidad que iba a tener de averiguar cuándo empezaría a mejorar y no tenía intención de desperdiciarla.

—Piensa en Brasil —insistió—. Bien. —Miró por la ventanilla—. Ya hemos llegado.

Cuando llegamos al otro hospital, me bajaron con sumo cuidado hasta el asfalto pero no entramos. Tuve la impresión de que estábamos esperando a alguien.

—¿Dónde demonios se ha metido? —oí farfullar a Mannix.

Un par de lustrosos zapatos negros se acercaron a grandes zancadas a nuestro grupo. Algo en ellos me dijo que su dueño estaba furioso.

Cuando los zapatos llegaron a nuestra altura advertí que pertenecían a la versión del doctor Montgomery de este otro hospital: su actitud era la de un dios seguido del mismo séquito de médicos jóvenes fascinados por su señor.

—Es usted increíble —dijo a Mannix en tono colérico—. El dolor de cabeza que ha creado con lo del seguro… ¿Dónde tengo que firmar?

Algún ayudante pusilánime le puso una tablilla delante y el hombre garabateó una firma rabiosa.

—Bien —dijo Mannix—, entremos.

Acompañada por mi pequeño ejército de ayudantes, cruzamos pasillos, subimos en ascensor, cruzamos más pasillos y entramos en una sala. El humor, hasta ese momento casi festivo, decayó de golpe. Los camilleros y la enfermera se retiraron rápidamente y Mannix me presentó a Corinne, la técnica encargada de hacerme la prueba.

—Gracias, doctor Taylor —dijo—. Le avisaré cuando hayamos terminado.

—Me quedo —declaró él.

—Oh. De acuerdo… —Parecía sorprendida.

—Por si Stella necesita decirnos algo…

—Oh. Vale…

Dirigió su atención a mí.

—Stella, ahora voy a conectar un electrodo a un punto nervioso de tu pierna derecha y le enviaré electricidad —explicó—. Tu respuesta mandará información a la máquina. Aplicaré el electrodo a varios puntos nerviosos de tu cuerpo hasta acumular datos suficientes que nos proporcionen información sobre la funcionalidad de tu sistema nervioso central. ¿Preparada?

Asustada más bien.

—¿Preparada? —repitió.

Preparada.

En cuanto recibí la primera descarga eléctrica supe que no podría soportarlo. El dolor era mucho peor de lo que había imaginado. No podía gritar, pero mi cuerpo sufrió un bandazo.

—¿Estás bien? —me preguntó Corinne.

Estaba temblando. Ahora entendía lo que Mannix Taylor había intentado decirme: la prueba era tan dolorosa que para poder soportarla tendría que trasladarme a otro lugar en mi cabeza. Intenté recordar lo que me había dicho en la ambulancia. Yo era Luiza. Era brasileña. Tenía un papel protagonista en una telenovela.

—¿Estás bien? —repitió Corinne.

Sí.

… Vivía en una ciudad donde siempre lucía el sol y… ¡Joder! ¡Joder, joder, joder!

Miré a Mannix; tenía la cara de un blanco casi verde.

—¿Qué quieres preguntar? —Había sacado el bolígrafo y la libreta.

—¿CUÁN…?

—¿Cuántas descargas cree que serán necesarias? —preguntó a Corinne.

La técnica consultó la pantalla y dijo:

—Diez. Puede que más.

Joder. Bien, había hecho dos. Haría otra más. Y después de eso, haría otra más.

Corinne mostraba una impasibilidad asombrosa. Probablemente tenía que enfrentarse a esto todos los días. Supuse que era como cuando yo tenía que depilar con láser las piernas de una clienta: si quería hacer bien mi trabajo, tenía que desconectar de su dolor.

—¿Quieres parar? —Después de cada asalto Corinne me daba la opción de abandonar.

No.

—¿Quieres parar?

No.

—¿Quieres parar?

No.

Me concentré en todo lo que Mannix Taylor había hecho, en todos los trámites que había tenido que llevar a cabo para poder llegar hasta aquí. No quería fallarle.

Pero no era fácil. Cada descarga eléctrica minaba un poco más mi resistencia, y la fuerza de la séptima me levantó de la mesa.

—¡Basta! —Mannix se había puesto en pie—. Es suficiente.

Tenía razón. No podía más. No merecía la pena y ya no me importaba.

Entonces me imaginé al doctor Montgomery y sus mofas si me rajaba. Aguanta-Ahí-Patsy y todos sus subordinados se reirían de lo lindo, así como el especialista iracundo de este hospital. Las enfermeras de la UCI probablemente abrirían una lata de Roses para celebrarlo, porque todo el mundo quería que Mannix fracasara, incluido mi marido.

—NO.

—Ella quiere seguir —dijo Corinne.

—Se llama Stella.

—Doctor Taylor, quizá debería esperar fuera mientras…

—Me quedo.

Corinne se había conformado al final con doce lecturas, y mientras regresaba en ambulancia a mi hospital me sentí muy rara. Sustancias químicas de lo más extrañas estaban inundando mi cerebro, provocándome una mezcla de euforia y pavor, como si estuviera un poco pirada.

Cuando Mannix Taylor pidió a la enfermera que me sedara, experimenté un gran alivio.

—Necesitas dormir mucho —me dijo—. Tu cuerpo ha pasado por un infierno. Necesitas recuperarte, probablemente durante un par de días.

Ahora estaba despierta y mirando a mi padre; me sentía todavía un poco atontada.

—Ese Taylor vino a verte —dijo papá—. Volverá más tarde. Dijo que fue una prueba muy dura, pequeña, pero que fuiste muy valiente. ¿Te leo?

Eeeh... vale.

Nuestro libro actual era otro éxito de Georgie Taylor. La historia iba de un déspota imaginario en un país imaginario de Oriente Medio narrada desde el punto de vista de su esposa. Papá estaba tan impresionado que cada dos frases tenía que detener la lectura para expresar su admiración.

—Qué sangre fría la de este tipo, ¿no te parece, Stella? Ordena todas esas ejecuciones y luego se zampa su cuscús como si nada...

Leyó otra media página y bajó el libro para introducir otro de sus comentarios.

—Casi da pena, el hombre. Ahí está, con esa mujer tan guapa y tan decente a la que tiene abandonada por culpa del trabajo, supervisando esa tortura cuando debería estar sacándola a cenar por su cumpleaños. Aunque quién puede reprochárselo, con sus supuestos aliados confabulando y conspirando contra él... Un descuido y es hombre muerto.

Siguió leyendo pero no tardó mucho en sentir nuevamente la necesidad de detener la narración.

—Señor, señor... —dijo tristemente—. Inquieta vive la cabeza que lleva una corona.

Un martilleo de tacones anunció la llegada de Karen. Parecía recién salida de la peluquería y lucía un bolso nuevo.

—¿Cómo está? —preguntó a papá.

—Muy bien, creo. Estamos esperando a ese Mannix para que nos informe.

—¿Cómo estás, Stella? —Karen acercó una silla—. Tienes muy mala cara, si te soy franca. He oído que fue espantoso, pero te felicito. Ahora, dinos cómo estás. —Sacó el bolígrafo y la libreta del esterilizador—. Adelante, primera letra.

Parpadeé para intentar decir «cansada», pero acabé haciéndome un lío. Yo no tenía fuerzas para eso y Karen carecía de la paciencia necesaria.

—A la mierda —dijo—. Déjalo, cuesta demasiado. —Devolvió el bolígrafo y la libreta al esterilizador y lo cerró—. En lugar de eso, te voy a leer.

Papá se removió en su asiento, dispuesto a seguir con el libro.

—¡Olvídalo, papá! —Karen se mostró firme—. He traído *Grazia*. Guárdate esa porquería que le estás leyendo.

—No es ninguna porquería...

—Hola. —Mannix había llegado.

Papá se levantó de un salto.

—Doctor Taylor —dijo con una mezcla de humildad innata y belicosidad tipo valgo-tanto-como-tú.

—Señor Locke. —Mannix le saludó con una inclinación de cabeza.

—¡Bert, Bert, llámeme Bert!

—Karen —dijo Mannix—, me alegro de volver a verla.

—Lo mismo digo. —Karen consiguió envolver su hostilidad con una pátina de urbanidad.

—Estamos leyendo otro de los libros que envió su esposa —barboteó papá—. Tiene un gusto excelente.

Mannix Taylor esbozó una pequeña sonrisa.

—Salvo con los maridos.

—En absoluto —aseguró papá—. ¿Acaso no se ha comportado como un gran tipo consiguiéndole la prueba a Stella?

—¿Cómo te encuentras? —Mannix había sacado automáticamente el bolígrafo y la libreta.

—Cansada.

—No me sorprende. Pero lo hiciste muy bien.

—Tú también —parpadeé.

Papá y Karen observaban boquiabiertos nuestro intercambio: yo parpadeando y Mannix anotando las palabras.

—Virgen Santísima —susurró mi hermana con una expresión de lo más extraña en la cara.

—Sois muy rápidos —dijo papá.

—Mucho —convino Karen—. Parece casi una conversación normal. —Miró con suspicacia a Mannix—. ¿Cómo es que se te da tan bien?

—No lo sé —respondió él sin alterarse—. ¿Porque practico? Bien, tengo los resultados de la prueba del EMG. —Blandió un puñado de hojas—. Te comentaré los detalles aburridos cuando hayas recuperado las fuerzas, pero he aquí lo fundamental: al ritmo que están creciendo tus vainas de mielina, puede que empieces a recuperar el movimiento dentro de seis semanas.

Me quedé atónita. Quería gritar y llorar de alegría.

«¿De verdad? ¿De verdad? ¿De verdad?»

—Te repondrás —dijo—. Pero recuerda lo que te digo siempre: no será fácil. Debes cargarte de paciencia. ¿Puedes hacerlo?

Naturalmente que sí. Era capaz de cualquier cosa si sabía que el final estaba cerca.

—Te confeccionaré una hoja de ruta. Te diré lo que puedes esperar, pero será algo aproximado. Y estamos hablando de varios meses. Será una recuperación larga y difícil que exigirá un gran esfuerzo por tu parte.

—¿Cómo te comes un elefante? —parpadeé.

—¿Cómo?

—Bocado a bocado.

17.14

Estoy tumbada en la cama, como una estrella de mar, flotando en una nube de Xanax y PIM'S y, sinceramente, las cosas no parecen tan insuperables. Soy una mujer fuerte. Sí. Una mujer fuerte, muy fuerte, y... suena el teléfono y casi saco el corazón por la boca. ¡Suena muy fuerte! ¡Innecesariamente fuerte! Mira que ir por ahí asustando a la gente relajada...

Compruebo quién es y me asusto todavía más. ¡Es Enda Mulreid! Aunque es el marido de mi hermana, para mí siempre será un poli...

Me incorporo de golpe, carraspeo y finjo serenidad.

—¡Hola, Enda!

—Stella, espero que estés bien. Vayamos al «grano».

Casi puedo verlo formando las comillas con los dedos. He de reconocer que la alianza entre él y mi hermana siempre ha sido un misterio para mí. No tienen nada que ver.

—He oído —continúa— que deseas detener involuntariamente a tu ex marido Ryan Sweeney bajo la sección 8 de la Ley de Salud Mental de 2001.

Caray, visto así...

—Enda, simplemente estoy preocupada por Ryan. Quiere regalar todas sus cosas.

—¿Realmente son suyas? ¿No estará escondiendo objetos robados? ¿O lucrándose con actividades delictivas?

—¡Enda! Conoces a Ryan. ¿Cómo puedes pensarlo siquiera?

—¿Es eso un no?

—Lo es.

—Bien.

—Pero...

—Dado que no existe una probabilidad seria de que el sujeto en cuestión cause un perjuicio grave e inmediato a su propia persona o a otros, no hay una base legal para acogerse a esa ley.

—Entiendo. Sí, Enda, tienes razón, no es necesario, hum, acogerse a esa ley. Gracias por molestarte, ha sido todo un detalle.

Gracias, adiós, adiós. —Cuelgo. Estoy sudando. Enda Mulreid siempre tiene ese efecto en mí.

Jeffrey irrumpe en mi cuarto.

—¿Quién era?

—Enda Mulreid, tío Enda, o comoquiera que lo llames. Jeffrey, intentemos olvidarnos que por un momento nos hemos planteado la posibilidad de internar a papá.

—¿No va a poder ser?

—No va a poder ser.

18.59

Mi nube de Xanax se ha despejado al fin y decido telefonear a Betsy.

—¿Mamá? —contesta.

—Cariño, tu padre está haciendo cosas muy raras. —Se lo explico todo y se lo toma con calma.

—Lo estoy buscando —dice—. Ya lo tengo. ¡Ostras, doce mil visitas! Ahora entiendo a qué te refieres.

—Solo quería tenerte informada. —En realidad, creo que la he llamado para que me aconseje.

—Tiene toda la pinta de estar sufriendo un brote psicótico. Ocurre a veces.

—¿En serio? —¿Cómo lo sabe? ¿Por qué es tan sabia?

—Les sucedió a dos compañeros de trabajo de Chad.

—Karen me ha dicho que debería internarlo en un psiquiátrico.

—No lo hagas, mamá —dice con suavidad—. Papá llevaría fatal algo así. Y pasaría a formar parte de su pasado. Lo perseguiría el resto de su vida. Pero creo que deberías hablar con un médico. Enseguida.

19.11

Son más de las siete, demasiado tarde para localizar a un médico, pero se me ocurre la genial idea de llamar a una línea telefónica de ayuda en temas de salud mental.

Responde una mujer con una voz dulce y cálida.

—Hola —digo—. Mi ex marido… no sé muy bien cómo decirlo… el caso es que estoy preocupada por él.

—Entiendo…

—Se comporta de una manera muy extraña.

—Entiendo…

—Dice que va a regalar todo lo que tiene.

—Entiendo…

—Todo su dinero, todas sus cosas, incluida la casa.

La voz de la mujer anónima se anima de repente.

—¿Se refiere a Ryan Sweeney? Acabo de verlo en YouTube.

—¿En serio? Y dígame, ¿cree que está…hum… enfermo, loco?

—Entiendo…

—¿Lo cree o no lo cree?

—Entiendo… Pero no me corresponde a mí decirlo. No soy médico. No puedo hacer un diagnóstico.

—Entonces ¿para qué está ahí?

—Para solidarizarme. Por ejemplo, si usted estuviera deprimida y me llamara, yo la escucharía y diría: «Entiendo, entiendo, entiendo».

—Entiendo. —Tengo ganas de llorar de pura rabia—. Gracias por su ayuda.

23.05 - 2.07

El sueño me evita. Mis ballenas, por lo general tan cordiales, esta noche se me antojan tenebrosas. Como si sus chillidos y cantos encerraran amenazas en clave.

«A veces la vida te da lo que quieres y a veces
te da lo que necesitas y a veces te da lo que te da.»

Extracto de *Guiño a guiño*

Estaba pensando en el sexo. De esa manera en que piensas cuando estás postrada en el hospital, totalmente paralizada.

Ryan y yo nunca teníamos sexo; llevábamos juntos dieciocho años, entiéndelo. Nadie tenía sexo, bueno, nadie de las parejas que conocíamos. Todos pensaban que los demás no paraban, pero una vez que los tenías lo bastante borrachos, confesaban la verdad.

Digo que Ryan y yo nunca teníamos sexo pero, como es obvio, sí teníamos: alguna que otra vez, cuando salíamos a cenar y nos bebíamos nuestras copas. ¿Y sabes qué? Que era estupendo. Teníamos tres versiones diferentes para elegir y era siempre una cosa rapidita y eficiente, lo cual ya nos iba bien: con un trabajo y dos hijos, ¿a quién le queda tiempo y ganas para ponerse a imaginar jueguecitos sexuales?

Pero era la actitud errónea, me decían las revistas: tenía que «poner energía en la relación». Antes incluso de que apareciera *Cincuenta sombras de Grey*, yo ya sentía la presión de tener que salir de mi «zona de comodidad sexual».

—¿No deberíamos... probar cosas? —había preguntado a Ryan.

—¿Como qué?

—No sé. Podríamos... —La palabra me parecía tan espantosa que pensé que no sería capaz de pronunciarla—. Podríamos... azotarnos.

—¿Con qué?

—¿Con una paleta de ping-pong?

—¿De dónde sacamos una paleta de ping-pong?

—¿De Elverys Sports?

—No —dijo.

La conversación terminó ahí, y la verdad es que respiré aliviada. Había estado pensando en comprar esas bolitas de cromo que se introducen en la «cueva» y se dejan ahí todo el día. Ahora ya no tenía que hacerlo, y con el dinero que acababa de ahorrarme me compraría unos zapatos.

Karen, siendo Karen, se mostró más decidida a mantener viva su vida sexual, de modo que Enda y ella optaron por un juego de roles donde fingían ser dos desconocidos que ligaban en un bar. Karen hasta se puso peluca, una melena corta de color negro. Pero no llegaron muy lejos.

—¿Fue divertido? —le había preguntado yo.

—No. —Karen parecía deprimida, algo extraño en ella—. Fue escalofriante. Cuando lo vi desde lejos en aquel bar… Dime una cosa, Stella, ¿Enda siempre ha tenido las orejas tan grandes? En la vida cotidiana casi nunca le presto atención. Y mirármelo tan detenidamente después de tanto tiempo… en fin, que por un momento, si te soy franca, se me pusieron los pelos de punta al pensar que estaba casada con él…

Me preguntaba si Mannix Taylor y su esposa de físico escandinavo practicaban mucho el sexo. A lo mejor sí. A lo mejor el sexo era el hobby de Mannix, dado que no jugaba al golf.

Sí, él y su fabulosa mujer serían de los que nos dejarían a los demás en evidencia.

Georgie Taylor llegaría a casa después de un largo día comparando colores y la encontraría vacía y alumbrada únicamente con velas. Si darle tiempo a inquietarse, un hombre (Mannix Taylor, obviamente) se le acercaría por detrás, se apretaría contra ella y diría en un tono quedo y autoritario: «No grites». Le cubriría los ojos con un pañuelo de seda y la conduciría a un dormitorio iluminado con velas, donde la desnudaría y le ataría las manos y los pies a los postes de la cama.

Le acariciaría los pezones con plumas y, con una lentitud

exasperante, gota a gota, derramaría aceite aromático en sus senos y bajaría hasta el estómago y más allá…

Desnudo, se sentaría a horcajadas sobre ella y jugaría mucho rato antes de, finalmente, penetrarla, y el cuerpo de ella estallaría y tendría un orgasmo detrás de otro.

Una mujer afortunada la señora Taylor.

—Cuéntame más cosas de tu familia —parpadeé a Mannix Taylor.

—Oh… vale. Te hablaré de mis hermanas. Son gemelas, Rosa y Hero. A Hero le pusieron ese nombre porque estuvo a punto de morir al nacer. Pasó seis semanas en la incubadora. No son idénticas, Rosa es morena y Hero rubia, pero se parecen mucho y todas las cosas importantes les han ocurrido al mismo tiempo. Tuvieron una boda doble. Rosa está casada con Jean-Marc, un francés que lleva en Irlanda… caray, veinticinco años ya, y tienen dos hijos varones. Hero está casada con Harry y también tienen dos varones, casi de la misma edad que los de Rosa y Jean-Marc. Sus vidas se parecen tanto que pone los pelos de punta.

—Háblame de tus hijos.

Una expresión extraña nubló su rostro; de dolor, y casi de vergüenza.

—Georgie y yo no tenemos hijos.

Eso fue toda una sorpresa. Me había pasado tanto tiempo metida en mi cabeza y en la vida imaginaria que había creado para él que había terminado realmente por creer que tenía tres hijos.

—Hoy voy a probar tus reflejos, para ver si hay alguna respuesta —dijo—. ¿De acuerdo?

—Sí.

—Georgie y yo estamos buscando un bebé.

«¿Oh?»

—Llevamos mucho tiempo intentándolo. Sin resultado.

¡Vaya! No supe qué decir.

—Estamos probando la fecundación in vitro —continuó—. Es un secreto. Georgie no quiere que la gente lo sepa hasta que funcione. No quiere tener a todo el mundo mirándola y preguntándose si esta vez ha salido bien. No quiere que la compadezcan.

Era comprensible.

—Así que no he podido contárselo a nadie.

Pero me lo estaba contando a mí. No obstante, ¿importaba si no podía hablar y no conocía a su esposa?

—Bueno, se lo he contado a Ronald, naturalmente.

¿Por qué naturalmente?

—Porque es mi mejor amigo.

Eso me sorprendió un poco, y Mannix se molestó.

—Roland es mucho más que un hombre que compra coches que no puede pagar —dijo—. Haría lo que fuera por cualquiera y es la mejor compañía que se puede desear.

Acababa de ponerme en mi sitio.

Tras un silencio tenso, siguió hablando. Era como si no pudiera parar.

—Ya hemos hecho dos ciclos de FIV. En las dos ocasiones el embrión se implantó y en las dos ocasiones Georgie lo perdió. Yo sabía que las probabilidades eran escasas, pero aun así fue un palo para los dos.

Su trágica historia me tenía impactada; era lo último que esperaba oír.

—Lo siento mucho —acerté a parpadear.

Mannix encogió los hombros y se miró las manos.

—Es mucho más difícil para Georgie, con todas esas hormonas que tienen que inyectarle. Después se desvive por retener el embrión y yo no puedo hacer nada para ayudarla. Me siento un inútil. Ahora vamos por el tercer ciclo y Georgie está en la fase de «embarazada hasta que no se demuestre lo contrario». Estamos con el alma en vilo.

Desesperada por transmitirle ánimos, parpadeé:

—Buena suerte.

El lenguaje podía ser tan inútil a veces. Aunque hubiese sido capaz de hablar, no habría podido comunicarle lo mucho que deseaba que todo saliera bien.

Mannix Taylor siguió hablando:

—El año pasado cumplí cuarenta años, Georgie los cumplió este año. De pronto, todo parecía carecer de sentido si no teníamos hijos. Deberíamos haber empezado a intentarlo antes, pero fuimos… estúpidos, insensatos. Pensábamos que disponíamos de más tiempo del que teníamos en realidad.

Guardó silencio. Al rato, volvió a hablar.

—Me gustaría tener una familia numerosa. A los dos nos gustaría. No uno o dos hijos, sino cinco o seis. Sería divertido, ¿no crees?

—Mucho trabajo.

—Lo sé. Y ahora mismo me conformaría solo con uno.

—Espero que lo consigas.

—¿Qué fue lo que me dijiste una vez? —preguntó pensativo—. A veces la vida te da lo que quieres y a veces te da lo que necesitas y a veces te da lo que te da.

Tres días después entró en mi cubículo y dijo:

—Hola, Stella.

Enseguida supe que su esposa había perdido el bebé.

«Lo siento.»

—¿Cómo lo sabes?

«Simplemente lo sé.»

—Lo siento mucho.

—Hemos decidido dejar de intentarlo un tiempo. Es muy duro para Georgie.

—También debe de serlo para ti.

Parecía totalmente hundido. No obstante, se limitó a decir:

—Lo es mucho más para ella.

Algo se movió en los márgenes de mi campo de visión. A dos metros de mí había un hombre.

Dicen que la televisión pone a todo el mundo cinco kilos de más, pero Roland Taylor —porque era él— era la primera persona a la que había visto que estaba más gorda al natural. Llevaba una chaqueta moderna y sus características gafas retro, y aunque Karen siempre decía que los gordos eran gordos porque estaban amargados y enfadados, este hombre irradiaba bondad.

Envolvió a Mannix en un fuerte abrazo de oso y le oí decir:

—He hablado con Georgie. Lo siento.

Retuvo a su hermano un buen rato entre sus brazos, y yo me habría echado a llorar de haber podido.

A Mannix le sonó el busca y se separaron.

—Espera. —Leyó lo que fuera que ponía en la pantalla—. No te vayas, enseguida vuelvo.

Se marchó y Roland se quedó plantado en medio del cubículo, como si no supiera adónde ir. Con todo mi empeño, le insté en silencio a mirar en mi dirección.

Se volvió hacia mí.

—Siento mucho haber irrumpido así —dijo, incómodo.

Parpadeé varias veces y una expresión de reconocimiento cruzó por su rostro.

Se inclinó para leer el gráfico situado a los pies de mi cama.

—¿Te llamas Stella?

Guiñé el ojo derecho.

—Yo soy Roland, el hermano de Mannix.

Guiñé el ojo derecho para indicarle que lo sabía.

—Mannix me ha hablado de ti —dijo.

Me sorprendí.

Súbitamente horrorizado, añadió:

—¡Pero no me dijo tu nombre! Tranquila, Mannix respeta la confidencialidad entre médico y paciente. Solo me habló de tu enfermedad y de que te comunicas con guiños.

Entonces, todo bien. Intenté comunicárselo con los ojos.

—Espera.

Roland rebuscó en su cartera Mulberry y sacó un bolígrafo y un trozo de papel, probablemente un recibo. Parpadeé las palabras «ME ALEGRO DE CONOCERTE».

—¡Es increíble! —Roland sonrió encantado—. Tú eres increíble. —Enterrados en el rostro, sus ojos eran idénticos a los de Mannix—. Acabas de transmitir una frase entera con los párpados.

«Oh, gracias…»

Se volvió nervioso hacia la sala.

—No sé adónde ha ido mi hermano, pero seguramente no tardará en volver.

—SIÉNTATE.

—¿Seguro? ¿No te molesto?

¿Bromeaba? Me pasaba el día echando de menos la compañía de alguien y no iba a desaprovechar la oportunidad de charlar unos minutos con Roland Taylor, el rey de las anécdotas.

—CUÉNTAME UNA HISTORIA.

—¿Estás segura? —Se sentó lentamente en una silla—. Podría hablarte de cuando conocí a algún famoso. ¿Cher? ¿Michael Buble? ¿Madonna?

Guiñé el ojo derecho.

—¿Madonna? ¡Excelente elección, Stella! —Se puso cómodo—. Pues verás, Madonna es una auténtica diosa, de eso no hay duda, pero un poco… difícil… Tuvimos un mal comienzo porque me senté en su sombrero de cowboy y lo dejé totalmente fuera de combate…

Mientras me hablaba de la arrogancia de Madonna reparé en sus gestos amanerados y me dije que probablemente era gay, no porque eso importara lo más mínimo.

Miércoles, 4 de junio

6.00

Me despierto de un sueño precioso. Ned Mount aparecía en él. ¡Otra vez! Me decía: «Han salido al mercado unos pastelitos nuevos. Están hechos enteramente de proteínas. Puedes comer todos los que te apetezcan».

Me quedo unos momentos remoloneando en esa agradable sensación. Luego, embargada por una angustia repentina, hago memoria y me abalanzo sobre mi iPad: el vídeo de Ryan ya suma más de veinte mil visitas.

Puedo oír a Jeffrey merodeando en el rellano y le pido que entre.

—¿Lo has visto? —Señala mi iPad—. Son muchos pero tampoco cientos de miles. Podría ser peor. Y no hay fotos nuevas.

—Hoy iré a ver al doctor Quinn —comento—. Tal vez pueda aconsejarme sobre Ryan.

El doctor Quinn es el médico de cabecera de la familia desde hace un montón de años. Conoce bien a Ryan, y quizá pueda ayudarnos.

—Me voy a yoga —dice Jeffrey.

—Vale.

Hago mis abluciones sin excesivo entusiasmo y desayuno cien gramos de salmón; he vuelvo al régimen después de la debacle de las PIM'S. Me siento delante del ordenador, planto la sonrisa falsa en mi cara y tecleo: «Joder».

9.01

Llamo al centro médico de Ferrytown y solicito hora con el doctor Quinn para hoy. La recepcionista intenta darme largas hasta que —solo por probar— le doy mi nombre, y de repente me habla toda impresionada y un poco aturullada. Me da cita para dentro de dos horas: una de las ventajas de ser ex famosa. No podré conseguir una mesa en el Noma, pero me complace saber que si alguna vez necesito con urgencia un antibiótico, seré debidamente atendida.

11.49

¿Qué me pongo? No tiene mucho misterio: mis chinos de mujer nuevos o... mis chinos de mujer nuevos.

Hubo un tiempo en que mi vestuario era tan complejo que poseía su propia hoja de cálculo. Todo gracias a Gilda.

Una mañana, llegué a mi apartamento de Nueva York para nuestra carrera diaria pero me encontraba al borde de la hiperventilación.

—Hoy no puedo correr —le dije.

—¿Qué ocurre?

—Esto. —Le tendí mi iPad, el cual contenía el programa propuesto para la primera gira de promoción de mi libro—. Míralo. —Me costaba respirar—. Veintitrés días recorriéndome el país de punta a punta. En Chicago estará nevando, en Florida hará un calor achicharrante y en Seattle diluviará. Debo visitar hospitales y salir en la tele y asistir a cenas benéficas y necesito tener la ropa adecuada para cada ocasión. No dispongo de un solo momento libre y nunca paso más de un día en un mismo lugar, por lo que no podré mandar a lavar la ropa. Me hará falta una maleta del tamaño de un camión articulado.

Gilda revisó el programa.

—¿Por qué el orden de los lugares que debo visitar es tan poco lógico? —pregunté—. Vuelvo constantemente sobre mis pasos. ¿Por qué es Texas un día y Oregón al día siguiente y luego Missouri, que está prácticamente tocando a Texas? ¿Por qué no hago Texas, Missouri y por último Oregón? He aquí otro itinerario de locos: Carolina del Sur, Seattle, Florida. ¿No tendría mucho más sentido ir a Florida directamente después de Carolina del Sur, que está casi al lado, y luego a Seattle?

—Porque —dijo Gilda con suavidad— tú no eres Deepak Chopra ni Eckhart Tolle. Todavía no.

—¿Qué quieres decir?

—La primera gira de un escritor siempre es así. Solo los grandes nombres consiguen tener la última palabra: anuncian que estarán en una ciudad un día determinado y sus residentes acuden en manada. Pero en el caso de una principiante como tú, Blisset Renown debe comenzar por el acontecimiento local y encajarte en él. Mira —Gilda golpeteó la pantalla—, las damas de Forth Worth Texas celebrarán su almuerzo benéfico anual el catorce de marzo, de modo que ese es el día que te quieren allí. No les sirves de nada el quince, ¿entiendes?, porque el almuerzo ya habrá pasado. Lo mismo ocurre con la inauguración de esta librería en Oregón el dieciséis de marzo. La prensa local está convocada para cubrir el evento, de modo que no tiene sentido que cortes la cinta tres días después, cuando ya estén con otra cosa. ¿Y el día del Lector de Missouri el diecisiete de marzo? Eso se confirmó hará unos seis meses. Por el momento tendrás que adaptarte a lo que el mundo quiera. Pero eso cambiará.

De acuerdo, mensaje recibido: había un montón de escritores de autoayuda en el mundo peleando por el mismo hueco en la tele, la radio y el circuito benéfico.

—Tienes suerte —dijo Gilda—. Quizá no te lo parezca, pero la tienes. Las giras de promoción salen caras. Hay que gastar mucho dinero en billetes de avión y hoteles y servicios de coches y publicistas locales. Todo escritor sueña con la oportunidad de promocionar su libro y tú estás entre los elegidos.

—Oh.

Descubrir de repente que estaba entre los elegidos cambió mi manera de ver las cosas. Pero seguía teniendo un problema de vestuario.

—Ahora saldremos a correr —dijo Gilda.

—No, me...

—¡Sí! Necesitas quemar esa energía tóxica. Y a la vuelta me

enseñarás tu ropero. Estoy segura de que tienes un montón de cosas que pueden servirte, pero para llenar las lagunas pediré que te traigan ropa a la habitación. Conozco a gente.

—¿Gente?

—Diseñadores. Emergentes. No demasiado caros. Y «personal shoppers» con clientes de mucho dinero que encargan la colección de la próxima temporada por catálogo. Pagan por adelantado, pero para cuando las prendas llegan a la tienda ya han perdido el interés y muchas veces no recogen su pedido. Y algo hay que hacer con esa ropa, ¿no?

—¿Qué quieres decir?

—Quiero decir que esa ropa se vende por nada y menos si lo pides amablemente. Y si sabes a quién pedírselo.

Estaba flipando. Flipaba de que hubiera personas que pagaran una ropa que luego no reclamaban. Y de que la gente corriente pudiera aprovecharla.

—No hay nada de malo en ello —aseguró Gilda—. A la tienda ya le han pagado. ¿Qué importa si un «personal shopper» obtiene un dinerillo bajo mano? Nadie pierde.

Gilda fue fiel a su palabra: tres días después se personó en mi apartamento con un cargamento de prendas de diseño y me tiré toda la tarde probándome cosas mientras ella opinaba con una franqueza brutal.

—Ese color te sienta fatal. Fuera. Ese está mejor. El escote barco te favorece. Pruébatelo con la falda oscura y las botas. Perfecto. ¿Qué me dices de esta guerrera? Demasiado pequeña. Fuera. ¿Este vestido? ¿Es un vestido de día? ¿De noche? Imposible saber lo que es. Fuera.

—¡Pero a mí me gusta!

—Es una pena. Cada prenda ha de tener su función. Nada entrará en tu maleta a menos que desempeñe un papel. Y más de una vez, a ser posible.

Dibujó un cuadro con todos los eventos a los que yo debía asistir durante la gira y lo que debía llevar en cada uno de ellos, incluidos los zapatos, la ropa interior, los complementos y hasta la laca de uñas.

—¿Por qué eres tan buena en esto? —pregunté, maravillada—. Es increíble.

Rió.

—Fui estilista en otra vida.

—¿Cuántas vidas has tenido?

12.05

En el centro médico de Ferrytown me hacen pasar al despacho del viejo doctor Quinn.

—Stella —dice un tanto incómodo—. Me contaron que habías... hum... vuelto a Irlanda.

—En efecto, en efecto, ja, ja, ja.

—¿Qué puedo hacer por ti?

—Se trata de Ryan, mi marido.

—Ajá...

—Se ha vuelto un poco...

Le suelto toda la historia del Proyecto Karma y en cuanto se percata de por qué estoy allí, se cierra en banda.

—No puedo diagnosticar a otra persona.

—Pero estoy preocupada por él.

—No puedo diagnosticar a otra persona —repite con firmeza.

—¿No puede darme al menos una opinión extraoficial? ¿Por favor?

—Bien, es cierto que parece un poco trastornado.

—Es bipolar, ¿verdad?

—¡Yo no he dicho que sea bipolar! —responde raudamente el doctor Quinn.

—¿Es posible que esté pasando por la crisis de los cuarenta?

—No existe tal cosa... pero está en el grupo de edad adecuado. ¿Se ha aficionado a la bicicleta? ¿De manera obsesiva, quiero decir? ¿Compra mucha licra?

Niego con la cabeza.

—¿Tiene a alguien que se preocupe por él aparte de ti? ¿Tiene pareja?

—No.

—¿Novia entonces? Si es que hoy día podemos decir «novia»

sin despertar la ira de algunos. ¿Cómo lo llaman ahora? —Permanece unos segundos con la mirada perdida—. Ah, sí, compañeros sexuales.

—Esto… «novias» ya me parece bien. Pero no tiene.

—Y eso que tiene un buen trabajo —se maravilla el doctor Quinn.

—No me interprete mal. Ryan siempre tiene alguna novia, pero de no más de veinticinco años, y a las ocho semanas lo dejan por inmaduro y egocéntrico. La última se largó hará un mes.

—Entiendo. Es una pena. ¿Por qué no hablas con sus padres?

—Lo haría si tuviera una médium a mano.

—Murieron, ahora lo recuerdo.

La madre de Ryan falleció hace seis años y su padre la siguió cuatro meses después.

—¿Hermanos?

—Tiene una hermana. Vive en Nueza Zelanda.

El doctor Quinn me mira casi sobrecogido.

—Eso está lejísimos. Aunque dicen que es espectacular. A la señora Quinn le gustaría ir, pero yo no sé si aguantaría el vuelo, ni siquiera con los calcetines antitrombosis.

—Son muchas horas, sí.

—Imagino entonces que la hermana no puede hacer mucho para que Ryan entre en razón.

—No —digo con pesar.

—¿Y no tiene más hermanos? ¿No? Es una familia irlandesa muy pequeña para su generación.

—También en mi familia somos solo dos.

—Es cierto. Tú y Karen. Por cierto, ¿cómo está Karen?

—Bien.

—Qué gran chica, Karen, qué gran chica. Muy… vital. Llena de energía. Le solucionó el problema de los granos a la señora Quinn.

—¿De verdad?

Lo sé todo sobre los granos de la señora Quinn, pero entre las esteticistas y sus clientas existe un pacto de confidencialidad tácito. ¿Qué gracia le haría a una mujer ir a una cena y descubrir que todos los invitados saben que tiene pelos en la barriga?

—Podrías pedirle a Karen que hable con Ryan. —El doctor Quinn se muestra súbitamente optimista—. Si alguien puede encarrilarlo es ella.

—En realidad no depende de Karen…

—Ya.

Nos quedamos callados. Finalmente el doctor Quinn se repone.

—¿Y cómo estás tú, Stella? —pregunta—. ¿Con todos los… hum… cambios en tu vida? No me refiero a Ryan, me refiero…

—Estoy bien.

—¿Lo estás sobrellevando?

—Estoy bien.

—Te felicito. Cualquier otra persona estaría suplicándome antidepresivos y a saber qué…

—Estoy bien.

No quiero su lástima y no quiero sus antidepresivos.

—He de reconocer que tienes buen aspecto —dice—. Bonitos… eh… —Señala mis chinos con la cabeza.

—Chinos —digo—. Chinos de mujer.

—¿Chinos de mujer? Quién lo iba a decir. ¿Puedo hacer algo más por ti?

—No, gracias.

—Puedo tomarte la tensión —dice casi en un tono persuasivo.

—Vale. —Suspiro y procedo a arremangarme.

Aguardo pacientemente mientras el manguito me recoge el brazo y el doctor Quinn consulta los valores.

—La tienes un poco alta —concluye.

—¿Le sorprende?

«Confía en tu intuición.»
Extracto de *Guiño a guiño*

—¿Y bien? —me preguntó Mannix Taylor—. ¿Cuál es la máxima de hoy?

Le había dado por preguntarme lo mismo cada mañana y al principio me dije que tenía un poco de morro: después de todo, la que pagaba aquí era yo.

—Estás llena de sabias palabras —había dicho—. Todo eso de comer elefantes y pasar por un infierno y mojarse con la lluvia.

Pronto comprendí que no lo preguntaba por él sino para darme algo en lo que pensar. Y en general pensaba en ello. Me gustaba tener un proyecto, hacía que el tiempo pasara más deprisa. He aquí algunas de las cosas que se me habían ocurrido hasta el momento: «Las desgracias no solo les suceden a otros»; «Agradece hasta el gesto más pequeño»; «¿Cuándo un bostezo deja de ser un bostezo? Cuando se convierte en un milagro».

Unas eran mejor que otras, por supuesto. Estaba bastante orgullosa de la del bostezo.

Le había dicho la del campo de golf: «Que vivas cerca de un campo no quiere decir que tengas que jugar al golf».

Para mi sorpresa, Mannix había replicado:

—Pero hay otra manera de ver las cosas. ¿Qué tal: «Ya que vives cerca de un campo de golf, ¿por qué no aficionarse al golf»?

—¿Estamos teniendo una charla filosófica? —le pregunté.

—Hum —respondió pensativamente él—, tal vez sí. Veamos, ¿por qué elegiría alguien vivir cerca de un campo de golf si no está secretamente interesado en jugar al golf?

Esta mañana, sin embargo, Mannix Taylor no solo pretendía entretenerme. Realmente estaba buscando una máxima.

—Estoy preocupado por Roland.

«¿Oh?»

—Ya te he mencionado que tiene problemas con el dinero. Pues bien, ¿recuerdas aquel día que... chocamos? Yo acababa de enterarme de que Roland había cogido la paga y señal de la venta de una casa y se la había gastado antes de pagar al vendedor.

«Dios mío. ¿Cuánto?»

—Treinta mil. Me puse a revisar sus papeles y descubrí que tenía un montón de tarjetas de crédito y que debía dinero. Mucho dinero. Aquel día me encontraba sentado a su mesa, completamente horrorizado. En un momento dado miré por la ventana y advertí que había un Range Rover estacionado en su plaza de aparcamiento...

«¡Vaya!»

Me miró súbitamente alarmado.

—No debería contarte esto.

—Ahora mismo llamo a la prensa.

Eso le hizo reír y por unos instantes pareció libre de problemas.

—Roland se está esforzando mucho por intentar controlar lo que gasta y devolver lo que debe. Está muy avergonzado, pero recae constantemente, como si no pudiera evitarlo, como si no pudiera controlarlo. Yo creo que debería ir a rehabilitación para tratar su consumo compulsivo pero... en fin, no quiere, como es lógico. Mis padres y mis hermanas tampoco quieren que vaya. Aseguran que a Roland no le pasa nada porque ellos tienen el mismo problema.

Se quedó un rato callado, pensando. Parecía vulnerable, como si se sintiera culpable, y muy preocupado.

—Así pues, Stella, ¿cuál es la máxima de hoy?

Estaba bloqueada. En realidad no era un campo que yo dominara.

—Eeeh... confía en tu intuición.

—¿Confía en tu intuición? —repuso con desdén—. Parece sacado de una galleta de la fortuna. Has tenido días mejores.

«Que te den.»

Sin embargo, cuando Mannix llegó a la UCI al día siguiente, dijo:

—Lo que voy a decirte te parecerá… extraño.

«¿En serio?»

—¿Recuerdas que te hablé de los problemas que tiene Roland con el dinero? ¿Y de que yo pensaba que tenía que ir a rehabilitación?

«Ajá…»

—Quiere saber si puedes aconsejarle.

—¿Por qué…?

—Le caíste bien. —Mannix se corrigió—. Le caíste muy bien. Estaba alucinado con tu actitud. Dice que confiará en lo que le digas.

Yo estaba patidifusa con mi nueva encarnación como la sabia paralizada de Ferrytown. ¿Por qué tenemos la manía de atribuir características nobles a las personas con ciertas capacidades mermadas? Por ejemplo, todo el mundo cree que los ciegos son muy amables. Pero no lo son, no siempre. Son como el resto de la gente. En una ocasión intenté ayudar a un ciego a cruzar la marabunta de la calle Grafton y me dio un bastonazo en la rodilla que me hizo ver las estrellas. Dijo que había sido sin querer, pero mentía.

Además, yo no podía ser neutral en el tema de las deudas. La idea de que alguien debiera decenas de miles de euros me producía terror, aunque esa persona no fuera yo.

Zoe dijo en una ocasión que solo podría ser realmente feliz si todos los habitantes del planeta tuvieran una relación de pareja feliz. Yo, en cambio, pensaba que me sacaría un gran peso de encima si se cancelaran todas las deudas del mundo. Me daba pánico deber dinero y proyectaba ese pánico al resto de la humanidad.

—Yo no conozco en absoluto a Roland —repuse.

—¡Ya lo creo que sí! Me dijo que conectasteis.

Tenía que reconocer que era cierto.

—Simplemente deja que hable contigo —dijo Mannix—. Sé que esto se sale del protocolo, que es poco profesional, pero…

No hacía falta decirlo; él lo sabía, yo lo sabía: postrada en esta cama de hospital, me moría del aburrimiento y agradecía cualquier drama, por pequeño que fuera.

—Vale —pestañeé—. Puede venir.

—¿Esta tarde?

—Esta tarde.

Ese mismo día por la tarde Mannix acompañó a Roland hasta mi cubículo y se quedó rezagado mientras su hermano se acercaba, tímido y nervioso, a mi cama.

—Stella, eres muy buena por concederme tu tiempo y sabiduría.

«No, no, en absoluto…»

Tomó asiento y sacó el bolígrafo y la libreta.

—En pocas palabras, Stella, debo dinero y en lugar de devolverlo… esto… pido más dinero prestado y hago cosas como comprarme cuatro americanas de Alexander McQueen de golpe. Luego me odio y, como es lógico, debo más dinero aún.

Dios. Mi ritmo cardíaco estaba acelerándose con solo escucharle.

—Yo deseo acabar con esto, pero no puedo… Mannix quiere que vaya a rehabilitación. ¿Qué crees que debería hacer?

—¿QUÉ CREES TÚ?

—Creo que debería ir, pero tengo miedo.

—ES NORMAL TENER MIEDO A LA REHABILITACIÓN.

Lo meditó.

—¿A ti te da miedo estar en el hospital, en este estado?

—Sí.

—Entiendo. —Llegó a una conclusión—. Si tú puedes vivir así día tras día, yo debería poder hacer seis semanas de rehabilitación.

—PODRÍA AYUDARTE.

—¿Podría ayudarme? —Lo dijo como si no se le hubiera ocurrido antes.

—NO TIENE POR QUÉ SER UN CASTIGO.

—Hum. —Fue como si una nube abandonara su cuerpo—. Pensaba que me azotarían con una vara mientras leían los extractos de mis tarjetas de crédito por megafonía. Ya sabes, «Ochenta euros por una corbata de Paul Smith.» ¡Zas! «Novecientos euros por una cartera de Loewe.» ¡Zas! «Dos mil euros por una bicicleta puntera», que nunca he utilizado. ¡Zas!

Me estaban entrando náuseas. ¿Realmente se gastaba todo ese dinero en esas cosas?

—NADIE TE AZOTARÁ —dije. De eso sí estaba segura, creo…

—Naturalmente que no. ¿Cómo se me ha podido ocurrir algo así? ¿Sabes una cosa? —dijo—. Eres toda una inspiración. Tienes mucho coraje.

Si no había hecho nada…

—Eres una mujer estupenda. Gracias.

Al día siguiente, cuando Mannix llegó, me saludó con un:

—¿Adivina qué? Roland ha empezado la rehabilitación.

«¡Qué bien!»

—Gracias.

No había nada que agradecer. Roland se había convencido a sí mismo. Su mente ya lo había decidido pero él, sencillamente, no estaba preparado para reconocerlo.

—Mis hermanas están furiosas conmigo —dijo Mannix— y también mis padres. Soy la persona más odiada de mi familia. —Esbozó una sonrisa torcida—. Pero, qué diantre, es agradable ser lo más de algo…

12.44

Salgo de la clínica del doctor Quinn con el ánimo por los suelos. Un quiosco hasta arriba de chocolate me hace señas y he de recurrir a mi fuerza de voluntad para no entrar y comprar cinco chocolatinas Twirls.

Decido hacer un último intento de que Ryan entre en razón. Responde al móvil diciendo:

—No voy a dar marcha atrás.

—¿Dónde estás? —pregunto.

—En el despacho.

Qué raro. Él siempre está en alguna reunión o en alguna obra gritando a fontaneros inútiles.

Diviso un autobús a lo lejos.

—No te muevas de ahí —digo—. Voy para allá.

Me subo al 46A —tengo las monedas justas en el bolso, lo que interpreto como un buen augurio— y me preparo para un viaje de varios días, pues esa ha sido siempre mi experiencia de la ruta del 46A en el pasado. Pero algo extraño ocurre —quizá hemos cruzado un agujero en el espacio y en el tiempo— porque en treinta y nueve minutos estoy en el centro de la ciudad, delante de Ryan Sweeney Bathrooms.

Ryan tiene sus oficinas en la primera planta de una casa georgiana de la calle South William, y cuando entro hay cinco personas trabajando muy concentradas frente a sus pantallas con la cara irradiando luz de ordenador. Ryan está sentado en una silla giratoria en medio de la estancia, girando de izquierda a derecha y de derecha a izquierda y sonriendo al espacio con tal cara de tonto que me alarmo de verdad. Saludo con la cabeza a los diligentes empleados y me abro camino entre torres de catálogos y muestras de baldosas.

Ryan me ha visto.

—¡Stella! —Sonríe como si estuviera colocado y sigue girando.

—¡Para! —digo, y por suerte me hace caso.

Señalo las mesas de dibujo y los ordenadores y toda la magia tecnológica.

—¿Y dónde encaja todo esto en tu… cosa kármica? —No lo llames Proyecto Karma, me insto. No lo legitimes llamándolo así.

—Voy a regalar la empresa.

Ahora sí que estoy alucinada. Alucinada y asustada.

—Pero… es tu medio de vida… —tartamudeo—. ¿Y tus hijos? Ryan, tienes responsabilidades.

—Mis hijos ya son adultos.

—Jeffrey no lo es.

—Sí lo es. Yo no tengo la culpa de que no se comporte como tal. Mi hija va a casarse. Yo los crié, les pagué los estudios, les di todo lo que necesitaban y todo lo que deseaban. Sigo estando a su lado y he apartado un dinero para el último año de colegio de Jeffrey, pero desde el punto de vista económico mi responsabilidad con ellos ha terminado.

—¿Y qué me dices de tus empleados? Se quedarán en la calle.

—No. Voy a traspasarles la empresa. Clarissa será la propietaria.

Me vuelvo para fulminar a Clarissa con la mirada. Hace tiempo que es la mano derecha de Ryan y nunca ha sido santo de mi devoción; no es lo que se dice simpática. Es alta y delgada y siempre lleva mallas negras y botas masculinas y jerséis deshilachados y macizas joyas de plata, la mayoría en las cejas, y lleva las mangas demasiado largas, en plan niñita extraviada, lo que hace que me entren ganas de abofetearla.

Me sostiene la mirada y esboza una sonrisita enigmática y… ¿triunfal? La rabia me inunda por dentro y soy la primera en desviar los ojos. Siempre soy yo. Soy un alfeñique. Le doy la espalda y miro a Ryan.

—¿Podemos hablar en privado?

Salimos al pasillo.

—Ryan, es evidente que estás pasando por la crisis de los cuarenta —digo con calma—. Acabarás lamentando todo esto. ¿No puedes entrenarte para un triatlón como todos los hombres de tu edad? Nosotros te ayudaremos. Jeffrey podría ir a nadar contigo.

—Jeffrey me odia.

—Es cierto —reconozco—. Es cierto. Pero también me odia a

mí. No debes tomártelo como algo personal. Y si él nada contigo, yo te acompañaré a correr. —Con mi actual crisis de barriga tendré que hacer algún tipo de ejercicio, y un compromiso con Ryan me beneficiaría—. Y encontraremos a alguien para la bicicleta. Puede que Enda.

—No pienso salir en bicicleta con Enda Mulreid —se rebela Ryan—. Tiene muslos de poli. Está hecho para resistir.

—Entonces buscaremos a otro. No tiene que ser Enda.

Pero Ryan está muy, muy metido en su proyecto, demasiado metido para poder llegar a él.

—Stella —coloca sus manos en mis hombros y me mira con fervor—, estoy haciendo algo importante. Esto es arte espiritual. Estoy demostrando que el karma existe.

Por un instante quedo atrapada en el celo de Ryan. A lo mejor es cierto que está haciendo algo bueno. A lo mejor todo sale bien. Pero…

—¿Y si sale mal, Ryan? ¿Qué harás entonces?

Ríe quedamente.

—Nunca dejarás de ser la chica de clase obrera a la que le aterra ser pobre, ¿verdad?

—Soy práctica —farfullo—. ¡Alguien tiene que serlo! ¿Estarías dispuesto a ir a ver al doctor Quinn? Solo para comprobar que no estás… mal. De la cabeza, quiero decir.

—No lo estoy.

Lo miro abatida. No sé qué hacer. ¿Debería entrar de nuevo en la oficina e intentar razonar con Clarissa? Pero conozco su juego; me obsequiará con su sonrisa enigmática y me dirá con su hablar preciso e irritante que Ryan es libre de hacer lo que le dé la gana. Y aunque Clarissa decida no quedarse con el negocio, Ryan se lo ofrecerá a otros y finalmente alguien lo aceptará y se negará a devolverlo.

Es con Ryan con quien debo seguir probando.

—Tengo que dejarte —dice—. Quiero volver a la oficina y girar en mi silla.

—¿En serio?

—Es… agradable. Me siento libre y oscilante.

—¿Libre y oscilante?

Cambia bruscamente de tema, como hacen los locos.

—¿Sabes una cosa, Stella? —Me mira a los ojos—. Estás muy guapa. Te noto diferente.

—¿Aterrorizada?

—No, no, no. Tú siempre has tenido miedo. Es… —Me mira de arriba abajo y finalmente señala mis piernas—. Es eso.

Casi con timidez, digo:

—Son chinos. Chinos de mujer.

—Te quedan de fábula.

Y aunque sé que no está bien de la cabeza, su elogio me enternece.

«Hay gente que puede mover las orejas,
ese es su truco en las fiestas. No te sientas mal por
no poder hacerlo. Simplemente búscate otro truco.»

Extracto de *Guiño a guiño*

—«Su ano la miró como un ojo inalterable, estático…» —leyó papá.

¡Puaj! Este libro de Georgie Taylor era un poco verde. Iba de una mujer hastiada, casada con un respetable director de empresa, que tenía una vida secreta como prostituta.

—«Le envolvió el escroto con las manos y…» ¡Se acabó, no pienso seguir leyendo esto! —Papá cerró el libro con un golpe seco—. Me traen sin cuidado los premios que aspira a ganar. No digo que no sea literatura. Algunas de las grandes obras literarias están repletas de escenas subidas de tono, pero tú eres mi hija y esto no está bien. Veamos qué más hay aquí.

Consultó la pequeña pila de libros de Georgie Taylor.

—¿*Jane Eyre*? —dijo, escandalizado—. Si es para colegialas. Vamos de mal en peor. ¿Cuál será el siguiente? ¿*El diario de Bridget Jones*? ¿*Dick y Jane en el mar*?

Oh, Dios. Sin haberla conocido siquiera, papá había desarrollado cierta pasión por Georgie Taylor. Un día incluso trajo un ramo de flores y se lo entregó a Mannix Taylor para que se lo diera. Ahora, por lo visto, su fe en el gusto impecable de Georgie se estaba tambaleando.

—¿Qué más tenemos aquí? —Papá cogió otro libro—. ¿*Rebeca*? De modo que tenemos *Jane Eyre*, una novela sobre una primera esposa chiflada en un desván, y *Rebeca*, una novela sobre una segunda esposa perseguida por el recuerdo de la primera esposa. —Me miró de hito en hito—. ¿De qué va todo esto?

Lo ignoraba, y me costaba prestarle toda mi atención porque estaba dándole vueltas a un secreto emocionante: habían pasado seis semanas desde el día en que Mannix Taylor me dijo que mis músculos empezarían a recuperar el movimiento. Yo había estado contando los días, tachando cada lapso de veinticuatro horas, y finalmente había llegado el día cero.

Me estaba preguntando qué parte de mi cuerpo sería la primera en despertar. Podrían ser las manos, podrían ser los músculos del cuello, podría ser —la mejor de todas— la laringe. Era difícil saber dónde brotaría vida porque yo seguía siendo un saco de arena inmóvil, pero algo sucedería hoy, estaba segura. Porque Mannix me lo había dicho.

Aunque él no parecía recordar haberlo dicho; no lo había mencionado en su visita de rutina de esta mañana. En fin, tenía muchas cosas en la cabeza...

—Será mejor que me vaya, pequeña. —Papá se levantó—. No puedo leerte estos libros, no es más que literatura gótica para mujeres. —Meneó tristemente la cabeza—. Le pediré a Joan algo que merezca la pena. Quizá haya llegado el momento de leer a Norman Mailer otra vez.

Me alegré de verlo partir. Quería concentrarme en mi cuerpo, dirigir mi atención como si fuera un foco, trasladarla metódicamente de un músculo a otro lista para saltar al menor movimiento.

Fosas nasales, lengua, labios, cuello, pecho, brazos, dedos... Empezando por la otra punta: dedos, pies, tobillos, pantorrillas, rodillas... Cejas, orejas... No, esto último era absurdo. Ni estando sana había sido capaz de mover las orejas. Algunas personas podían, era su truco en las fiestas, pero yo no. Frente, mandíbula, cuello, hombros, codos... Todavía nada.

Mi plan era conseguir algún movimiento que poder mostrar a Ryan cuando viniera a verme por la tarde. Necesitaba una inyección de esperanza.

Pero el día pasó y nada había sucedido para cuando él llegó con un aspecto ligeramente desaliñado.

—¿Qué tal?

Se hundió cansinamente en la silla y más cansinamente aún cogió el bolígrafo y la libreta del esterilizador.

Me disponía a decirle que se cortara el pelo pero cambié de parecer.

—TODO BIEN.

—Qué suerte —dijo—. No me importaría pasarme unos días en la cama yo también.

Horrorizada, intenté parpadearle palabras de consuelo, pero no acabábamos de pillarle el ritmo.

—Para —dijo después de fallar cuatro letras—. Estoy demasiado cansado para esto.

«Vale, no pasa nada.» Le transmití pensamientos reconfortantes con los ojos. «Simplemente disfrutemos de la compañía.»

—No tiene mucho sentido si no tenemos nada que decir. —Se levantó. Solo llevaba aquí cinco minutos.

«Quédate.»

—Alguien vendrá mañana a verte. No recuerdo quién. Alguien.

Puede. Las visitas ya no llegaban en tropel. Venían de una en una, y a veces no venían. Estábamos a principios de diciembre y los preparativos navideños habían comenzado. Mis hijos estaban aún más ocupados que de costumbre. Ryan trabajaba contrarreloj para terminar un proyecto antes de fin de año, Karen no daba abasto en el salón y mamá estaba haciendo turnos extra en la residencia.

Yo había pasado a ocupar el último lugar en las prioridades de la gente. La estrecha conexión que Ryan y yo habíamos mantenido en los inicios de mi enfermedad estaba desintegrándose bajo el peso implacable de su vida. Ojalá empezara a mejorar pronto.

—En cualquier caso, seguro que tu Mannix Taylor viene a verte.

¿Estaba siendo sarcástico? No lo creía. Simplemente confirmaba un hecho: Mannix Taylor vendría a verme. Era mi neurólogo y venía cada día. Porque le pagaban para eso.

—Hasta luego.

Ryan se marchó y yo me deprimí. Me deprimí como en los viejos tiempos. Nada que ver con la parálisis o con el miedo a ir al infierno. Simplemente estaba deprimida.

Esto era más de lo que Ryan podía soportar, y no podía reprochárselo. Con el tiempo todo se arreglaría, me dije. Pero el camino era duro.

Por una vez el tiempo transcurrió deprisa y de repente ya era de noche. El día había pasado y ni un solo músculo de mi cuerpo había temblado siquiera.

Traté de ser razonable: no debía tomarme a Mannix Taylor tan al pie de la letra. Él me había dado un plazo aproximado. Pero me rendí al sueño triste e inquieta.

En algún momento las enfermeras me despertaron para darme la vuelta. Se produjo el acostumbrado follón de tubos y sensores y justo antes de que me depositaran sobre el costado derecho, mirando a la pared, alcancé a echar un vistazo al reloj: faltaban siete minutos para la medianoche.

Las enfermeras se marcharon chirriando sobre sus suelas de goma y recuperé la tranquilidad. El sueño empezó a apoderarse de mí una vez más y justo cuando caía en el oscuro vacío mi rodilla izquierda palpitó.

Al día siguiente Mannix Taylor llegó casi una hora antes de lo habitual. Y comprendí que me había equivocado por completo al pensar que había olvidado la promesa que me había hecho de las seis semanas. Llevaba la esperanza y la expectación grabadas en el rostro. Ni siquiera se molestó en adoptar una actitud profesional.

Le miré y le transmití con los ojos la palabra «Sí».

Casi saltó sobre mi cama.

—¿Dónde?

—RO...

—¿Cuál? —Me apartó la sábana.

—I...

—Muévela para mí.

Colocó una mano sobre mi rodilla izquierda y concentré toda mi energía en mover el músculo. Nada. Pero la noche previa lo había notado. Juro que lo había notado.

¿O no? A lo mejor de tanto desearlo había acabado por creérmelo.

Lo miré apesadumbrada. «Lo siento.»

Y en ese momento mi rodilla palpitó bajo su mano.

Se levantó de un salto.

—¡Imposible!

Yo estaba gritando de alegría por dentro.

—¡Vuelve a hacerlo! —me ordenó—. Si vuelves a hacerlo me lo creeré.

Se sentó de nuevo en la cama, me puso la mano en la rodilla y nos miramos recelosos, preguntándonos si ocurriría algo. Él estaba conteniendo el aliento, pero mi pierna yacía como una tabla de madera.

—Vamos —se impacientó.

«Lo estoy intentando.»

—Vamos.

«Lo estoy intentando, joder.»

—Está bien. —Suspiró—. Lo dejaremos por hoy…

La rodilla volvió a palpitar bajo su mano.

—¡Ja! —gritó—. Alárgalo un poco, vamos.

El músculo de mi rodilla tembló de nuevo. Era una sensación muy extraña, como cuando Ryan me ponía la mano en la barriga cuando estaba embarazada de Betsy y Jeffrey.

—Ahora sí te creo —dijo Mannix—. ¡Es real! ¡Está ocurriendo! ¡Te estás recuperando!

«Dijiste que lo harías».

—No lo decía en serio. No tan pronto. Aunque —añadió con una mezcla de admiración y exasperación— tendría que haber sabido que contigo sería diferente.

15.17

Jeffrey está sentado a la mesa de la cocina, inclinado sobre su móvil.

—El vídeo de papá lleva noventa mil visitas. Está ganando velocidad. Y… es *trending topic* en Twitter.

Noto que empalidezco. Twitter no, mi querido Twitter no. Yo nunca he sido *trending topic* en Twitter. Estoy enfadada y asustada y… sí… celosa.

—No te preocupes —dice Jeffrey—, solo está en la blogosfera.

Asiento tímidamente. En Twitter no existe el término «solo». En mi opinión, no.

—Solo en la blogosfera —repite Jeffrey en un tono tranquilizador—. No está en el mundo real. Nunca estará en el mundo real.

En ese preciso instante suena mi móvil. Llamada oculta. Y sin embargo contesto. ¿Estoy loca?

—¿Stella Sweeney? —pregunta una voz femenina.

—¿De parte de quién?

—Soy Kirsty Gaw y trabajo para el *Southside Zinger*.

El *Southside Zinger* es un diario gratuito del barrio que en una ocasión tuvo como titular de portada: «Chico del vecindario rompe matrícula de coche». Provinciano es la manera más delicada de describirlo.

—La llamo por el asunto de su marido, Ryan Sweeney.

El alma se me cae a los pies. Alguien del *Zinger* ha debido de averiguar la relación que me une a Ryan.

—Ex —puntualizo, nerviosa y contundente—. Es mi ex marido.

—Entonces ¿es usted Stella? —Parece cordial.

Mi formación mediática se impone.

—No, no soy Stella. Se equivoca de número. Gracias. Muchas gracias. Adiós. —Finalizo la llamada con la máxima educación posible.

Lo peor de ser una persona más o menos famosa, reflexiono mientras grito con la boca enterrada en mis manos, es que siempre debes mostrarte amable. Bastante difícil es ya mi situación sin necesidad de que la gente vaya por ahí diciendo: «Esa Stella Sweeney parece simpática pero es una bruja arrogante».

—¿Qué? —pregunta Jeffrey.

Tengo los ojos como platos.

—El *Southside Zinger*. ¡Joder! ¡Joder!

—Por favor, mamá, no digas tacos. Además, es solo el *Southside* «Vecina pierde pestaña» *Zinger*.

Me lo miro casi con admiración. Ha tenido bastante gracia, viniendo de Jeffrey.

Mi móvil se dispara de nuevo. Debe de ser otra vez esa Kirsty Gaw. Me equivoco. Es otro periódico, uno de verdad: el *Herald*. El nombre parpadea en la pantalla, que levanto para mostrársela a Jeffrey.

—Lo sabe —susurro—. La gente real lo sabe.

—Joder —dice.

—¡Ajá! —Pese a todo lo que está pasando, disfruto de este momento de superioridad moral—. Has soltado un taco.

—Solo una vez, no es lo mismo.

—Paso.

—«Paso» —me imita—. ¿Tú te oyes?

El móvil suena de nuevo. Es el *Mail*. Un segundo después empieza a sonar el fijo. Es el *Independent*. De pronto están sonando los dos teléfonos a la vez, casi como en los viejos tiempos. Las voces dejan mensajes y, en cuanto cuelgan, los teléfonos vuelven a sonar. Apago el móvil y arranco de la pared el cable del fijo.

—¿Y si se presentan en casa? —pregunta Jeffrey.

—No lo harán.

Pero la posibilidad existe. Ya lo hicieron en una ocasión, dos años atrás…

Me apoyo en el fregadero y dejo que el presente se disuelva en débiles líneas verticales mientras doy un salto al pasado…

… a un día corriente de finales de agosto. Yo había terminado de trabajar y había pasado por casa para recoger a los chicos y llevármelos a Dundrum a fin de equiparlos para el nuevo curso escolar, que empezaba la semana siguiente.

—Daos prisa, chicos —dije desde la puerta sacudiendo las llaves.

—¿Has visto esto? —me preguntó Betsy con cautela.

Era la revista *People*. Yo leía docenas de revistas porque las comprábamos para el salón de belleza, pero nunca comprábamos las estadounidenses porque no conocíamos a la gente que salía en ellas. Las desgracias de los famosos solo eran interesantes si los conocías.

—No, ¿por qué? —pregunté.

Betsy me puso la revista delante de los ojos: salía una foto de Annabeth Browning. Aunque me interesaba poco la política estadounidense, sabía quién era: la esposa del vicepresidente de Estados Unidos. Meses antes había provocado un gran escándalo cuando la policía la detuvo por «conducción temeraria»; se descubrió que llevaba un colocón importante de pastillas con receta. Los agentes no la reconocieron y la prensa se hizo eco del suceso antes de que la Casa Blanca tuviera tiempo de ocultarlo.

Siguió una tormenta mediática. Como es lógico, Annabeth se vio obligada a hacer una exhibición pública de arrepentimiento ingresando sin demora en un programa de rehabilitación. La gente esperaba que cumpliera los veintiocho días de rigor, luego regresase de inmediato a sus obligaciones públicas, tan animada como siempre, y se prestara a una sesión de fotos de mirada vidriosa con su marido y sus dos hijos y a una entrevista con Barbara Walters, donde describiese su arresto como «lo mejor que me ha pasado en la vida».

Pero en lugar de volver a la vida pública ingresó en un convento. Sus índices de popularidad, que habían estado subiendo ininterrumpidamente, cayeron en picado. Esto era intolerable. Ya había tenido sus veintiocho días, ¿qué más quería?

La foto que tenía ante mis ojos era una instantánea borrosa de Annabeth sentada en un banco de un jardín —supuse que era el jardín del convento— leyendo un libro. El titular bramaba: «¿QUÉ ESTÁ LEYENDO ANNABETH?». Examiné la foto: Annabeth había dejado de teñirse el pelo de rubio y eso le favorecía.

—Está guapa —dije—. Antes llevaba el pelo demasiado ahuecado. Le queda mejor este peinado natural.

—¡Olvídate del pelo! —espetó, nerviosa, Betsy—. ¡Mira! —Dio unos golpecitos en una instantánea circular de la mano de Annabeth—. Es tu libro.

Lo miré y lo miré hasta que mis ojos empezaron a bizquear, pero Betsy tenía razón: era mi libro.

—¿Cómo lo ha conseguido?

De pronto me inquieté. Mi pequeño libro era una edición privada, personal. Y Annabeth Browning no era precisamente popular. ¿Una persona impopular leyendo públicamente lo que yo había escrito? Esto no podía terminar bien para mí.

Mi cerebro se puso a trabajar horas extra intentando atar cabos. Solo existían cincuenta ejemplares de mi libro; no había sido puesto a la venta; las únicas personas que lo tenían eran mis amigos y mi familia. Abordé el asunto desde otro ángulo. Annabeth estaba en un convento. Las monjas vivían en conventos. ¿Conocía yo a alguna monja? ¿Y que además hubiera podido tener acceso a mi libro?

—¿Qué ocurre? —Jeffrey había aparecido en el rellano.

—Mira esto. —Le tendí la revista—. ¿Conocemos a alguna monja?

—¿Tu tío Peter no tiene una hermana monja…? ¡Eh, mira, es tu libro!

—Lo sé. ¿Cómo ha llegado a manos de Annabeth Browning?

—Ni idea. Llama a tu tío Peter.

—Buena idea. —Cerré la puerta de la calle (lo de Dundrum tendría que esperar) y saqué el móvil—. ¿Tío Peter? Sí, hola, fantástica, fantástica. Una cosita, ¿te acuerdas de mi libro de pequeños dichos de cuando estuve en el hospital, como «¿Cuándo deja un bostezo de ser un bostezo?»?

—«Cuando se convierte en un milagro» —terminó Peter—. Ajá, lo recuerdo.

¿Era mi imaginación o sonaba un poco evasivo?

—¿Todavía lo tienes? —pregunté—. ¿O existe alguna posibilidad de que lo tenga tu hermana monja? La llaman la hermana Michael, ¿verdad?

Hubo una pausa larga, larguísima.

—Lo siento, Stella —susurró Peter.

—¿Qué sientes?

—Lo teníamos en un lugar especial de la vitrina, pero siempre ha tenido la mano larga.

—¿Quién? ¿La hermana Michael? ¡Pero si es monja!

—¿Cuántas monjas normales conoces?

Me acordé de las que me habían dado clase en el colegio. Unas psicópatas, la mayoría.

—Las cosas bonitas le pueden —se lamentó Peter—. Después se castiga, se somete a actos de contrición de todo tipo, pero a pesar de eso no es capaz de contenerse.

—Peter, ¿podrías averiguar si fue ella quien cogió el libro?

Peter soltó un suspiro.

—Puedo preguntárselo, pero miente mucho, sobre todo si ha hecho algo malo.

—Entiendo. Oye, ¿qué clase de monja es?

—¿Por qué? ¿No estarás pensando en llamarla?

—Necesito comprobar algo. Resulta que mi libro ha aparecido en Estados Unidos, en un convento. El… —Leo por encima el artículo de la revista—. El de las Hijas de la Castidad.

—Esa es su pandilla —dijo Peter.

—¿Cómo pudo llegar el libro a Estados Unidos? ¿Ha estado allí la hermana Michael?

—No, pero…

—¿Qué?

—En mayo recibió una visita de uno de los conventos de Estados Unidos, una monja más joven, la hermana Gudrun. Las pillaron a las dos robando en Boots. Llevaban encima veintiún coloretes Bourjois. ¡Veintiuno! ¡Parecía que quisieran que las descubriesen! Tuve que personarme allí y pagar la fianza. Si la tienda no presentó cargos fue únicamente porque la hermana Gudrun era ciudadana estadounidense y la hermana Michael no paraba de llorar y de jurar que no volvería a hacerlo. Creo que los detectives de la tienda pensaron que Gudrun había arrastrado a Michael, pero yo diría que son tal para cual.

—¿Crees que esa Gudrun pudo llevarse mi libro a Estados Unidos?

—A juzgar por su bolsa de mano, diría que todo es posible.

—¿Recuerdas de qué rama, convento o comoquiera que se llame, es la hermana Gudrun?

—Ya lo creo que lo recuerdo. ¡Tuve que llenar un millón de formularios y anotar en ellos su dirección! Es de Washington capital.

—Gracias. Y… lo siento, Peter. —Qué vida la suya, entre la glamurosa tía Jeanette y una monja cleptómana por hermana.

Me sentía vulnerable y asustada. Las palabras que yo había pronunciado en privado habían salido a la luz. La gente me juzgaría. Me echaría la culpa de que Annabeth Browning ya no fuera una mujer animada y se negase a aparecer en el programa de Barbara Walters.

Justo entonces sonó el fijo. Jeffrey, Betsy y yo nos volvimos hacia él y luego nos miramos. Algo nos decía que esta llamada iba a cambiarnos la vida.

Descolgué.

—¿Está Stella Sweeny?

«Miente, miente.» Sin embargo, tartamudeé:

—So… soy yo.

—¿La Stella Sweeney que escribió *Guiño a guiño*?

—Sí, pero…

—Le paso con Phyllis Teerlinck.

Tras un clic habló otra voz.

—Phyllis Teerlinck, agente literaria. Me ofrezco para representarla.

Un millón de pensamientos cruzaron raudos por mi mente.

—¿Por qué? —dije al fin—. Ni siquiera ha leído mi libro.

—Fui a ver a Annabeth. Me lo ha dejado veinticuatro horas. Oiga, este es su momento. Ahora mismo es la mujer más influyente del mundo, pero dentro de seis días otro *People* aparecerá en los quioscos. Esta es su gran oportunidad y no puede desperdiciarla. Volveré a llamarla dentro de una hora. Búsqueme en Google. Soy real.

Colgué. Un segundo después el teléfono volvió a sonar. Dejé que saltara el contestador. Luego sonó otra vez. Y otra. Y otra.

«Si está hecho con amor, lo imperfecto
se vuelve perfecto.»

Extracto de *Guiño a guiño*

—Tienen que irse —dijo la enfermera Salomé a mamá y a papá. Traía la bolsa de alimento preparada para conectarla al puerto de mi estómago.

—¿Eso no llevará dentro una pata de pavo? —Papá señaló la bolsa—. La Navidad sin pavo no es Navidad.

Salomé ignoró el comentario. El día de Navidad solo había dos enfermeras de guardia en la UCI, y era más que evidente que no le hacía ninguna gracia ser una de ellas.

—Viendo este lugar nadie diría que estamos en Navidad. —Papá clavó en Salomé una mirada cargada de reproche—. Ni árbol, ni adornos, ni siquiera —añadió deliberadamente— un poco de espumillón.

La semana anterior Betsy había llegado con un poco de espumillón que había enrollado a los barrotes de mi cama, y se había armado la gorda.

—¡Estamos en la UCI! Aquí hay gente muy enferma. El espumillón puede transportar bacterias.

—Es hora de irse —dijo mamá—. Feliz Navidad, Stella. —Estaba llorando. Lloraba cada vez que venía a verme. Me sentía tan culpable que a veces prefería que no viniera. Y entonces me sentía más culpable aún.

—Disfruta de tu cena de Navidad, pequeña. —Papá lanzó otra mirada lúgubre a Salomé.

Ryan llegó una hora después con Betsy y Jeffrey.

—¡Feliz, feliz Navidad, mamá! —gritó Betsy. Llevaba unas astas en la cabeza—. Gracias por el vale.

«Siento que sea…»

—… Un poco impersonal, ¿verdad? —dijo—. Pero cuando te cures iremos juntas de compras y entonces será absolutamente personal.

—Para entonces habrá caducado —dijo Jeffrey.

—¡Para! —gritó Betsy. Se volvió hacia mí—. Está mosqueado porque Papá Noel le ha traído la actualización que no era.

Antes de que pudiera contenerme dirigí a Ryan una mirada de reproche.

—La cambiaremos mañana —repuso secamente.

—¿Crees que es tan fácil? —preguntó Jeffrey, igual de seco.

Era una Navidad horrible, nada que ver con las anteriores. Yo enloquecía un poco todos los años: compraba un abeto de verdad, cubría la casa de luces, hacía adornos manuales, gastaba una fortuna en regalos y los envolvía todos con gran mimo. Aunque hacía tiempo que Betsy y Jeffrey no creían en Papá Noel, seguía dejándoles un calcetín a los pies de la cama repleto de chucherías y chocolatinas.

Para mí los protagonistas de la Navidad eran los niños y era importante convertirla en algo mágico. Me llenaba de tristeza no poder hacer nada este año. Fue el momento más duro de mi enfermedad.

Me había asegurado de que Ryan se ocupara de lo básico —adornar el árbol y comprar a Betsy su vale y a Jeffrey su actualización del móvil—, pero no me había atrevido a pedirle nada más. Bastante tenía ya.

Había intentado que mamá organizara los calcetines para los niños, pero los guiños solo funcionaban con peticiones sencillas, e incluso entonces tenía que pensar con antelación lo que quería decir exactamente y utilizar el mínimo de letras posible. Si la cosa se descarrilaba en mitad de una palabra me costaba recuperar el hilo. Resultaba agotador y la única persona que dominaba el método era Mannix Taylor.

—Abre mi regalo —dijo Betsy—. ¡Vamos! —Me arrojó un pequeño paquete—. Soy absolutamente consciente de que no puedes abrirlo, pero estoy practicando la inclusión, ¿entiendes? —Arrancó un trozo de papel—. ¿Qué será?

Podía ver una pezuña de barro de color marrón. No me hacía ilusiones.

Betsy siguió arrancando el papel hasta desvelar un perro asimétrico.

—¡Lo hice en mi clase de cerámica! No es perfecto, lo sé, pero está hecho con amor. Porque todos sabemos lo mucho que te gustaría tener un perro.

En ese momento sentí por mi hija un amor tan grande que pensé que el corazón iba a estallarme. Era adorable, y mi perrito torcido me encantaba.

—Supongo que tendré que llevármelo. —Lanzó una mirada implacable al mostrador de las enfermeras; todavía no había superado lo de su espumillón—. Pero estará esperándote cuando vuelvas a casa.

—Dentro de diez años —farfulló Jeffrey, enfurruñado—. Y este es mi regalo. ¿Prefieres que lo abra yo?

«Mocoso sarcástico.»

Destripó el envoltorio y desveló… un diapasón. No sabía cómo interpretarlo. ¿Un diapasón? Pero… ¿por qué?

Ryan no tenía nada para mí.

—Lo siento —dijo—. Con todo…

Naturalmente. Además, ¿qué podría regalarme en mi situación?

Pero yo sí tenía un regalo para él, un vale para Samphire, un restaurante al que había dicho en varias ocasiones que le gustaría ir. Le había pedido a Karen que lo comprara, y mi intención era regalarle a Ryan esperanza: algún día me curaría y podríamos ir allí juntos. Empecé a parpadeárselo pero nos hicimos un lío con las letras.

—No te preocupes, lo sé —dijo—. Gracias, me encanta. —Lo sostuvo contra su corazón.

—¡Hora de irse! —vociferó Salomé, y los tres se levantaron de un salto y se fueron correteando, como si les hubieran dejado salir antes del colegio.

En el hospital reinaba una gran quietud. Todos los pacientes, salvo los más graves, habían sido enviados a casa por Navidad. No se habían programado operaciones, de modo que no había nadie recuperándose de una intervención. En cuidados intensivos había únicamente otro paciente, un hombre mayor víctima de un infarto. Podía oír a su familia susurrar y gimotear en torno a su cama, hasta que tuvieron que irse y nos quedamos él y yo solos.

Sentía la sala hueca y vacía. Ni siquiera vislumbraba a las enfermeras. A lo mejor estaban en un cuarto trasero bebiendo Malibú y comiendo salchichas envueltas en hojaldre, y no se lo reprochaba.

Aquí el tiempo siempre transcurría despacio, pero hoy casi parecía que se hubiese detenido. Observaba el paso, sin pausa pero sin prisa, de los segundos en el reloj. Quería que el día de Navidad acabara de una vez. Me apenaba demasiado estar separada de mis hijos y de mi marido y mi familia. Cualquier otro día habría hecho de tripas corazón, pero esto era excesivo.

Para matar el tiempo me puse a jugar con mis músculos. A estas alturas ya podía levantar la cabeza de la almohada un centímetro y flexionar levemente las rodillas. Era capaz de girar una pizca el tobillo derecho y mis hombros temblaban cuando se lo ordenaba. La vida estaba regresando a mis músculos, pero sin orden ni concierto; no parecía existir un patrón.

Las partes que más tardarían en recuperarse serían la laringe y los dedos de las manos, y, mientras esperaba a que despertasen, yo ejercitaba los músculos que sí respondían y vigilaba atentamente todos los demás, lista para abalanzarme sobre cualquier reacción, por pequeña que fuera.

Aun así, me asustaba lo deprisa que me quedaba sin fuerzas; si girar el tobillo un centímetro resultaba tan extenuante, ¿cómo iba a ser capaz de andar otra vez?

A las ocho de la noche ya había agotado todas mis distracciones. Debería ponerme a dormir, así cuando despertara ya sería mañana y el día de Navidad habría pasado. Cerré los ojos y me insté a perder el conocimiento, y entonces oí unos pasos a lo lejos, en la entrada de la UCI.

Sonaban muy fuertes en medio del silencio.

Reconocía el sonido, pero ¿qué estaba haciendo aquí el día de Navidad?

Los pasos se fueron acercando, y de pronto ahí estaba: Mannix Taylor.

—Feliz Navidad. —Sacó el bolígrafo y la libreta.

Empecé a parpadear «¿Qué haces aquí?».

Llevaba dos letras cuando dijo:

—Pensé que a lo mejor te sentías sola.

No supe qué contestar.

—¿Día agradable? —pregunté.

—Estupendo —dijo—. ¿Vino tu familia?

—Hace un rato. ¿Te han hecho regalos bonitos?

—No. ¿Y a ti?

—Un perro de barro y un diapasón.

—¿Un diapasón? ¿De tu marido?

—Jeffrey.

—Tampoco está tan mal. Es un adolescente... ¿El perro es de tu marido?

—Betsy.

—¿Qué te regaló tu marido?

No quise responder. Me daba vergüenza.

Además, todo esto era demasiado extraño. ¿Qué hacía Mannix Taylor aquí?

—Hoy fui a ver a Roland —dijo.

—¿Cómo está? —Me inspiraba un interés protector.

—Genial. Positivo. Saldrá pronto. Dijo que te envía su amor y su gratitud infinita.

Vaya, era todo un detalle.

Algo se movió en mi campo de visión. De pie, al lado del mostrador vacío de las enfermeras, había una mujer. Fue tan inesperado que me pregunté si estaba alucinando. Nos estaba mirando y mi instinto me dijo que ya llevaba un rato allí.

Tenía el pelo largo y moreno y unas cejas fabulosas, y vestía una blusa ceñida negra y —¡Dios!— pantalones de vinilo.

Estaba tan quieta, resultaba tan inquietante y fuera de lugar que pensé que había sido teletransportada directamente de una película de terror.

De pronto echó a andar hacia mí y me asusté. Mannix miró por encima de su hombro y al verla se puso tenso.

La mujer cruzó la sala de una manera que solo podría describir como agresivamente sensual y clavó la mirada en mí, tendida impotente en mi cama, antes de volverse hacia Mannix.

—¿En serio? —dijo—. ¿En serio?

Quise gritar: ¡No me estás viendo en mi mejor momento! Si estuviera maquillada y peinada con secador como tú y no padeciera una enfermedad que puede causarte la muerte, probablemente no te parecería tan poca cosa. Puede que nunca llegue a ser miss Mundo pero… Mejor déjalo ahí. Puede que nunca llegue a ser miss Mundo.

Luego se alejó con paso airado —y sí, era un paso airado, un andar altivo, rabioso— sobre sus largas piernas.

Siguió un silencio extraño.

Finalmente, Mannix habló.

—Esa era mi mujer.

¿En serio?

Pero se supone que tu mujer es simpática y serena y de físico escandinavo. No debería ser morena y de ojos color castaño con unas cejas magníficas y —¡por el amor de Dios!— ¡pantalones de vinilo!

—Será mejor que me vaya —dijo Mannix. Y se fue.

Jueves, 5 de junio

7.03

Me despierta el timbre insistente de la puerta.

Miro a hurtadillas por la ventana de mi cuarto, aterrada ante la posibilidad de que sea un periodista. Pero es Karen, impecablemente maquillada ya y con unos altísimos zapatos de charol de color rojo que le dan un aire extrañamente siniestro.

Bajo al recibidor, abro la puerta y me enseña un periódico.

—Será mejor que veas esto.

Es el *Daily Mail* y la cara de Ryan aparece en la portada.

—¿Dónde está Jeffrey? —Karen mira a su alrededor casi con miedo.

—¡En la cama! —grita la voz sorda de mi hijo.

Vamos a la cocina, donde, con la boca seca y la cabeza a punto de estallar, leo con avidez. El periódico describe a Ryan como un hombre «sexy» y «con talento» y cuenta que su casa es una «vivienda de lujo» de dos millones de euros, lo cual es totalmente falso.

—También hablan de ti —me informa Karen—. Dicen que eres una escritora de libros de autoayuda.

—¿Una escritora de libros de autoayuda «fracasada»?

—No, porque no lo eres. En realidad no. Todavía no.

—¿Cuentan por qué estoy en Irlanda? —¿Cuánto de mis circunstancias personales es de dominio público?

—No, es todo bastante inofensivo —dice—. Aunque yo solo he leído este diario y Bryan sale en todos. Bueno, en los irlandeses, pero no iba a malgastar mi dinero en ellos cuando puedes leerlos online. Debo reconocer que sale favorecido. —Karen estudia la foto desde diferentes ángulos—. Supongo que siempre ha sido guapo, con ese pelo moreno y esos ojos oscuros… Pero su enorme idiotez anula todo lo anterior. Dime, ¿qué piensas hacer?

—¿Qué puedo hacer? Enda dice que no puedo internarlo. El doctor Quinn tampoco fue de gran ayuda. Por cierto, me preguntó por ti, dijo que hiciste un gran trabajo con los granos de la señora Quinn. No tiene sentido hablar con Ryan porque no va a cambiar de parecer. Y no tengo derecho a una compensación legal porque nos estamos divorciando.

—Pero ¿dónde vivirá cuando la cosa se ponga fea? —pregunta Karen.

—No lo sé.

—No puede vivir aquí.

—Puede que la cosa no se ponga fea —digo—. Puede que Ryan tenga razón y el universo le proporcione lo que necesita.

Karen me obsequia con un escéptico aleteo de párpados.

—El universo ayuda a los que se ayudan a sí mismos. Ryan Sweeney acabará durmiendo en tu sofá. A menos que acabe durmiendo en tu cama, claro.

—¿Qué insinúas?

Karen empieza a agitar las llaves de su coche, la señal internacional de una partida inminente.

—Me largo. Tengo una prole que lavar y vestir.

Se echa el bolso al hombro y se aleja por el pasillo martilleando el suelo con sus aterradores zapatos rojos. Sigo la estela de su perfume.

—Karen, ¿qué has querido decir?

—He querido decir que eres demasiado buena.

—No es cierto. Soy testaruda. Y orgullosa.

—Lo eres cuando alguien te hace daño, pero las historias lacrimógenas pueden contigo. Tú serás la primera persona a la que Ryan acuda cuando se encuentre en la calle. Será mejor que tengas a punto la artillería.

Sin otra palabra, abre la puerta y se marcha.

Entro en internet y leo lo que la prensa cuenta de Ryan. Me aterra lo que puedan haber escrito sobre mí; he procurado que mi ignominioso regreso a Irlanda fuera lo más discreto posible. Quería evitar que la gente averiguara lo mucho que se me habían torcido las cosas, a fin de ganar tiempo para enderezarlas. Pero Ryan y su insensato proyecto han vuelto a ponerme en el candelero, donde existe una gran probabilidad de que mi desgarradora realidad salga despiadadamente a la luz.

Todos los artículos me mencionan. «Estuvo casado con la escritora de libros de autoayuda Stella Sweeney, con quien tiene dos hijos.» «Su ex esposa es la escritora Stella Sweeney, quien triunfó internacionalmente con su edificante libro *Guiño a guiño*.»

Pero no dicen nada demasiado revelador. Por el momento. Puede que la cosa no pase de ahí.

Conecto el móvil con sumo recelo. Tengo veintiséis llamadas perdidas. Empieza a sonar al instante. Me lo alejo de la cara y escudriño la pantalla con un ojo cerrado. Es mamá.

—¿Qué pasa? —pregunto—. ¿Otra vez es día de supermercado? —Juraría que hemos ido hace nada.

—Tu padre quiere hablar contigo.

Tras cierto forcejeo y electricidad estática mientras el teléfono cambia de mano, la voz de papá dice:

—Sale en la tele.

—¿Quién?

—Ese idiota, Ryan Sweeney. Dice que va a regalar todas sus cosas. Sale en *Ireland AM*.

Agarro el mando y, para mi espanto, Ryan está efectivamente en *Ireland AM*. Se le ve delante de su casa, charlando animadamente. «... por cuestiones legales mis bienes más importantes serán entregados antes del Día Cero —está diciendo—. La casa que veis detrás se la he regalado a una organización benéfica para personas sin hogar. Mis abogados se ocupan de todos los trámites legales.»

—Muy encomiable —dice la entrevistadora, pero está reprimiendo una sonrisita. Piensa que Ryan está zumbado—. Volvemos a los estudios.

—No dejes que te afecte, pequeña —dice papá—. Ese Ryan es un inútil, siempre lo ha sido y siempre lo será. ¿Quieres venir a casa y montar un rato en el salvaescaleras?

8.56

Aparece Jeffrey.

—Salgo —dice—. A bailar.

—¿A bailar? ¡Qué... hum... normal! ¡Qué inesperadamente normal!

Hasta que caigo en la cuenta de que de normal no tiene nada. De que en realidad es una hora muy rara para ir a bailar. Bajo mi angustiado interrogatorio, Jeffrey me cuenta que su plan no es ir a una discoteca y beber hasta caer redondo. No. Va a una cosa llamada «taller de danza», donde «trabajará» las emociones.

Lo miro fijamente. Siento un deseo casi incontrolable de reírme. He de succionarme la lengua para no hacerlo. Requiere hasta el último ápice de mis fuerzas.

10.10

Llaman a la puerta. Me pego a la pared del dormitorio y, cual vaquero en un tiroteo, miro furtivamente por la ventana. No es un periodista, es Ryan, y estoy encantada de recibirlo porque apostaría lo que fuera a que el agobio de toda esta atención mediática le ha hecho recuperar el juicio de golpe.

—¡Entra, entra!

—Necesito hablar contigo —dice—. Me han llamado de *Saturday Night In*.

Saturday Night In es una institución en Irlanda: un programa de entrevistas presentado desde la Edad de Piedra por el dinosaurio televisivo Maurice McNice. Aunque su verdadero apellido era McNiece, todo el mundo lo llamaba McNice, pero a mí siempre me pareció un tipo malicioso y condescendiente. Dos meses atrás, sin embargo, Maurice McNice la palmó y pasó a la gran antesala del cielo, y la batalla entre los presentadores irlandeses para sucederlo fue reñida e implacable. El micrófono del poder lo ganó finalmente el habitante de mis sueños, Ned Mount.

—¿Y...? —pregunto con cautela.

—Pues que nos quieren a los dos en el programa. A ti y a mí juntos.

—¿Por qué? ¿Para qué?

—Porque tenemos una historia. Los dos. Tú, tus libros, y yo, mi arte.

—Ryan, estamos separados, nos estamos divorciando, no hay ninguna historia.

—No te iría mal un poco de publicidad.

—¡Ya lo creo que me iría mal! No tengo nada que promocionar. Estoy intentando pasar inadvertida. Estoy tratando de encauzar mi vida. Lo último que quiero es salir en la tele y contarle a todo el mundo lo mal que me va todo. ¡Y mírame la barriga! —Estoy prácticamente chillando—. ¿Cómo puede salir alguien en la tele con esta barriga?

—Yo solo no les intereso —admite—. Necesito que me acompañes.

Respiro hondo, muy hondo.

—Léeme bien los labios, Ryan. No pienso ir a *Saturday Night In* —pronuncio alto y claro.

—Qué frase tan larga y complicada —dice—. Menos mal que no soy sordo, porque no tendría ni idea de lo que has dicho.

—Pero como no eres sordo, lo has oído perfectamente. No pienso ir.

—Eres increíblemente egoísta. —Menea la cabeza como haría un actor de pacotilla para transmitir su desprecio—. Y moralista. Y de actitud rígida. ¿Sabes qué les ocurre a las personas que se niegan a doblarse? Que acaban rompiéndose. ¿Y todavía te preguntas por qué tu vida se ha desmoronado? Porque tú has hecho que ocurriera, porque tú lo has provocado. —Endereza la espalda y dice—: Conozco la salida.

Y aunque estoy muy, pero que muy disgustada, reflexiono sobre el hecho de que nunca antes he oído a una persona pronunciar esas palabras en la vida real.

11.17

Como cien gramos de requesón. No me levantan el ánimo como lo harían, por ejemplo, cien gramos de chocolate con leche.

12.09

Me siento frente al teclado y escribo la palabra «Joder».

12.19 - 15.57

Dejo de teclear y me pongo a meditar sobre mi vida. ¿Soy tan moralista y rígida como asegura Ryan? ¿Soy la única culpable de mis circunstancias actuales? ¿Podría haber hecho las cosas de otra manera?

No lo sé… Trato de no pensar en lo que ocurrió porque, sencillamente, duele demasiado. En aquel entonces decidí cortar por lo sano porque sabía que era la única manera de sobrevivir. No quería que me asaltaran las dudas de si había hecho lo correcto. Hice lo que hice porque no tenía elección.

Pero ¿y si me equivoqué…?

¡Muchas gracias, Ryan, por abrir esta caja de Pandora en mi cabeza!

15.59

Decido salir a correr. Poco rato. Para empezar a recuperar el hábito del ejercicio.

16.17

Me descubro todavía sentada frente al teclado.

Pero he tomado una decisión: tiro la toalla con esto del libro. No puedo hacerlo. No tengo nada que decir y no soporto la parte publicitaria. Sin embargo, necesito trabajar. Necesito ganar dinero. ¿Hay algo que sepa hacer? ¿Lo que sea?

Bueno, soy una esteticista experimentada.

¡Claro! Esa es la solución. ¡Voy a volver al mundo de la estética! Esas habilidades no se olvidan. Es como montar en bici, ¿no?

17.28

No, no es como montar en bici.

Llamo a Karen y cuando le cuento mi plan, dice:

—Hummm. ¿Sabes depilar patillas de mujer con hilo?

—Eh, no...

—¿Tienes experiencia en pedicuras médicas?

—Eh, no...

—¿Sabes utilizar las microagujas? ¿Puedes hacer mesoterapia?

—No. —Ni siquiera sé qué significan esas dos últimas cosas—. Pero puedo depilar con cera, Karen. Soy una bala.

—¡Con cera! La cera ha pasado a la historia. Te seré franca, Stella: yo no te contrataría y soy tu hermana. Te bajaste del carro de la estética, voluntariamente debo añadir, y avanza demasiado deprisa para que puedas volver a subirte a él.

17.37 - 19.53

Estoy sentada con la cabeza enterrada en las manos.

19.59

Reúno todos los PIM'S, mueslis y demás carbohidratos que hay en la casa y lo tiro todo al cubo de color marrón del jardín. Seguidamente, salgo con una botella de detergente líquido para echarlo por encima a fin de eliminar la tentación de rescatar algo. La señora Vecina-Que-Nunca-Me-Ha-Tragado aparece de repente. Me tiene por una trepadora. Y es que soy una trepadora; se llama movilidad social.

—El cubo marrón es solo para comida —dice—. No puede meter envoltorios en el cubo marrón. Los envoltorios van en el cubo verde.

Reprimo el impulso de rociarla a ella también con el detergente líquido. Entro en la cocina, regreso con unos guantes de goma y meto los envoltorios en el cubo correcto a regañadientes.

—¿Contenta? —pregunto.

—No —dice ella—. Nunca estoy contenta.

20.11

¿A qué hora resulta aceptable irse a la cama? Sospecho que no antes de las diez. De acuerdo, puedo esperar hasta las diez.

20.14

Me voy a la cama. Soy dueña de mi persona. Puedo hacer lo que quiera. No estoy atrapada en las estúpidas convenciones burguesas de nuestra sociedad.

20.20 - 3.10

No puedo dormir. Llevo casi siete horas dando vueltas en la cama.

3.11

Me duermo. Sueño con Ned Mount. Estamos en un tren cantando «Who Let the Dogs Out?». Yo tengo una voz sorprendentemente melódica y él es muy bueno ladrando.

«Curarse es más fácil si de verdad deseas curarte.»

Extracto de *Guiño a guiño*

—¿Stella? —preguntó una voz—. ¿Stella?

Abrí los ojos. Una mujer me estaba mirando con una sonrisa.

—Hola, siento despertarte. Soy Rosemary Rozelaar.

«¿Y?»

—Soy tu nueva neuróloga.

Sentí un martillazo en el corazón.

Rosemary Rozelaar sonrió de nuevo.

—Soy la sustituta del doctor Taylor.

Atrapada en mi cuerpo inmóvil, me quedé mirando a esa mujer de sonrisa agradable e insulsa.

No había visto a Mannix Taylor desde hacía diez días, desde aquella extraña visita el día de Navidad, cuando su esposa se materializó.

En teoría no tendría que haber esperado verlo; toda atención hospitalaria, salvo la más rutinaria, había sido suspendida hasta el primer lunes de enero. Pero Mannix Taylor se había interesado tanto por mi caso que pensaba que estábamos por encima del reglamento. Y la historia de la esposa apareciendo de repente en la UCI era demasiado extraña. Todo era muy extraño, incluida la prisa con que él se había largado, y yo merecía una explicación.

Cada día de la zona muerta entre Navidad y Año Nuevo había estado tensa y expectante, y cuanto más tiempo transcurría sin que Mannix Taylor viniera a verme más me enfadaba. Pasaba horas y horas ensayando las diferentes formas en que lo ignoraría cuando finalmente apareciera.

Pero no apareció. Y ahora esta mujer me estaba diciendo que Mannix Taylor no volvería.

¿Qué ha ocurrido?, empecé a parpadear como una loca.

—Espera —dijo Rosemary—. El doctor Taylor me contó que te comunicas con guiños. Si aguardas un momento, buscaré algo donde escribir.

Se dio la vuelta, buscando un trozo de papel. Ni siquiera sabía lo de la libreta en el esterilizador, y no pude evitar pensar que a estas alturas Mannix y yo ya llevaríamos seis frases.

La cabeza me iba a cien. A lo mejor Mannix había reducido sus horas de trabajo. A lo mejor había sufrido una tragedia de algún tipo y había tenido que dejar de trabajar.

Pero ya entonces sabía que no se trataba de eso.

Rosemary había encontrado finalmente papel y boli, y con tortuosa lentitud conseguí preguntarle:

—¿POR QUÉ SE HA IDO?

—Llevaba demasiados casos —respondió. Pero había algo furtivo en su mirada. No estaba exactamente mintiendo porque no conocía toda la historia, pero tampoco estaba exactamente diciendo la verdad—. Soy una neuróloga con mucha experiencia —continuó—. Comparto consulta con el doctor Taylor. Te aseguro que te atenderé tan bien como él.

Imposible. Mannix Taylor había ido más allá de sus obligaciones.

—NECESITO HABLAR CON ÉL —deletreé.

—Se lo diré.

Y volví a percibir esa mirada en sus ojos, casi de lástima: no se te habrá ocurrido perder la chaveta por nuestro Mannix Taylor, ¿verdad?

Dirigió su atención a un listado.

—Veo que varios de tus músculos están recuperado la movilidad —leyó—. ¿Por qué no me enseñas lo que puedes hacer? Así podremos utilizarlo como una base sobre la que trabajar.

Cerré los ojos y me recluí en las profundidades de mi mente.

—Stella. ¿Stella? ¿Puedes oírme?

Hoy no.

Estaba terriblemente deprimida. No lograba entender qué había sucedido con Mannix Taylor y conmigo, pero me sentía rechazada y humillada en extremo.

Los días pasaban y Rosemary Rozelaar me visitaba diligentemente, pero nunca mencionaba a Mannix y yo decidí no volver a preguntar por él.

Rosemary no tardó en expresar su consternación por lo mucho que se había ralentizado mi recuperación.

—Tu gráfica indica que antes de Navidad la cosa iba muy bien.

«¿No me digas?»

—Vas a tener que esforzarte más, Stella —añadió con severidad.

«¿No me digas?»

—¿Te gustaría preguntarme algo, Stella?

Tenía el bolígrafo preparado sobre una hoja de papel, pero me negué a parpadear. Solo había una pregunta de la que quería una respuesta y ya se la había formulado; no tenía intención de pasar por la humillación de planteársela otra vez.

Karen vino a verme más tarde ese mismo día.

—¡Espera a ver quién sale en *RSVP*!

Me puso delante de la cara una revista que mostraba una foto de Mannix Taylor (41) con su encantadora esposa, Georgie (38), en una fiesta de Fin de Año.

Mannix vestía un esmoquin negro y parecía un hombre ante un pelotón de fusilamiento.

—La alegría de la huerta, ¿eh? —dijo Karen—. No me dijiste que su esposa era Georgie Taylor.

«Eso es porque:

»No puedo hablar.

»No sabía que Georgie Taylor era "alguien".»

Karen no conocía personalmente a Georgie Taylor pero lo

sabía todo de todas las personas dignas de ser conocidas, y yo, para mi vergüenza, estaba ávida de información.

—Es la dueña de Tilt —me explicó Karen.

Tilt era una boutique especializada en esos extraños diseños asimétricos belgas. Yo había entrado un día y me había probado un abrigo asimétrico enorme, hecho de fieltro gris, que costaba un ojo de la cara. Las mangas estaban cogidas con grapas gigantes. Me miré en el espejo e intenté con todas mis fuerzas que el abrigo me gustara, pero parecía una extra de un drama medieval, donde salían montones de campesinos de aspecto achaparrado recorriendo largas distancias por caminos empedrados.

—Ella está fantástica, ¿no crees? —Karen paseó su ojo profesional por la foto—. Lifting de párpados y mandíbula, Botox alrededor de los ojos, relleno en las líneas de marioneta. Lo justo. Una belleza natural. Sin hijos —añadió deliberadamente.

Eso ya lo sabía.

—Les pega no tener hijos —continuó—. Interferirían en sus escapadas a Val d'Isère para esquiar y en sus fines de semana de último minuto en Marrakech.

No dije nada. Porque no podía, obviamente. Pero pensé, sorprendida, en lo poco que sabemos de la gente, en la de veces que nos tragamos la historia superficial que nos venden.

—Y ella no tiene treinta y ocho, sino cuarenta.

Sabía eso pero ¿cómo demonios lo sabía Karen?

—La hermana de Enda trabaja en la oficina de pasaportes. Vio la solicitud de Georgie para un pasaporte nuevo, y comprobó que tiene cuarenta años, aunque ella vaya por ahí diciendo que tiene treinta y ocho. No la culpo, todas mentimos sobre nuestra edad.

Conseguí preguntarle cuánto tiempo llevaban casados.

—No lo sé exactamente —dijo, dando vueltas a la información en su cabeza—. Bastante. No es algo reciente. ¿Siete años? ¿Ocho? Yo diría que ocho. —De repente frunció el entrecejo—. ¿A qué viene ese interés?

«Solo te estaba dando conversación…»

Relajó la frente, luego me miró casi enojada.

—Te gusta.

«No.»

—Eso espero —dijo—. Tienes un buen marido que se está dejando la piel para mantener la casa a flote. Recuerda que salió a comprar tampones para Betsy.

Dios. ¿Dejarían algún día de recordarme que Ryan había ido a comprar tampones para Betsy? Se había convertido en un cuento de la mitología irlandesa. Grandes hazañas llevadas a cabo por irlandeses: Brian Boru luchando en la batalla de Clontarf; Padraig Pearse leyendo la Proclamación de Independencia de Irlanda desde la escalinata de la Oficina Central de Correos; Ryan Sweeney comprando tampones para su hija Betsy.

Y por ahí venía el héroe mitológico en persona.

—Hola, Ryan —dijo Karen—. Toma, siéntate en mi silla, yo ya me iba.

Ryan tomó asiento.

—Puto enero. Hace un frío que pela ahí fuera. Tienes suerte de estar aquí, siempre calentita.

«¿Que tengo suerte?»

—Supongo que querrás noticias —prosiguió—. Bien, las baldosas para el hotel de Carlow todavía no han salido de Italia, ¿puedes creerlo? Ah —dijo, recordando algo—. Anoche fui a ese sitio.

«¿Qué sitio?»

—Sí, mujer, el Samphire, el restaurante para el que me regalaste el vale. Fui con Clarissa. Una cosa rápida después del trabajo. Está sobrevalorado, te lo digo yo.

Me invadió la ira. Cerdo egoísta. Pedazo de cerdo egoísta.

Viernes, 6 de junio

6.01

Me despierto y quiero morirme. Tengo mono de carbohidratos. He pasado antes por esto y es espantoso. No tengo energía ni esperanza. En la cocina me esperan los cien gramos de requesón a los que tengo derecho en el desayuno, pero no me apetecen.

Agarro el iPad y examino la situación de Ryan. Ha colgado centenares de objetos para regalar y sus cuatro blogs han recibido cientos de miles de visitas. La cobertura mediática es internacional y todos los artículos son positivos. Se habla del «nuevo altruismo» y del «altruismo en tiempos de austeridad».

9.28

Estoy en la cocina contemplando un cuenco de requesón y tratando de reunir fuerzas para comérmelo cuando llaman a la puerta.

Entro de puntillas en la sala de estar, echo un vistazo furtivo de vaquero-en-tiroteo por la ventana y casi me caigo de espaldas cuando veo que es Ned Mount. El de la tele. El de *Saturday Night In*. ¡Seguro que esto es cosa de Ryan!

Y sin embargo abro. Porque le tengo cierto aprecio. Ned me entrevistó en la radio cuando salió *Guiño a guiño* y fue generoso y amable conmigo. Y me ha regalado un filtro de agua. Aunque eso, en realidad, lo soñé, ¿no?

—Hola —digo.

—Ned Mount. —Me tiende la mano.

—Lo sé.

—No estaba seguro de si te acordarías de mí.

—Claro que me acuerdo. —Tengo un momento de debilidad en que temo que voy a hablarle de mis sueños—. Entra.

—¿Seguro? —La mirada le chispea y sonríe de oreja a oreja. Porque ese es su trabajo, me recuerdo.

Una vez en la cocina preparo una tetera.

—Te ofrecería una galleta —digo—, pero me he quitado los carbohidratos y tuve que vaciar la casa de cosas ricas. ¿Te apetece requesón?

—No lo sé… ¿Me lo aconsejas?

—No —reconozco.

—De modo que has vuelto a Dublín —comenta—. Pensaba que te habíamos perdido para siempre cuando te marchaste a Estados Unidos.

—Bueno. —Me remuevo en mi silla—. Entre una cosa y otra… Pero supongo que no estás aquí por el requesón.

—No. —Sacude la cabeza casi con pesar—. Stella… —Su mirada es sincera—. ¿Qué puedo hacer para convencerte de que salgas con Ryan en el programa de mañana?

—Nada —digo—. No puedo. No puedo salir en la tele. Todo esto es demasiado…

—¿Demasiado…? —me insta a continuar con su mirada amable.

—No puedo salir en el programa y fingir que todo va bien… cuando todo va mal.

He hablado en exceso. Las antenas de Ned Mount se han activado y yo estoy al borde de las lágrimas.

—Oye. —Intento recuperar el control—. No creo que Ryan esté actuando correctamente. Estoy preocupada por él. Creo que sufre una crisis nerviosa o algo por el estilo.

—En ese caso, ven al programa y dilo.

Hago una pausa para reflexionar sobre la poca vergüenza que tiene la gente que trabaja en los medios. Por mucho que intentes escurrirte de sus garras, siempre consiguen acorralarte.

—Podrías decir lo que piensas —continúa—. Estoy seguro de que mucha gente estaría de acuerdo contigo.

—Yo no. Me convertiría en la persona más odiada de Irlanda. Ned, yo solo quiero vivir tranquila.

—¿Hasta que tengas otro libro que promocionar?

—Lo siento —digo—. Lo siento de veras.

Me distrae un ruido extraño en el recibidor, como un bandazo. Es Jeffrey. Irrumpe en la cocina con el pelo alborotado. Me mira a mí y luego a Ned Mount, pero no parece que nos vea.

—He bailado veintidós horas sin parar. —Tiene la voz ronca—. Le he visto la cara a Dios.

—Sigue. —Ned Mount se inclina hacia delante con interés—. ¿Y cómo es?

—Peluda, muy peluda. Me voy a la cama. —Jeffrey se marcha.

—¿Quién era ese? —pregunta Ned Mount.

—Nadie. —Siento por Jeffrey un fuerte instinto de protección.

—¿Seguro?

—Seguro.

Nos miramos.

—Vale —cedo finalmente—, es mi hijo. Y de Ryan. Pero te lo ruego, Ned, no intentes convencerle para que vaya a la tele. Es muy joven y está un poco…

—Un poco…

—Un poco… metido en el yoga. Es vulnerable. Déjale en paz, por favor.

13.22

En su sondeo semanal online, la revista *Steller* ha votado a Ryan el hombre más sexy de Irlanda. Hay una foto suya, donde se parece al hermano menos guapo de Tom Ford. Curiosamente, en el número nueve aparece Ned Mount.

> «Puedes coquetear con el peligro,
> pero puedes apartarte del precipicio.»
>
> Extracto de *Guiño a guiño*

Mannix Taylor no volvió, y yo estaba tremendamente enfadada con él. Él, que tanto se quejaba de que el sistema hospitalario era inhumano, me había abandonado. Y ni siquiera se había despedido.

Rosemary Rozelaar estaba cada vez más preocupada por el estancamiento de mi progreso. Con el tiempo mi estado llegó a ser tan inquietante que hasta el escurridizo doctor Montgomery vino a verme para soltarme un discurso entusiasta.

—¿Que le dije el primer día que la vi? —me preguntó—. Dije: «Aguanta ahí, Patsy, aguanta». ¡Vamos! ¡No se quede a las puertas! ¡Aguanta ahí, Patsy, aguanta! —Extendió el brazo para englobar a su séquito, a las enfermeras y a Ryan, que estaba de visita—. Vamos, chicos, repetid conmigo: «Aguanta ahí, Patsy, aguanta».

El doctor Montgomery y el doctor Pánfilo DeGroot y todas las enfermeras de la UCI entonaron:

—Aguanta ahí, Patsy, aguanta.

—Más alto —dijo el doctor Montgomery—. Vamos, señor Sweeney, usted también.

—¡Aguanta ahí, Patsy, aguanta!

El doctor Montgomery se envolvió la oreja con la mano.

—No oigo nada.

—¡Aguanta ahí, Patsy, aguanta!

—¡Más alto!

—¡AGUANTA AHÍ, PATSY, AGUANTA!

—¡Una vez más, para darle suerte!

—¡AGUANTA AHÍ, PATSY, AGUANTA!

—Bien. —El doctor Montgomery sonrió—. Es suficiente. Señor, qué tarde. ¡El fairway me llama! ¡Que Dios les bendiga!

Dirigí la mirada hacia mi interior. Yo no me llamaba Patsy y no pensaba aguantar. Ni ahí, ni allí ni en ningún lugar.

El 15 de febrero todo cambió: de pronto decidí curarme. Ryan no me había regalado nada por el día de San Valentín, ni siquiera una tarjeta, y yo podía ver con una claridad escalofriante cómo se me estaba escapando la vida. Ryan estaba harto de mi enfermedad, y también los niños, y si no me reponía pronto ya no me quedaría nada a lo que volver.

Pero había algo más. Quería salir del hospital, alejarme del sistema y de la enfermedad que me habían hecho vulnerable a esa cosa extraña, lo que quiera que fuese, que había sucedido con Mannix Taylor. Sabía que una vez curada él dejaría de tener poder sobre mí.

Tomé las riendas de mi recuperación y empecé a mejorar prácticamente de un día para otro. Comencé a parpadear instrucciones a todas horas, y mi nueva determinación debía de ser patente porque todos me obedecían. Pedí y obtuve calmantes fuertes cuando mis nervios recién envainados empezaron a producirme hormigueos. Informaba a Rosemary Rozelaar de cada reacción nueva en mis músculos e insistía en que cada tarde me visitara un fisioterapeuta para ayudarme a ejercitarlos. Por las noches, cuando el fisio se iba, yo seguía flexionando y tensando los músculos hasta que se rendían de puro agotamiento.

El personal del hospital no tenía otros casos con los que poder compararme, pero yo sabía que estaban atónitos con el repentino ascenso de mi curva de recuperación.

A principios de abril ya tenía los músculos de las costillas y del pecho lo bastante fuertes para que me retiraran el respirador, primero durante sesiones de cinco segundos, luego de diez, y finalmente durante unos minutos. Tres semanas después ya respiraba sin ayuda y pasé de cuidados intensivos a una habitación en planta.

En mayo me levanté y di un paso. Poco después ya iba de un lado a otro, primero en silla de ruedas, luego con andador y por último con una muleta.

Otro gran hito fue recuperar la voz.

—¿Te imaginas que empezaras a hablar como una pija? —dijo Karen—. Como cuando a la gente le crece un pelo totalmente diferente después de la quimio. ¿Y si hablas como alguien sacado de *Downton Abbey*? Sería flipante.

Los últimos músculos en recuperarse fueron los de los dedos, y el primer mensaje de texto que logré enviar lo viví como un milagro.

A finales de julio me dieron el alta y un pequeño ejército se congregó para despedirse de mí: el doctor Montgomery, el doctor DeGroot, Rosemary Rozelaar y un sinfín de enfermeras, camilleros y ayudantes. Yo recorría los rostros con la mirada preguntándome si él aparecería. No apareció, pero para entonces ya me había reconciliado con la idea.

Era consciente de que algo extraño había pasado entre nosotros. Había existido algún tipo de conexión; de hecho, había existido desde el accidente de coche. Tras la colisión, habíamos tenido unos segundos de comunicación casi psíquica.

Era normal que me hubiese enamorado un poco de él; me hallaba en una situación vulnerable y él era mi noble defensor. Mannix, por su parte, tenía problemas graves y el proyecto de curarme le había dado algo en lo que volcarse.

Había hecho bien en ignorarme. Yo me debía a Ryan y a mi familia, y Mannix se debía a su esposa.

Las cosas en la vida, las relaciones, no «suceden sin más». Puedes coquetear con el peligro, puedes llevar tu matrimonio hasta el borde del precipicio y puedes retroceder. Puedes elegir; él había elegido, y le respetaba por ello.

El 28 de julio, casi once meses después de que comenzara aquel hormigueo, volví a ver mi dormitorio. Me había perdido todo un año escolar en la vida de mis hijos. Pero decidí no entristecerme, y la única manera de conseguirlo era regresar a mi antigua vida lo antes posible, ser todo lo buena esposa, madre y esteticista que pudiera ser. Y así lo hice, y me olvidé por completo de Mannix Taylor.

Lunes, 9 de junio

7.38

Me despierto y oigo la tele en la sala de estar. Jeffrey debe de estar levantado. Asustada, bajo y me siento a su lado en el sofá.

—Ya ha empezado —dice en un tono impasible.

Ireland AM está en antena y Alan Hugues está informando desde la calle de Ryan.

«En directo desde el Día Cero de Ryan Sweeney.» Casi está gritando a causa de la emoción.

El Día Cero empezó anoche en realidad; unos pocos madrugadores llegaron en camionetas y durmieron frente a la casa de Ryan. Parece el primer día de rebajas.

Alan está entrevistando a algunos aspirantes y preguntándoles a qué le han echado el ojo. «A la mesa de la cocina», dice una mujer. «A la ropa», declara otra. «Tiene la misma talla que mi novio. Va mucho a los juzgados por delitos menores y no le irían mal unos cuantos trajes elegantes.»

Al fondo hay un cordón de policías con chalecos reflectantes. Tras la deslumbradora aparición de Ryan en *Saturday Night In* —sí, al final la entrevista siguió adelante sin mí—, las autoridades, ante el temor de que se produjera una avalancha, habían establecido unas normas: la gente sería admitida en la casa en grupos de diez y podría permanecer en ella un máximo de quince minutos y coger únicamente aquello que pudiera transportar personalmente.

—¡Hay una gran animación! —Por detrás de la cabeza de Alan Hugues se ven tres hombres con un colchón de matrimonio sobre los hombros—. Hola, caballeros. Veo que han conseguido una cama.

—¡Sí, sí!

Los hombres se agachan para hablar por el micrófono. Pero el colchón es pesado e inestable, y como los hombres han detenido su impulso hacia delante, comienza a tambalearse y finalmente se inclina hacia un lado, golpeando a Alan Hugues y tirándolo al suelo en el proceso.

Esa parte tiene gracia.

7.45

—Soy Alan Hugues informando en directo desde debajo del colchón de Ryan Sweeney.

Se le oye pero no se le ve.

—Qué vergüenza. —Jeffrey suelta un gemido.

—¡Uno, dos, tres, ARRIBA! —Varios hombres aúnan fuerzas para levantar el colchón y liberar a Alan Hugues y a su micrófono.

El presentador se levanta despeinado pero sonriente.

—Ha sido flipante —comenta—. ¿Alguien tiene un peine?

—Jeffrey —digo—, el tuyo fue un parto muy difícil.

No responde, pero sus labios se tensan.

—Una auténtica agonía.

—¿Qué quieres?

—Duró mucho, veintinueve horas…

—Y se negaron a ponerte la epidural. Lo sé. ¿Qué quieres?

—Que vayas al Spar y me compres PIM'S.

Volveré a mi dieta rica en proteínas mañana. Pero ¿hoy? Imposible.

8.03 - 17.01

Jeffrey y yo permanecemos atentos mientras, a lo largo de todo el día, varias cadenas de radio y televisión emiten en directo desde Proyecto Karma. De tanto en tanto aparece Ryan, todo sonrisas y hablando de lo satisfecho que está con la manera en que se están desarrollando las cosas. Unas veces los entrevistadores lo alaban; otras, apenas pueden ocultar lo pirado que creen que está.

Es bochornoso, deprimente y, de hecho, muy aburrido. Y se va volviendo más aburrido conforme transcurre el día y la gente sale de la casa con cosas cada vez más pequeñas y cutres: cucharas deslustradas, móviles viejos, llaves de cobertizos que ya no existen.

Se intuye que el final está cerca. En torno a las cinco de la tarde una chica sale de la casa y sostiene un tarro de aceitunas ante la cámara.

—Es el último artículo. La fecha de caducidad es de hace dos años.

—Un momento —dice Jeffrey—. Papá está saliendo de la casa.

Efectivamente, por ahí aparece Ryan. Se detiene en la acera, delante de la casa que ya no le pertenece.

—Míralo —farfulla Ryan—. Hay que ser realmente gilipollas. Qué te apuestas a que suelta un discurso.

Ryan saborea el momento. Abre los brazos y anuncia a los medios de todo el mundo:

—Aquí estoy, ante vosotros, sin nada.

La gente aplaude y Ryan esboza una sonrisa tímida a la vez que hace un humilde gesto namasté; siento una rabia inmensa contra él.

Acto seguido alguien grita:

—Todavía llevas zapatos.

Ryan parece un tanto desconcertado.

—Es cierto —interviene otra voz del público—. Todavía llevas zapatos.

—Vale —dice efusivamente Ryan—. Tenéis razón.

Se quita los zapatos y estos desaparecen enseguida entre la multitud.

—Y ropa —señala alguien más.

—Y ropa —le secunda otra voz más fuerte—. No puedes decir que no posees nada si vas vestido.

Ryan titubea. Es evidente que no había contado con esto.

—Adelante —grita otro—. Quítate la ropa.

Ryan está empezando a parecer un conejillo acorralado, pero ha llegado hasta aquí, no le queda más remedio que ir hasta el final. Se desabrocha la camisa y la lanza hacia su público con gesto grandilocuente.

—¡Sigue!

Las manos de Ryan descienden hasta la cinturilla.

—Dios, no —susurro.

Se baja la cremallera y se sacude el tejano con un contoneo de cadera, luego se quita los calcetines y se los tira a la muchedumbre.

Solo le quedan los calzoncillos negros. Ryan se detiene. La gente está conteniendo la respiración. No se atreverá…

—No se atreverá —suplica Jeffrey.

Me llevo una PIM a la boca. No se atreverá. Engullo la PIM y me enchufo otra. Mi miedo es infinito. No se atreverá.

¡Se atreve! Provocativamente, empieza a bajarse los calzoncillos hasta desvelar su vello pubiano. La mitad de su pene asoma por el calzoncillo antes de que un espectador grite:

—¡Alteración del orden público!

Para ser precisos, es un delito contra la moral pública, y los agentes se abalanzan sobre Ryan antes de que emerjan los testículos.

Horrorizado, Jeffrey está gritando mientras la policía se lleva a Ryan envuelto en una manta. Un segundo después imágenes pixeladas de su pene están recorriendo el mundo. Gente de El Cairo, de Buenos Aires, Shangái, Ulán Bator, de todas partes, están contemplando el pene de mi ex marido. (Pero no en Turkmenistán, nos dice la voz en off. Por lo visto, allí tienen prohibido mirar penes por la tele.)

17.45

Ryan pasa la noche en el calabozo y lo sueltan con una amonestación. Alguien considerado que estaba entre el público le deja la ropa y los zapatos en la comisaría.

Martes, 10 de junio

7.07

Ryan sale al aire fresco y limpio de la mañana, se detiene delante de la comisaría y espera a que el universo le provea.

No lo hace.

ÉL

¿Te has fijado que cuando los famosos rompen con alguien y dos segundos después están saliendo con otra persona se aseguran de contar a todo el mundo que ambas historias no se solaparon? ¿Sí?

Pues probablemente mienten...

Era una noche de marzo y hacía casi ocho meses que había vuelto a casa del hospital. Ryan y yo nos habíamos ido a la cama a eso de las once y yo había caído redonda. Volvía a trabajar la jornada completa y siempre estaba agotada.

En algún momento durante la noche me desperté. Miré el reloj: las 3.04. No había duda de que mi insomnio me estaba haciendo una visita y me preparé para pasarme un par de horas en vela, hasta que caí en la cuenta de que lo que me había despertado era un ruidito, como un chasquido. Con todos los músculos tensos, agucé el oído, preguntándome si lo había imaginado.

Ryan seguía durmiendo profundamente. Estaba cogiendo de nuevo el sueño cuando volví a oír el chasquido. Sonaba en la ventana del dormitorio. Ryan se despertó bruscamente.

—¿Qué ha sido eso?

—No lo sé —susurré—. Lo he oído un par de veces.

Alargué el brazo para encender la luz.

—¡No enciendas! —espetó Ryan.

—¿Por qué no?

—Porque si es un ladrón, quiero sorprenderle.

Por Dios, no. No me hacía ninguna gracia que Ryan jugara a hacerse el héroe. Terminaría mal.

Se levantó de un salto, caminó hasta la ventana y escudriñó el oscuro jardín de delante.

—¡Ahí abajo hay alguien! —Aguzó la mirada. Había un poco de luz procedente de una farola.

—¿Llamamos a la policía? —pregunté.

—¡Es Tyler! —bufó Ryan—. ¿Qué diantre hace aquí a estas horas?

Tyler era el novio de Betsy. Nuestra hija estaba disfrutando de su primera relación de verdad y Ryan y yo lo encontrábamos enternecedor. Bueno, por lo menos hasta ese día.

Se oyó otro chasquido.

—Está arrojando piedras —me informó Ryan.

—¿Qué hemos hecho? —Era evidente que veía demasiados dramas de hombres acusados injustamente de pedofilia y expulsados de su pueblo.

—Chis —susurró Ryan—. Chis. Escucha.

Entonces lo oí. Una risita. De Betsy.

—Sube —dijo su voz, transportada por el aire frío y quedo de la noche.

Me acerqué de puntillas a la ventana y observé incrédula cómo Tyler echaba a correr resueltamente hacia la casa y trepaba un par de metros por el muro antes de estamparse contra el suelo.

—¡Joder! —Ryan se puso a andar por el cuarto buscando algo que ponerse.

—Déjamelo a mí.

No soportaba que me vieran sin maquillar —habría agradecido aunque fuera un poco de rímel—, pero Ryan se alteraba demasiado con estas cosas.

Bajé en bata y abrí la puerta de la calle.

—Hola, Tyler.

—Oh, hola, señora Sweeney.

Lo observé en busca de indicios. ¿Estaba borracho? ¿Fumado? Pero parecía el muchacho guapo y dueño de sí mismo de siempre.

—¿Puedo ayudarte en algo? —le pregunté con cierto sarcasmo.

—Solo quería saludar a Betsy.

Levanté la vista justo en el momento en que mi hija cerraba a toda prisa la ventana de su cuarto.

—¿Te apetece un café? —pregunté.

Tyler sonrió.

—Es un poco tarde, ¿no cree?

—Exacto —convine—. Es tarde. ¿Te acompaño a casa?

—No es necesario, señora Sweeney, he venido en mi coche.

Tyler lo señaló con el pulgar por encima del hombro. Y pese a lo absurdo de la situación, no pude evitar sentir una punzada de orgullo por el hecho de que el novio de mi hija tuviera coche.

—Bien. Vete a casa, anda. Mañana hay colegio. Ya verás a Betsy entonces. Buenas noches, Tyler.

—Buenas noches, señora Sweeney.

Subí las escaleras corriendo y entré en el cuarto de Betsy, que se hizo la dormida.

—Sé que estás despierta —dije—. Y esto no va a quedar así.

Cuando entré en nuestro dormitorio, encontré a Ryan fuera de sí.

—Ponerse a tirar piedras como un jodido Romeo y luego intentar trepar por la pared como... ¡como Spiderman!

Yo estaba deseando dormir. Siempre estaba cansada.

—Nos ocuparemos del asunto mañana.

—Será mejor que hables con ella —dijo Ryan—. De los métodos anticonceptivos, me refiero. No quiero que llegue a casa con un bombo.

Siguiendo el consejo de los expertos, yo mantenía «charlas» regulares con Betsy en las que intentaba descubrir si era sexualmente activa, pero mi hija defendía mojigatamente su virginidad. Sus amigas y ella utilizaban palabras como «guarra» y «asquerosa» para referirse a las compañeras de clase que la habían perdido. Yo, por mi parte, me alegraba de no haberlas conocido a mis diecisiete.

Cada vez que Betsy y yo teníamos «la charla», le insistía en que debía empezar a tomar la píldora si el chico le «importaba» de verdad. Ahora me daba cuenta de que mi hija había sido una gazmoña tanto tiempo que yo acabé creyendo que siempre lo sería.

—¿No podríamos hacerlo juntos? ¿Tú y yo? —pregunté a Ryan.

—¿Tienes idea de lo estresado que estoy? Encárgate tú de hablar con ella. Yo debo trabajar. No tengo tiempo.

—Está bien. Perdona.

Yo también tenía un trabajo, pero desde mi regreso del hospital el sentimiento de culpa teñía todo lo que hacía.

Al día siguiente Ryan me despertó, ya vestido, y se inclinó sobre mí.

—Asegúrate de tener esa charla con Betsy —dijo— si no quieres que te haga abuela antes de los cuarenta.

Bajó pesadamente las escaleras y se marchó con tal portazo que la casa tembló.

Me levanté y llamé a la puerta de Betsy.

—¿Puedo entrar, cariño?

Alzó tímidamente la vista.

—Me encanta veros a ti y a Tyler tan felices. —Me senté en la cama, a su lado—. Pero tu padre y yo queremos asegurarnos de que te protejas.

—¿De que me proteja? —De pronto lo entendió—. ¿Te refieres a…?

Me encogí de hombros.

—A que utilices algún método anticonceptivo.

Me miró con cara de asco.

—Si quieres —proseguí, titubeante—, podemos ir a ver al doctor Quinn.

—Mamá, eres vomitiva. —Se hundió los pulpejos de las manos en los ojos y gritó—: ¿Papá y tú habéis hablado de esto?

Asentí.

—Eso. Es. Súper. Asqueroso. —Se incorporó en la cama y dijo—: Necesito que salgas de mi cuarto.

—Betsy, tu padre y yo solo queremos ayudarte.

—¡Estás en mi espacio!

—Pero...

—¡Fuera! —chilló.

—Lo siento.

Lo intentaría de nuevo más tarde, cuando se hubiese calmado. Salí apresuradamente del cuarto y choqué con Jeffrey.

—¡Genial! —dijo—. Suena bien, tío Jeffrey. ¿Y tú quieres que te llame abuela Stella o solo abuelita?

—Hubo un tiempo —le contesté— en que me querías tanto que deseabas casarte conmigo.

Bajé, me senté en la cocina y, temblando, di sorbos a una taza de té.

Nuestra casa era una olla a presión. Estaba tratando de recordar si nuestra familia había sido siempre tan combativa. Quizá ese grado de irascibilidad familiar fuera normal. ¿Podía ser que durante los meses que había pasado en el hospital hubiera idealizado nuestra vida?

En el fondo conocía el motivo. Ryan, Betsy y Jeffrey, pese a no ser conscientes de ello, estaban enfadados conmigo por haber estado enferma tanto tiempo. Jeffrey era el que más resentimiento abrigaba; una extensa gama de emociones desagradables hervían dentro de él. Betsy estaba empezando a reaccionar ahora y tenía que reconocer que a Ryan y a mí tampoco nos iba demasiado bien.

Antes solía gastar la broma de que nunca teníamos sexo, pero ahora nunca teníamos sexo de verdad. Al poco de mi regreso del hospital lo hicimos una vez; de eso hacía más de siete meses y no se había repetido.

Sentada en la cocina, el pánico se adueñó de mí. Tenía que hacer algo. Tenía que coger el toro por los cuernos y arreglar las cosas.

Una noche romántica era la solución. Ryan y yo necesitábamos unas horas lejos de los niños y de sus emociones fluctuantes. Nada demasiado elaborado. Y ni hablar de pelucas y falsas identidades, como Karen y Enda. Simplemente volver a conectar ante una buena cena y unas copas. Puede que hasta me comprara ropa interior nueva...

Impulsada por un arrebato de esperanza, pregunté a Karen si me haría de canguro y llamé al hotel Powerscourt porque todo el mundo iba allí para una cita romántica. Reservé una habitación para el jueves, dentro de dos días. No tenía sentido posponerla. Las cosas debían recuperar la normalidad lo antes posible.

Llamé a Ryan, que contestó con un:

—¿Qué pasa ahora?

Empleando un tono pícaro, dije:

—Espero que no tengas planes para el jueves por la noche.

—¿Por qué? ¿Quién quiere que haga qué?

—Tú y yo, Ryan Sweeney, vamos a tener una noche romántica.

—No tenemos dinero para una noche romántica.

Nuestra situación económica era precaria; mi año en paro había minado nuestra economía y dos meses atrás los últimos inquilinos de la casa de Sandycove nos habían comunicado que se marchaban, y todavía no habíamos encontrado sustitutos.

—A veces hay que priorizar —dije.

—Las noches románticas son demasiado cursis.

—Tú y yo vamos a tener una noche romántica —insistí en un tono resuelto y desafiante—, y vamos a pasarlo muy bien.

El jueves por la tarde fui a la peluquería y metí en una bolsa de fin de semana un vestido sexy, unos zapatos de tacón y —sí— unas bragas nuevas. Karen llegó a casa y nos tomamos una copa de vino en la cocina mientras esperábamos a que Ryan viniera a recogerme.

Jeffrey reparó en mi pelo y en la bolsa de fin de semana y declaró con una mueca de desdén:

—Eres patética.

—Si fueras mi hijo y me hablaras de ese modo —dijo Karen—, te daría un tortazo que te tendría una semana viendo las estrellas.

—¿Eso harías? —Jeffrey parecía ligeramente impresionado.

—Ya lo creo, y te sentaría de miedo. Aprenderías a ser respetuoso.

—Pero no puedes hacerlo —repuso Jeffrey—. Existen leyes.

—Una verdadera lástima.

Me sonó el móvil. Ryan. Me levanté y cogí la bolsa.

—Es Ryan. Probablemente esté esperando fuera. —Pulsé el botón de responder—. Ya salgo.

—No, espera. Me he retrasado. Ve al hotel por tu cuenta. Me reuniré contigo allí.

—¿A qué hora? —La decepción empezó a abrirse paso dentro de mí.

—No lo sé, en cuanto solucionemos el problema con la bañera. No cabe por la puerta. Algún gilipollas la midió mal y…

—Vale.

No necesitaba oír más. A lo largo de mi matrimonio con Ryan había oído todos los Grandes Dramas con los Cuartos de Baño habidos y por haber y ya habían perdido su capacidad de cautivarme.

—Me voy, Karen —dije—. Gracias por quedarte. No dejes salir a Betsy. No dejes entrar a Tyler. Si se presenta la oportunidad, habla con Betsy sobre el control de natalidad.

—Un buen tortazo es lo que necesita ella también. Y ese Tyler. Si pudiera, les daría a todos un tortazo que les haría ver las estrellas.

Mientras hacía en coche la media hora de trayecto hasta el Powerscourt me repetía mentalmente: Estoy contenta, estoy contenta, estoy contenta. Me dirijo a una cita romántica con un hombre sexy.

De hecho, era mejor que fuera por mi cuenta, decidí. Llegaríamos por separado, como si prácticamente no nos conociéramos.

Me registré en el hotel y deambulé por la adorable habitación sintiéndome un tanto ridícula. Me senté en la cama, admiré las vistas, comprobé cuánto me costarían los Pringles del minibar y lamenté no tener a nadie conmigo para compartir mi indignación por el desorbitado precio.

Al rato decidí ir al jacuzzi y me dije que a mi regreso Ryan ya habría llegado.

Pero en el jacuzzi no conseguí relajarme —no solo porque temía salpicarme mi peinado de peluquería sino porque en realidad no era una gran amante del agua—, y cuando volví a la habitación Ryan aún no había llegado. Cansada de esperar, me tumbé en la cama y, cuando quise darme cuenta, Ryan estaba de pie frente a mí. Me había quedado dormida.

—¿Qué hora es? —pregunté medio atontada.

—Las nueve y diez.

—Vaya, nos hemos perdido la cena. —Me senté en la cama e intenté sacudirme el sueño de encima. Agarré el teléfono—. Espera, todavía estamos a tiempo.

—No, no llames. Pediremos que nos la suban a la habitación.

—¿Seguro? El restaurante es muy bonito…

—Es muy tarde y estoy muerto.

A decir verdad, yo también estaba muerta, así que pedimos dos sándwiches de beicon, tomate y lechuga y una botella de vino y comimos en silencio.

—Las patatas están buenas —dijo Ryan.

—Están exquisitas —respondí, aferrándome a esa gema conversacional.

—¿Te importaría llamar a Karen? Para asegurarnos de que Tyler no se ha colado en casa y está preñando a nuestra hija mientras hablamos.

—Olvidémonos de eso por esta noche.

—No puedo quitármelo de la cabeza.

Reprimí un suspiro y llamé a Karen.

—¿Todo bien?

—Genial.

Pero había algo extraño en su voz.

—¿Qué?

—Bueno, tuve una conversación con Betsy. Está haciéndolo con ese Tyler.

—Dios. —Aunque ya lo sabía pero me había negado a admitirlo.

—Utilizan condones.

Oh. Me entraron ganas de llorar. Mi pequeña…

—Le he dicho que debería tomar la píldora. Dijo que irá a Well Woman, pero no contigo.

—¿Por qué no?

—Porque las adolescentes son unas cabronas. Dice que irá conmigo. La llevaré la semana que viene.

—Oh. Vale. —Esto era mucho para procesar y estaba intentando no tomármelo como algo personal—. ¿Y cómo está Jeffrey?

—¿Jeffrey? Jeffrey es otro cabrón.

Colgué, presa de la angustia, y cuando me di la vuelta para darle la noticia a Ryan descubrí que se había metido en la cama y dormía profundamente.

Vale. Yo también estaba muerta. Pero mañana por la mañana, pasara lo que pasase, echaríamos el polvo del siglo.

Desayunamos en la cama. Estábamos envueltos en albornoces blancos, comiendo piña y bebiendo café.

—Está rico —dijo Ryan devorando un hojaldre—. Lleva almendra, ¿verdad? ¿Quieres el tuyo?

—Eh, no, cómetelo.

—Gracias. ¿Y qué es esto? ¿Una magdalena? —Se pulió la cesta de la bollería y luego gruñó—: Estoy a tope.

Se tumbó en la cama y se frotó la barriga. Me arrimé un poco más a él y empecé a deshacerle el nudo del albornoz.

Ryan se puso tenso y saltó de la cama.

—Esto es demasiado forzado. No puedo relajarme. Prefiero trabajar.

—Ryan…

Corrió hasta el cuarto de baño y se metió en la ducha. Segundos después estaba de regreso y vistiéndose.

—Tú no tienes por qué irte —dijo—. Tenemos la habitación hasta las doce, ¿no? Pide un masaje, o lo que te apetezca, pero yo me voy a trabajar.

Cerró la puerta tras de sí con un golpe seco. Esperé unos minutos. Luego, despacio, empecé a recoger mis cosas y me fui a trabajar también.

Cuando llegué al salón de belleza, Karen estaba frente al ordenador.

—No te esperaba hasta mediodía.

—La noche romántica terminó pronto.

—Oh. En fin —dijo en un extraño tono entrecortado—, ¿sabes quién tiene novio nuevo?

—¿Quién?

—Georgie Dawson.

—¿Quién?

—Puede que la conozcas mejor como Georgie Taylor.

Tras un silencio, pregunté:

—¿Y por qué me lo cuentas?

—Ese Mannix Taylor y su mujer se han separado. Van a divorciarse.

—¿Que por qué me lo cuentas?

Su cara era de pocos amigos.

—No lo sé. Me estaba preguntando si ya lo sabías.

—¿Estás loca? No sé nada de él desde hace… —Conté—. Más de un año. Quince meses.

Karen pulsó el ratón con vehemencia un par de veces.

—La chiflada de Mary Carr viene esta tarde para una depilación de toto.

—No hubo nada entre él y yo —dije.

—¿Por qué la mujer con el toto más peludo de Irlanda tiene que elegirnos a nosotras para una depilación…? —murmuró Karen—. Sí lo hubo, Stella. —Sus rasgos eran duros bajo la luz proyectada por la pantalla—. No sé qué exactamente, pero lo hubo. —Parecía preocupada—. Sabes que en la vida real nunca encajarías, ¿verdad?

—Sí. —Nunca confesaría que me había enamorado, o lo que quiera que había sido.

—Es un pijo y tiene mala leche.

—Ryan también tiene mala leche.

—Ryan es genial.

—Ya lo creo —convine—. ¿Sabes que mientras yo estaba en el hospital salió una noche a comprar tampones para Betsy?

—Sí, lo sabía. Oh, ja, ja, ja —repuso, sarcástica—. Eres la monda.

—Dime, ¿qué me toca hoy? ¿Tengo muy llena la agenda? ¿Me da tiempo de ir a ver al doctor Quinn?

—¿Para qué quieres verlo?

—Porque siempre estoy cansada.

—Todo el mundo está siempre cansado.

—Tú no. Además, quiero asegurarme de que todo va bien, de que el síndrome de Guillain-Barré no está amenazando con reaparecer.

—No lo hará. Es tan raro que es alucinante que lo contrajeras la primera vez. Pero es un día tranquilo, puedes irte.

El doctor Quinn me sacó una muestra de sangre.

—Podrías estar anémica —explicó—. Quizá deberías hacerte un reconocimiento con tu especialista del hospital. Pide hora hoy porque tardarán siglos en encontrarte un hueco. Así funcionan los especialistas —dijo con envidia—. Trabajan media hora al día. El resto del tiempo están jugando al golf.

Tragué saliva.

—¿A quién debo ver? ¿Al especialista o al neurólogo?

—No lo sé. Al especialista, supongo.

—¿Al neurólogo no? Lo digo porque mi problema era neurológico.

—Es verdad. Entonces, al neurólogo.

Salí a la calle para hacer la llamada. En cuanto el teléfono empezó a sonar, colgué. El corazón me latía con fuerza y me sudaban las manos. Mierda. ¿Qué estaba haciendo?

Llamé de nuevo y esta vez esperé a que contestara una mujer.

—Querría pedir hora —dije.

—¿Con el doctor Taylor o con la doctora Rozelaar?

—Bueno… primero fui paciente del doctor Taylor pero luego me derivaron a la doctora Rozelaar. Lo mejor será que se lo pregunte al doctor Taylor.

—No puedo molestarle con un pregunta administra…

La interrumpí.

—En serio, creo que lo mejor es que lo decida él.

Algo en mi tono la hizo ceder.

—Deme su nombre, pero le advierto que el doctor Taylor tiene una lista de espera larga. La llamaré en cuanto sepa algo.

Permanecí en la acera, en la fría tarde de marzo, y entré en estado de hibernación. Pasados diez minutos me llamó la mujer. Parecía desconcertada.

—He hablado con el doctor Taylor. Dice que es él quien debe visitarla. Casualmente, hoy tiene un hueco.

—¿Hoy?

Vale.

Escaquearme del trabajo fue fácil. Solo tuve que decirle a Karen que el doctor Quinn temía una posible recurrencia del Guillain-Barré para que me empujara hacia la puerta. No quería que volviera a caer enferma. La última vez le había causado muchos problemas.

Dije que mi cita era con el «especialista», y Karen dio por sentado que me refería al doctor Montgomery, porque sonrió y comentó:

—Salúdale de mi parte.

No sentí la necesidad de sacarla de su error.

Tenía hora a las cuatro. Fui en coche hasta la clínica Blackrock, estacioné y aguardé a que mi cuerpo saliera del coche, pero no se movió.

Me sorprendía lo que estaba ocurriendo. Pero ¿qué estaba ocurriendo exactamente? ¿Y qué pretendía Mannix Taylor?

A lo mejor me había dado hora enseguida por puro interés profesional. Era la explicación más probable.

Pero ¿y si no lo era?

¿Y si había algo más?

Existían grandes posibilidades de que me estuviera engañando a mí misma. Sabía cómo funcionaba la vida; las personas acababan con parejas de su mismo «ambiente»: gente del mismo grupo socio-económico, del mismo nivel cultural y con un atractivo similar. Mannix Taylor y yo pertenecíamos a mundos diferentes. Yo era bonita, según decían, pero no llamaba la atención, mientras que él no poseía una belleza convencional pero era… sexy. Ya está, por fin me había atrevido a reconocerlo: Mannix Taylor era sexy.

O al menos lo era la última vez que lo había visto, quince meses atrás. Cuando estaba muy enferma, por lo que probablemente no era un testimonio demasiado fiable.

Ya eran las cuatro menos cinco, tenía que ponerme en marcha. Contemplé el edificio. Mannix Taylor estaba ahí dentro, en algún lugar, esperándome.

Me estremecí solo de pensarlo.

Estaba esperándome.

Y si yo bajaba del coche y entraba ahí, ¿qué pasaría?

Puede que nada.

Puede que Mannix Taylor no estuviera buscando nada. O que cuando volviera a verlo no me pareciera tan…

Pero ¿y si me lo parecía?

Entonces ¿qué?

Yo nunca había engañado a Ryan. Ni siquiera había estado a punto. Sí que de tanto en tanto algún hombre me recordaba que era una mujer. Semanas atrás, en una gasolinera, un tipo de buen ver se puso a hablarme de mi coche —un Toyota más soso que el agua de fregar— y cuando me percaté de que estaba ligando conmigo, me alejé complacida y algo nerviosa.

En las reuniones mensuales del club de lectura del que era miembro intervenía con igual entusiasmo que las demás cuando hablábamos de con quién nos lo montaríamos si nos permitiéramos una noche loca extramatrimonial. De hecho, en esas reuniones no hacíamos otra cosa. Nadie se leía los libros, únicamente bebíamos vino, hablábamos de las vacaciones que no podíamos permitirnos y nos preguntábamos si Bradley Cooper era un «martillo» o un muchacho «dulce y delicado».

¿Y Ryan? ¿Me había engañado alguna vez?

No lo sabía. Y no quería saberlo. Seguro que había tenido multitud de oportunidades, muchas más que yo. Viajaba con frecuencia, y a veces yo me preguntaba cómo había canalizado sus impulsos sexuales durante mi estancia en el hospital…

… y cómo los canalizaba ahora, en vista de que ya no quería tener sexo conmigo.

Por un momento vi mi vida desde fuera y el miedo me envolvió. Siete meses sin sexo era mucho tiempo en un matrimonio. Tras veinte años de relación nadie espera seguir arrancándose la ropa día y noche, todo el mundo pasa por períodos de sequía, pero aun así siete meses era mucho tiempo.

Puede que Ryan tuviera una amante. A veces me preguntaba sobre él y Clarissa. Pero Ryan estaba siempre demasiado malhumorado. Si estuviera engañándome, ¿no se sentiría culpable y me colmaría de vez en cuando de flores y mimos?

En estos momentos me sentía muy lejos de Ryan. Había intentado un acercamiento con nuestra noche romántica y había fracasado.

Y aquí estaba ahora, todavía en el coche, a las cuatro y un minuto. Debería ponerme en marcha, pero el miedo me tenía paralizada.

Si bajaba del coche y me metía en ese edificio, existía la posibilidad de que estuviera entrando en una nueva vida. O por lo menos saliendo de la que tenía.

Me permití imaginarme con Mannix Taylor: era la pareja de

un neurólogo y vivía en una casa bonita y había obtenido la custodia plena de Betsy y Jeffrey, y ellos estaban encantados con Mannix y Mannix con ellos, y Ryan aceptaba la situación sin problemas y todos éramos amigos.

Tendría que tratar con las hermanas de Mannix adictas al consumo y con padres adictos al juego, desde luego, y tal vez Georgie no me lo pusiera fácil, pero nadie tiene una vida perfecta, ¿verdad?

Pero ¿y si entraba en la consulta de Mannix Taylor y entre nosotros saltaba la chispa y acabábamos teniendo una aventura de tres semanas, lo bastante corta para no significar nada pero lo bastante larga para destruir por completo mi familia? Eso no sería bueno.

Eran las cuatro y siete minutos. Ahora llegaba tarde de verdad. Mannix estaría empezando a pensar que no me presentaría.

Debía preguntarme, cuando menos, qué me estaba ocurriendo. ¿Estaba aburrida? ¿Acaso todo el mundo pasaba por esta fase en su matrimonio? ¿Por la fase de tratar de ser otra persona?

Una cosa sí tenía clara: solo se vive una vez. Recordé haber pensado eso mismo mi primera noche en el hospital, cuando creí que iba a morir: solo se vive una vez y hay que intentar ser lo más feliz posible.

Pero a veces nuestra vida no nos pertenece. Yo era una mujer con responsabilidades: estaba casada y tenía dos hijos.

Quería a Ryan. Probablemente. Y aunque no le quisiera no podía romper mi hogar. Betsy y Jeffrey lo habían pasado muy mal durante el tiempo que estuve en el hospital. En el libro mayor de la vida yo estaba en números rojos con ellos. Puede que para siempre.

Tendría que encontrar otra forma de llenar el vacío que parecía anhelar a Mannix Taylor. Tendría que… buscarme una nueva afición. Puede que hiciera un curso de budismo. O de meditación. O tal vez probara la doma clásica.

Contemplé la puerta de la clínica y me imaginé a Mannix saliendo por ella y corriendo hacia mi coche y diciéndome que tenía que estar con él. Entonces pensé: ¿por qué querría alguien como él estar con alguien como tú?

Las cuatro y cuarto. Hice un trato conmigo misma: contaría hasta siete y si Mannix no aparecía, me marcharía.

Así que conté hasta siete y, aunque numerosas personas salieron del edificio —era viernes por la tarde, muchos empleados volvían a casa—, Mannix Taylor no estaba entre ellas.

Decidí volver a contar hasta siete, pero tampoco apareció esta vez. Bien, probaría de nuevo. Tras el octavo o noveno intento, giré la llave del contacto, arranqué el coche y me fui.

No había nadie en casa. Jeffrey estaba de viaje con el equipo de rugby del colegio. Betsy dormía ese día en casa de Amber, y era cierto que estaba en su casa y no por ahí montándoselo con Tyler, porque yo había hablado con la madre de Amber.

¿Y dónde estaba Ryan? No había hablado con él en todo el día, así que supuse que estaba trabajando.

Abrí una botella de vino e intenté leer, pero no podía concentrarme. Se me pasó por la cabeza llamar a Karen o a Zoe, pero no sabía cómo verbalizar mis extraños sentimientos.

Eran cerca de las diez cuando Ryan llegó a casa, y se fue directamente arriba. Le oí trajinar por el cuarto. Después oí el agua de la ducha. Finalmente bajó y entró en la sala.

—¿Queda vino? —preguntó mirando el móvil que sostenía en la mano.

Le serví una copa y pregunté:

—¿Qué tal tu día?

—Mi día —respondió sin apartar los ojos del móvil— ha sido una puta mierda.

—¿Ah, sí?

Mientras tecleaba un mensaje, dijo:

—Todos mis días son una puta mierda. Odio mi vida.

Un lento escalofrío me erizó los pelos de la nuca.

—¿Qué es lo que odias?

—Todo. Odio mi trabajo. Odio tener que hacer cuartos de baño. Odio a los gilipollas con los que debo tratar. Odio a los proveedores que me sacan el dinero. Odio a mis estúpidos clientes con sus limitadas ideas. Odio… —Le sonó el móvil y miró el número—. Que te jodan —espetó—. No pienso hablar contigo. —Arrojó el móvil al sofá y el timbre calló al cabo de un rato.

Yo estaba acostumbrada a que Ryan despotricara de su trabajo, pero hoy era diferente, porque había renunciado a mi vida imaginaria con Mannix Taylor para estar con él.

De repente me mareé. La visita al estacionamiento de la clínica Blackrock había removido en mí un montón de sentimientos. Pensaba que había conseguido sofocarlos, pero la amargura de Ryan había vuelto a liberarlos.

—¿Y los niños? —me oí preguntarle—. ¿Te hacen feliz?

Me miró por primera vez desde su llegada. Parecía sorprendido.

—¿Bromeas? Jeffrey tiene una mala uva impresionante. Y Betsy es tan jodidamente… risueña. O lo era hasta que empezó ese estúpido flirteo con Tyler. Les quiero, no me malinterpretes, pero no me hacen feliz.

Entonces lo dije:

—¿Y yo?

De pronto, su mirada se volvió desconfiada.

—¿Y tú?

—¿Te hago feliz?

—Claro que sí.

—¿En serio? ¿En serio te hago feliz? Siéntate, Ryan. —Di unas palmaditas en el sofá—. Y antes de que respondas, permíteme decirte algo: solo se vive una vez.

Asintió con cierto titubeo.

—¿Por qué lo dices?

—Porque más te vale ser feliz. Volveré a preguntártelo, Ryan. ¿Yo te hago feliz?

Tras una larga, larguísima pausa, dijo:

—Si lo planteas así… no, no me haces feliz. Pero —se apresuró a añadir— tampoco me haces infeliz. Es más bien indiferencia.

—Ya.

—No debiste contraer esa enfermedad —añadió en un repentino arranque de rabia—. Eso fue lo que lo estropeó todo.

—Tal vez.

—Seguro.

Hacía años que no hablábamos con tanta franqueza.

—Sé que no me lo has preguntado —dije—, pero tú tampoco me haces feliz.

—¿No? —Parecía asombrado—. ¿Por qué no?

—Porque no.

—Pero…

—Lo sé, eres genial, siempre me apoyaste mientras estuve en el hospital… Eres genial, Ryan. —Ni siquiera sabía si estaba siendo sincera. En cierta manera, sí.

—Y…

—Lo sé, saliste a comprarle tampones a Betsy. No muchos hombres harían eso.

Tras un silencio, dijo:

—¿Qué vamos a hacer?

Casi no podía creer mis propias palabras cuando declaré:

—Creo que vamos a separarnos.

Ryan tragó saliva.

—¿No te parece un poco… drástico?

—Ryan, ya no tenemos sexo. Somos como amigos… que no se tratan demasiado bien.

—Yo te trato bien.

—No es cierto.

—No sé si es una buena idea, Stella. ¿No podríamos ir a terapia?

—¿Quieres ir terapia?

—No.

—Pues eso.

—Me sentiré muy solo.

—Ya conocerás a alguien. Eres guapo, te ganas bien la vida. Eres un buen partido.

Entre nosotros se generó una energía extraña. Era el momento idóneo para preguntarle si me había engañado alguna vez. Pero no quería saberlo. Ya no importaba.

—Tengo cuarenta y un años —dijo.

—Hoy todavía se es joven a los cuarenta y uno.

—Y necesito un tipo determinado de mujer —continuó—. Alguien que me reconozca como un artista. Con eso no quiero decir que todo deba girar a mi alrededor pero…

—No te preocupes, ahí fuera hay miles de mujeres adecuadas para ti.

—¿Y los niños?

Guardé silencio. Mis hijos eran mi principal preocupación.

—Será un duro golpe para ellos. O no. —Empecé a repensármelo—. Quizá deberíamos esperar a que sean un poco más mayores. A que Jeffrey tenga los dieciocho.

—¿Más de dos años? Ni hablar, Stella. Dicen que para los hijos es igual de perjudicial ser criados por unos padres que no se quieren que por unos padres separados.

¿Que no se quieren? Poco a poco nos íbamos adentrando en terreno desconocido.

—¿Quién se quedará la custodia? —preguntó Ryan.

—La compartiremos, supongo. A menos que quieras la custodia total.

—¿Bromeas? —En un tono más calmado, añadió—: No, no, la compartiremos. No puedo creer que estemos hablando de esto. —Miró a su alrededor—. ¿Realmente está ocurriendo?

—A mí me pasa lo mismo. Tengo la sensación de estar soñando, pero sé que es real.

—Esta mañana, cuando me desperté en el hotel, no tenía ni idea de que esta noche… Pensaba que estábamos bien. Bueno —matizó—, en realidad nunca pensaba en ello. ¿Cómo haremos con el dinero?

—No lo sé, no tengo todas las respuestas, hace tan solo un minuto que hemos decidido separarnos. Pero somos más afortunados que otra gente, tenemos la casa de Sandycove.

De repente veía el hecho de no haber encontrado nuevos inquilinos como un apoyo divino a nuestra separación.

—Cuando dices que vamos a separarnos —preguntó—, ¿estás hablando de divorcio?

—Supongo que sí.

—Jodeeer. —Ryan respiró hondo—. Entonces ¿no es un período de prueba?

—Puede serlo si quieres.

Lo meditó.

—No, será mejor que lleguemos hasta el final. No tiene sentido marear la perdiz. Además, todo el mundo está en el mismo plan. —Efectivamente, en los últimos meses varias parejas de nuestro círculo de amigos habían iniciado los trámites del divorcio—. Como cuando la gente se puso a comprar apartamentos de vacaciones en Bulgaria hace unos años. Parece un poco «zeitgeistiano», ¿no crees?

—Puede. —Por Dios.

—Deberíamos felicitarnos por ser tan civilizados —concluyó Ryan—. No como Zoe y Brendan. —Todavía hoy día la separación de Zoe y Brendan seguía siendo amarga—. No pareces triste. —Su tono era acusador.

—Estoy en estado de shock. —Quizá—. La pena llegará. ¿Tú estás triste?

—Un poco. ¿Debería dormir esta noche en el sofá?

—No es necesario.

—¿Vemos el programa de Graham Norton?

—Vale.

Vimos un rato la tele y en torno a las once y media nos fuimos a la cama. Ryan se desvistió pudorosamente, evitando mostrar su desnudez.

Una vez bajo el edredón, dijo:

—¿Deberíamos tener sexo? ¿Por los viejos tiempos?

—Preferiría que no.

—Vale. Yo también. Pero podríamos dormir acurrucados.

—Vale.

Al día siguiente, en cuanto nos despertamos, Ryan dijo:

—¿Lo he soñado o realmente vamos a divorciarnos?

—Si quieres.

—Vale. ¿Debo irme de casa?

—Uno de los dos tendrá que hacerlo.

—Supongo que será mejor que sea yo. Me mudaré a la otra casa.

—Vale. ¿Hoy?

—Caray, que aún no me he tomado mi primer café. ¿Y cómo es que estás tan tranquila?

—Porque hace mucho que lo nuestro está acabado.

—¿Y por qué no lo sabíamos?

Lo medité.

—¿Verdad que podemos ver la luz de las estrellas aunque lleven mucho tiempo muertas? Pues los mismo pasa con nosotros.

—Qué poético viniendo de ti, Stella. ¿Mucho tiempo muertas? ¿Tanto? Uau. —Ryan rodó sobre su espalda y dijo—: Bueno, por lo menos soy una estrella.

El lunes por la mañana Karen y yo estábamos preparándonos para comenzar la jornada cuando oímos unos pasos raudos en la escalera que conducía al salón de belleza.

—¿Ya? —dije—. Alguien tiene prisa.

Karen vio al visitante antes que yo y su semblante se endureció.

—¿En qué puedo ayudarle?

Era él, Mannix Taylor. No con su bata de hospital, sino con el elegante abrigo gris que llevaba la primera vez que lo vi, cuando empotré mi coche contra el suyo.

—¿Puedo ver a Stella? —preguntó.

—No —respondió Karen.

—Estoy aquí —dije.

Se volvió hacia mí y el contacto de sus ojos con los míos me desestabilizó.

—¿Qué te pasó el viernes? —me preguntó.

—Me…

—Te esperé hasta las nueve.

—Oh. —Debería haber telefoneado—. Lo siento.

—¿Podemos hablar?

—Estoy trabajando.

—¿Haces una pausa para comer?

—Adelante. —El tono de Karen era de enfado—. Tened vuestra charla. Pero no olvide, señor —se interpuso entre Mannix Taylor y yo—, que Stella está casada.

—Ya que lo mencionas —repuse en tono de disculpa—, Ryan y yo nos hemos separado.

Karen se quedó blanca. Nunca la había visto tan descolocada.

—¿Qué? ¿Cuándo?

—Este fin de semana. Se fue de casa anoche.

—¿Y no me lo has contado?

—Estaba a punto de hacerlo.

Recuperó rápidamente el aplomo.

—Solo recordad una cosa. —Clavó su mirada afilada en Mannix, luego en mí y de nuevo en Mannix—. Vuestro pequeño idilio en el hospital solo existe en vuestras cabezas. En la vida real nunca encajaríais.

Salí con Mannix a la fría mañana de marzo y le propuse ir al muelle. Tras sentarnos en un banco a contemplar los barcos, pregunté:

—¿Qué está pasando? ¿Por qué has venido al salón de belleza?

—¿Por qué pediste hora conmigo el viernes y no te presentaste?

—Oí que tu mujer y tú os habíais separado.

—Es cierto.

—Lo siento.

—Gracias.

—Quería verte pero me entró miedo.

—Ya. —Tras una pausa, dijo—: ¿No se te hace extraño que estemos hablándonos con palabras en lugar de guiños?

—Sí. —Acababa de caer en la cuenta de que estábamos comunicándonos a través de la voz—. Se nos daba muy bien el lenguaje de guiños. —De repente me harté de tanto rodeo—. Dime qué ocurrió. Con nosotros. En el hospital. No me lo he imaginado, ¿verdad?

—No.

—Entonces explícamelo.

Con la mirada fija en el mar, Mannix guardó un largo silencio y finalmente dijo:

—Tuvimos una conexión especial. No sé cómo pasó pero te

convertiste… en la persona que más me gustaba. Verte era el mejor momento del día para mí, y cuando la visita terminaba se me iba la alegría.

Hummm…

—Georgie y yo estábamos haciendo lo posible por tener un hijo… hijos. La fecundación in vitro no estaba funcionando, pero incluso sin hijos yo quería apostar por nuestra relación. No obstante, no podía estar enteramente con ella si estaba pensando en ti, así que tuve que dejar de verte. Siento mucho no habértelo explicado. Si hubiera intentado hacerlo, se habrían destapado demasiadas cosas. Habría sido peor.

—¿Qué ocurrió después?

—Al final hicimos seis ciclos de FIV y ninguno dio resultado —dijo—. Y Georgie y yo nos vinimos abajo. Me fui de casa hace unos cinco meses. Hemos solicitado el divorcio. Georgie está saliendo con otro hombre ahora, y parece que le gusta.

—¿Y hay muchos gritos y reproches entre vosotros?

Rió.

—No, así de acabado está lo nuestro. Ni gritos ni reproches. Supongo que somos… amigos.

—¿En serio? Me alegro por ti.

—Nos conocemos desde niños, nuestros padres salían juntos. Creo que Georgie y yo siempre seremos amigos. ¿Qué hay de Ryan y de ti?

—Ryan se ha ido de casa y ya se lo hemos contado a los niños. Pero es todo un poco raro. Bueno, muy raro.

—¿Todavía le quieres?

—No, y él tampoco a mí. —Me levanté—. Será mejor que vuelva al trabajo. Gracias por venir y por habérmelo explicado. Ha sido agradable verte.

—¿Agradable?

—Agradable, no. Extraño.

—Stella, siéntate un momento, por favor. ¿Podemos quedar otro día?

Tomé asiento en el borde del banco y en un tono agresivo le pregunté:

—¿Qué quieres de mí?

—¿Qué quieres tú de mí? —preguntó él a su vez.

Sobresaltada, lo observé con detenimiento. Quería olerle el cuello, comprendí. Quería acariciarle el pelo. Quería lamerle el...

—Respóndeme algo —dije—, y por favor sé sincero. Yo no soy tu tipo, ¿verdad?

—Yo no tengo un «tipo».

Le miré fijamente a los ojos.

—No —reconoció al fin—, supongo que no.

—Por tanto, la conexión que tuvimos en el hospital...

—Y en el accidente de coche —me interrumpió—. Aquel día ya nos comunicamos sin palabras.

—Pero con la pinta que tenía en el hospital, con ese montón de tubos entrando y saliendo de mi cuerpo, el pelo sin lavar y la cara sin pintar, no es posible que te gustara.

—No.

Oh.

—Peor aún —dijo—. Creo que me enamoré de ti.

Me levanté del banco de un salto y puse cierta distancia entre Mannix Taylor y yo. Estaba estupefacta, luego emocionada, después empecé a preguntarme si Mannix era mentalmente inestable. Porque, en realidad, ¿qué sabía yo de él? A lo mejor sufría desvaríos... o delirios, o lo que fuera que tenían los locos.

—Me voy a trabajar —dije.

—Pero...

—¡No!

—Por favor...

—¡No!

—¿Quedamos más tarde?

—¡No!

—¿Mañana para comer?

—¡No!

—Estaré aquí a la una. Traeré sándwiches.

Regresé rápidamente al salón de belleza, donde Karen se me abalanzó como un perro hambriento.

—He llamado a Ryan —Hablaba muy deprisa—. Dice que es cierto que os habéis separado. No le he dicho que Mannix Taylor se ha presentado aquí porque ¿para qué angustiarlo con algo que no va a repetirse? Cuéntame qué está pasando.

El día anterior a las seis de la tarde, alrededor de la mesa de la cocina, Ryan y yo habíamos tenido la histórica charla que hizo trizas nuestra pequeña familia. Tras haber acordado que era el momento, pedimos a Betsy y a Jeffrey que apagaran sus aparatos electrónicos y que se sentaran con nosotros. Sin duda intuían que algo grave pasaba, porque obedecieron sin rechistar.

Empecé hablando yo.

—Vuestro padre y yo os queremos mucho.

—Pero... —dijo Ryan.

Esperé a que continuara, pero no lo hizo, por lo que me tocó seguir a mí.

—Vuestro padre y yo hemos decidido... —no era fácil soltar algo de semejante calibre— separarnos.

Se hizo el silencio. Jeffrey empalideció, pero Betsy se lo tomó con calma.

—Sabía que no estabais bien —dijo.

—¿De veras? ¿Por qué?

Me acordé entonces de las charlas alentadoras que solía darme cuando me hallaba en el hospital sobre el hecho de que mi enfermedad nos acercaría a Ryan y a mí.

—La culpa es tuya —me gritó Jeffrey—. No tendrías que haber pillado aquella enfermedad.

—¡Lo mismo le dije yo! —intervino Ryan.

—Las cosas estaban mal desde mucho antes —dijo Betsy—. Mamá nunca ha tenido la oportunidad de autorrealizarse. Este matrimonio siempre ha girado en torno a papá. Lo siento, papá, te quiero, pero mamá siempre ha estado en un segundo plano.

Yo la escuchaba atónita. Hacía solo unos días Betsy era una niña que se negaba a hablar de anticonceptivos y ahora se había transformado en una joven madura que entendía mi matrimonio mejor que yo.

—¿Vais a divorciaros? —preguntó.

—El divorcio lleva mucho tiempo, unos cinco años, pero hemos iniciado los trámites.

—¿Vais a contratar a abogados? —inquirió Jeffrey.

—Será un divorcio amistoso.

—¿Se marchará papá de casa? —preguntó Jeffrey.

Ryan y yo nos miramos. ¿Realmente estaba ocurriendo?

—Sí —acerté a decir—. Se instalará en la casa de Sandycove.

—¿Y con quién viviré yo?

—¿Con quién quieres vivir?

—No deberías preguntármelo, deberías decírmelo. ¡Vosotros sois los padres! —Parecía que fuera a llorar—. No quiero vivir con ninguno de los dos. Os odio, sobre todo a ti, mamá. —Apartó bruscamente la silla y se encaminó hacia la puerta.

De pronto decidí que no iba a separarme de Ryan. Me aterraba lo que habíamos desencadenado. No podíamos hacerles esto a nuestros hijos.

—Jeffrey, por favor, espera. Podemos repensárnoslo.

Ryan estaba empezando a sudar.

—No —espetó Jeffrey—. Ya lo habéis dicho. No podéis fingir que todo va bien si no es así.

—Exacto —ratificó Ryan, puede que demasiado deprisa—. Sé que esto es difícil para ti, muchacho, pero la vida está llena de momentos difíciles.

Jeffrey regresó despacio a su silla.

—Mamá y yo vamos a separarnos —dijo Ryan—, pero es muy importante que sepáis que os queremos.

—¿Cuándo te vas? —le preguntó Jeffrey.

—Esta noche. Pero no tengo por qué hacerlo, puedo esperar hasta que estés preparado.

—Si tienes que irte, prefiero que sea ya. —Parecía que Jeffrey estuviera sacando sus frases de un culebrón—. ¿Tienes novia?

Observé detenidamente a Ryan. También a mí me intrigaba la respuesta.

—No.

—¿Vas a casarte y a tener hijos con ella y a olvidarte de nosotros?

—¡No! Me veréis tanto como ahora.

—Que es prácticamente nunca.

A decir verdad, Jeffrey tenía razón.

—Seguimos siendo una familia —intervine—, una familia que se quiere. Betsy y tú sois lo más importante para nosotros y eso nunca cambiará. Siempre nos tendréis a vuestro lado, pase lo que pase.

—Exacto, siempre a vuestro lado, pase lo que pase. ¡En fin, eso es todo! —Ryan hablaba como alguien poniendo fin a una reunión demasiado larga—. Es una noticia triste pero la superaremos, ¿verdad?

Se puso en pie. Nuestra mesa redonda familiar había terminado.

—Esto… —me dijo Ryan—, ¿me ayudarías a guardar algunas cosas?

Le metí en su maleta de ruedas lo suficiente para tirar unos días. El plan era que se llevara sus cosas poco a poco a lo largo de las siguientes semanas. Habíamos decidido que no queríamos la dramática llegada de una camioneta de mudanzas.

Cuando salió por la puerta casi tuve la sensación de que solo se trataba de otro viaje de trabajo y que todo seguía como siempre, que en la vida de todos nosotros no se había producido un movimiento sísmico.

Jeffrey se metió en la cama. Podía oírle llorar, pero cuando llamé a su puerta me gritó que le dejara en paz con la voz ahogada por las lágrimas.

Finalmente me fui a la cama, pero no podía dormir.

Yo había pasado incontables noches sola en esa cama cuando Ryan estaba de viaje; en teoría, esa noche no debería ser diferente. Pero todo había cambiado y la tristeza me abrumaba. Rememoré a la muchacha que había sido cuando conocí a Ryan. Tenía diecisiete años, la edad de Betsy. Ryan y yo formábamos parte del mismo grupo de amigos, y aunque yo tuve un par de novios y él unas cuantas novias, siempre me había gustado. No solo porque era guapo, sino porque tenía talento, y cuando ingresó en Bellas Artes pensé que, rodeado de modernas universitarias, lo perdería para siempre.

Pero no fue así. Ryan mantuvo la relación con los viejos amigos y finalmente gravitamos el uno hacia el otro, y nos dio fuerte. Lo que había entre nosotros no tenía nada que ver con nuestros anteriores romances: era una relación real, seria, adulta.

Yo había estado loca por él, perdidamente enamorada, y mientras recordaba lo importantes que habían sido para mí mis votos matrimoniales, lloré desconsoladamente.

A eso de la una me sonó el móvil. Era Ryan.

—¿Estás bien? —me preguntó.

—Estoy triste…

—Solo quería confirmar algo. Hubo un tiempo en que tú y yo nos quisimos mucho, ¿verdad?

—Mucho.

—Y todavía nos queremos, ¿no es cierto? Aunque de otra manera.

—Sí. —Las lágrimas casi no me dejaban hablar—. De otra manera.

Colgamos y lloré con más desesperación aún.

—¿Mamá? —Betsy estaba en la puerta de mi dormitorio.

Cruzó la estancia de puntillas, se metió en mi cama y se acurrucó contra mí, y en algún momento de la noche me dormí.

El martes por la mañana en el salón de belleza consulté la agenda: a la una no tenía a nadie.

—¿Te importa que salga a comer a la una? —pregunté a Karen.

—¿Estás loca? Es nuestra hora punta.

—Vale —dije en un tono desenfadado. Ya se vería.

Mientras esperaba a mi clienta de las diez decidí hacerme la pedicura. Me exfolié los pies bajo la mirada suspicaz de Karen.

—Estás poniendo mucha energía en esos pies. Asegúrate de cobrarte por ello.

—Soy tan propietaria de este salón como tú, Karen. Sé cómo funciona.

—Terminará como el rosario de la aurora.

—¿El qué?

—Lo que sea que haya entre tú y Mannix Taylor.

—No hay nada.

—Tienes que estar loca para separarte de Ryan.

—Lo mío con Ryan hace tiempo que está acabado.

—Antes del viernes, antes de que te enteraras de que Mannix Taylor estaba libre, Ryan y tú estabais bien.

—¿De qué color debería pintarme las uñas?

Karen chasqueó la lengua y salió de la habitación.

En vista de que a la una y cuarto no había entrado nadie, agarré el abrigo y le dije a Karen:

—Salgo.

Y antes de que pudiera detenerme eché a correr escaleras abajo, preguntándome si Mannix seguiría allí.

Cuando lo vi sentado en el banco, mirando el mar, noté como si me golpearan el pecho. Estaba nerviosa como una adolescente de catorce años en su primera cita. Era horrible.

Al oír mis pasos levantó la vista y el alivio inundó su semblante.

—Has venido —dijo.

—Has esperado —contesté.

—Llevo mucho tiempo esperándote, ¿qué importa media hora más?

—No digas esas cosas. —Me senté en el borde del banco—. Son demasiado… insustanciales.

—He traído sándwiches. —Señaló una bolsa de papel marrón—. Te propongo un juego.

Sobresaltados, nos miramos fijamente. Los dos tragamos saliva.

Me aclaré la garganta y pregunté:

—¿Qué juego?

—Si te he traído tu sándwich favorito, mañana volverás.

—Me gusta el queso —dije con cautela.

Tenía miedo de que sacara uno de pavo y salsa de arándanos, el sándwich que más odiaba.

—¿Qué clase de queso? —preguntó.

—Cualquiera.

—Especifica.

—Mozzarella.

—Te he traído un sándwich de mozzarella y tomate.

—Mi favorito —admití casi con miedo—. ¿Cómo lo sabías?

—Porque te conozco —dijo—. Te conozco.

—Señor —musité tapándome los ojos con las manos. Aquello era demasiado fuerte.

—Y porque —añadió como quien no quiere la cosa— he comprado ocho sándwiches. A la fuerza tenía que gustarte alguno. Pero que me haya asegurado el acierto no significa que no hubiera acertado de todos modos. Sea como sea, significa que tienes que volver a quedar conmigo mañana.

—¿Por qué? ¿Qué quieres de mí?

Estaba al borde de las lágrimas. Cinco días antes era una mujer felizmente casada.

Me miró a los ojos.

—Te quiero a ti. Quiero, ya sabes… lo normal en estos casos.

—¡Lo normal!

—Quiero tumbarte en un lecho de pétalos de rosa. Quiero cubrirte de besos.

Eso me silenció un instante.

—¿Lo has sacado de una canción?

—Creo que de Bon Jovi, pero eso no quita que me gustaría hacerlo.

—¿Y si eres un tarado al que solo le gusto muda y paralizada?

—Pronto lo averiguaremos.

—¿Y si para entonces has empezado a gustarme? —Ya era demasiado tarde para eso—. Ahora en serio, ¿haces esto muy a menudo?

—¿Qué? ¿Enamorarme de mis pacientes? No.

—¿Eres un tarado?

Después de una pausa, dijo:

—No sé si cuenta, pero estoy tomando antidepresivos.

—¿Por qué?

—Por la gota.

Se echó a reír y le clavé una mirada furibunda.

—Por depresión —dijo—. Depresión leve.

—Esto no tiene ninguna gracia. ¿Qué clase de depresión? ¿Maníaca?

—La corriente. La que tiene todo el mundo.

—Yo no.

—Tal vez me gustes por eso.

—Debo volver al trabajo.

—Llévale un sándwich a tu hermana. Me sobran seis. Vamos.

Me enseñó el interior de la bolsa, el cual estaba, efectivamente, repleto de sándwiches. Cogí uno de rosbif y rábanos y me lo guardé en el bolso junto con el mío.

—Nos vemos mañana —dijo.

—No.

De regreso en el salón, Karen me recibió con morros.

—¿Cómo está Mannix Taylor?

—Te envía un regalo. —Sonreí a su rostro malvado y le tendí el sándwich.

—Nunca como carbohidratos.

—Pero si comieras, el sándwich de rosbif y rábanos sería tu favorito.

—¿Cómo lo ha sabido? —Estaba intrigada, muy a su pesar.

—Él es así. —Me encogí de hombros, como si no tuviera importancia.

«Quiere tumbarme en un lecho de pétalos de rosa y cubrirme de besos», me dije. En ese caso, más me valía espabilar. Ataqué mi zona del biquini con el láser, pasé media hora desesperante con la máquina anticelulítica e, ignorando todas las normas de seguridad, enseguida me rocié el cuerpo con autobronceador.

El miércoles volvía a lucir un sol radiante, un tiempo nada propio de Irlanda. Hacía frío, no obstante, mucho frío. Pero no podía sentirlo a pesar de que me había puesto mi precioso abrigo fino, el que solo llevaba del coche al restaurante, lo justo para que la gente me dijera: «¡Caray, qué abrigo tan bonito!».

De nuevo llegué cerca de media hora tarde, y sin embargo ahí estaba él, sentado en el banco, mirando el mar, esperándome.

—Tengo tu sándwich —dijo.

Lo acepté sin excesivo entusiasmo. Para qué, si no podía comérmelo. Casi no había podido probar bocado desde el lunes.

—¿Puedo preguntarte cosas? —dije—. Por ejemplo, ¿dónde vives ahora?

—En un piso de alquiler en Stepaside. Georgie se ha quedado con la casa hasta que arreglemos… los temas legales.

—¿Dónde está la casa?

—En la calle Leeson.

Casi en el centro de la ciudad. No en un refugio rural cerca de Druid's Glen como había imaginado. Y yo que había inventado con todo detalle una vida para él…

—En el hospital nadie me hablaba excepto tú —comprendí—. Eras el único que me trababa como a una persona. —Recordé algo—. Además de Roland. ¿Cómo está?

—Muy bien. Trabajando y pagando sus deudas. Ya no compra doce pares de zapatos de golpe. Habla a menudo de ti.

Qué encanto.

—Salúdale de mi parte.

Pero conforme recordaba lo asustada que había estado durante mis largos meses en el hospital, empecé a sentir una ira irracional hacia Mannix.

—En cierto modo, yo era tu prisionera, ¿verdad?

Me miró desconcertado.

—¡Lo era! —contesté por él.

—Pero…

—Y tú eras mi carcelero, el poli bueno que introduce trocitos de pan por debajo de la puerta. —Mi rabia creció—. Yo me encontraba en una situación vulnerable y tú te aprovechaste. Me voy.

Me levanté y él hizo otro tanto con semblante preocupado.

—¿Mañana? —me preguntó.

—No. Decididamente no. Puede. No lo sé.

Me largué a toda prisa y de pronto me vi envuelta por un enjambre de larguiruchos colegiales con la camisa colgando por fuera que evidentemente estaban haciendo novillos.

El jueves por la mañana le dije a Karen:

—Hoy no saldré en todo el día.

—Bien —contestó, satisfecha.

—Puedes tomarte el día libre, yo te cubriré.

—No puedo tomarme el día libre, boba. A la una tengo a Paul Rolles para una depilación de espalda, genitales y glúteos.

Con una gran sonrisa, dije:

—Yo la haré.

—Paul es mi cliente —repuso Karen—. Es un tío decente, da buenas propinas y confía en mí.

—Deja que hoy le depile yo. Puedes quedarte con la propina.

—Está bien.

A la una en punto hice pasar a Paul, le pedí que se desvistiera y se subiera a la camilla y procedí a arrancarle tiras de cera de la espalda, y mientras imaginaba a Mannix en el banco del muelle esperando con mi sándwich, me sentí muy satisfecha conmigo misma y con mi voluntad de hierro.

Estaba charlando con Paul, un amante de los gatos, y haciendo eso que hacen las esteticistas de dar palique con el piloto automático: «Sigue contándome». «¿Eso hizo tu gata?» «¿Trepó sola por las cortinas?» «Uau, qué flipe.» «Debe de ser una pesadilla.»

Pero tenía la cabeza en otro lado. Paul era un tipo grande, y aunque yo iba a toda pastilla estaba tardando mucho en depilarlo. Mientras untaba la cera derretida, apretaba las tiras de tela y tiraba de ellas, yo era como un cable cada vez más tenso. «Levante el trasero, caballero, voy a depilarle el...» Unta, aprieta, arranca. Unta, aprieta, arranca. UntaAprietaArranca. UntaAprietaArranca.

Eran las dos menos diez cuando, en el momento de acometer los testículos por detrás, el cable dentro de mí se rompió.

—Lo siento mucho, Paul, pero voy a tener que pedir a mi hermana que acabe contigo.

—Pero... —Paul se acodó sobre la camilla con el trasero en alto, totalmente vulnerable.

—¿Karen?

La encontré sentada en el taburete del mostrador.

—Karen —dije con voz chillona y trémula—, ¿te importaría entrar y rematar a Paul? Solo falta... el último trocito, ya sabes. Acabo de acordarme de que tengo que hacer un recado.

Karen me fulminó con la mirada, pero no podía reprenderme delante de un cliente.

—En absoluto —farfulló entre dientes.

Yo ya estaba poniéndome el abrigo. Bajé las escaleras corriendo mientras intentaba aplicarme brillo en los labios.

Eran casi las dos de la tarde y Mannix seguía allí.

—¿Entonces? —dijo.

—Entonces aquí estoy. —Suspiré y hundí la cara en las manos—. No iba a venir. No puedo trabajar. Voy a vomitar. Esto es horrible.

Él asintió.

—¡No lo es para ti! —espeté.

—¿Cómo crees que me he sentido aquí sentado, pensando que no ibas a venir?

—No me hagas sentir culpable.

—Perdona. —Me acarició el pelo y dijo—: Es precioso.

—¿En serio? Me lo lavé esta mañana y le pasé la GHD.

—¿La GHD?

—Soy esteticista —dije desafiante—. Bienvenido a mi mundo.

El viernes por la mañana Karen preguntó:

—¿Has quedado hoy con él?

—No hacemos nada —me defendí—. Solo hablamos.

—¿Y cuánto tiempo crees que podréis seguir así?

—Siempre.

Pero no podíamos. Cuando llegué al banco Mannix dijo:

—¿No te parece increíble el tiempo que hace?

—¿Quieres que hablemos del tiempo? —repuse casi con desdén. Luego levanté la vista; el cielo seguía espeluznantemente azul, libre de nubes, como si Dios estuviera conspirando para acercarnos a Mannix y a mí.

—Un día de estos lloverá —auguró Mannix.

—¿Y...?

Su mirada elocuente me hizo salir disparada hacia la otra punta del banco.

Él avanzó hacia mí y me agarró por la muñeca.

—Tendremos que vernos en otro lugar.

—¿Y...?

—Exacto —dijo—. Y... Piénsalo.

Clavé la vista en mi regazo, luego le miré de soslayo. Mannix se estaba refiriendo al lecho de pétalos de rosa y a todo lo que lo acompañaba.

Desvié bruscamente la atención; acababa de vislumbrar un rostro conocido. Era tan improbable que tenía que estar imaginándolo. Pero cuando miré de nuevo vi que decididamente era él: Jeffrey.

Horrorizada, mi mirada se encontró con la suya.

—Deberías... deberías estar en el colegio —tartamudeé.

Jeffrey nos miró y gritó:

—¡Y tú deberías comportarte como una madre! ¡Me chivaré!

—¡No he hecho nada malo!

Se alejó corriendo. Fuera de mí, dije a Mannix:

—Debo irme.

Fui detrás de Jeffrey, quien debió de oírme porque se detuvo y giró sobre sus talones.

—¡Te han visto! —gritó—. ¡Los chicos de mi clase te han visto!

¿Qué chicos? Entonces me acordé de la pandilla de colegiales con la que había tropezado dos días antes y me entraron ganas de llorar. ¿Iban a la clase de Jeffrey? ¿Se podía tener peor suerte? Desazonada, comprendí que mis malas obras siempre serían descubiertas.

Sentí vergüenza. Vergüenza y lástima por Jeffrey.

—Lo siento mucho, cielo...

—¡Apártate de mí, zorra!

Se armó la de Dios. Una delegación se personó en mi casa para gritarme: Ryan, mamá, papá, Karen y, por supuesto, Jeffrey. Hasta Betsy me echó la caballería encima. El fundamento de sus quejas era que Ryan me había apoyado durante mi larga enfermedad y yo se lo había pagado iniciando una aventura con mi neurólogo.

De nada me sirvió recordarles —incluso a Ryan— que Ryan ya no me quería. Él era el que había dado el «Apoyo». Muy visible, lo del «Apoyo». Todos le habían visto hacer malabarismos, dejarse la piel trabajando, el rostro demacrado de puro agotamiento y preocupación. Y no olvides que le había comprado tampones a Betsy. ¡Imagínate! ¡Un hombre! ¡Comprando tampones! ¡Para su hija!

—Me mentiste. —Las mejillas de Ryan eran dos manchas coloradas—. Me vendiste la película de que ya no nos queremos.

—Porque no nos queremos.

—Y entretanto estabas con otro.

—No estaba con otro. No estoy con otro.

—Jeffrey nos ha contado lo que vio.

Tras asegurarme de que los niños no podían oírnos, farfullé:

—No ha pasado nada.

—¡Todavía! —exclamó Karen—. ¡No ha pasado nada todavía!

Me distrajeron unos golpes sordos en el piso de arriba. Jeffrey y Betsy estaban allí. ¿Qué demonios hacían?

—No podríamos tener a ese Taylor en nuestras vidas —dijo mamá.

—¡No tenéis que hacerlo!

—A nosotros nos gusta reírnos de la gente —intervino papá—. Podemos reírnos de Ryan. No te ofendas, hijo, pero nos burlamos de ti constantemente. Y Enda, aunque es policía, tiene su lado cómico. Pero ese Taylor es diferente. Tiene... *gravitas*.

—¿Eso es lo mismo que «cojones»? —le susurró mamá.

—No —dijo papá, exasperado—. Cojones es otra cosa.

—Aunque también tiene de eso —replicó Ryan—. Mira que echarle los tejos a mi esposa enferma. A mi esposa paralizada.

—¡No me tiró los tejos!

—El caso es que tendríamos que invitarlo a nuestra casa —explicó mi madre con nerviosismo—. ¡Y es demasiado pequeña!

—¿Para qué? —pregunté—. ¿Qué pretendes? ¿Organizarle un baile?

—Tu madre y yo lo hemos hablado —intervino papá—, y la única manera de evitar que tengamos que invitarle es quemar la casa.

—Vivís en una casa adosada —les recordó Jeffrey mientras pasaba por su lado con una maleta—. No podéis hacerle eso a vuestros vecinos. ¿Está abierto el coche, papá?

—Coge el mando. —Ryan se lo tendió.

Betsy apareció tirando de otra maleta.

—¿Qué está pasando aquí? —grité.

—Nos vamos a vivir con papá —dijo Betsy—. Te abandonamos.

Y ahí que se fueron, hasta el último de ellos, dejándome completamente sola.

Completamente sola y triste y confundida y avergonzada y desafiante.

...Completamente sola con unos pies suaves y sin callos. Y la zona del biquini sin un pelo. Y un bronceado dorado.

Yo no había hecho nada malo y sin embargo todo el mundo me estaba juzgando. Hiciera lo que hiciese, me criticarían igual.

Para eso, mejor «hacer».

—Mannix, quiero verte.

—Vale. ¿Dónde? ¿Quieres que tomemos una copa?

—No. —Estaba rebuscando en mi cajón de la ropa interior—. Estoy harta de tanta tontería.

—¿De qué tontería hablas?

—Venga, Mannix.

—Vale. Yo también estoy harto de tanta tontería.

Me puse la ropa interior que había comprado para mi noche romántica con Ryan. No tenía sentido ponerse sentimental, eran las únicas prendas sexys que tenía. Me unté el cuerpo de untuosa crema, me calcé unos tacones kilométricos y me miré en el espejo. Bien. Había parido dos hijos, había estado con Ryan mucho tiempo y había dejado que las cosas se relajaran. Tenía treinta y nueve años y ni en mi mejor momento habría pasado por modelo.

Lamenté profundamente no haber hecho Pilates los últimos veinte años. ¿Tan difícil habría sido? Solo media hora al día habría mantenido al lobo a raya. Pero no me tomé esa molestia, y ahora lo estaba pagando caro.

Me obligué a dejar de preocuparme por mi barriga y mi edad y todas las oportunidades de ser Elle Macpherson que había desaprovechado. Mannix me había visto con tubos saliendo de casi todos mis orificios, de modo que cualquier cosa que le ofreciera esta noche tenía que ser por fuerza un avance.

Me puse el vestido azul de Vivienne Westwood que me tapaba las rodillas y caía con un favorecedor drapeado sobre la barriga. Sabía que Karen pensaba que estaba loca, pero ese vestido valía cada céntimo.

La decisión de mallas o medias amenazaba con desencadenar otra crisis, así que opté por prescindir de las dos. Con gesto raudo, como si no tuviera demasiada importancia, me quité la alianza y la sortija de compromiso y arrojé ambas al cajón, y antes de que pudiera arrepentirme bajé como una bala y salí a la fría noche.

La señora Vecina-Que-Nunca-Me-Ha-Tragado estaba sentada a oscuras en su jardín delantero.

—¿Qué está pasando aquí? —preguntó. Probablemente había visto salir a Betsy y a Jeffrey con sus maletas—. Déjame decirte, Stella, que la ropa que llevas es del todo inapropiada para esta época.

—Tranquila —dije abriendo la puerta del coche—, no tengo intención de llevarla puesta mucho tiempo.

El piso de Mannix estaba en la segunda planta de un gigantesco bloque de obra nueva. Tuve que recorrer un pasillo desnudo y cruelmente iluminado sobre mis mortificantes zapatos durante lo que me parecieron kilómetros.

Finalmente llegué al 228. Llamé a la anodina puerta de DM con los nudillos y Mannix abrió al instante. Llevaba una camisa holgada, tejanos gastados y el pelo alborotado.

—Me siento como una prostituta —dije—. Y no es agradable.

—¿Alguna vez lo es? —Me tendió una copa de vino y cerró la puerta.

Miré nerviosa por encima de mi hombro.

—Hazme sentir acorralada.

—¿Qué?

—Karen dice que hay una manera agradable de hacer de prostituta. —No podía dejar de hablar—. En plan juego de roles, ya sabes...

—¿Qué te parece si esta noche somos nosotros mismos? —Me tomó de la mano e intentó tirar de mí—. No he tenido tiempo de comprar pétalos de rosa. No esperaba esto...

—Olvídate de los pétalos. —Bebí un largo trago de vino—. ¿Dónde está el dormitorio?

—Te veo muy lanzada.

—No creas —dije—. Lo que estoy es asustada. Muerta de miedo. —Me estaba acelerando—. No he estado con otro hombre aparte de mi marido desde hace veinte años. Esto es muy importante para mí. Estoy en un tris de echarme atrás.

Desde el recibidor eché un vistazo a la cocina, al cuarto de baño y a la sala de estar, todos pintados con colores neutros. Tenían un aspecto inacabado, hueco, como si Mannix no se hubiese molestado en mudarse del todo.

—¿Eso de ahí es el dormitorio? —Abrí tímidamente la puerta.

Mannix me señaló la cama con la mirada, una cosa anónima cubierta con un edredón blanco.

—Sí.

—Aquí hay demasiada luz. ¿Qué pasa con las luces? ¿No tienes nada más tenue?

—No… Stella, te lo ruego, vamos a la sala a sentarnos y a relajarnos un poco.

—Tendremos que hacerlo a oscuras.

Negó con la cabeza.

—No pienso hacerlo a oscuras.

—¿Tienes una lámpara? Ve a buscar una lámpara. Tiene que haber una lámpara. —Había visto una en la sala—. Hay una en la sala. Ve a buscarla.

Mientras él desenchufaba la lámpara de la mesa y la trasladaba al dormitorio, yo permanecí en el pasillo bebiendo vino y martilleando el suelo con el pie. Cuando encendió la lámpara y apagó la bombilla del techo, el dormitorio se sumió en una indulgente luz rosada.

—Mucho mejor. —Le tendí la copa vacía—. ¿Hay más?

—Sí, claro. Iré a…

Entró en la cocina y a su vuelta me encontró sentada en la cama, hecha un manojo de nervios.

Me tendió la copa y preguntó:

—¿Estás segura de que quieres hacer esto?

—¿Lo estás tú?

—Sí.

—Pues venga. —Bebí un gran sorbo de vino—. Por cierto —dije tumbándome en la cama con los zapatos todavía puestos—, no suelo beber mucho. No dejes que me emborrache más de la cuenta.

—No te preocupes.

Me quitó la copa y la dejó en el suelo. Alargué rápidamente el brazo y le di otro sorbo. Le tendí la copa y volví a tumbarme.

—Dicen que la primera vez es la peor. —Levanté la vista buscando su mirada tranquilizadora—. ¿Verdad?

—Debería ser algo placentero —dijo.

—Lo sé, lo sé. No me refería a eso. Necesito que actúes como lo hacías en el hospital.

—¿Y eres tú la que teme que solo me gustes muda y paralizada?

—Me refiero a que necesito que lleves la batuta.

Tras unos segundos preguntó en voz baja:

—¿Quieres que yo lleve la batuta?

Asentí.

Procedió a desabrocharse lentamente la camisa.

—¿Te refieres a esto?

Dios mío. Mannix Taylor estaba desabotonándose la camisa delante de mí. Me disponía a tener sexo con Mannix Taylor.

Se quitó la camisa en medio de un frufrú de algodón y le acaricié la piel, deslizando mi mano desde el cuello hasta la clavícula.

—Tienes los hombros anchos —dije maravillada. También tenía los pectorales duros y un estómago envidiablemente plano.

Quise aligerar el ambiente diciendo «no está mal para un cuarentón», pero no podía hablar.

—Ahora tú. —Mannix me estaba quitando los zapatos.

—No —dije, nerviosa—. Necesito que me dejes los zapatos puestos. Para crear la ilusión de unas piernas largas.

—Chis.

Me asió el pie derecho y lo colocó sobre su regazo. Apretó ambos pulgares contra el arco y mantuvo la presión unos instantes, produciéndome un dolor extrañamente agradable. Hecho esto, procedió a deslizar las manos por todo el pie, estirando los tendones bajo la piel. Estremecida, cerré los ojos.

—¿Recuerdas esto? —le oí decir.

Por supuesto que lo recordaba: la única vez que Mannix había trabajado con mis pies siendo mi médico. Algo poderoso había sucedido entre nosotros aquel día, y Mannix nunca volvió a hacerlo.

Mientras él me apretaba y masajeaba los pies, empecé a sentir un hormigueo en los labios, y los pezones se me pusieron tensos y duros.

Con la uña del pulgar me dio pequeños y placenteros pellizcos en la punta del dedo gordo. Los movimientos eran minúsculos bocados de placer. Colocó el dedo corazón sobre los dedos gordo y segundo de mi pie y lo friccionó hasta que empezaron a abrirse, luego lo deslizó hasta el hueco y una descarga de deseo viajó directamente hasta mi centro femenino.

Abrí los ojos de golpe y vi que me estaba mirando.

—Lo sabía —dijo—. Tú también lo sentiste aquel día, ¿verdad?

Asentí.

—Dios —susurré. Ardía de deseo y ni siquiera nos habíamos besado.

Entonces lo hicimos. Doblé la pierna derecha, lo atraje hacia mí y nos besamos un buen rato. Mi pie seguía en su regazo, en contacto con algo muy duro. Apreté con fuerza y Mannix ahogó un gemido.

—¿Eso es...? —pregunté.

Asintió.

—Enséñamelo —dije.

Se levantó, se desabrochó el botón del tejano y bajó lentamente la cremallera hasta dejar salir su erección.

Desnudo, se plantó delante de mí sin el menor rubor.

—Ahora tú —dijo.

Empecé a subirme el vestido por los muslos.

—¿Estás seguro de que no podemos apagar la luz?

—Nunca he estado tan seguro de algo —dijo con un destello en los ojos—. Llevo mucho tiempo esperando esto.

Me quité el vestido con suaves contoneos mientras él me observaba como un halcón. Había tanto descaro y admiración en la expresión de su cara, y su sonrisa torcida era tan sexy, que para cuando me deshice del sujetador ya había perdido toda la vergüenza.

Mannix me había dicho que quería cubrirme entera de besos, y eso hizo: el cuello, los pezones, detrás de las rodillas y las muñecas, y donde más importaba. Cada nervio de mi cuerpo estaba encendido. Un pensamiento penetró en mi mente —yo era como la centralita en *Jerry Maguire*— y enseguida volvió a salir.

—Es la hora del condón —susurré.

—Vale —dijo, su aliento caliente en mi oreja.

Se puso un condón con suma destreza y en cuanto me penetró tuve un orgasmo. Le agarré las nalgas y lo apreté contra mí, casi paralizada por la intensidad del placer. Había olvidado lo fabuloso que podía ser el sexo.

—Dios —jadeé—. Dios.

—Y esto es solo el principio —dijo.

Bajó el ritmo hasta convertirlo en una tortura deliciosa. Apoyado en los brazos, entraba y salía lentamente de mí mientras me observaba con esos ojos de color gris.

Me sorprendía su control. Este no era un hombre que llevaba varios meses de sequía. Pero no iba a pensar en eso ahora.

Sin apartar sus ojos de los míos, me penetró hasta provocarme un orgasmo más intenso aún que el anterior. Y otro, y otro.

—No puedo más. —Estaba bañada en sudor—. Creo que voy a morirme.

Aumentó el ritmo, moviéndose cada vez más deprisa, hasta que finalmente, retorciéndose y gimiendo, se corrió.

Se quedó tumbado sobre mí hasta que sus jadeos amainaron, luego rodó sobre la cama, me envolvió con sus brazos y descansó mi cabeza sobre su pecho. Se quedó dormido al instante. Yo permanecí despierta, presa del asombro. Mannix Taylor y yo juntos en la cama. Quién lo diría.

Media hora después se despertó y me miró con una cara de sueño adorable.

—Stella —dijo en un tono de asombro—. ¿Stella Sweeney? —Bostezó—. ¿Qué hora es?

Había un despertador en el suelo.

—Poco más de medianoche —dije.

—¿Quieres que te pida un taxi?

—¿Qué? —Me levanté de un salto.

—Pensé… que a lo mejor preferías irte a casa.

Agarré un zapato y se lo tiré.

—¡Joder! —gritó.

Recuperé los dos zapatos y me puse las bragas y el vestido muerta de vergüenza. El sujetador lo metí en el bolso.

—Pensé que querrías irte a casa por tus hijos —dijo.

—Fantástico.

Abrí la puerta del piso con los zapatos en la mano. No tenía intención de calzarme esas putas máquinas de tortura.

Esperaba que me detuviera, pero no lo hizo, y mientras me dirigía a los ascensores por el anónimo pasillo iluminado con lámparas de sodio me sentí realmente como una prostituta.

Busqué el móvil en el bolso y, a punto de echarme a llorar, llamé a Zoe.

—¿Estás despierta? —pregunté.

—Sí. Los chicos están con Brendan y su putilla, y yo estoy aquí con mis colecciones y mi botella de vino.

Veinte minutos más tarde llegaba a su casa.

Me abrazó.

—Stella, tu matrimonio se ha roto, es normal que te sientas perdida y…

Me aparté.

—Zoe, ¿puedo preguntarte cuáles son las reglas que rigen las citas hoy en día?

—Son las mismas de siempre. Te follan una vez y no vuelven a llamarte.

«Mierda.»

—Pero es un poco pronto para preocuparte por eso. Ryan y tú acabáis de tomar la decisión. Puede que volváis…

Yo meneaba la cabeza.

—No, Zoe, no. ¿Te acuerdas de Mannix Taylor?

—¿El médico?

—El lunes vino a verme al trabajo.

—¿El lunes pasado? ¿El lunes de hace menos de cinco días? ¿Y no me lo contaste?

—Lo siento, Zoe, fue todo un poco extraño.

Zoe encajó rápidamente las piezas.

—¿Y has dejado que te follara? ¿Esta noche? Dios mío.

—Y luego, después de… me preguntó si quería que me pidiera un taxi.

Su cara era la viva imagen de la compasión.

—Lo siento, Stella, así son los hombres. Llevabas fuera del juego demasiado tiempo. No podías saberlo.

Me sonó el móvil y miré la pantalla.

—Es él.

—No contestes —dijo Zoe—. Solo busca otro polvo.

—¿Tan pronto?

—Es de los que consiguen levantarla cuatro veces en una noche. El supermacho, el hombre alfa. Apaga el teléfono, Stella, te lo ruego.

—Vale.

Pese a sus denodados esfuerzos, Zoe no conseguía consolarme, de modo que me fui a mi casa vacía y me enfrenté a los hechos: mi matrimonio estaba acabado, mis hijos estaban traumatizados y todo el mundo me odiaba. No podía imaginarme un desenlace peor. Mi historia con Mannix ni siquiera había durado tres semanas; solo había obtenido una noche.

En el fondo siempre había sabido que acabaría humillándome. Todos lo sabían, por eso no lo veían con buenos ojos.

Hastiada, pensé en Ryan y en mí. ¿Podríamos arreglar las cosas y seguir como antes? No era una mala vida; Ryan no era mal hombre, solo egoísta y, en fin, egocéntrico. Pero existía el pequeño detalle de que ya no me atraía lo más mínimo. Aunque había sido capaz de engañarme a mí misma hasta ahora, mi noche con Mannix se había cargado el sexo con Ryan para siempre.

Pero el sexo no lo era todo en el matrimonio. Y a lo mejor, si conseguía que Ryan se pusiera una máscara de látex para parecerse a Mannix...

Me llevó casi toda la noche dormirme. Probablemente eran más de las seis cuando finalmente me sumergí en un sueño inquieto y extraño, y a las nueve volvía a estar despierta. Lo primero que hice fue encender el móvil, porque no podía no encenderlo. Además, había una buena razón para ello: los niños tenían que poder ponerse en contacto conmigo.

Ninguno de ellos me había llamado, sin embargo había ocho llamadas perdidas de Mannix. Zoe habría borrado los mensajes sin dejarme escucharlos, pero ella ya no estaba aquí.

«Stella.» En el primer mensaje Mannix sonaba conmovedoramente contrito. «Me equivoqué. Tienes hijos y solo pretendía que supieras que eso no representa un problema para mí. Llámame, por favor.»

Su segundo mensaje decía: «Lo siento mucho. ¿Podemos hablarlo? ¿Me llamarás?».

Su tercer mensaje decía: «La he cagado y lo siento mucho. Llámame, por favor».

Luego: «Vuelvo a ser yo. Empiezo a sentirme como un acosador».

Y: «Siento mucho haberlo hecho tan mal. Ya sabes dónde encontrarme».

En los tres últimos colgaba sin dejar mensaje. El más reciente tenía siete horas, y supe que no volvería a llamar. No era la clase de hombre que se arrastraba; había hecho todo por su parte, no insistiría más. En ese momento me sonó el móvil y casi saco el corazón por la boca.

Era Karen.

—He hablado con Zoe —dijo—. Me ha contado lo ocurrido.

—¿Llamas para regodearte?

—No exactamente. Pero tienes que entrar en razón, Stella. Mannix no es hombre para ti. Ha estado casado con Georgie Dawson. ¡Georgie Dawson! ¿Me oyes? Comparada con ella tú eres solo... en fin, ya sabes. —Muy seria, añadió—: No te estoy subestimando, Stella, pero ella sabe de arte y esas cosas. Seguramente habla italiano. Es probable que sepa rellenar codornices. Y tú ¿qué sabes hacer aparte de depilar totos?

—Leo libros —espeté.

—Únicamente porque papá te obliga. No lo llevas en la sangre. Georgie Dawson sí. —Suspiró—. Esta es la situación, Stella: la has jodido hasta el fondo. He hablado con Ryan y se niega a volver contigo…

¡Tendrá cara mi hermana!

—Pero tienes a Zoe. Podéis hacer cosas juntas. Relajaros, ir planas, despreocuparos de la barriga. Piensa en todos los dulces que podrás comerte… —Su tono era casi de envidia—. Y ahora escúchame bien, Stella. —Estaba siendo sumamente sincera—. Sé que ahora tus hijos te odian, pero te perdonarán. Vamos —me cameló—, nadie podría aguantar a Ryan más de dos días seguidos. ¿Vale?

Colgó. Llamé a Betsy. El móvil sonó dos veces y saltó el buzón de voz; había rechazado mi llamada. Telefoneé a Jeffrey y tres cuartos de lo mismo. El dolor era afilado como un cuchillo.

Me obligué a llamar de nuevo y dejé un mensaje entrecortado a cada uno: «Siento todo el trastorno que os he causado, pero podéis contar conmigo día y noche, pase lo que pase».

Cuando terminé de hablar, decidí poner una lavadora, pero cuando fui a buscar la cesta de la ropa sucia la encontré prácticamente vacía: solo había ropa mía. Ryan y los niños se habían llevado su ropa sucia. Conmocionada, caí en la cuenta de que no tenía nada que hacer, yo, que nunca disponía de un momento libre. Pero no había nada para lavar o planchar, no tenía que llevar a Betsy y a Jeffrey a sus diferentes compromisos de fin de semana. En circunstancias normales, constituía una batalla constante estar al tanto de la enorme montaña de tareas que había que hacer en un día. Sin Ryan y los niños, era como si mi vida careciera de andamio.

Bajé a la sala, me tumbé en el sofá y reflexioné sobre mi situación: como Karen decía, la había jodido hasta el fondo.

Pero puede que, visto desde una perspectiva más amplia, las

cosas hubiesen ocurrido por algo. Puede que Mannix Taylor fuera solo un catalizador, una estratagema cósmica para hacerme ver que ya no quería a Ryan. A veces las cosas se desmoronan para dejar lugar a otras mejores. Eran palabras de Marilyn Monroe. Aunque mira cómo acabó...

O puede que estuviera perdiendo el tiempo intentando encontrar sentido a las cosas: a veces las cosas no ocurren por una razón, a veces ocurren porque sí.

Hacía siglos que no disponía de tanto tiempo para mí. Me recordaba a mi estancia en el hospital, cuando mis pensamientos daban vueltas y vueltas en mi cabeza sin poder salir, como ratas atrapadas en un corral.

En un momento dado llamé a Zoe, que contestó al primer tono.

—¿Le has llamado?

—No.

—Escúchame bien: nada de pasar por delante de su casa, nada de enviar mensajes de texto o de sexo, nada de llamar o tuitear. No puedes emborracharte, porque es cuando estás más vulnerable.

Pero nada de eso iba a ocurrir. Tenía mi orgullo.

El día pasó y ya había anochecido cuando llamaron a la puerta. Decidí no hacer caso y seguir tumbada en el sofá, pero volvieron a llamar. Me levanté de mala gana y cuando vi a mamá y a papá en la puerta, me negué a reconocer mi decepción.

—«Nunca preguntes por quién doblan las campanas» —dijo papá—. «Doblan por ti.»

—Traemos bagels —dijo mamá.

—¿Bagels?

—¿No es lo que hacen en las películas para demostrar que se preocupan?

—Gracias. —Para mi gran sorpresa, rompí a llorar.

—Oh, vamos. —Papá me abrazó—. Estás genial. Estás genial. Estás genial.

—Vamos a la cocina. —Mamá encendió las luces y encabezó la marcha por el pasillo—. Tomaremos té con bagels.

—¿Cómo se comen? —preguntó papá.

—Tostados —contestó mamá—. ¿No, Stella?

—No es necesario. —Arranqué dos hojas de papel de cocina y lloré en ellas.

—Pero tostados están más ricos —dijo mamá—. Seguro que están más ricos. Las cosas calientes siempre saben mejor. Estamos aquí para decirte que lo sentimos, Stella. Yo lo siento, tu padre lo siente, los dos lo sentimos.

Papá estaba junto a la tostadora.

—Son demasiado gordos, no cabrán.

—Primero tienes que cortarlos —dijo mamá—. Por la mitad.

—¿Tienes un cuchillo?

—En el cajón —respondí con un hilo de voz.

—Yo estoy de tu parte —declaró mamá—. Y también tu padre. El otro día simplemente nos asustamos. Todos nos asustamos.

—No lo esperábamos —dijo papá metiendo bagels en la tostadora—. Y te fallamos. Tu madre te falló.

—Y tu padre te falló.

—Y los dos lo sentimos.

—Todo irá bien —aseguró mamá—. Los niños lo superarán. Y Ryan también.

—Con el tiempo, todo se solucionará.

—¿Mannix Taylor es tu novio? —preguntó mamá.

—No.

De la tostadora empezó a salir un hilillo de humo negro.

—¿Volverás con Ryan?

—No.

El hilillo de humo negro se estaba hinchando.

—Bueno, pase lo que pase, nosotros te queremos.

Estalló un pitido ensordecedor: la alarma contra incendios se había disparado.

—Somos tus padres —dijo mamá.

—Y creo que nos hemos cargado tu tostadora, pero te queremos.

Pese a las invitaciones de Zoe, de Karen y de mamá y papá, pasé el domingo sola. Decidí que la casa necesitaba una limpieza —una limpieza a fondo, como no se había hecho en una década— y me entregué a la tarea con alivio. Restregué afanosamente los armarios de la cocina y arañé el horno y me concentré en las juntas del cuarto de baño con tal vigor que los nudillos se me pusieron colorados y luego se agrietaron. Pese al dolor, seguí fregando, y cuanto más me escocían las manos mejor me sentía.

Sabía por qué lo hacía: era como si me estuviese pasando a mí misma el estropajo y la lejía.

Eran pasadas las siete cuando Betsy me llamó. Me abalancé sobre el teléfono.

—Cariño.

—Mamá, no tenemos ropa limpia para mañana.

—¿Por qué no?

—… No lo sé.

Buscando una solución, pregunté:

—¿Será porque nadie la ha lavado?

—Supongo.

—Pues lavadla.

—No sabemos poner la lavadora.

—Pregúntale a tu padre.

—Él tampoco sabe. Me pidió que te lo preguntara.

—Ah. Pásamelo.

—Dice que no quiere hablar contigo nunca más. ¿Podrías venir y poner tú la lavadora?

—Está bien. —¿Por qué no? No tenía nada mejor que hacer.

Quince minutos después Betsy me abrió la puerta. Nerviosa, entré en el vestíbulo preparándome para recibir la ira de Jeffrey y Ryan.

—Han salido —dijo Betsy—. Me han dicho que les llame cuando te hayas ido.

Me tragué el dolor.

—Bien, vamos al lavadero y te lo explicaré todo.

En menos de treinta segundos Betsy había pillado el funcionamiento de la lavadora y la secadora, que eran idénticas a las que teníamos en casa.

—¿Realmente es tan fácil? —me preguntó escéptica—. Quién iba a decirlo.

Había algo que no me encajaba.

—Si ninguno de vosotros sabe poner la lavadora, ¿cómo os las apañasteis todo el tiempo que estuve en el hospital?

Betsy lo meditó.

—Creo que la ponían tía Karen, la abuela y tía Zoe.

Pero Ryan se había llevado el mérito. Y ahora sus carencias en cuanto a sus habilidades estaban saliendo a la luz... Y una parte pequeña y vergonzosa de mí se alegró. Tal vez eso les hiciera ver a Jeffrey y a Betsy que yo servía para algo.

—Será mejor que te vayas, mamá.

—Sí. —Me arrojé sobre ella y empecé a llorar—. Lo siento mucho —dije una y otra vez—. Llámame si necesitas algo. ¿Lo prometes?

Subí al coche y puse rumbo a casa, y bajo la luz proyectada por una farola vislumbré a Ryan y a Jeffrey, de pie en una esquina con la mirada torva. Sabía que era fruto de mi imaginación, sabía que era imposible que estuvieran sosteniendo horcas en llamas y agitando los puños mientras me veían partir, pero esa fue mi sensación.

El lunes por la mañana me desperté en una casa silenciosa. Añoraba el alboroto de una mañana corriente, ayudar a Betsy y a Jeffrey a prepararse para el colegio, prepararme yo para ir a trabajar. Pero no podía hacer nada salvo esperar a que pasase la tormenta.

Consulté el móvil. Nada. Ni llamadas perdidas, ni mensajes de texto, nada. No pude evitar pensar que Mannix Taylor podría haber insistido un poco más.

Ir a trabajar era un consuelo, y por una vez llegué antes que Karen.

—¡Caramba! —Al verme se detuvo en seco—. ¡Qué entusiasmo!

—Ya ves.

—Más vale que el pedido de SkinTastic llegue esta mañana. —No había terminado de hablar cuando sonó el telefonillo—. Ahí está. Yo iré.

Bajó las escaleras corriendo. Karen se negaba a pagar un gimnasio, pero se mantenía delgada moviéndose constantemente. Veía como una señal de debilidad personal permanecer sentada más de siete minutos.

Reapareció resoplando y con una gran caja de cartón a cuestas.

—¡Joder! —farfulló bajo el peso—. El vago del mensajero se largó nada más dejar esto en la puerta, y pesa una tonelada.

Soltó la caja sobre la mesa y atacó la cinta adhesiva con un cuchillo Stanley. Aguardé la letanía de quejas que solían acompañar los pedidos. Según Karen, los proveedores siempre se equivocaban con las cantidades y los productos: eran unos cretinos, unos capullos, unos tarados y unos imbéciles.

—¿Qué diantre es esto? —preguntó.

Por lo visto esta vez se habían equivocado del todo. Lo lamenté por el representante que tendría que padecer la lengua afilada de Karen.

—¡Mira esto, Stella!

Tenía un pequeño libro de tapa dura en la mano. Parecía un devocionario, o quizá un poemario. La cubierta era muy bonita, con volutas de color bronce y rosa dorado, y tenía pinta de caro.

—Aquí dentro hay muchos más, todos iguales. —Hizo un recuento rápido—. Yo diría que unos cincuenta. Han debido de enviarlos por error, aunque la caja lleva tu nombre.

Cogí un libro y lo abrí por una página al azar. El papel era grueso y lustroso, y en el centro de la hoja, entre delicados arabescos, aparecían las palabras:

> Daría diez años de mi vida por ser capaz de ponerme unos calcetines.

—¿Qué es esto? —pregunté.

En la siguiente página ponía:

> En lugar de pensar: «¿Por qué a mí?», pienso: «¿Por qué no a mí?».

Estudié la cubierta, que era lo primero que debería haber hecho. El libro se titulaba *Guiño a guiño* y estaba escrito por alguien llamado Stella Sweeney.

—¿Yo? —pregunté, estupefacta—. ¿Yo he escrito esto? ¿Cuándo?

—¿Qué? ¿Has escrito un libro? Qué guardado te lo tenías.

—No he escrito ningún libro. Mira a ver si hay alguna información en las primeras páginas.

—Hay una introducción.

Karen y yo la leímos juntas.

El 2 de septiembre de 2010, Stella Sweeney, madre de dos hijos, ingresó en el hospital aquejada de una parálisis muscular galopante. Le diagnosticaron el síndrome de Guillain-Barré, una extraña enfermedad autoinmune que ataca e inutiliza el sistema nervioso. Cuando todos los músculos de su cuerpo, incluido el aparato respiratorio, dejaron de funcionar, estuvo a punto de morir.

Una traqueotomía y un respirador artificial le salvaron la vida. Sin embargo, durante varios meses la única manera que tenía de comunicarse era moviendo los párpados. Se sentía sola, asustada y a menudo presa de fuertes dolores, pero nunca cedió a la autocompasión o a la ira, y durante su estancia en el hospital mantuvo una actitud positiva, optimista e incluso edificante. Este pequeño libro es una colección de algunas de las palabras sabias que Stella transmitía desde su cuerpo paralizado, guiño a guiño.

—¡Señor! —exclamó Karen casi con desdén—. ¿Se refieren a ti? Hablan como si fueras… Teresa de Calcuta.

—¿Quién ha hecho esto? ¿Quién lo ha confeccionado?

Pasé más páginas, estupefacta ante las cosas que yo supuestamente había dicho.

¿Cuándo un bostezo deja de ser un bostezo? Cuando se convierte en un milagro.

Recordaba vagamente haber parpadeado esas palabras a Mannix Taylor.

Y:

A veces la vida te da lo que quieres y a veces te da lo que necesitas y a veces te da lo que te da.

La única pista que pude encontrar era el nombre de la imprenta. Busqué el número en Google y dije a la mujer que me atendió:

—Sé que mi pregunta le parecerá extraña, pero ¿podría decirme a qué se dedican?

—Somos una editorial privada.

—¿Y eso qué significa?

—Que el cliente nos da el manuscrito y él elige el papel, la fuente, el tamaño y la ilustración de la sobrecubierta. Todo se confecciona a medida y con la máxima calidad, y después imprimimos.

—¿Y el cliente tiene que pagar?

—Sí.

—He recibido un libro con mi nombre en la portada pero yo no lo he encargado.

Tenía miedo de que me tocara a mí soltar la pasta, y parecía alucinantemente caro.

—¿Puede facilitarme su nombre? ¿Stella Sweeney? Déjeme ver. —Siguieron varios clics de ratón—. ¿*Guiño a guiño*? El pedido lo hizo y lo pagó un tal doctor Mannix Taylor. Le enviamos cincuenta volúmenes el septiembre pasado.

—Cuando dice «volúmenes», ¿se refiere a libros?

—Sí.

—¿Y por qué no los he recibido hasta hoy?

—Eso me temo que no lo sé. Le sugiero que se lo pregunte al doctor Taylor.

—No quiero hablar nunca más con él.

—Quizá debería repensarse su decisión —dijo la mujer—, porque esto es cuanto puedo hacer por usted.

—Entonces ¿los libros estarán en las librerías? —Empezaba a entusiasmarme.

—Somos una editorial privada —repuso en un tono estirado, casi defensivo—. Nuestros volúmenes solo son para disfrute personal de nuestros clientes.

—Entiendo.

Por un momento me había creído que había escrito realmente un libro. Una pequeña sombra de decepción pasó sobre mí y siguió su camino.

—Gracias. —Colgué—. Esto es obra de Mannix Taylor —dije a Karen.

—¡Vaya! ¡No tenía ni idea de que fueras tan buena en la cama!

—No lo soy. Los mandó imprimir en septiembre.

Me miró fijamente. Su frente se habría arrugado si las infiltraciones no la tuvieran domeñada.

—Debes de… gustarle mucho. ¿Por qué?

—Porque tengo una actitud positiva, optimista e incluso edificante. Supuestamente.

—La edificante soy yo.

—Lo sé. Entonces… —pregunté—, ¿qué hago?

—Veamos. Reciclarlos costaría una fortuna ahora que han empezado a pesar los cubos. ¿No podrías… no sé… guardarlos para regalar en los cumpleaños? ¿Deshacerte de ellos poco a poco?

—Me refería a qué hago con respecto a él.

Karen apretó los labios.

—¿Por qué me lo preguntas a mí? Ya sabes lo que pienso.

—Pero tú misma has dicho que debo de gustarle mucho.

—Tienes dos hijos. Te debes a ellos.

—Me dijo que me quería.

—Apenas te conoce.

Karen siempre insistía en que apagáramos los móviles mientras «trabajábamos» a alguien; para dar una imagen de profesionalidad, decía. Pero a las doce y media, la hora en que Betsy y Jeffrey almorzaban en el colegio, yo no tenía ningún cliente, de modo que encendí el móvil para hacerles una llamada rápida. Esa era mi campaña para recuperarlos: darles todo el tiempo que necesitaran, así como recordarles regularmente lo mucho que les quería.

Dije una pequeña oración para que sus corazones se hubiesen ablandado y casi no pude creerlo cuando Betsy contestó.

—Hola, mamá.

—¡Hola, cariño! Solo quería saludarte. ¿Qué tal tu día?

—¡Bien!

—¿Has comido?

—Sí, mamá —dijo muy seria—, y esta mañana me he vestido y me he puesto los zapatos.

—¡Muy buena! ¡Ja, ja, ja! ¿Y desayunaste?

—Más o menos. Ya conoces a papá. Los temas domésticos son un reto para él.

No era el momento de empezar a hablar pestes de Ryan. Actúa con prudencia, me dije. Mantente imparcial.

—Ya. Bueno, llámame si necesitas algo, si quieres que te ayude con los deberes, lo que sea. A cualquier hora del día o de la noche.

—Vale. Te quiero, mamá.

¡Te quiero! Era un gran paso.

Alentada por la reacción de Betsy, llamé de inmediato a Jeffrey.

Hum. En su caso no hubo ningún progreso. Jeffrey seguía negándose a hablar conmigo. Y también Ryan.

Siempre optimista, eché un vistazo rápido a mis mensajes. Tenía cuatro mensajes de voz. Todos de Mannix Taylor.

Lancé una mirada temerosa por encima de mi hombro; Karen se pondría furiosa si me pillaba escuchándolos. Entonces me invadió una calma extraña. Yo era una mujer hecha y derecha. Que solo iba a vivir una vez. Escucharía lo que Mannix tuviera que decir y asumiría las consecuencias.

Me llevé un sobresalto cuando, de pronto, el teléfono empezó a sonar. Era él: Mannix Taylor.

Segura de mí misma, pulsé la luz verde.

—Hola.

—¿Hola? —Parecía sorprendido—. Lo siento, no esperaba que contestaras.

—Pues ya ves.

—¿Recibiste los libros?

—¿De qué va todo eso?

—Reúnete conmigo y te lo contaré.

Lo medité.

—¿Dónde? No pienso ir a tu apartamento. No volveré a poner los pies en él. Y no, no puedes venir a mi casa; ni se te ocurra proponerlo.

—Entonces ¿qué tal…?

—¿Fibber Magee's para una cerveza y un sándwich caliente? No. ¿Un restaurante elegante para una conversación incómoda con todos los camareros escuchando? No. ¿El hotel Powerscourt para luego encontrarme a todos mis conocidos? No.

Rió quedamente.

—Mis hermanas y yo tenemos una casita en Wicklow, en la costa. Solo está a media hora de Ferrytown, y antes de que me lo preguntes, Georgie no la ha pisado en años. Dice que es aburrido.

—¿Te parece bien llevarme a un lugar aburrido?

Tras una pausa, respondió:

—No te aburrirás.

—¿Y no tendré que coger un taxi cuando termines conmigo?

Otra pausa larga.

—No terminaré contigo.

Siguiendo las indicaciones de Mannix, puse rumbo al sur a la hora del tráfico punta de la tarde. En Ashford abandoné la carretera principal y tomé otra más estrecha antes de adentrarme en un interminable camino de carro que atravesaba campos de basto carrizo. La luz persistía en el cielo crepuscular: la primavera estaba cerca.

Podía oler el mar y subí hasta lo alto de una colina y de pronto ahí estaba, elevándose e hinchándose a mis pies, plateado bajo el inminente anochecer.

A mi izquierda se alzaba, solitaria, una vieja casa de campo de una planta alumbrada por agradables luces amarillentas. Tenía que ser allí.

Crucé una verja con postes de mampostería hasta un alegre porche con sillas descoloridas por el sol y dos de esos calentadores poco ecológicos que la gente veía con malos ojos. (Francamente, a mí nunca me han molestado; prefiero eso a pasar frío.)

Mannix estaba atravesando el jardín con una brazada de leña. Me observó mientras aparcaba y bajaba del coche.

—Hola. —Sonrió.

—Hola. —Le miré y sonreí a mi vez.

—Entremos —dijo—. Aquí fuera hace frío.

El interior, de estilo rústico, era acogedor. En la chimenea ardía un fuego que proyectaba sombras saltarinas en las paredes. El suelo de madera estaba cubierto de alfombras y había dos sofás de felpilla, grandes y gastados, el uno frente al otro. La estancia estaba salpicada de almohadones orondos y echarpes de colores suaves.

—Pronto entraremos en calor —comentó Mannix—. Esta casa se calienta deprisa.

Arrojó los leños en una caja y pasó a la cocina por debajo de un arco. Sobre una larga mesa de madera descansaban dos botellas de vino y una bolsa de una tienda de comida preparada.

—He traído cena —dijo—. No la he hecho yo, la he comprado. Solo hay que meterla en el horno. ¿Tinto o blanco?

Dudé. No tenía ni idea de cómo acabaría aquello. ¿Y si decidía irme a casa? ¿Y si Betsy o Jeffrey me necesitaban?

—Tinto.

«Serás castigada.»

Me senté a la mesa y me puso delante una copa de vino.

—Pondré el blanco a enfriar. —Sacó una bolsa de cubitos de hielo y la volcó con un estruendo en un cubo de metal—. Joder con el hielo —exclamó—. ¿Por qué hace siempre tanto ruido?

Era evidente que estaba tan nervioso como yo.

Mientras él introducía la botella de vino blanco en el cubo, saqué de mi bolso un ejemplar de *Guiño a guiño*.

Esperé a que se sirviera una copa de vino tinto y se sentase frente a mí.

—Y ahora —dije muy seria—, explícate.

—Vale —asintió con igual seriedad—. Lo único que he hecho es devolverte tus propias palabras. ¿Recuerdas las conversaciones que teníamos en el hospital, cuando tú guiñabas palabras y yo las anotaba? El caso es que guardé las libretas.

—¿Libretas? ¿En plural? ¿Cuántas?

—Siete.

Me quedé atónita. Ni siquiera me había percatado de que Mannix llenara una libreta y la sustituyera por otra. Lo único que me importaba en aquel entonces era hacerme entender.

—¿Por qué las guardaste?

—Porque… pensaba que eras valiente.

Oh. No supe qué responder. No había sido criada para recibir elogios.

—Tú no sabías lo enferma que estabas. No sabías que casi nadie creía que fueras a curarte.

—Dios. —Probablemente había sido mejor que no lo supiese.

—Y una vez que empezamos con lo de la máxima del día, decías muchas cosas sabias.

—No es cierto —repuse automáticamente.

—Empecé a leerlas cuando comprendí que Georgie no tendría ningún hijo y que nuestra relación no saldría adelante. Me hacían sentir… —Se encogió de hombros—. Hacían que… la pena, si esa es la palabra exacta, fuera menos intensa.

—Pero ¿por qué las convertiste en un libro?

—Porque… quise.

Así era él en dos palabras: porque quiso.

—La idea me la dio Roland —continuó—. Cuando él terminó la rehabilitación, escribió un libro sobre su vida disoluta. Como nadie quería publicárselo, se puso en contacto con esta gente. Luego se dio cuenta de que probablemente no era una buena idea endeudarse todavía más para publicar un libro sobre la fortuna que debía. Pero eso me hizo pensar en tus máximas. Elegir el papel, la letra y todo lo demás me daba algo en lo que concentrarme. Confiaba en poder regalártelo algún día.

—¿Lo hiciste antes o después de que Georgie y tú os separarais?

—Antes.

—Eso no está bien.

—No, no está bien. Por eso no debería sorprenderme que Georgie y yo nos estemos divorciando.

Bien. Siguiente tema.

—¿Por qué no me retuviste la otra noche? —pregunté.

—Porque no sabía qué había hecho mal. Acababa de despertarme. Solo estaba intentando demostrarte que para mí no es un problema que tengas hijos, y de pronto estaba recibiendo un zapatazo en la cabeza. —Se inclinó hacia mí y, muy serio, dijo—: Me equivoqué. Te llamé y me expliqué. Te pedí perdón. Te llamé ocho veces.

Asentí. Lo había hecho.

—¿Por qué no me devolviste las llamadas? —preguntó.

Lo miré sorprendida.

—¿Estás de coña?

—No. Yo me disculpé, entoné el mea culpa. No podía hacer nada más. ¿Por qué no me llamaste?

¿Por qué no le llamé?

—Porque tengo mi orgullo.

—No hace falta que lo jures. —Se quedó un rato mirándome—. Tú y yo somos muy diferentes.

—¿Representa eso un problema?

—No lo sé. Tal vez.

Nos sobresaltó un crujido. Era el hielo derritiéndose en el cubo de metal y rompiendo la tensión.

—¿Tienes una venda de ojos? —pregunté de repente.

—¿Para qué?

—Ya que estoy aquí… podríamos aprovechar y divertirnos.

—¿De qué…? ¿Por qué una venda?

—Nunca lo he hecho con los ojos vendados. Y nunca me han atado.

—¿No? —Un abanico de emociones recorrió sus ojos. Recelo, curiosidad, interés—. ¿Nunca?

—Ryan era bastante… convencional —dije.

Mannix rió.

—¿Y tú no?

—No lo sé. Nunca me he molestado en averiguarlo y ahora quiero hacerlo.

Se levantó y me agarró por la muñeca.

—Entonces, vamos.

—¿Por qué esas prisas? —Cogí el bolso y Mannix me condujo por un pasillo.

—Porque tengo miedo de que cambies de opinión —dijo.

Entreabrió la puerta de una habitación y metió la cabeza como para evaluar su potencial para las ligaduras. Empujé la puerta un poco más: dentro había un dormitorio iluminado con una docena de velas blancas. Las llamas titilaban y se reflejaban en los barrotes de bronce de la cama, y el edredón estaba prácticamente oculto bajo una gruesa capa de pétalos de rosa de un rojo intenso.

No sabía si sentirme ofendida o halagada.

—¿Tan seguro estabas de que te saldrías con la tuya?

Parecía que estuviera buscando una mentira convincente. Finalmente se encogió de hombros y rió.

—Sí.

Nos besamos con avidez y me metió en la habitación. Me peleé con los botones de su camisa y conseguí desabrocharle tres. Mis pantorrillas chocaron con la cama y caí sobre el colchón arrastrando a Mannix conmigo. Cientos de pétalos salieron despedidos hacia arriba y el olor a rosas impregnó el aire.

Se sentó a horcajadas sobre mis caderas y deslizó las manos por mi blusa entallada; introdujo un dedo entre cada botón y, friccionando con la yema, los desabrochó uno a uno. Yo llevaba un sujetador negro que se abría por delante, y muy despacio, casi de forma experimental, Mannix tiró del cierre y mis pechos, perlinos a la luz de las velas, emergieron con toda su fuerza.

—Dios. —Se detuvo en seco.

—¿Algún problema? —Me costaba respirar.

Con la mirada brillante, meneó la cabeza.

—Todo lo contrario.

Se desabrochó rápidamente los dos últimos botones y se quitó la camisa. Tiró del cinturón apresado entre las trabillas de su tejano y lo sujetó por ambos extremos, tensándolo. Me miró como si estuviera tratando de decidir algo.

¿Iba a…?

—¿Quieres probarlo?

Raudo como el rayo, me dio la vuelta, me subió la falda y me azotó la nalga con la punta del cinturón. Me dolió.

—¡Para! ¡Soy convencional, soy convencional!

Estaba chillando de excitación y de alborozo, y Mannix se derrumbó sobre mí con una carcajada.

—Vale, no volveremos a hacerlo. —Me apretó contra él con una chispa en la mirada—. ¿Quieres que te ate?

—No. Sí. ¡No lo sé!

—Bien.

Me colocó en el centro de la cama y me juntó las manos por encima de la cabeza. Me rodeó las muñecas con el cinturón y lo ató a uno de los barrotes del cabecero. A la luz de las velas, Mannix era todo concentración mientras se aseguraba de que yo quedara bien sujeta.

—¿No deberíamos tener una «palabra»? —De repente estaba nerviosa—. ¿Por si quiero parar?

Rió de nuevo.

—No te burles de mí —dije, dolida.

—No me burlo. Eres… adorable. Vale, ¿qué te parece «No»? —Enarcó una ceja—. ¿O «Para»?

Lo observé, indecisa.

—Solo di «Para, Mannix» y pararé.

Se puso a doblar la camisa.

—¿Qué haces?

—No tengo una venda a mano —dijo—. Estoy improvisando.

Siguió plegando la camisa sobre sí misma hasta formar una banda perfecta.

—¿Lista? —La sostuvo sobre mi cara.

Tragué saliva.

—Lista.

Colocó la banda sobre mis ojos e hizo un nudo lo bastante fuerte para generarme una punzada de temor.

—¿Puedes respirar?

Asentí. En lugar de rosas solo podía olerle a él.

Sentí cómo sus manos me quitaban la falda y después las bragas. Oí el chirrido de una puerta —supuse que era la del armario— y a continuación algo frío y sedoso me rodeó el tobillo; estaba casi segura de que era una corbata. Noté un tirón que me subió hasta la cadera y advertí que no podía mover la pierna. Lo mismo sucedió en el otro lado, y de repente me descubrí con las piernas abiertas e inmovilizada. No tendría que haberme sorprendido, pero aun así me sorprendió. Intenté en vano doblar los brazos y volví a sentir esa pequeña punzada de miedo.

Yo misma había pedido esto, y sin embargo ahora ya no estaba tan segura de desearlo.

La habitación permanecía en calma. No podía oír a Mannix. ¿Se había ido? Mi nerviosismo aumentó. ¿Y si me abandonaba en esa casa alejada de todo? Nadie sabía que estaba aquí...

De pronto noté su peso sobre mi cuerpo y su aliento caliente en mi oreja.

—Esto te va a gustar —me susurró—. Te lo prometo.

Después, Mannix me quitó la venda y las ligaduras y mis extremidades cayeron pesadamente sobre el lecho de pétalos. Anonadada y flotando en una dicha ingrávida, permanecí boca arriba y durante un rato me dediqué a contemplar el techo, las vigas de madera...

—¿Mannix? —musité al fin.

—¿Mmm?

—Leí en una revista sobre una cama columpio...

Rió quedamente.

—¿Una cama columpio?

—Mmm. No es para dormir, es solo para... ya sabes.

Rodó sobre mí y quedamos frente a frente.

—Para... ya sabes.

—Sí.

—Eres una caja de sorpresas.

Pasé una mano lánguida por los músculos duros de su costado.

—¿Qué haces?

—¿Qué hago de qué?

—Como ejercicio.

—Natación.

—Déjame adivinar. Primera actividad del día. Carril rápido. Nadie se interpone en tu camino. Cuarenta piscinas.

Sonrió algo cohibido.

—Cincuenta. Pero la gente se interpone en mi camino. Aunque no me importa... Y a veces salgo a navegar.

—¿Tienes un barco?

—El marido de Rosa, Jean-Marc, tiene un balandro. Me deja sacarlo. Me encanta el agua.

A mí no. Me daba miedo.

—Yo ni siquiera sé nadar.

—¿Por qué no?

—No lo sé, nunca aprendí.

—Yo te enseñaré.

—No quiero aprender.

Rió.

—¿Y qué «haces» tú?

—Zumba.

—¿En serio?

—Bueno, lo hice un par de veces. Es difícil. Los pasos son complicados. En realidad no «hago» nada. Cuéntame cosas. Háblame de tus sobrinos.

—Tengo cuatro. Los hijos de Rosa son Philippe, que cumplirá diez años el mes que viene, y Claude, que tiene ocho. Y los de Hero son Bruce y Doug, también de diez y ocho respectivamente. Me lo paso genial con ellos. Ya sabes cómo son los chicos: brutos, simples…

—No siempre. —Estaba pensando en Jeffrey—. ¡Ostras! —De repente me había acordado de que tenía que llamar a Betsy y a Jeffrey—. ¿Qué hora es?

—¿Ahora mismo? —Mannix se estiró para poder ver el viejo despertador que descansaba sobre la mesilla de noche—. Las nueve y diez.

—Bien. —Contoneándome, salí de debajo de su cuerpo.

—¿Te vas?

—Tengo que llamar a mis hijos. —Agarré el bolso y me lo subí a la cama.

—Me iré para que puedas hablar con tranquilidad.

—No es necesario.

Se detuvo a medio camino de la puerta.

—Si prometes estar callado.

—Por supuesto —repuso casi ofendido.

—Se llevarían un disgusto si supieran que les estoy llamando… contigo al lado.

—Stella… lo sé.

Hurgué en el bolso hasta encontrar el móvil. Jeffrey, como de costumbre, no contestó. Pero Betsy sí.

—¿Va todo bien, cariño? —pregunté.

—Te echo de menos, mamá.

«¡Bien!»

—Ya sabes que me tienes aquí para lo que quieras, cielo —dije desenfadadamente—. ¿Qué has cenado?

—Pizza.

—¡Qué bien!

Se oyó un grito a lo lejos. Parecía la voz de Ryan.

—¿Ocurre algo? —pregunté.

—Papá dice que dejes de controlarlo, que él ha sido padre los mismos años que tú.

—Lo siento, no…

—Chao. —Betsy colgó.

—¿Estás bien? —Mannix me estaba observando detenidamente.

Le tendí el móvil y lo echó en el bolso.

—Haz que me sienta mejor —dije.

Me miró a los ojos y me cogió la mano.

—Mi dulce Stella.

Besó mis agrietados nudillos con exquisita ternura. Sin apartar los ojos de mí, paseó su boca por mi brazo hasta el hueco del codo. Solté un largo suspiro y me dejé hacer.

Me despertó el sonido del mar. El sol estaba despuntando. Mannix aún dormía, de modo que me levanté con sigilo y me puse el pijama que me había traído, como si estuviese en una fiesta de pijamas estilo Betsy.

Me preparé una taza de té, me envolví con una manta y salí al porche con el ejemplar de *Guiño a guiño*.

Hacía frío pero no llovía. Contemplé el mar que se extendía

al otro lado de los carrizos y la arena blanca mientras el cielo se cubría de luz. Tenía la impresión de estar viviendo la vida de otra persona, quizá de una mujer de una película de Nicholas Sparks. A modo de experimento, rodeé la taza con las dos manos, algo que en otras circunstancias jamás haría. Fue una sensación agradable, por lo menos al principio, pero era imposible hacerlo mucho rato sin quemarse los dedos.

Tímidamente, abrí *Guiño a guiño*. Eran mis palabras; sin embargo apenas conocía esa versión de mí. Era extraño, y probablemente insano, verme a través de los ojos de otra persona.

Pasé las hojas y con cada frase que leía me asaltaban recuerdos de mi estancia en el hospital.

—¿Stella? —Era Mannix, desnudo salvo por una toalla atada a la cintura.

—¡Qué susto me has dado!

—El susto me lo has dado tú a mí. Pensé que te habías ido. Vuelve a la cama.

—No tengo sueño.

—Precisamente por eso. Vuelve a la cama.

Cuando llegué al trabajo Karen me recibió diciendo:

—Tienes que llevarte esta cosa de aquí. —Se refería a la caja de libros—. No hago más que tropezar con ella. No tenemos sitio.

—Está bien, me la llevaré mañana.

Me observó detenidamente.

—¡Dios mío! No hace falta que te pregunte qué estuviste haciendo anoche.

—¿Q... qué? —¿Cómo lo sabía?

Sus ojos se detuvieron en mi muñeca.

—¿Eso de ahí es sangre? ¿Estás sangrando?

Seguí la dirección de su mirada.

—Es... es un pétalo de rosa.

Se habían metido por todas partes. A pesar de que me había duchado y lavado el pelo, seguiría encontrándolos durante días.

—Dios mío —dijo casi en un susurro—. Lo huelo. Son rosas. Te ha hecho lo de los pétalos de rosa. ¿Sabes que hay una empresa que se dedica a venderlos? ¿Que vende grandes bolsas de pétalos ya arrancados? No te hagas ilusiones pensando que se pasó horas cogiéndolos él mismo. Lo único que tuvo que hacer fue volcar la bolsa sobre la cama. No debió de llevarle ni cinco segundos.

—Vale. —No lo sabía, pero no iba a ponerme a discutir.

—¿Y? —dijo—. ¿Fue... erótico?

No sabía qué contestar. Estaba deseando contárselo, pero temía que me juzgara.

—¡No! —Karen levantó la mano—. Mejor no me lo digas. Bueno, dime solo una cosa. ¿Te ató?

Lo medité.

—Sí. Un poco.

El semblante de Karen era un batiburrillo de emociones contradictorias.

Me pregunté si no debería enseñarle la marca roja de la nalga, pero decidí que no podía ser tan cruel.

Entre las diez y las doce no tenía clientes, de modo que salí a repartir *Guiño a guiño* a familiares y amigos. Quería demostrarles a todos que Mannix Taylor era un hombre bueno que hacía cosas buenas.

Las reacciones al libro fueron variadas. El tío Peter se mostró desconcertado pero positivo.

—Le buscaremos un lugar especial en la vitrina. No te preocupes, tiene llave. Allí estará seguro.

Zoe estaba impresionada.

—Uau. —La barbilla empezó a temblarle y los ojos se le llenaron de lágrimas—. Esto sí es una disculpa en toda regla, le da mil vueltas a las azucenas y a las trufas. Puede que Mannix sea un buen tío después de todo, Stella. Puede que haya unos pocos ahí fuera.

Mamá se inquietó.

—¿Podrían demandarte? A la gente que escribe libros siempre le ponen demandas.

Papá no cabía en sí de orgullo.

—Mi propia hija, autora de un libro.

—Papá, ¿estás llorando?

—No.

Pero estaba llorando.

Más tarde ese mismo día, sin embargo, me llamó para quejarse.

—No tiene demasiado argumento.

—Lo siento, papá.

—¿Piensas enseñárselo a Ryan y a los niños?

—No lo sé.

Había estado dándole vueltas. Enseñarles el libro podría empeorar mucho las cosas. No obstante, escondérselo podría tener también consecuencias nefastas.

El miércoles por la noche me llamó Betsy.

—¿Mamá? He visto el libro, el que te hizo el doctor Taylor. El abuelo nos lo enseñó.

—¿En serio? —Agarré el teléfono con fuerza.

—Es muy bonito. Le gustas mucho, ¿verdad?

—Bueno… —¿Por qué no ser sincera?—. Eso parece.

—Mamá, ¿podrías comprarnos comida?

—¿Como qué?

—Como muesli y zumo y plátanos. Cosas. Y papel higiénico. Y creo que necesitamos a alguien que venga a limpiar.

—Puedo ir yo.

—Creo que papá no lo vería con buenos ojos.

—De acuerdo.

El caso es que yo quería que Ryan fracasara como padre separado, pero también quería que mis hijos comieran bien, se duchasen y llevasen ropa limpia y tuvieran sus tareas escolares al día. De modo que debía apoyarles.

Pero sin pasarme…

El jueves por la mañana, antes de ir a trabajar, compré todo lo que creía que los niños y Ryan podrían necesitar. Rezando para que ya se hubieran ido todos, llamé al timbre y, en vista de que nadie me abría, entré con mi llave. La casa estaba sucia, sobre todo la cocina; mugre, migas y restos de comida cubrían todas las encimeras. En el suelo había unas extrañas manchas pegajosas y los cubos de basura estaban a rebosar.

Mientras llenaba la nevera y desinfectaba las encimeras, reflexioné sobre lo absurdo de la situación: ellos eran los que me habían dejado, y sin embargo allí estaba yo, haciéndoles la compra y limpiándoles la casa. Pero sabía que Ryan pronto se sentiría desbordado y que los niños volverían conmigo.

Y tenía que reconocer que, en parte, no quería que volvieran. Todavía no. Quería pasar un tiempo sola.

Cada día desde el lunes, en cuanto terminaba de trabajar, conducía hasta la casa de la playa, donde Mannix me esperaba con las velas encendidas, el vino servido y la nevera repleta de exquisiteces que las más de las veces no tocábamos. En cuanto yo cruzaba el umbral se abalanzaba sobre mí. Teníamos tanto sexo que estaba dolorida. Lo hacíamos en todas partes. Mannix me desvestía sobre la alfombra, delante del fuego, y me pasaba cubitos de hielo por los pezones. Me llevaba afuera, donde, pese al sorprendente frío, nos arrancábamos mutuamente la ropa sobre la arena. Una noche me desperté en medio de la oscuridad tan excitada que le acaricié hasta ponerlo lo bastante duro para montarlo, y no se despertó hasta que lo tuve dentro.

Cada mañana, antes de ir a trabajar, lo hacíamos por lo menos una vez.

A pesar de eso, el jueves a mediodía estaba tan caliente que pensé que no podría aguantar hasta la noche, de modo que en un hueco entre clientes me fui a casa y le llamé.

—¿Dónde estás? —le pregunté.

—En la clínica.

—¿Estás solo?

—¿Por qué?

—No llevo bragas.

—Señor —gruñó—. No, Stella.

—Sí, Stella. Estoy tumbada en la cama.

—Déjame adivinar. Nunca has practicado el sexo telefónico.

—Es mi primera vez en todo. Me estoy tocando, Mannix.

—¡Stella, soy médico! Tengo que atender a pacientes. No me hagas esto.

—Vamos —susurré—. ¿Ya la tienes dura?

—Sí…

—Imagina que estoy ahí. Imagina que te tengo en mi boca. Imagina que mi lengua…

Seguí hablando lenta, quedamente, mientras oía cómo su respiración se volvía rápida y entrecortada.

—¿Te estás... tocando? —pregunté.

—Sí —susurró.

—¿Te estás... moviendo?

—Sí.

—Muévete más deprisa. Piensa en mí, piensa en mi boca, piensa en mis pechos.

Gimió al oír esto último.

—¿Vas a correrte?

—Sí.

—¿Cuándo?

—Pronto.

—Más deprisa —le ordené.

Seguí hablando hasta que su garganta emitió una especie de gruñido mezclado con un gemido.

—Dios —susurró—. Dios. Dios.

Esperé a que su respiración se calmara.

—¿Te has...?

—Sí.

—¿En serio? —grité.

¡Sexo telefónico! ¿Yo? ¡Quién iba a decirlo!

Dormía una media de cuatro horas por noche pero nunca estaba cansada. En un momento dado el doctor Quinn me llamó para decirme que mi analítica había llegado y que todo estaba bien, pero yo ya lo sabía: mi agotamiento crónico había desaparecido.

Esos días fueron como unas vacaciones para mí, y cuando Mannix y yo no teníamos sexo yacíamos en la cama y manteníamos largas y enrevesadas conversaciones en las que nos poníamos al día sobre nuestras vidas respectivas.

—Así que durante cinco veranos seguidos trabajé en una fábrica de conservas de Munich.

—¿Por qué no te pagaba tu padre la universidad?

—Porque no tenía dinero. Me pagó el primer semestre del primer año y luego me pidió que se lo devolviera.

—¡Señor! ¿Y por qué?

—Porque lo necesitaba.

—Un día, en el hospital, me contaste que te hiciste médico para complacer a tu padre. ¿Es cierto?

—En realidad lo hice más para proteger a Roland. Pensé que así nuestro padre lo dejaría tranquilo.

—Pero ¿te gusta?

—Sí... Aunque mi trato con los pacientes probablemente no sea el más agradable, pero eso ya lo sabes. La gente espera milagros únicamente porque he ido a la universidad, pero yo no puedo hacer milagros y eso me deprime. Trabajo con pacientes que tienen Parkinson o que han sufrido derrames cerebrales. Como mucho, les ayudo a lidiar con su enfermedad, pero no puedo curarles.

—Entiendo...

—Pero tu caso era diferente, Stella. Existía la posibilidad de que te curaras del todo, de que fueses mi milagro. Y lo fuiste.

No supe qué decir. Era bonito ser el milagro de alguien.

—¿Por qué te hiciste neurólogo? —pregunté—. Podrías haber elegido otra especialidad.

Rió.

—Porque soy muy aprensivo. En serio, habría sido un cirujano pésimo. ¿Qué otras opciones tenía? Estaba oftalmología. Ojos. Cuencas. La idea de trabajar cada día con eso... O cerebros... Dios... O montones de colon. No sé, ¿a ti te molaría?

—Entonces ¿qué te habría gustado ser en lugar de médico?

—No lo sé, nunca he tenido una vocación. Aunque no es un trabajo propiamente dicho, me habría gustado ser padre.

Al fin lo había mencionado, el tema que llevábamos días evitando deliberadamente.

—¿Y ahora, Mannix? —pregunté con tiento—. ¿Todavía quieres tener hijos? —Debíamos hablar sin rodeos.

Suspiró y rodó sobre un costado para poder mirarme a los ojos.

—Ya he perdido ese tren. Después de todo lo que pasamos Georgie y yo... Demasiado tiempo haciéndonos ilusiones y sufriendo decepciones. Pero lo he asumido. —Parecía sorprendido—. Me cuesta mucho asumir las cosas, pero esto lo he superado. Adoro a mis sobrinos. Los veo a menudo y lo pasamos muy bien juntos. Me basta con eso. ¿Qué me dices de ti?

Estaba tan loca por Mannix que la idea de una versión suya en bebé hacía que me estremeciera; de hecho, la mera idea de llevar dentro un hijo suyo me emocionaba profundamente.

Pero no debía engañarme. Sabía que los bebés daban mucho trabajo. Muchas mujeres a mi edad o incluso mayores tenían hijos, pero yo había satisfecho mi instinto maternal con los dos que ya tenía.

—Creo que los bebés no formarán parte de nuestra historia —dije.

—Me parece bien —respondió.

Guardé silencio. Estaba pensando en mis hijos, en el hecho de que había roto su hogar y que nunca me lo perdonarían.

—Volverán —dijo Mannix.

—No ha podido ocurrir en peor momento. Apenas unos días después de saber que Betsy se acuesta con su novio… Debería estar a su lado.

—No puedes si ella no te deja. Todo se arreglará muy pronto, ya lo verás.

Seguramente Mannix tenía razón. Las relaciones entre Ryan y los niños se habían deteriorado hasta tal punto que Jeffrey le había retirado la palabra a su padre.

—Si te soy sincera, no puedo creer que Betsy esté realmente acostándose con su novio —dije.

—¿Tú no te acostabas con el tuyo a los diecisiete?

—¡Pues claro! ¿Tú no? No me lo digas, no hace falta ni que te lo pregunte. Te encanta el sexo, ¿verdad?

Se incorporó y me clavó la mirada.

—Sí. No voy a mentirte. Te… deseo.

—¿Y también deseas a otras mujeres? —Necesitaba hacerme una idea de cuánto tenía de conquistador.

—¿Quieres una lista?

—La última mujer con la que te acostaste antes de mí, ¿era tu esposa?

—No.

Eso me cerró la boca. No sabía si podría soportar saber más detalles al respecto. ¿Había habido muchas?

—No —dijo leyéndome el pensamiento—. Y en cualquier caso, a ti también te encanta.

Todo se vino abajo el viernes a las once de la noche con una llamada de Betsy.

—Ven a buscarnos. Volvemos a casa —dijo.

—¿Ahora?

—Absolutamente.

—Eeeh… vale. —Despegué mi cuerpo desnudo del de Mannix.

—Papá no tiene el menor sentido de la responsabilidad como progenitor —se quejó Betsy—. Siempre llegamos tarde al colegio. Y ahora dice que no puede llevarnos en coche a los lugares a los que necesitamos ir mañana. Es inaceptable.

—¿También vuelve… Jeffrey? —Seguía sin cogerme el teléfono.

—Sí, pero está muy enfadado contigo, y aún me quedo corta.

—Os recogeré dentro de cuarenta y cinco minutos.

—¿Cuarenta y cinco? ¿Dónde estás?

Colgué y salté de la cama.

—¿Adónde vas? —Mannix me miró preocupado, incluso enfadado.

—A casa.

—¿Y qué ocurrirá ahora?

—No lo sé.

—¿Cuándo volveré a verte?

—No lo sé.

Mientras conducía por la autopista vacía y oscura hacia Dublín no tuve más remedio que hacer frente a ciertos pensamientos que había mantenido a raya durante la semana. Había una manera correcta de hacer las cosas: las madres recién separadas llevaban con suma discreción cualquier relación nueva. Mantenían la existencia del hombre en secreto hasta asegurarse de que era un tipo de fiar que estaba dispuesto a implicarse con sus hijos y que lo suyo podía durar…

Yo lo había hecho todo mal, si bien las cosas se habían precipitado cuando los compañeros de Jeffrey me vieron con Mannix en el muelle. Y esos inesperados días mágicos en la casa de la playa habían podido conmigo.

Ryan abrió la puerta con una sonrisa tímida. Estaba tan contento de que los niños se fueran que se había olvidado de estar furioso conmigo.

—¡Hasta pronto, niños! —exclamó agitando la mano desde la puerta.

—Que te den. —Betsy arrastró su maleta hasta el coche y se instaló en el asiento de delante.

Sin abrir la boca, Jeffrey metió su equipaje en el portamaletas y se sentó detrás.

Ryan ya había cerrado la puerta.

—Voy a decir algo —comenzó Betsy mirando al frente—, y no porque esté enfadada con él, lo cual es superevidente, pero como padre es una mierda. Perdón por el taco.

—«Mierda» no es un taco.

—¡Mamá, ese ejemplo, por favor!

Cuando llegamos a casa Betsy me llevó a un lado.

—Yo lo tengo superasumido, pero quizá deberías intentar un acercamiento con... —Abriendo mucho los ojos, miró la escalera por la que había desaparecido Jeffrey—. Adelante, mamá.

—Me dio un pequeño azote en el trasero (por lo visto era lo que me tocaba esta semana) y dijo—: ¡Lo siento! ¡Hemos traspasado totalmente los límites!

«Por Dios.»

Esperé unos minutos antes de llamar a la puerta de Jeffrey. Ya estaba en pijama y acostado.

—¿Puedo sentarme?

—Qué remedio. —Se incorporó y se subió el edredón hasta el pecho—. ¿El doctor Taylor es tu novio?

—Hum... no lo sé.

—Estabais enrollados —dijo Jeffrey—. Por eso os habéis separado papá y tú.

—No estábamos enrollados. —Eso sí podía decirlo sin miedo a mentir.

—¿Y ese libro? Lo hizo hace siglos.

—No estábamos enrollados. —Parecía un político—. Hacía más de un año que no sabía nada de él.

—¿Está casado?

—Lo estaba. Se está divorciando.

—¿Tiene hijos?

—No.

—Por eso está contigo, porque tú sí tienes hijos.

—No es por eso.

—¿Tenemos que conocerlo?

—¿Te gustaría?

—En realidad ya lo conocimos. En el hospital.

—De eso hace mucho, ahora la situación es otra.

—Entonces ¿es tu novio?

—No lo sé, Jeffrey, en serio.

—Pues deberías saberlo. Eres una persona adulta.

Tenía razón. Debería saberlo, pero no lo sabía.

—¿Papá y tú nunca volveréis a estar juntos? —preguntó.

Miles de pensamientos cruzaron por mi mente. En teoría cualquier cosa era posible, pero lo dudaba mucho, muchísimo.

—No —decidí al fin—. No.

—Es una pena… —Una lágrima rodó por su mejilla.

—Jeffrey. —Sentía su dolor como una cuchillada en el estómago—. Ojalá pudiera protegerte siempre del sufrimiento. Ojalá pudiera hablarte solo de cosas buenas. Esta es una dura lección para alguien tan joven como tú.

—Crees que al doctor Taylor le gustas, y puede que sea verdad, pero él no es mi padre. Será tu… novio, pero no puedes obligarnos a formar otra familia con él.

—De acuerdo. —Mientras decía esas palabras me di cuenta de que no debería hacer promesas que no podía cumplir.

—Pero si va a convertirse en tu novio, deberíamos conocerlo.

Sus palabras me sorprendieron.

—¿Te refieres a Betsy y a ti?

—Y a los abuelos, a tía Karen, a tío Enda, a tía Zoe, a todos.

Jeffrey miró fríamente a Mannix.

—Mi padre tiene una pick-up Mitsubishi, el mejor coche del mundo.

La entrada de Jeffrey en su primer encuentro con Mannix no estaba siendo lo que se dice muy amable.

—Lo es, hum, sí que lo es. —Mannix asintió con energía y se obligó visiblemente a adoptar una postura relajadada—. Probablemente sea el mejor coche del mundo. Las pick-ups son… hum… geniales.

—¿Qué coche tienes tú? —preguntó Jeffrey.

Miré nerviosa a Mannix. Nuestro futuro juntos dependía de su respuesta.

—Es… es otro coche japonés. No tan bueno como la pick-up Mitsubishi pero…

—¿Qué modelo?

—Un Mazda MX-5.

—Es un coche de chica. —El desdén de Jeffrey era feroz.

—Empezó siendo un coche de chica —explicó Mannix—. Era de mi ex mujer, de mi futura ex mujer, Georgia. Pero se compró un coche nuevo.

—¿Cuál?

—Un Audi A5. Y quiso que yo me quedara con el Mazda.

—¿Por qué no te compraste un coche nuevo tú también?

—Porque... hum... el Audi costó mucho...

—O sea que ella se lleva un Audi nuevo y tú un Mazda de segunda mano. Qué manera de pringar, tío.

Mannix observó a Jeffrey. Tardó un rato antes de responder.

—A veces es más fácil ceder. Estoy seguro de que, como hombre que vive con mujeres, entiendes de qué te hablo.

La sorpresa se reflejó en el rostro de Jeffrey. De repente comprendió que podía tener un aliado en Mannix.

Más tarde, cuando este se hubo marchado, encontré a Jeffrey llorando en su habitación.

—Si el doctor Taylor me cae bien —balbuceó—, ¿estoy traicionando a papá?

Durante las siguientes semanas presenté a Mannix a mi familia y amigos y hubo reacciones de todo tipo. Karen estuvo amable y educada. Zoe no quería que la cautivase pero finalmente sucumbió. Mamá estuvo nerviosa y algo histérica. Papá lo trató como un colega e intentó hablar de libros con él, y se llevó un chasco cuando descubrió que Mannix no era aficionado a la lectura.

—¿Con todos sus estudios...?

—Soy un hombre de ciencias.

—Pero Stella es una gran lectora. ¿Qué tienen ustedes dos en común?

Mannix y yo cruzamos una mirada, y fue como si una voz oculta hubiese empezado a susurrar: «SexoSexoSexo».

Papá se puso colorado, musitó algo y salió a toda prisa de la sala.

Era imposible saber lo que Enda Mulreid pensaba de Mannix porque era imposible saber lo que Enda Mulreid pensaba de nadie. Como solía decir papá: «Ese muchacho juega con las cartas pegadas al pecho». Tras lo cual siempre añadía: «Aunque es probable que no juegue a las cartas. Lástima, porque existiría una pequeña probabilidad de que se divirtiera».

Betsy declaró que Mannix le caía bien y que a Tyler también.

—Y Tyler tiene mucho ojo con la gente —me dijo muy seria—. A veces me da mucha pena que papá y tú os hayáis separado. A veces me gustaría volver a ser una niña y que estuviéramos como antes. Pero así es la vida. Como dices en tu libro, no todo pueden ser chicles y piruletas.

Asentí con preocupación: ¿realmente lo estaba llevando tan bien como parecía?

—Está enamorada —dijo Mannix—. Ahora mismo para ella todo son flores y violines.

—Está bien… —Tal vez fuera tan sencillo como eso.

—¿Recuerdas la sensación de estar enamorada? —preguntó Mannix—. Yo sí, porque estoy enamorado…

—¡Calla!

Reculó y dijo:

—Vaaale.

—No digas que estás enamorado de mí. Casi no me conoces. Y yo tampoco a ti.

—Nos conocimos en el hospital.

—¿Por unas cuantas conversaciones con guiños? Eso no cuenta. No es el mundo real. Yo no sé qué nombre darle a lo que siento por ti. Lo único que sé es que me das miedo.

—¿Por qué? —preguntó, horrorizado.

—Me aterra que me abrumes.

—No lo haré.

Pero ya lo estaba haciendo.

—Yo quería a Ryan, un día enfermé y no sobrevivimos a la experiencia. Tú querías a Georgie, no pudisteis tener hijos y ahora ya no la quieres. Eso me hace pensar…

—¿En qué?

—Que no puedes hablar de amor hasta que las cosas vayan mal y consigas superarlas. El amor no son flores y violines. Y tampoco lo es el buen sexo. El amor es lealtad. Es resistir en la batalla, luchar hombro con hombro. La nieve golpeándonos la cara. Los pies envueltos en harapos. La nariz congelada. La...

—Vale, lo he pillado. Que nos caiga encima una catástrofe.

—Lo que...

—En serio, Stella, lo he pillado. Ahora la pelota está en tu campo. No volveré a pronunciar la palabra «amor» hasta que lo hagas tú.

Mannix organizó un encuentro con Roland y conmigo. Cuando Roland entró en el restaurante, ataviado con una camisa extravagante y gafas retro de montura gruesa, me embargó una profunda ternura. Ya lo sentía como un viejo y querido amigo. Corrí a su encuentro y Roland me dio un gran abrazo de oso.

—Tengo tanto que agradecerte —dijo—. La rehabilitación me ha salvado.

—¡Yo no hice nada, Roland! Fue tu decisión.

—Porque tú me convenciste.

—No, Roland, tú te convenciste a ti mismo.

Y llegó el momento de conocer a las hermanas de Mannix.

—Es el cumpleaños de mi sobrino Philippe. Tiene diez años. Lo celebraremos en familia el sábado por la tarde. Si te traes a Betsy y a Jeffrey, sería una manera agradable de que se conocieran. Y de que conocieran a Roland.

Fuimos los cuatro en mi coche porque Mannix seguía conduciendo el ex biplaza de Georgie.

Durante el trayecto Mannix le hizo un resumen a Betsy de la gente que se disponía a conocer y ella introdujo los nombres en su móvil para no olvidarlos.

Rosa y Jean-Marc vivían en un superchalet de Churchtown. Al cruzar la verja advertí que el león de piedra del pilar de la izquierda tenía arrancada la cabeza.

—Obra de Philippe y Claude con un bate de críquet —explicó Mannix—. Siempre me río cuando lo veo.

Rosa, una criatura menuda y acicalada, se acercó correteando por el vestíbulo. Me fijé en su camiseta. Yo tenía una igual y me había costado ocho euros. Un buen augurio.

—¡Hola, Stella! ¡Soy Rosa! —Me dio un abrazo.

—Y yo soy Hero. —Por detrás de Rosa asomó otra mujer, que también me abrazó.

El parecido era asombroso. Rosa era morena; Hero, rubia, pero la cara y el cuerpo, incluso el timbre de voz, eran idénticos.

—Y tú debes de ser Betsy —dijo Rosa.

—¡Absolutamente! —gritó arrojándose a los brazos de Rosa y luego a los de Hero.

Rosa y Hero se dispusieron a trasladar su caravana de abrazos a Jeffrey, pero una mirada suya bastó para hacerlas retroceder. Plantaron un beso fugaz a Mannix.

—Pasad, pasad —dijo Rosa. Se volvió hacia mí—. Stella, es como si ya te conociéramos.

—Mannix nos habló de ti cuando estabas enferma —explicó Hero.

Advertí que Mannix se ponía tenso y que Hero enrojecía.

—¡Nunca por tu nombre! —añadió.

—Nunca, desde luego —la secundó Rosa.

—Desde luego —insistió Hero—. Mannix es muy profesional.

—Muy profesional.

—Una auténtica tumba. —Rosa y Hero rieron.

—Pero sí que nos habló de tu enfermedad…

—… y de lo valiente que fuiste.

—Cerrad el pico de una vez —dijo Mannix.

—Tomemos una copa —propuso Rosa—. Para olvidar nuestra metedura de pata.

En la cocina había un gran pastel de forma irregular en el que se leía: «Feliz Cumpleaños, Philippe».

—Lo sé —dijo Rosa—. Lo hice anoche. Había bebido un pelín. ¿Vino, Stella? ¿O prefieres una ginebra?

—Vino, gracias.

—¿Una copa de vino, Betsy?

—Oh, no. Soy abstemia. Un zumo de naranja.

—¿Una cerveza, Jeffrey?

—Solo tengo quince años.

—¿Eso es un sí o un no?

Rosa rió desenfadadamente y Jeffrey dijo en un tono gélido:

—Es ilegal beber a mi edad.

Le faltaban seis semanas para cumplir los dieciséis y bebía siempre que yo le daba permiso, por lo que no era más que un tecnicismo. No obstante, Jeffrey no desaprovechó la oportunidad de ser grosero.

—¡En ese caso, zumo de naranja!

Se oyó un repiqueteo de pasos en la parte de atrás y una pandilla de niños entró corriendo en la casa.

—¿Ha llegado tío Roland?

—Todavía no, pero tío Mannix está aquí.

Los chicos se presentaron como los cuatro sobrinos de Mannix: Philippe, Claude, Bruce y Doug. Todos ellos abrazaron a Mannix, lo que encontré enternecedor, y Phillippe abrió su regalo: el uniforme del Chelsea de la nueva temporada.

—¡Qué chulo! —exclamó—. ¡Eres el mejor!

Los cuatro chicos pasaron de Betsy y de mí y se concentraron en Jeffrey.

—¿De qué equipo eres? —le preguntó Philippe.

—¿Equipo de fúbtol? —preguntó Jeffrey.

—O de rugby… —añadió impaciente Philippe.

—No soy de ninguno. Los deportes de grupo son para idiotas.

Miré horrorizada a mi hijo.

—Jeffrey, por favor.

—Bueno, sé que solo soy una chica —declaró Betsy—, pero ¡soy absolutamente fan del Chelsea! ¡Salgamos al jardín a pegar unos chutes, chicos!

—¿Te apuntas? —preguntó Philippe tímidamente a Jeffrey—. Así seremos pares.

Jeffrey lo ignoró.

—Ya juego yo —dijo Mannix.

—¡Hurra!

Los maridos entraron a saludar. Jean-Marc no era tan atractivo como insinuaba su nombre y Harry tenía una barriga poderosa, pero eran amables y cálidos.

—Coge un hojaldre de salchicha. —Rosa me puso una bandeja por delante—. Comeremos el pastel en cuanto llegue Roland.

Al poco rato los sobrinos clamaron:

—¡Tío Roland está aquí! ¡Tío Roland está aquí!

Roland llegó con una americana de solapas elaboradas y una sonrisa de oreja a oreja. Su regalo para Philippe era el uniforme de visitante del Chelsea y este casi sufre una combustión espontánea.

—¡Tío Mannix me ha regalado el uniforme local y tú el uniforme de visitante! ¿No es una coincidencia alucinante?

—Alucinante —convino Mannix muy serio.

—Cualquiera diría que nos hemos puesto de acuerdo —dijo Roland, y él y Mannix se sonrieron con una conexión tal que me impactó.

—¡Hola, muchacho! —Roland se acercó a Jeffrey—. Creo que no nos conocemos.

—No…

—Es un placer.

—Lo mismo digo.

Me entraron ganas de reír. Jeffrey se estaba ablandando ante mis propios ojos.

—Y tú debes de ser Betsy.

Betsy contempló boquiabierta el estilo hipster de Roland, pero estuvo simpática y educada.

Roland se volvió entonces hacia mí.

—Stella. —Me dio un abrazo enorme y se apartó para mirarme de arriba abajo—. Tienes un aspecto fantástico, Stella. Cada día que pasa estás más guapa.

—Tú también, Roland.

—¿Yo? —Se pasó una mano sinuosa por la barriga—. ¿Lo dices en serio?

—Sí. —Y de pronto estábamos doblados en dos, muertos de risa.

Durante el trayecto a casa Betsy se mostró muy positiva.

—Son unos niños supermonos. ¡Absolutamente adorables!

—¿Qué son con respecto a nosotros? ¿Primastros? —Jeffrey estaba obsesionado con ese tema.

—Amigos, espero.

—Teóricamente no pueden ser primastros a menos que Stella y yo nos casemos —dijo Mannix.

—Eso no va a ocurrir. —Jeffrey fulminó a Mannix con la mirada.

Mannix abrió la boca. Le clavé la mirada y volvió a cerrarla.

—¿Tío Roland tiene novia? —preguntó Betsy.

—No le llames tío —espetó Jeffrey.

—Vale. ¿Roland tiene novia? —volvió a preguntar Betsy—. ¿Una amiga especial?

—Ahora mismo no —dijo Mannix—. Y aunque la tuviera, no sería una chica.

—¿Es gay? —dijo Betsy—. Yo soy absolutamente progay.

Aparqué el coche delante de casa y bajamos todos en tropel.

—Ahí tienes tu coche de tía —dijo Jeffrey a Mannix—. Ya puedes irte a casa.

—Mannix también entra —comenté—. Cenará con nosotros.

Estaba intentando, despacio pero con firmeza, introducir a Mannix en nuestras vidas.

—Este es nuestro fin de semana con nuestra madre —señaló Jeffrey—. El próximo fin de semana nos tocará con papá y vosotros dos podréis hacer lo que os apetezca. —Tragó saliva tras esto último—. Pero por el momento, adiós. —Ahuyentó a Mannix con la mano—. ¿A qué esperas? Hemos hecho lo que nos

327

pediste: hemos conocido a tus sobrinos, los cuales, por cierto, son tontos del culo, hemos conocido a tus hermanas y sus problemas con la bebida y hemos conocido a la foca de tu hermano.

—¡Jeffrey! —exclamé.

—Vete a casa. Mi hermana y yo tenemos sitios a los que ir y necesitamos que nuestra madre nos lleve.

—Georgie quiere conocerte.

—Mannix, no quiero conocer a Georgie. Me da miedo.

—Es importante que lo hagas. Si queremos hacer las cosas bien, debemos conocer a todo el mundo.

Reservó una mesa en Dimants. Para dos.

—¿Cómo que para dos? —le pregunté, asustada—. ¿Tú no vienes?

—Quiere verte a solas —dijo Mannix.

—No tenemos que hacer todo lo que ella quiera.

—Hazme caso, cena con ella.

La mesa estaba reservada para las ocho, así que me personé en el restaurante a las ocho en punto.

—Es la primera en llegar —me informó la camarera.

Me senté a la mesa. Los minutos pasaron y a las ocho y dieciocho decidí largarme para conservar la poca dignidad que me quedaba.

Y en ese momento la vi.

Karen diría que no existe tal cosa, pero Georgie estaba excesivamente delgada. Más delgada aún que el día en que la vi en el hospital. Llevaba un bolso del tamaño de un Nissan Micra y vestía de color negro salvo por un fabuloso pañuelo-collar con una piedra verde en el centro.

Se acercó presurosa y me dio dos besos que me envolvieron con el aroma de un perfume extraño y picante. Se sentó frente a mí, y, aunque tenía el contorno de los ojos algo hundidos, me pareció preciosa.

—No te enfades conmigo por haber llegado tarde, por favor —suplicó—. Ya sabes cómo son estas cosas. El tráfico, buscar aparcamiento...

Yo también había tenido que lidiar con el tráfico y buscar aparcamiento y había conseguido llegar a la hora, pero a estas alturas ya sabía que Georgie se regía por otras reglas.

Me miró fijamente y dijo:

—No debes sentirte culpable por lo de Mannix.

—Mmm...

—Deja que me explique —prosiguió—. Mannix y yo nos estábamos haciendo daño el uno al otro. Él puede ser una pesadilla. Y también yo.

Expresé mi desacuerdo para no ofenderla.

—Lo soy —insistió—. Tengo muy mal genio, tiendo al pesimismo y caigo en estados terriblemente depresivos. Pierdo fácilmente los estribos. Soy muy susceptible.

Asentí tímidamente. Era la primera vez que oía a alguien describirse de esa forma.

Tenía algo que hipnotizaba. Era muy larga. Todo en ella —las extremidades, el pelo, las pestañas, incluso los nudillos— parecía estirado. Me recordaba un poco a Iggy Pops.

De pronto ahogó una risita.

—Lo siento —dijo—, no puedo dejar de mirarte y de compararnos.

—Yo tampoco.

Y en ese momento nos hicimos amigas.

—¿Tu perfume...? —De pronto lo entendí—. Es una fórmula personalizada, ¿verdad?

—Pues claro. —Su tono era de sorpresa, como si fuera de lo más extraño que un perfume no estuviera hecho a medida—. Hay un hombre en Amberes. Es un mago, no hay otra palabra para describirlo. Tienes que ir. Hay una lista de espera como de seis años, pero si le dices que vas de mi parte ten por seguro que te recibirá.

—¿Vas mucho a Bélgica a comprar ropa para tu boutique?

—Unas cinco veces al año.

—Me encanta lo que llevas en el cuello —dije—. ¿Es de uno de tus curiosos diseñadores belgas?

Antes de que pudiera darme cuenta estaba desenroscándoselo.

—Toma —dijo—. Te lo regalo.

—No, no. —La espanté con las manos—. No pretendía... Georgie, te lo ruego, no.

Pero fue imposible razonar con ella. Se levantó, enrolló el pañuelo en mi cuello y me recolocó el pelo. Luego regresó a su silla para admirar su obra.

—¿Lo ves? Está hecho para ti. Como mi marido.

—Lo siento —susurré.

—¡Es broma! No me importa lo más mínimo. En serio, Stella. Mannix y yo nunca hicimos buena pareja. Yo soy una persona muy nerviosa, como un caballo de carreras, mientras que tú... tú eres estable. Eres sensata y, por Dios no me malinterpretes, sólida. Mannix necesita una mujer como tú. —Me observó el rostro—. A tu manera ordinaria, eres muy bonita.

Acaricié el pañuelo-collar. Estaba muerta de vergüenza. No quería que Georgie pensara que mi intención había sido que me lo regalase. Solo estaba admirando el maldito pañuelo, solo estaba siendo amable.

—No se te puede describir como una belleza clásica —caviló—, pero tienes una cara adorable.

—¿Es muy caro? —pregunté, angustiada.

—Depende de lo que entiendas por caro. No tanto como para encerrarlo en una caja fuerte. ¿Tienes caja fuerte? ¿No? No te preocupes, guárdalo en el joyero. Prométeme que te lo pondrás a menudo. Cada día. El jade ofrece protección, y presiento que vas a necesitarla. —Antes de que pudiera preguntarle por qué, siguió hablando—. Siento mucho lo que dije aquel día de Navidad en el hospital. Insinué que no eras gran cosa. En aquel entonces Mannix y yo nos dedicábamos a ser crueles el uno con el otro. Estaba perdiendo a mi marido... y me dolía.

—No te preocupes —dije—. Además, no lucía mi mejor aspecto. No iba maquillada y llevaba meses sin teñirme.

—Y en aquel entonces yo estaba tirándome a mi profesor de meditación —dijo—. Un auténtico peñazo, para serte franca. La gente espiritual suele serlo, ¿no crees? No tenía derecho a burlarme del idilio de Mannix. Pero dime, ¿cómo os va? He oído que tu hijo no aprueba lo vuestro.

—No.

—¿Y no puedes decirle «Pues ya te puedes ir acostumbrando»?

—Es mi hijo. He hecho trizas su mundo y ahora debo estar aún más pendiente de él.

—¿Y qué hay de tu ex? ¿Te ayuda?

—No. —Sentí unas repentinas ganas de llorar.

Ryan y yo habíamos acordado que para que los niños tuvieran una sensación de seguridad viviesen conmigo durante la semana. Pasarían con Ryan fines de semana alternativos, y eso dos días inestimables de cada catorce conseguía ver a Mannix como es debido: tener sexo con él, irme a la cama con él y despertarme con él.

—A veces Ryan se escaquea el fin de semana que le toca —dije.

—¿Y qué ocurre cuando no puedes ver a Mannix? ¿Cómo os lo hacéis con el sexo?

Me subieron los colores. ¿Era asunto de Georgie Dawson?

—Ostras, Stella, lo siento —exclamó—. Debería pensar antes de hablar.

Pero Georgie tenía razón. Aunque hacía más de dos meses que salíamos, Mannix y yo llevábamos mal lo de tener tan poco tiempo para nosotros y a veces flaqueábamos. Hubo aquel miércoles que le dije a Karen que tenía hora con el dentista y crucé la ciudad como una flecha para reunirme con Mannix en su sórdido apartamento de soltero para un polvo desenfrenado. En otra ocasión Mannix apareció cuando yo estaba cerrando el salón de belleza y dijo: «Sé que debes volver a casa junto a tus hijos, pero concédeme solo diez minutos». Y nos sentamos en el salón, cogidos de la mano, mientras yo lloraba porque lo deseaba desesperadamente y no podía tenerle.

La privación crónica resultaba agotadora. Peor aún, no obstante, eran las reuniones cuidadosamente orquestadas y exasperantemente torpes en las que intentaba mezclar mis dos mundos.

Con cautela, Georgie dijo:

—Entiendo que debas estar por tu hijo.

Me removí incómoda en la silla.

—Pero no te olvides de cuidar también de Mannix.

Era una advertencia bienintencionada y provenía de una buena fuente, pero me asustó.

—¿Y qué opinas de Roland? —me preguntó Georgie—. ¿No te parece un hombre increíble? Eso es lo más triste de las rupturas, que tienes que romper con toda la familia.

—¿Los echas de menos? ¿No te sientes sola?

—Yo siempre me siento sola. —Pese a sus lúgubres palabras, casi parecía satisfecha consigo misma—. Es cierto, Stella. Soy la mujer que más sola se siente en este planeta.

—Yo seré tu amiga —le dije de corazón.

—Ya eres mi amiga —repuso—. Y yo soy tu amiga. Pero aunque tenga un millón de amigos, el dolor que siento aquí no desaparecerá. —Se llevó la mano al plexo solar—. Es casi tangible. Lo siento como un bulto negro. Como un bulto y al mismo tiempo como un vacío enorme. ¿Sabes de lo que hablo?

—No.

Estaba fascinada. Nunca antes había conocido a una persona deprimida. Bueno, a una persona deprimida con un egocentrismo tan grande. Y sin embargo, me encantaba.

—Podríamos vivir los tres juntos —sugerí.

Soltó una carcajada y rechazó la idea con un ademán de la mano.

—Me alegro tanto de no tener que seguir viviendo con Mannix Taylor. —Enseguida añadió—: No es una crítica. Mannix es un tío genial. ¿Sabes que toma antidepresivos?

—Sí, me lo ha dicho.

—En realidad no está deprimido. Él simplemente es así, un tipo con el vaso medio vacío. A veces incluso dice que ni siquiera le dieron un vaso. Pero sus padres te encantarán.

—¿Tú crees?

—Son muy divertidos.

—¿Y el juego y los cuadros que no pueden permitirse y todo eso?

Se encogió de hombros.

—Lo sé, lo sé. Pero es solo dinero, ¿sabes?

No.

Hola. Montón de trabajo. Parece Tercera Guerra Mundial.

No puedo quedarme los niños este fin de semana.

Gran putada. Ryan. Xoxox

Contemplé incrédula el móvil. Eran las cinco y media del viernes, los niños estaban esperando en la puerta del colegio, con sus bolsas, a que Ryan los recogiera para pasar el fin de semana con él, ¿y no podía? ¿Otra vez?

Le llamé y saltó el buzón de voz. Con los dedos temblándome de rabia, le envié un mensaje de texto en el que le decía que me cogiera el teléfono o los niños y yo y nos presentaríamos en su casa.

—¡Hola, Stella!

—¿Ryan?

—Sí. Esto es una locura. Tengo que trabajar el fin de semana. Una emergencia.

Mentía. Jamás había tenido una emergencia en fin de semana mientras estuvimos casados. La verdad era que los niños lo aburrían. Cuando vivíamos los cuatro juntos, Ryan podía entrar y salir a su antojo, pero ¿cuarenta y ocho horas enteras como único proveedor de atención y entretenimiento? Era más de lo que podía soportar.

—Ryan. —Estuve a punto de atragantarme—. Están en la puerta del colegio, esperándote.

—Una pena, ¿eh?

—No los ves durante la semana.

—Por su bien. Quedamos en que debíamos generarles el mínimo trastorno durante la semana.

—¿Y quién va a decirles que no vas?

—Tú.

—También son tus hijos —farfullé entre dientes.

—Tú provocaste esta situación —farfulló él a su vez.

Tenía razón. Eso no se lo podía rebatir.

—Qué pena —dijo— que no puedas pasarte el fin de semana montando a tu doctorcito en las dunas de Wicklow, pero así es la vida.

Colgó. No podía respirar. Sentía una fuerte opresión en el pecho. Tener que lidiar con Ryan, Jeffrey y Mannix al mismo tiempo me estaba destruyendo. Me pasaba el día haciendo malabarismos, esforzándome por tenerlos a todos contentos, y conforme se acercaba el viernes el temor a que Ryan se escaqueara crecía dentro de mí. Nunca podía relajarme, nunca me sentía a mis anchas en mi propia vida, y no tenía derecho a pedirle a nadie que me diera un respiro porque yo había provocado esta situación.

—Mannix, no podemos vernos. Ryan no puede quedarse con los niños.

Un silencio tenso vibró en el teléfono.

—Mannix, háblame, por favor.

—Stella —dijo—, tengo cuarenta y dos años. Lo nuestro va en serio. Quiero estar contigo las veinticuatro horas del día en lugar de dos noches cada dos semanas y a veces ni siquiera eso. Me siento solo sin ti. Paso cada noche en un horrible apartamento de alquiler mientras tú estás a seis kilómetros durmiendo sola.

No contesté. Era un tema recurrente y a veces temía que Mannix fuera a tirar la toalla.

—Somos dos personas adultas —prosiguió—. No deberíamos vivir así. Sabes lo que siento por ti, pero no sé cuánto tiempo más podré aguantar lo de los fines de semana.

El miedo se apoderó de mí.

—Entonces no te importo tanto como dices.

—Eso no es cierto. En la vida real no hay blancos y negros, solo grises.

—Pero…

—Aunque el sexo telefónico se te da muy bien, empieza a cansarme.

—¿Se me da bien? —Decidí concentrarme en lo positivo.

—Increíblemente bien. ¿Por qué crees que sigo aquí?

—¡Cariño, mil perdones por el retraso! —Georgie cruzó apresuradamente el restaurante hasta la mesa donde aguardábamos Karen y yo—. La culpa la tiene el viagra. —Me dio un achuchón—. Sí, estaba con mi nuevo hombre. Se había tomado dos de sus pastillitas azules del placer y la cosa se eternizó. —Resopló y puso los ojos en blanco antes de dirigir el foco de su sonrisa a Karen—. Hola —dijo—. Yo soy Georgie. Y tú debes de ser Karen.

Mi hermana asintió embobada. Era ella la que había insistido en este encuentro, prácticamente me lo había suplicado, porque tenía una obsesión por Georgie Dawson casi enfermiza. No dejaba de repetir en un tono entre burlón y triste: «Deberíamos ser amables con "la mujer que más sola se siente en este planeta"».

—En serio. —Georgie acercó una silla y suspiró hondo—. Pensaba que nunca iba a correrse.

—Me encanta tu bolso —dijo Karen.

—Gracias. Después me pidió que me tumbara en la bañera y me hiciera la ahogada. Creedme si os digo que los galeses son unos morbosos.

—¿Más morbosos que Mannix? —pregunté, solo para hacerle reír.

—¿Ese infeliz? —Sus ojos chispearon—. Eres la monda, Stella.

—¿Es un Marni? —Karen intentaba, patéticamente, acercar la mano al bolso de Georgie—. ¿Puedo tocarlo? Nunca he tocado un Marni auténtico.

—¿En serio? Entonces es tuyo. —Georgie procedió a vaciar el contenido de su bolso en la mesa.

—No —dije, alarmada—. Georgie, no. Karen no lo quiere. Karen, dile a Georgie que no lo quieres.

—Vaya, mi pendiente de olivino —exclamó—. Sabía que tarde o temprano aparecería. —La mesa se llenó de cosas: llaves, cartera, gafas de sol, móvil, chicles, varias pulseras de plata finas, un frasquito de perfume, cinco o seis brillos de labios, un neceser de maquillaje Sisley…

—Toma. —Georgie tendió el bolso vacío a Karen.

—¡Por favor! —Enterré la cara entre las manos.

—Stella, solo es un bolso —dijo Georgie.

—Tiene razón —la secundó Karen apretando el bolso contra su pecho como Gollum con el Anillo—. No es más que un bolso.

—¿Y tú cómo estás, ricura? —me preguntó Georgie.

Karen había llamado al camarero, a quien pidió una bolsa de papel para las pertenencias de Georgie.

—¿Puedo disculparme en nombre de mi hermana? —dije.

—Relájate. —Georgie sacudió una mano para restar importancia a mi malestar—. Cuéntame cómo estás, Stella. ¿Cómo va el divorcio?

—Bastante bien, la verdad —dije.

—¡El mío también!

Y prorrumpimos en carcajadas.

Debían pasar cinco años antes de que Ryan y yo obtuviéramos el divorcio definitivo; aun así, nuestro acuerdo económico transcurrió de manera sorprendentemente armoniosa, debido a que apenas teníamos nada: ni acciones ni planes de pensiones. Yo me quedé con nuestra casa y con su hipoteca, y Ryan con la de Sandycove y su patrimonio neto negativo. Como él ganaba mucho más que yo, aceptó asumir el mantenimiento de Betsy y Jeffrey, colegio incluido, hasta los dieciocho años. Por lo demás, teníamos bienes separados.

Más difícil había resultado llegar a un acuerdo en lo referente al cuidado de Betsy y de Jeffrey.

—Tenemos que hablar de la custodia.

Miré fijamente a Ryan desde el otro lado de la mesa de mi abogado.

—De la custodia —repitió mi abogado.

El letrado de Ryan enseguida saltó:

—Mi cliente tiene derecho a ver a sus hijos. Bastante generoso ha sido ya al permitir que usted los tenga durante la semana.

Suspiré.

—Lo que yo quiero es que su cliente deje de escaquearse en el último minuto los fines de semana que le tocan los niños.

Pero, al parecer, la ley nada podía hacer a ese respecto.

Cuando abandonamos el despacho, Ryan dijo:

—Nuestro divorcio está finalmente en marcha. ¿Cómo te sientes? Yo estoy muy triste.

Lo observé detenidamente: no lo estaba.

—Ryan, te lo suplico, tienes que mantener tu compromiso con los niños los fines de semana que te tocan. Y debes llevártelos de vacaciones durante la semana blanca.

—¿Mientras tú haces qué? ¿Irte a tu casa de la playa con tu neurólogo?

—Ya no es mi neurólogo. Y tengo derecho a un respiro. Una semana es todo lo que te pido, Ryan. Yo los tendré todo el verano.

—Está bien —farfulló—. Ya organizaré algo.

—En otro país —puntualicé—. No en Irlanda.

Ryan se llevó a los niños a un chabacano centro vacacional de Turquía y salió a ligar cada noche tras comprender de repente que era un hombre soltero, libre de acostarse con quien le apeteciera. Los niños pasaban las noches recluidos en el diminuto apartamento, viendo películas en sus respectivos portátiles, y las mañanas esperando a que Ryan regresara.

—Es inaceptable —me dijo Betsy muy seria en una de sus incontables llamadas telefónicas.

—¿Qué dice Jeffrey?

Quería saber qué pensaba mi hijo de la vida sexual de Ryan, teniendo en cuenta la facilidad con que opinaba sobre la mía.

—Jeffrey dice que papá puede hacer lo que le apetezca.

—¿No me digas? Porque...

Jeffrey agarró el teléfono.

—Tú empezaste esto. Papá no iría con otras chicas si tú no le hubieras engañado.

—Yo no le engañé.

—Está sacando el máximo partido a una situación indeseada.

Sospechaba que Ryan le había dicho esas mismas palabras. Pero no podía permitirme exaltarme en exceso porque yo había conseguido mi semana en la casa de la playa con Mannix.

Un día, durante esa dichosa semana, Mannix dijo:

—Podríamos tener un perro.

—¿Cuándo?

—No ahora, claro, pero sí en el futuro. Siempre he querido tener un perro, pero Georgie no me dejaba.

—A mí me encantan los perros. —Me gustaba la idea—. Pero Ryan los detesta, así que decidí olvidarme de tener uno. ¿Qué clase de perro sería?

—¿Un perro abandonado?

—Por supuesto. Quizá un pastor escocés.

—¿Podemos llamarlo Shep?

—¡Desde luego! Que se llame Shep.

—Pasearemos por la playa solos tú, yo y Shep. Seremos una familia. Prométeme que un día, cuando tu catástrofe nos haya golpeado y la hayamos superado, lo haremos.

—Te lo prometo.

—¿En serio?

—Quizá. —¿Quién sabe? Pero era agradable ser optimista.

En cuanto Ryan regresó a Irlanda, empezó una vez más a anular los fines de semana con los niños. También se sacó una novia, la primera de muchas. Todas eran prácticamente idénticas y todas rompían con él a la octava semana.

La primera se llamaba Maya, una veinteañera con once pendientes y las cejas pintadas.

A Betsy no le gustaba.

—¿Has visto los tacones que me lleva? Son kilométricos. ¿Se los ha robado a una drag queen o qué?

—Eso es porque tú pareces una amish —repuso Jeffrey que se había prendado de Maya—. Es guapa. Y tiene un tatuaje en el culo.

—¿Te lo ha enseñado? —Había llegado el momento de preocuparme.

—Me lo ha dicho. Un delfín.

¿Un delfín? Por el amor de Dios. ¿No podría haber sido un poco más original?

Y el verano siguió su curso. Yo vivía en un estado de temor permanente, alimentándome de pequeñas parcelas de tiempo con Mannix y esperando el día que él decidiera que yo no merecía la pena.

… Entonces llegó aquel día, por lo demás corriente, de finales de agosto. Yo había terminado de trabajar y había pasado por casa para recoger a los chicos y llevármelos a Dundrum a fin de equiparlos para el nuevo curso escolar, que empezaba la semana siguiente.

—Daos prisa, chicos —dije desde la puerta sacudiendo las llaves.

—¿Has visto esto? —me preguntó Betsy con cautela.

—¿Qué?

—Esto. —La foto de Annabeth Browning, la esposa drogadicta del vicepresidente de Estados Unidos, escondiéndose en un convento y leyendo el libro que yo había escrito.

Una breve llamada telefónica determinó que la hermana de tío Peter, la monja de manos largas, era con toda probabilidad la razón de que el libro hubiera aparecido en Washington capital. El pánico se apoderó de mí y aumentó de manera exponencial cuando sonó el teléfono y era Phyllis Teerlinck ofreciéndose como mi agente. En cuanto colgó empezó a sonar de nuevo. Dejé que saltara el contestador; esta vez era una periodista. En cuanto terminó de hablar, el teléfono volvió a sonar. Y así una vez, y otra, y otra.

Era como estar bajo un asedio. Sentados en el sofá, contemplamos el teléfono con su incesante timbre hasta que Betsy se levantó de un salto y arrancó el cable de la pared.

—Necesitamos a tía Karen —dijo.

—No —repuso Jeffrey—, necesitamos al doctor Taylor.

Lo miré atónita. Después de cuatro meses, Jeffrey seguía rezumando hostilidad con solo escuchar el nombre de Mannix.

—Llámale, mamá. Él sabrá qué hacer.

Y eso hice.

—Mannix, te necesito.

—Mmm —susurró—. Espera, voy a echar la llave…

Pensaba que le llamaba para sexo telefónico. Nuestros encuentros eran tan breves e impredecibles que aprovechábamos cualquier oportunidad.

—No me refiero a eso. ¿Cuánto tardarías en llegar a mi casa? Te lo explicaré mientras conduces.

Le hice pasar.

—Hay fotógrafos en la calle —dijo Mannix.

—¡Oh, no! —Asomé la cabeza por la puerta y volví a meterla—. ¿Qué quieren?

—Tres Happy Meals y un McFlurry.

Lo fulminé con la mirada y rió.

—Fotos, supongo.

—Mannix, esto no tiene ninguna gracia.

—Lo siento. Hola, Betsy, hola, Jeffrey. ¿Os importa que corra las cortinas? Solo hasta que esa gente se largue. Bien, enseñadme esa revista.

Jeffrey se la puso delante.

—La mujer que telefoneó se llama Phyllis Teerlinck —dijo—. Quiere ser la agente literaria de mamá. La he buscado en Google y es real. Representa a muchos escritores. Mamá conoce a algunos. Mira. —Buscó la página web de Phyllis Teerlinck para enseñársela.

—Buen trabajo —le felicitó Mannix. Jeffrey se sonrojó ligeramente—. ¿Sabes qué pienso? Que si un agente está interesado…

—Otros podrían estarlo también. Yo he pensado lo mismo —exclamó Jeffrey.

—¿En serio? —me sorprendí—. ¿Y por qué no me lo has dicho?

—Primero quería hablar con el doctor... con Mannix.

—¿Quieres que lo averigüemos? —me preguntó Mannix.

Me embargó una mezcla de emoción, miedo y curiosidad.

—Sí.

Mannix se puso a cliquear en su iPad.

—Probaremos con cinco de las agencias estadounidenses más importantes.

—¡Las más importantes no! Prueba con las pequeñas, son más agradecidas.

—¡No! —dijo Jeffrey.

—Tu hijo tiene razón. ¿Por qué no las mejores? No tienes nada que perder. Veamos, hay una en William Morris que promociona escritores de autoayuda. Jeffrey, anota las agencias de los libros que aparecen en la lista de los más vendidos del *New York Times*. Limítate a los escritores de autoayuda. ¿Y mi móvil? —Mannix pulsó unos cuantos botones y esperó—. Buzón de voz —me comunicó con los labios antes de empezar a hablar—. Llamo en nombre de Stella Sweeney, la autora del libro que Annabeth Browning aparece leyendo en el *People* de esta semana. Tiene media hora para ponerse en contacto conmigo.

Colgó y me miró.

—¿Qué?

—¿Media hora? —exclamé, sorprendida

—En estos momentos tienes mucho poder. Podemos jugar fuerte.

—¿Fuerte?

—Sí, fuerte.

Empezamos a reír de una forma casi descontrolada.

—He encontrado otra agencia —señaló Jeffrey—. Curtis Brown. Es grande y tiene algunos escritores de autoayuda.

—Buen trabajo —dijo Mannix—. ¿Quieres llamar tú?

—No, no —repuso tímidamente Jeffrey—. Hazlo tú. Yo seguiré buscando agentes.

Así que Jeffrey se dedicó a consultar la lista de libros más vendidos del *New York Times* en busca de autores de autoayuda y a rastrearlos en Google hasta dar con el nombre y el número de teléfono de los agentes, y Mannix a hacer llamadas y dejar ultimátums: póngase en contacto conmigo en la próxima media hora o perderá usted la oportunidad de ser el agente de Stella Sweeney.

El hombre de William Morris fue el primero en llamar. Mannix conectó el altavoz.

—Le agradezco su llamada —dijo el agente—, pero me temo que paso. No me hace gracia que me relacionen con Annabeth Browning en estos momentos.

—Gracias por su tiempo.

Por absurdo que fuera, me llevé una decepción. Una hora antes ni se me había pasado por la cabeza que quería un agente literario y ahora me sentía rechazada.

—Él se lo pierde —dijo Jeffrey.

—Sí —ratificó Betsy—. Cretino.

El agente de Curtis Brown tampoco me quería.

—El mercado está saturado de libros de autoayuda.

Gelfman Schneider también pasó, de nuevo por la conexión con Annabeth Browning. Page Inc. no aceptaba actualmente nuevos clientes. Y Tiffany Blitzer prefería «no complicarse la existencia con Annabeth Browning».

Para cuando Betsy volvió a conectar el teléfono fijo y Phyllis Teerlinck llamó de nuevo, me sentía tan humillada que estaba dispuesta a aceptar lo que fuera.

—Me he enterado de que ha llamado a todos los agentes de la ciudad —dijo Phyllis.

—Eeeh…

Mannix me arrebató el teléfono.

—¿Señora Teerlinck? Stella hablará con usted dentro de quince minutos.

Y colgó. Lo miré boquiabierta.

—¡Mannix!

—He echado un vistazo al contrato estándar que ofrece a sus clientes: sus porcentajes son más altos que los de las demás agencias, su definición de «Propiedad intelectual» es tan larga que te cabría la lista de la compra, quiere el treinta por ciento de todos los formatos para cine, televisión y audiovisuales y tiene una cláusula de «perpetuidad», lo que quiere decir que si cambias de agente tendrás que seguir pagándole una comisión.

—Señor.

No entendía del todo lo que Mannix me estaba explicando, pero sí lo suficiente para empezar a angustiarme. Esto no estaba pasando de verdad. No había una agente literaria interesada en mí. Todo esta situación era como uno de esos correos spam que te aseguraban que habías ganado un millón de euros cuando lo único que querían eran tus datos bancarios.

—¿Es una mala agente? —preguntó Betsy.

—Al contrario —dijo Mannix—. Está claro que es muy buena, sobre todo si va tan fuerte con las editoriales como con sus clientes. Pero —añadió volviéndose hacia mí— puedo conseguirte mejores condiciones.

—Puedo hacerlo yo —dije.

Pero todos sabían que era una negociadora pésima: era famosa por ello. En el salón de belleza, Karen se ocupaba de todas las compras porque yo no tenía valor para regatear.

—Deja que lo haga yo —me insistió Mannix.

—¿Por qué crees que a ti se te dará bien?

—Tengo mucha práctica en esto. He llegado a muchos acuerdos para sacar de apuros a Roland.

—Yo digo que lo haga Mannix —opinó Jeffrey.

—Absolutamente —le secundó Betsy.

—¿Confías en mí? —me preguntó Mannix.

Buena pregunta. No siempre. No en todo.

—No te comprometeré a nada —aseguró—. No haré promesas en tu nombre. Pero si decides trabajar con Phyllis, las condiciones serán más justas.

—Deja que lo haga, mamá —dijo Jeffrey.

—Por favor —insistió Betsy.

—Está bien.

Me encerré con Betsy y Jeffrey en la sala de estar y vimos *Modern Families* mientras Mannix montaba un centro de operaciones en la mesa de la cocina. Entre episodio y episodio, le oía decir cosas como: «¡El diecisiete por ciento es imposible! Como mucho el diez».

Nunca lo había visto tan involucrado en algo.

En un momento dado Betsy se acercó de puntillas a la ventana y echó un vistazo.

—Los fotógrafos se han ido.

—Gracias a Dios. —Pero una pequeña parte de mí se sintió decepcionada. No podía creer lo corruptible que era.

Tras cuatro episodios de *Modern Families*, lo que significaba que Mannix llevaba al teléfono más de hora y media, colgó y apareció en la sala con una sonrisa triunfal.

—Felicidades, ya tienes agente.

—¿En serio?

—Si tú quieres…

—¿Qué ha dicho?

—Ha bajado de un treinta a un diecisiete por ciento en los derechos audiovisuales, lo que quiere decir que le interesas de verdad. Es una rebaja considerable. Y en los derechos de impresión ha bajado del veinticinco al trece por ciento. Yo estaba dispuesto a aceptar un quince.

—Qué… qué bien.

—Todavía hay detalles que pulir, pero son poca cosa. ¿Qué te parecería si Phyllis viniera mañana?

—¿Adónde?

—Aquí, a Dublín, a Irlanda, a esta casa.

—¿Qué? ¿Por qué?

—Para que puedas firmar el contrato.

—Sí que tiene prisa.

—Ha recibido una oferta preferente de una editorial estadounidense. Phyllis debe tener un contrato firmado contigo antes de que puedas cerrar un acuerdo con ellos.

—¿Me estás diciendo que alguien está ofreciendo dinero por el libro? —pregunté con un hilo de voz.

—Sí.

—¿Cuánto? —preguntó Jeffrey.

—Mucho.

A las siete de la mañana del día siguiente Jeffrey y yo estábamos alisando el sofá de la sala, donde había dormido Mannix, cuando oímos la portezuela de un coche.

Jeffrey miró por la ventana.

—¡Es ella!

En efecto, una mujer de aspecto hombruno y de pelo corto, con un traje de chaqueta de color negro, estaba pagando a un taxista. Parecía un cruce de viuda griega y bulldog.

—Se ha adelantado —dije.

Desde arriba llegaron los chillidos de Betsy.

—¡Está aquí, está aquí!

Abrí la puerta de la calle.

—¿Phyllis?

—¿Stella?

La agente arrastró su ruidoso bolsón con ruedas por el angosto camino de entrada.

No sabía si estrecharle la mano o abrazarla, pero ella enseguida me sacó de mi dilema.

—Siempre evito el contacto físico —explicó—. Demasiados gérmenes. Saludo levantando la mano.

Alzó la mano derecha y agitó la palma como si estuviera haciendo un «jazz-hand». Me sentí un tanto ridícula, pero la imité.

—Dame la bolsa.

—No. —Prácticamente me apartó de un empujón.

—Adelante. Te presento a mi hijo Jeffrey. —Mi hijo estaba en el recibidor; se había puesto camisa blanca y corbata para la ocasión—. Nada de apretones, Jeffrey —le advertí—. A Phyllis le gusta saludar levantando la mano.

Phyllis hizo su «jazz-hand» y Jeffrey la imitó. Parecía que estuviesen saludándose en una película de ciencia ficción.

Betsy bajó las escaleras saltando como un labrador. Todavía tenía el pelo húmedo y perfumado de la ducha.

—No digas tonterías —trinó—. Tengo absolutamente que abrazarte.

Se abalanzó sobre Phyllis, que dijo:

—Si pillo la gripe será por tu culpa y te pasaré la factura del médico.

—¡Eres tronchante! —exclamó Betsy.

—¿Quieres tumbarte un rato? —pregunté a Phyllis.

Me miró como si estuviera loca.

—Dame un café y un lugar donde podamos hablar.

Su atención saltó de mi rostro a un punto situado por encima de mi hombro; había visto algo que era de su agrado: Mannix había salido de la cocina.

Me volví para mirarlo: era tan sexy que me costaba creer que fuera mío.

—Tú debes de ser Mannix —dijo Phyllis.

—Y tú debes de ser Phyllis. —Se midieron con la mirada como dos boxeadores a punto de subir al ring—. ¿Prohibido el contacto físico, me ha parecido oír?

—Contigo podría hacer una excepción —dijo Phyllis, repentinamente coqueta. (Como Betsy diría más tarde: «Pensaba que era absolutamente gay».)

—¿Por qué no os instaláis en la sala? —preguntó Mannix—. Yo haré el café.

—Gracias.

Sentí una gratitud patética. El hecho de que Mannix hiciera algo en la casa, por pequeño que fuese, me llenaba de felicidad. Verlo encender el hervidor de agua en mi cocina me hacía creer en un futuro en el que estas cosas serían habituales.

La mesa de la sala ya estaba puesta con platos y servilletas.

—¡Pastas! —exclamó Phyllis.

—Mannix fue a comprarlas.

Había ido a las seis de la mañana a la estación de servicio abierta veinticuatro horas y había comprado bolsas y bolsas de cruasanes y magdalenas.

—¿Me estás diciendo que no las hiciste para mí?

—Las habría hecho, pero… —No había hecho pastas en mi vida.

—Mamá —me dijo Betsy con dulzura—, Phyllis está absolutamente bromeando.

Para mi sorpresa, Phyllis no poseía una lista de alergias alimenticias larga como un brazo. Comió una magdalena —«Está buenísima»—, y otra, y otra. Luego sacó unas toallitas antisépticas de su bolso y se limpió las migas de la boca.

—¿Dónde está el tipo del café?

—Aquí —dijo Mannix que había reaparecido.

—¿Te has ido a Costa Rica a por los granos?

Mannix observó las migajas que llenaban el plato de Phyllis.

—Eres rápida comiendo.

—Soy rápida en todo —replicó Phyllis, de nuevo con ese deje coqueto—. Bien, parlamentemos. —Se volvió hacia mí—. ¿Quieres a estos chicos aquí?

—Todo lo que yo hago les afecta —repuse desafiante—. Por supuesto que los quiero aquí.

—Tranqui, solo preguntaba. ¡Bien! —Sacó un fajo de folios de su bolsón, que supuse era una impresión de mi libro, y lo agitó en el aire—. Podríamos llegar muy lejos con esto. Quítate cinco kilos y seré tu agente.

—¿Qué?

—Para resultar promocionable te necesitamos más delgada. La tele pone cinco kilos, ya sabes….

—Pero…

—Minucias, minucias. —Sacudió el brazo para restar importancia a mi evidente malestar—. Búscate un entrenador personal, eso te ayudará.

—¿Tú crees? —No me gustaba la dirección que estaba tomando esto.

—Relájate, todo irá bien. Primero debemos establecer las condiciones entre tú y yo. ¿Recibiste las modificaciones?

Phyllis había estado enviando por correo electrónico los cambios contractuales hasta que su avión despegó. Mannix había impreso el documento final y este descansaba ahora en medio de la mesa.

—¿Estás de acuerdo con los cambios? —me preguntó Phyllis.

—Sí, aunque has pasado por alto la cláusula cuarenta y tres —dije.

—¿Cuál es? —Como si no lo supiera.

—Los derechos irlandeses. Me gustaría conservarlos.

Soltó una risa taimada.

—Hoy tú estás sentimental y yo me siento generosa. Son tuyos.

Agarró las hojas, tachó la cláusula cuarenta y tres, firmó con sus iniciales y arrastró el contrato y el bolígrafo hacia mí.

—Ya puedes firmar.

Titubeé.

—¿Te parece una decisión trascendental? —preguntó Phyllis—. Adelante, tómate tu tiempo. Pero que sepas que no tiene nada de trascendental. Es puramente material.

—Eres un poco aguafiestas —dijo Mannix.

—Soy realista.

Escribí mi nombre en la parte inferior del documento y Phyllis dijo:

—Felicidades, Stella Sweeney. Phyllis Teerlinck es a partir de ahora tu agente.

—Felicidades, Phyllis Teerlinck —añadió Mannix—. Stella Sweeney es a partir de ahora tu clienta.

—Me gusta este tipo —me dijo Phyllis—. Es bueno.

—Estoy aquí toda la semana —repuso Mannix—. Prueba el pollo.

—¿Mencionaste que había una editorial interesada…? —pregunté.

—Blisset Renown. ¿Has oído hablar de ella? Es el brazo editorial de MultiMediaCorp. Han hecho una propuesta de veinticuatro horas. No quieren una guerra de pujas. Lo tomas o lo dejas.

—¿De cuánto…?

La noche anterior, por teléfono, Phyllis le había dicho a Mannix que era «mucho», pero se negó a mencionar una suma concreta, así que nos pasamos una hora especulando sobre qué quería decir «mucho».

—Sujeta a condiciones, de seis cifras —dijo.

Betsy ahogó un grito y pude oír cómo Jeffrey tragaba saliva.

—Seis cifras bajas —aclaró Phyllis—, pero creo que puedo conseguir que suban hasta un cuarto de millón de dólares. No está mal, ¿eh?

—Nada mal. —En un buen año, yo ganaba cuarenta mil.

—Podría ofrecer el libro a todas las editoriales grandes —continuó Phyllis—, pero el factor Annabeth Browning es arriesgado. Podría favorecer el libro pero también hundirlo, es imposible saberlo. Piénsatelo. Y mientras lo haces, cuéntame qué relación tenéis vosotros dos. —Se refería a Mannix y a mí—. ¿Estáis casados?

—Sí —dijo Mannix.

—Bien.

—Pero no entre nosotros. Stella con otro hombre y yo con otra mujer.

—Mal.

—No tanto —me apresuré a decir—. Vamos a divorciarnos.

—¿Y a qué esperáis? Hacedlo ya.

—No podemos —dije—. Esto es Irlanda. La pareja tiene que vivir separada cinco años. Pero es como si estuviéramos divorciados. Ryan y yo hemos llegado a un acuerdo en todo, el dinero, los niños, todo. Y lo mismo puede decirse de Mannix y Georgie. Y somos todos amigos, fantásticos amigos. Bueno, Ryan todavía no conoce a Georgie, pero seguro que cuando la conozca le gustará. A mí me encanta y en realidad debería odiarla, ¿no? Ex esposa superatractiva, bueno, futura ex esposa… —Mi voz se fue apagando.

—¿Qué decides entonces? —preguntó Phyllis—. ¿Blisset Renown o arriesgarte y probar suerte con lo desconocido?

—¿Tengo que decidirlo ahora?

Se inclinó hacia delante y me miró a los ojos.

—Sí, ahora.

—Necesito más tiempo.

—No tienes más tiempo.

—Basta —intervino Mannix—, la estás intimidando.

—Háblame del editor —dije a Phyllis.

—Se llama Bryce Bonesman.

—¿Es un hombre amable?

—¿Amable? —Phyllis lo preguntó como si nunca hubiera oído esa palabra—. ¿Quieres que sea amable? ¿Sí? Entonces es amable. A lo mejor deberías conocerlo. —Lo meditó—. ¿Qué hora es en Nueva York?

—Las tres de la madrugada —dijo Mannix.

—Voy a hacer una llamada —decidió.

Phyllis cogió su móvil y pulsó un par de botones.

—¿Bryce? Despierta. Ajá. Sí. Sí. Quiere saber si eres amable. Ajá. Vale. Entendido.

Colgó y se volvió hacia mí.

—¿Puedes ir a Nueva York?

—¿Cuándo?

—¿Qué día es hoy? ¿Martes? Pues hoy mismo.

La cabeza me daba vueltas.

—No tengo dinero para viajar a Nueva York en este momento.

Phyllis puso cara de desprecio.

—¡No pagas tú! Bryce Bonesman corre con los gastos. De todo. —Extendió el brazo—. Los chicos están invitados.

Betsy y Jeffrey empezaron a chillar y a dar saltos por la sala.

—Solo estaréis un día —dijo Phyllis—. Volvéis mañana por la mañana.

—¿Y Mannix? —pregunté—. ¿Está invitado?

De nuevo, Phyllis me miró con desdén.

—Claro, Mannix. Él ha hecho que esto ocurriera. Y es tu pareja, ¿sí?

Mannix y yo nos miramos.

—¡Sí!

Jeffrey detuvo de golpe sus saltos y aullidos.

Nos recogió un coche largo y elegante, y la señora Vecina-Que-Nunca-Me-Ha-Tragado casi implosiona bajo el peso de su propia bilis.

Nos trasladaron a una zona apartada del aeropuerto de Dublín, desconocida para nosotros, donde una señorita perfumada nos condujo por un pasillo acristalado hasta un salón con cuadros, sofás y un bar en toda regla. Se llevaron nuestras maletas y la señorita perfumada reunió nuestros pasaportes y nos los devolvió poco después con las etiquetas del equipaje y las tarjetas de embarque.

—Sus maletas han sido facturadas a JFK —dijo.

Jeffrey estaba mirando su tarjeta de embarque.

—¿Nos han facturado el equipaje? ¿No tenemos que hacer cola?

—No.

—Uau. ¿Vamos en clase preferente?

—No.

—Oh.

—Van en primera.

Diez minutos antes del despegue nos subieron a un Mercedes negro —el Mercedes más caro del planeta, según Jeffrey— y recorrimos los cinco metros que nos separaban del avión. Al llegar a lo alto de la escalerilla dos azafatas nos saludaron por el nombre.

—Doctor Taylor, señora Sweeney, Betsy, Jeffrey, bienvenidos a bordo. Doctor Taylor, señora Sweeney, ¿les apetece una copa de champán?

Mannix y yo nos miramos y empezamos a reír de forma incontrolada.

—Lo siento —dijo Mannix—, estamos un poco... Nos encantaría una copa de champán.

—Pueden instalarse en la cabina de primera clase. Enseguida les llevo el champán.

Cruzamos la cortina mágica y Jeffrey exclamó:

—¡Uau! ¡Qué asientos tan grandes!

Este no era mi primer vuelo de lujo; en los años dorados del Tigre Celta, Ryan y yo habíamos volado en clase preferente a Dubai. (Fue una cosa hortera y ostentosa, pero todo el mundo lo hacía en aquel entonces; éramos novatos en el tema.) Pero esto era algo muy diferente. Los asientos eran tan amplios que solo cabían cuatro por hilera, dos a cada lado del pasillo.

—Bien, mamá. —Jeffrey asumió de pronto el control de la situación—. Tú te sentarás junto a la ventana y yo me sentaré a tu lado. Betsy puede sentarse ahí. Y Mannix allí, junto a la otra ventana.

—Pero... —Yo quería sentarme con Mannix. Quería beber champán con él y vivir cada segundo de esta experiencia con él y...

Mannix me estaba observando. ¿Iba a permitir que Jeffrey se saliera con la suya?

—Quiero sentarme con Mannix —dije débilmente.

—Y yo quiero sentarme contigo —replicó Jeffrey.

Nos quedamos los cuatro inmóviles, formando un retablo de tensión. Hasta la azafata, que estaba cruzando la cortina con la bandeja de champán, se detuvo en seco. Betsy mantenía la mirada gacha, adoptando su modo automático de «la vida es perfecta», y Mannix y Jeffrey tenían los ojos clavados en mí. Yo era de repente el centro de atención, y mi sentimiento de culpa, siempre tan a flor de piel, empezó a manar.

—Me sentaré con Jeffrey.

Mannix me fulminó con la mirada y me dio la espalda.

Petulante y victorioso, Jeffrey se instaló a mi lado y se tiró las siete horas siguientes subiendo y bajando el asiento, arriba y abajo, arriba y abajo. Lejos de mí, al otro lado del pasillo, Mannix mantenía una conversación tensa y cortés con mi hija.

En un momento dado me quedé dormida y desperté justo antes de que aterrizáramos en JFK.

—Hola, mamá —me saludó Jeffrey muy animado.

—Hola. —Tenía la cabeza embotada y podía oír a Betsy reír fuerte, muy fuerte.

—Te has perdido la merienda —dijo Jeffrey—. Nos han servido *scones*.

—¿No me digas? —Me notaba la lengua hinchada.

El avión tocó tierra y cuando nos levantamos, Betsy se abrazó a mi cuello y me dio un achuchón que derivó en una llave de lucha libre.

—¡Mamá, bienvenida a NUEVA YORK!

—¿Betsy? —Esto era aún peor que su euforia habitual—. ¿Estás…? Dios mío, ¿estás borracha?

—Échale la culpa a tu novio —respondió riendo.

Mannix se encogió de hombros.

—Champán gratis. ¿Qué querías que hiciera?

Nada más bajar del avión nos condujeron a una limusina.

—Tenemos que recoger nuestro equipaje —dije.

—Ya se están ocupando de ello. Su equipaje viaja en otra limusina.

Tragué saliva.

—Bien.

Yo había estado en Nueva York dos veces: una de ellas con Ryan hacía mucho, mucho tiempo, antes de que nacieran los niños, cuando deambulamos por el distrito de Meatpacking en busca de inspiración para su arte, y la otra cinco años atrás, en un fin de semana de compras con Karen. Ambos viajes habían sido de presupuesto reducido, nada que ver con lo de ahora.

La limusina nos dejó en el hotel Mandarin Oriental, y allí nos acompañaron hasta una suite de la planta cincuenta y dos dotada de grandes ventanales y vistas a todo Central Park. Tenía un montón de habitaciones: roperos, cuartos de baño, incluso una cocina totalmente equipada. Entré en un dormitorio del tamaño de un campo de fútbol. Jeffrey apareció a mi lado y evaluó rápidamente la situación.

—Esta es la habitación principal —dijo—. Tú y Betsy podéis dormir aquí.

—No. —Me temblaba la voz.

—¿Qué? —dijo Jeffrey. Parecía un niño sorprendido y muy enfadado.

Carraspeé y me obligué a hablar.

—Esta es mi habitación. Mía y de Mannix.

Me miró echando fuego por los ojos. Abrió la boca para replicar pero finalmente la cerró y se alejó a grandes zancadas por la vasta moqueta, y a punto estuvo de chocar con Mannix, que irrumpió en la habitación riendo.

—Stella, deberías ver el tamaño del arreglo floral que han enviado. Y… ¿Qué ocurre?

—¿Te importaría que Betsy y yo durmiéramos aquí?

—¿Y yo en otra habitación? Sí, me importaría.

Le supliqué en silencio que se apiadara.

—En algún momento tendrías que plantarte —dijo.

Bajé la cabeza y pensé: «Odio esta situación. La odio. Es tan difícil. Yo solo deseo estar con Mannix. Y que todos seamos felices. Y que todos nos queramos y la vida sea fácil».

—No tendremos sexo —dijo secamente—. ¿Facilitaría eso las cosas?

El teléfono sonó antes de que pudiera responderle. Era Phyllis.

Había volado en el mismo avión que nosotros pero en clase turista. Nos había contado que siempre viajaba en turista pero que cargaba a la editorial clase preferente.

—Phyllis —dije—, tendrías que ver nuestra suite.

—Elegante, ¿eh? No os acostumbréis, solo estaréis una noche.

—Debe de costar una fortuna.

—No creas. Blisset Renown les envía muchos clientes, seguro que han llegado a un acuerdo. ¿Habéis recibido las flores? ¿Sí? La ayudante de Bryce Bonesman se pasará mañana por ahí, en cuanto dejéis la habitación, para llevárselas a su triste apartamentucho. Y ahora poneos las pilas, os espera en su despacho.

—¿Quién?

—Bryce Bonesman.

—¿Ahora? Si acabamos de llegar.

—¿Y? ¿Pensabas que habías venido a divertirte? No estás aquí para pasarlo bien, Stella. Un coche os recogerá a Mannix y a ti dentro de media hora. Ponte algo que te adelgace.

—¿En serio?

—En serio. Debes mostrarte promocionable. Ponte faja. Sonríe mucho. Un coche recogerá a tus hijos para enseñarles los lugares de interés y toda esa mierda.

Bryce Bonesman era un hombre larguirucho de sesenta y largos que rezumaba encanto y sofisticación. Me sostuvo la mano derecha y, agarrándome el antebrazo, dijo en un tono sincero:

—Gracias por venir.

—Gracias a usted —respondí aturullada, pues él era quien había pagado los billetes de avión y el magnífico hotel.

—Y gracias también a usted, señor. —Bryce trasladó su atención a Mannix.

—Ya los tienes aquí —dijo Phyllis—. ¿No es fantástico? —Echó a andar por un pasillo—. ¿El lugar de siempre? ¿Están todos?

La seguimos hasta una sala de juntas donde había un pequeño ejército de personas sentadas en torno a una larga mesa. Bryce hizo las presentaciones: estaba el señor Fulanito, vicepresidente de Marketing, y el señor Menganito, vicepresidente de Ventas. Había un vicepresidente de Publicidad, un vicepresidente de Libros de Bolsillo, un vicepresidente de Digital...

—Siéntese a mi lado. —Bryce me apartó la silla—. ¡No pienso perderla de vista!

Los vicepresidentes rieron educadamente.

—Nos encanta su libro —dijo Bryce Bonesman, a lo que siguió un murmullo de asentimientos—. Y podemos convertirlo en un éxito.

—Gracias —murmuré.

—¿Sabe que el mundo editorial está agonizando?

No lo sabía.

—Lamento oír eso.

—Afloja un poco —le dijo Phyllis—. No estás hablando de tu madre.

—Tiene usted una gran historia de fondo —comentó Bryce—. El síndrome de Guillain-Barré, el hecho de que Mannix fuera su médico. Lo de dejar a su marido será más difícil de encajar. ¿Es adicto al sexo? ¿Bebe?

—No... —No me gustaba la dirección que estaba tomando esto.

—Ya. ¿Todavía son amigos? ¿Celebran juntos el día de Acción de Gracias?

—En Irlanda no tenemos día de Acción de Gracias. Pero somos buenos amigos. —Más o menos.

—Se halla ante una oportunidad que solo se presenta una vez en la vida, Stella. Le estamos ofreciendo un generoso adelanto pero, si todo va bien, podría ganar mucho más.

¿En serio?

—Gracias —dije en un tono apenas audible, turbada por el hecho de que me consideraran tan valiosa.

Como quien no quiere la cosa, Bryce añadió:

—Naturalmente, necesitaremos que escriba un segundo libro.

—¿Oh? ¡Gracias! —Primero me sentí halagada, luego aterrorizada: ¿cómo demonios iba a hacerlo?

—Obviamente, la oferta está sujeta a ciertas condiciones.

¿Que son?...

—Este libro no será coser y cantar. Tendrá que hacer giras y salir en todos los programas de entrevistas del país. Tendrá que viajar mucho, promocionar su libro desde la base. Probablemente le organizaremos cuatro giras; empezaremos a principios del año próximo. Cada gira durará entre dos y tres semanas. La llevaremos hasta los puntos más recónditos del país. Queremos convertirla en una marca comercial.

No sabía muy bien qué significaba eso, pero murmuré:

—Gracias.

—Puede conseguirlo si trabaja duro.

—Se me da bien trabajar duro. —Por lo menos ahí pisaba fuerte.

—Deje su empleo e instálese aquí durante un año por lo menos. Ponga toda la carne en el asador o vuelva a casa.

Estaba atónita, casi en estado de shock. De pronto me di cuenta de algo. Yo ya había abandonado a mis hijos cuando caí enferma, no podía volver a abandonarlos ahora.

—Tengo dos hijos —dije—, de diecisiete y dieciséis años. Todavía van al colegio.

—Aquí tenemos colegios. Colegios excelentes.

—¿Me está diciendo que puedo traérmelos?

—Claro.

Mi cabeza empezó a dar vueltas, porque yo estaba casi obsesionada con la educación académica de Betsy y Jeffrey. A Betsy solo le quedaba un año de colegio, a Jeffrey dos. ¿Cómo afectaría a sus estudios que nos mudáramos a Nueva York? Por otro lado, seguro que los colegios aquí eran mejores que los de casa. Y seguro que la experiencia de vivir en otra ciudad les sería beneficiosa. Y aunque la cosa saliera mal, no era para siempre…

—El nuevo curso está a punto de comenzar —dijo Bryce—. El momento no podría ser más idóneo. Y podemos buscarles un apartamento en un buen barrio.

Uno de los vicepresidentes murmuró algo a Bryce.

—¡Claro! —contestó este volviéndose hacia mí—: ¿Qué le parecería un dúplex de diez habitaciones en el Upper West Side? Con asistenta y chófer y dependencias para el servicio. Nuestros queridos amigos, los Skogell, se marchan un año a Asia, de modo que su casa está disponible.

—Sí, pero…

Sabía instintivamente que Betsy y Jeffrey matarían por vivir en Nueva York. Alardearían de ello hasta quedarse afónicos. Y sabía que Ryan —puede que a regañadientes— lo aceptaría, pero ¿dónde encajaba Mannix en todo esto?

Phyllis se levantó y anunció:

—Necesitamos la sala.

Bryce Bonesman y su gente se levantaron. Miré a Mannix

enarcando una ceja. ¿Qué demonios estaba pasando? Él me transmitió algo con la mirada pero por una vez no fui capaz de leerlo.

—Necesito un aparte con mi clienta —dijo Phyllis— y contigo. —Señaló a Mannix con la cabeza.

Los vicepresidentes desfilaron sin rechistar; por lo visto estaban acostumbrados a este tipo de cosas.

—Quédate ahí y no mires —ordenó Phyllis a Mannix—. Quiero tener unas palabras con Stella. —Bajando la voz, me dijo—: Sé en qué estás pensando. Estás pensando en él. —Lanzó una mirada fugaz a Mannix, que se había dado obedientemente la vuelta—. Estás enamoradísima y no quieres vivir en un país diferente del suyo. Te propongo algo. Tú necesitas a un ayudante, a un representante, llámalo como quieras, alguien que te allane el camino y se ocupe del negocio. Blisset Renown y tú estaréis continuamente en contacto por temas de viajes y logística. Tu hombre es listo, pilla enseguida las cosas. Y antes de que me lo preguntes, yo no me ocupo de esa mierda. Yo consigo grandes contratos pero no te llevo de la mano.

—Pero Mannix ya tiene un trabajo. Es médico.

—«Mi novio, el médico» —dijo Phyllis con sarcasmo—. ¿Qué te parece si le preguntamos al «médico» qué quiere el médico?

—Estoy rumiándolo —dijo Mannix.

—Te dije que no escucharas.

—Pues ya ves.

—Phyllis —interrumpí, nerviosa—, Bryce habló de un segundo libro.

—Ajá. —Agitó una mano para restar importancia a mi desasosiego—. Otra colección de esas sabias máximas como las de *Guiño a guiño*. Puedes hacerlo con los ojos cerrados. Primera regla de una editorial: si algo funciona, repite con un título diferente.

—¿Y crees que me pagarán lo mismo? —Casi no me atrevía ni a preguntarlo.

—¿Bromeas? Podría conseguirte un acuerdo para tu segundo libro por otro cuarto de millón de dólares ahora mismo. Pero mi intuición, que nunca me falla, me dice que si esperamos el momento oportuno te pagarán mucho más.

Fue básicamente su seguridad lo que me convenció de que podría crear una vida nueva a partir de la extraña oportunidad que Annabeth Browning me había brindado. Esto era real.

—¿Estarías dispuesto a renunciar a tu trabajo durante un año? —pregunté a Mannix.

—¿Un año? —Se retiró a algún lugar de su mente mientras yo contenía la respiración, esperando contra toda esperanza—. Sí —dijo despacio—. Si es por un año, creo que sí.

Solté el aire y me sentí casi eufórica.

—¿Y tú? —me preguntó—. ¿No te importa renunciar a tu trabajo durante un año?

Fue un detalle que me lo preguntara, pero, para mí, mi trabajo no era un trabajo de «verdad» como el suyo.

—En absoluto —respondí—. Lo tengo clarísimo.

La vida me había brindado inesperadamente una solución a todos mis problemas. A Jeffrey le encantaría vivir en Nueva York, y si para ello tenía que aceptar que yo estuviera con Mannix, lo aceptaría. Y yo, por mi parte, podría vivir con Mannix, compartir su cama cada noche…

—Gracias, Mannix —dije—. Gracias.

Era el momento perfecto para decirle que le quería. Había merecido la pena esperar.

—Mannix, te…

—¿Trato hecho entonces? —me interrumpió Phyllis.

Desanimada, asentí con la cabeza. Ya encontraría otro momento para decirle a Mannix que le quería.

Phyllis abrió la puerta y gritó:

—Ya podéis entrar.

Una vez que los vicepresidentes regresaron a su lugar y las patas de las sillas dejaron de chirriar, Phyllis se levantó y, desde la cabecera de la mesa, declaró:

—El contrato es vuestro.

—¡Fantástico! —exclamó Bryce Bonesman—. Es una gran noticia.

De repente los tenía a todos estrechándome la mano y asegurándome con una sonrisa que estaban deseando trabajar conmigo.

—Cenarán con mi esposa y conmigo a las ocho. —Bryce Bonesman miró su reloj—. Lo que significa que tienen tiempo de visitar el dúplex de los Skogell y conocer el barrio. Llamaré a Bunda Skogell para informarle de vuestra visita.

—Gracias. —Yo había confiado en poder ir a Bloomingdales mientras todavía me tuviera en pie.

—Y esta noche Fatima se llevará a sus hijos a dar una vuelta, ¿verdad, Fatima? —Fatima era una de las vicepresidentas y el anuncio pareció pillarla por sorpresa—. Llévatelos al Hard Rock y a un musical, pero que no sea *Book of Mormon*. Haz que se diviertan, pero dentro de la legalidad.

Se concentró de nuevo en mí.

—Mañana vuelva a casa, empaquete su vida y regrese aquí cuanto antes. ¡Tenemos mucho trabajo por delante!

ELLA

—Tome un Manhattan. —Amity me tendió una copa baja de una bandeja de plata que sostenía una mujer muda vestida de negro de arriba abajo—. ¿Qué mejor manera de darle la bienvenida a Manhattan que con un Manhattan?

—Gracias.

Yo estaba fascinada con los altísimos tacones de Amity Bonesman, su incongruente aire maternal y su enorme apartamento decorado con bellas alfombras y antigüedades.

—Ah, Manhattans. —Bryce Bonesman había entrado en el salón—. Amity siempre prepara Manhattans a los recién llegados a la ciudad. Hola, Stella, está muy guapa. Usted también, joven. —Me besó y estrechó la mano de Mannix—. Los Manhattans son un poco amargos para mi gusto. Prefiero las cosas dulces, pero no se lo digáis a mi dentista.

Mannix y yo reímos obedientemente.

—¡Bien! —Bryce alzó su copa—. ¡Por Stella Sweeney y *Guiño a guiño*, para que alcance el primer puesto de la lista de éxitos del *New York Times* y no se mueva de allí durante un año!

—Encantador, sí. Gracias.

Bebimos de nuestros cócteles amargos.

—Esta noche tenemos un invitado especial en su honor, Stella —dijo Bryce.

¿De veras? Pensaba que sería una cena sencilla con mi nuevo editor y su esposa. El jet lag y las secuelas de la adrenalina me tenían derrengada y no creía que mi organismo pudiera resistir más sorpresas. Aun así, puse la cara de expectación que se esperaba de mí.

—Cenará con nosotros Laszlo Jellico.

Laszlo Jellico. Conocía ese nombre.

—Ganador de un Pulitzer —continuó Bryce—. Un gran hombre de las letras americanas.

—Desde luego —dijo Mannix.

—¿Ha leído algo de él? —preguntó Bryce.

—Ya lo creo —mintió Mannix. Bien hecho. Era mucho más espabilado que yo para esas cosas.

—Creo que mi padre ha leído uno de sus libros —dije—. *La primera víctima de la guerra*, creo que se titula.

—¡En efecto! ¿Su padre es el viejo con la espalda hecha polvo que trabajó en el muelle desde niño?

—Eh… sí.

Bryce Bonesman debía de tener la edad de mi padre pero Blisset Renown, al parecer, había decidido dar un toque novelesco a mi vida: yo venía de una familia de obreros incultos, desnutridos y cubiertos de hollín, como el padre y los hermanos en *Zoolander*.

—A Laszlo le va a encantar eso. No se olvide de contárselo —me ordenó Bryce. Se volvió hacia Amity—. Laszlo viene acompañado.

—Vaya, vaya. ¿Quién será hoy? La última vez trajo a una modelo de Victoria's Secret. —Amity captó la expresión de Mannix—. No exactamente, pero era joven, muy joven, y muy sexy. —Me guiñó un ojo—. A Mannix le habría encantado.

—Ja, ja, ja. —Me reí tratando de fingir que no me provocaba unos celos terribles la posibilidad de que Mannix encontrara sexy a otra mujer.

—La penúltima chica pilló una curda colosal y se sentó en el regazo de Laszlo y le dio de comer como si tuviera Alzheimer. Fue la monda —aseguró Amity poniendo los ojos en blanco.

—También vendrán Arnold e Inga Ola —nos informó Bryce—. Arnold es mi colega y principal rival. Lo conocieron esta tarde.

—¿En la sala de juntas? ¿Era uno de los vicepresidentes?

—No. Coincidimos con él cuando les acompañé a los ascensores.

—¡Ah, sí! —Recordaba a un tipo agresivo con cara de sapo que había dicho: «Así que es usted el nuevo proyecto de Bryce»—. ¿Uno que parecía enfadado? —pregunté.

—¡Ese es Arnold!

—¡Qué lince! —exclamó Amity refiriéndose a mí.

—Arnold está muy cabreado por no haber podido ficharla, pero él ya tuvo su oportunidad —dijo, encantado, Bryce—. Phyllis le pasó el manuscrito primero a él y Arnold dijo que era una porquería, pero en cuanto vio que a mí me interesaba se le despertó el interés de golpe.

Crucé una mirada con Mannix. «Sigue sonriendo, sigue sonriendo; pase lo que pase, sigue sonriendo.»

—¡Hablando del Papa de Roma! —exclamó Bryce—. Ya tenemos aquí a Arnold y a Inga.

Arnold —tan agresivo y tan sapo como lo recordaba— se abrió paso hacia mí.

—¡Si está aquí la nueva mascota de Bryce! ¡Y el novio domado! Me alegro de conocerle, señor —dijo a Mannix.

—Ya nos habían presentado.

Arnold ignoró el comentario.

—¡Así que su librito ya tiene editor! ¿No es fantástico? Y ahora empezará con las giras: la pequeña irlandesa cautivando a los Estados Unidos de América con su triste historia sobre su parálisis. Le hablé de usted a mi asistenta. Dice que rezará a la Virgen María por usted. Es de Colombia. Católica, como ustedes.

La cara me ardía.

—Y aquí está ahora —prosiguió—, en la fabulosa casa de Brucie. Y Brucie ha contratado a Laszlo para esta noche. Debe de ser usted muy importante. Solo lo contrata cuando quiere impresionar a alguien.

—Laszlo es uno de mis mejores amigos —me aclaró Bryce—. Hace veintiséis años que soy su editor. No lo he «contratado».

—Estoy hambriento —dijo Arnold—. ¿Podemos cenar?

—En cuanto llegue Laszlo —indicó Amity.

—Si tenemos que esperar a que llegue ese tarugo no cenaremos nunca —farfulló Arnold—. Señorita —dijo a la mujer anónima que sostenía la bandeja de los cócteles—, ¿puede traerme un cuenco de cereales con pasas?

—Olvídalo —señaló Amity—. ¡Laszlo ya está aquí!

Laszlo Jellico hizo su entrada. Era alto y ancho como un surtidor de gasolina, con una barba poblada y un pelo leonino.

—Amigos míos, amigos míos —saludó con voz estentórea—. Amity, mi bienamada. —Le puso las manos en las tetas y apretó—. Imposibles de resistir. No hay nada como unos pechos auténticos.

Luego besó a todos los hombres llamándolos «querido», rechazó una copa, pidió un té que no probó, y aseguró que mi «sublime novela» le había «cautivado» cuando era evidente que no tenía ni idea de quién era yo.

—Permitidme que os presente a Gilda Ashley.

Su acompañante era bonita, de pelo rubio y piel rosada, pero, para mi alivio, no arrolladoramente sexy como una modelo de Victoria's Secret.

—¿A qué se dedica, joven dama? —le preguntó Arnold, insinuando con su tono que era una fulana.

—Soy nutricionista y entrenadora personal.

—¿De veras? ¿Dónde estudió?

—En la Universidad de Overgaard.

—No he oído hablar de ella.

Mannix y yo nos miramos. «Menudo gilipollas.»

—Entonces ¿es la nutricionista de Laszlo? —preguntó Arnold—. ¿Y qué le da de comer?

Gilda soltó una risa melodiosa.

—Secreto profesional.

—¿Qué me daría de comer a mí? Me gustaría la misma dieta que la de Laszlo Jellico, el genio.

—En ese caso tendría que pedir hora —contestó Gilda sin alterarse.

—Tal vez lo haga. ¿Tiene una tarjeta?

—No…

—Por supuesto que tiene una tarjeta. ¿Una chica lista como usted, lo bastante lista para trabajar con Laszlo Jellico? Por supuesto que tiene una tarjeta.

—Eh… —Gilda se puso colorada.

Me dio pena. Probablemente llevaba consigo una tarjeta, pero sabía que era de mala educación darla en una cena.

Mannix la rescató.

—Si dice que no tiene una tarjeta será que no la tiene.

Arnold lo miró con fingido asombro.

—Vale, granjero, no se sulfure.

—Es neurólogo —señalé.

—En esta ciudad no.

Abrí la boca para defender a Mannix pero él me puso una mano tranquilizadora en el brazo. Con gran esfuerzo, me di la vuelta y tropecé con Inga, la esposa de Arnold. Sin excesivo interés, me preguntó:

—¿Le está gustando Nueva York?

Esforzándome por sonar animada, contesté:

—Mucho. Llegué esta misma tarde pero…

Bryce me oyó y dijo:

—Van a alquilar el apartamento de los Skogell.

—¿El apartamento de los Skogell? —Inga parecía sorprendida—. Pero tengo entendido que se traerá a sus dos hijos. ¿Dónde piensa meterlos?

Ese era un asunto delicado. Un «dúplex de diez habitaciones en el Upper West Side» sonaba enorme y fabuloso, pero cuando mi visita de esa tarde desveló que cuatro de las diez habitaciones eran cuartos de baño, ya no me pareció tan magnífico. Básicamente, el apartamento de los Skogell consistía en una cocina, una sala de estar y tres dormitorios. (El vestidor contaba como habitación en la jerga inmobiliaria. Y las «dependencias del servicio» eran un dormitorio escandalosamente pequeño con baño dentro.)

—Estamos acostumbrados a vivir en espacios no demasiado grandes —dije con dulzura.

—Para nosotros es un palacio —añadió socarronamente Mannix—. Un auténtico palacio.

—Y está en un barrio muy bonito —señalé—. No puedo creer que Dean & DeLuca vaya a convertirse en mi supermercado. —Durante nuestro veloz paseo por el barrio, Mannix y yo habíamos entrado en la tienda y casi me desmayo al ver los panes recién hechos, las manzanas en peligro de extinción y la pasta artesanal—. Cuando estuve aquí con mi hermana hace cinco años, nos alojamos cerca de la sucursal del SoHo y cada día íbamos…

—¿Dean & DeLuca? —dijo Inga—. Sí, a los turistas les pirra.

Tras una fracción de segundo, Mannix comentó:

—Es que Stella y yo somos un par de pueblerinos.

Inga le clavó una mirada mordaz.

—¿Ya ha pensado en un colegio para sus hijos? No es fácil conseguir plaza. La mayoría de los colegios tiene lista de espera para entrar en la lista de espera.

En un tono casi triunfal, exclamé:

—Mañana a las diez tenemos una entrevista en la Academy Manhattan.

—Vaya, qué rapidez.

El mérito era de Bunda Skogell, quien, percibiendo quizá mi decepción con su no tan fabuloso apartamento, había recurrido a sus contactos. Sus dos hijos estudiaban en la Academy Manhattan e insinuó vagamente que tenía cierta influencia en el consejo directivo.

—Es un buen colegio —aseguró Inga Ola—. Tienen música, manualidades, deportes…

—Justamente lo que estoy buscando para mis hijos. Unos valores similares a los de su colegio actual.

—Sí —dijo Inga—. Una buena opción para los niños con escasas dotes intelectuales.

Mucho después, cuando llegamos al hotel, Betsy y Jeffrey ya dormían en sus respectivas habitaciones. No los veía desde que nos habíamos marchado para la reunión con Blisset Renown.

—¿Los despierto? —susurré a Mannix.

—No.

—Todo esto también les afecta a ellos. ¿Y si no quieren vivir en Nueva York?

—Chis.

Deslizó una mano por mis hombros. El tirador de la cremallera de mi vestido descendió susurrante por mi espalda y el frío metal me produjo un delicioso escalofrío.

—Dijiste que no íbamos a tener sexo —murmuré.

—Mentí.

Me clavó una mirada llena de intención. Me condujo hasta nuestro dormitorio, cerró la puerta con un puntapié y me arrojó sobre la enorme cama, donde, pese a la presencia de Jeffrey en el cuarto de al lado, tuvimos sexo intenso y apasionado. Después, mientras yacíamos abrazados, Mannix dijo:

—Todo ha ido bien.

—¿A qué te refieres? El sexo entre nosotros siempre ha ido bien.

—Me refiero a que Jeffrey no ha irrumpido envuelto en una capa negra y entonando la canción de *La profecía*.

—Oh, Mannix...

—Perdona. ¿Apago la luz?

—Estoy tan nerviosa que tengo la sensación de que nunca volveré a pegar ojo. —Respiré hondo para relajarme y la angustia se apoderó al instante de mí—. Mannix, Ryan se pondrá furioso. —Llevaba diciendo eso cada vez que se me presentaba la oportunidad desde que había aceptado la condición de Bryce Bonesman de quedarme a vivir en Estados Unidos—. Tendría que haber hablado primero con él. ¿Y si no permite que los niños vengan a vivir a Nueva York con nosotros?

—Pues tendrán que quedarse en Irlanda y vivir con él.

—Ryan a duras penas los aguanta dos fines de semana al mes.

—Justamente. Recuérdaselo.

—Eres duro.

Se encogió de hombros.

—Quiero que este proyecto salga bien. Quiero esto para

nosotros. ¿Podemos hablar un momento de mí? —preguntó en un tono juguetón—. Mañana debo impresionar a la Academy Manhattan con mis aptitudes como padre.

—Lo harás muy bien. Eres genial con tus sobrinos. —El miedo me asaltó de nuevo—. Mannix, ¿estamos haciendo lo correcto? Es un riesgo enorme.

—Me gustan los riesgos.

Lo sabía. Y también sabía que Mannix no era un insensato. Si estaba dispuesto a hacer esto, la apuesta no podía ser tan arriesgada.

—Qué cena tan rara —dije—. Con ese Arnold Ola y su horrible esposa. ¿Y qué me dices de Laszlo Jellico? Parecía que hubiesen contratado a alguien para hacer juegos de magia. Gilda, en cambio, me cayó muy bien.

—¿Es la novia de Laszlo Jellico?

—Espero que no —dije—. Parece demasiado dulce para alguien como él.

—¿Ese de ahí está pasteurizado? ¿Eh? ¿Sí? —El hombre que señalaba el queso expuesto tras el mostrador de cristal de Dean & DeLuca parecía irritado—. Entonces no me interesa. ¡Enséñeme solo los no pasteurizados!

Lo observé detenidamente; vestía un pantalón de pana tirando a elegante y un jersey azul marino de cuello alto hecho de un extraño punto sedoso desagradable a la vista. Estaba totalmente calvo y parecía el prototipo del intelectual del Upper West Side. Además, su tono áspero rayaba con la mala educación, otro rasgo típico del neoyorquino, según me habían comentado. Pero si debía hacer caso a las palabras de Inga Ola, no era más que un estúpido turista de Indiana.

El día había comenzado con un desayuno espléndido en albornoz en nuestra suite del Mandarin Oriental. Después Mannix y yo sometimos a Betsy y a Jeffrey a una «charla seria».

Les expliqué que, para publicar mi libro, la editorial me ponía como condición que viviera en Estados Unidos.

—Si vuestro padre está de acuerdo —tragué saliva— y os conseguimos un buen colegio, viviríais en Nueva York conmigo...

Empezaron los brincos y aullidos.

—Y con Mannix —terminé—. Si hacemos esto, Mannix y yo estaremos juntos. Viviremos juntos. Pensáoslo.

—Absolutamente cero problema por mi parte —dijo Betsy.

—¿Y tú, Jeffrey? —pregunté.

Dividido entre el deseo de vivir en Nueva York y la necesidad de mostrar su desaprobación, Jeffrey se negó a mirarme a los ojos. Finalmente dijo:

—Vale.

—¿Estás seguro? —insistí—. Tienes que estar convencido, Jeffrey, porque una vez que tomemos la decisión no habrá vuelta atrás.

Clavó la mirada en la mesa y, tras un largo silencio, declaró:

—Estoy seguro.

—Bien. Gracias. —Devolví mi atención a Betsy—. ¿Qué pasará contigo y con Tyler? —Todavía estaban oficialmente enamorados.

—Vendrá a verme —trinó.

No lo haría, y las dos lo sabíamos, pero no importaba.

—Entonces ¿vas a ser rica? —masculló Jeffrey.

—No lo sé. Es un proyecto… arriesgado.

Todo era peligroso y desconocido. A saber si el libro se vendería. A saber si los niños se adaptarían a la ciudad más acelerada del mundo. Y a saber si Mannix y yo conseguiríamos pasar sin problemas de ser básicamente amantes a vivir y trabajar juntos veinticuatro horas al día, siete días a la semana.

Solo había una manera de averiguarlo…

—Arreglaos —dije—, pero no demasiado. La Academy Manhattan —me detuve para leer las palabras del folleto promocional que Bunda Skogell me había dado— «celebra el individualismo de sus estudiantes». Betsy, no te peines.

Media hora más tarde estábamos haciendo la gran gira por las magníficas instalaciones de la Academy Manhattan.

—Excelente —murmuramos en la piscina, en la sala de la orquesta, en el taller de soplado de vidrio…—. Excelente.

Finalmente llegó la hora de la verdad: las entrevistas. Tres miembros del consejo directivo nos interrogaron como unidad familiar para ver si encajábamos con los valores de la Academy. Jeffrey estuvo un poco hosco pero confié en que el entusiasmo de Betsy lo compensara. Concluida la entrevista, Betsy y Jeffrey tuvieron que hacer un montón de pruebas de aptitud mientras yo era sometida a un interrogatorio individual por parte de los miembros del consejo. Fueron preguntas fáciles —cómo me describiría como madre y cosas así—, pero cuando le llegó el turno a Mannix, estaba hecha un flan.

—Buena suerte —le susurré.

—Nos llevará una media hora —me dijo la más simpática de las entrevistadoras—. Por favor, siéntase libre de disfrutar de las instalaciones.

—De acuerdo...

Intenté saborear la comodidad de la butaca de la sala de espera, pero estaba demasiado nerviosa pensando en todos los obstáculos que podrían bloquear esta increíble oportunidad: puede que Jeffrey fallara deliberadamente las pruebas o que Mannix no ofreciera una imagen convincente como padre si no me tenía al lado indicándole lo que debía decir...

Me levanté y deseé tener algo con lo que distraerme. Intentaría pensar en cosas agradables. En Dean & DeLuca, por ejemplo... Estaba a solo dos manzanas del colegio, había pasado por delante de camino aquí. Me subieron los colores al recordar a Inga Olga tachándolo de lugar favorito de catetos y pueblerinos. Luego mi espíritu luchador se impuso y decidí volver para comprobarlo: por lo menos era un pequeño detalle que podía controlar en una vida que de repente había enloquecido.

No disponía de mucho tiempo, de modo que apreté el paso y en cuanto crucé la puerta de la tienda recuperé el ánimo: los exuberantes ramos de flores, las pirámides de frutas de todos los colores. No podía tratarse simplemente de otra atracción para turistas como, por ejemplo, Woodbury Common. El hombre del queso no pasteurizado y el punto sedoso parecía enteramente local.

En un intento de rescatar mi paraíso de la crítica de Inga Ola, me acerqué al hombre del punto sedoso y dije:

—Perdone, señor, ¿es usted originario de Nueva York?

Me miró entornando los párpados.

—¿Y qué si lo soy?

Tenía mi respuesta: grosero, grosero, deliciosamente grosero; un neoyorquino auténtico.

—Gracias.

Reconfortada, me acerqué a un saco de granos de café que habían pasado por el tracto digestivo de un elefante. Había leído sobre ello; por lo visto, un kilo de esos granos costaba más que un kilo de oro. Los contemplé entre intrigada y asqueada.

Ojalá papá pudiera verme. Él nunca tomaba café. («¿Por qué debería tomar café si puedo tomar té?») Y aún menos un café que había sido procesado por un elefante.

Con la vaga idea de comprar regalos para mamá y Karen, me dirigí a la sección de bombones y alargué la mano hacia una caja al mismo tiempo que otra mujer.

—Lo siento. —La retiré.

—No, quédeselos —dijo la mujer.

Fue entonces cuando me di cuenta de que la conocía: era Gilda, la chica de la noche anterior.

—¡Hola!

Parecía encantada de verme, y yo también me alegré mucho, tanto es así que en menos de cinco minutos quedamos en que sería mi entrenadora personal cuando volviera a Nueva York.

—El único problema es que no soy una persona deportista. —De pronto me asusté. ¿Dónde me estaba metiendo?

Me dio su tarjeta y me aseguró que todo iría bien, lo cual agradecí.

—Estupendo —dije—. Lo siento, pero he de irme.

—¿Cuál es tu plan para hoy?

—Reunirme con los niños y con Mannix, recoger nuestro equipaje del hotel, ir al aeropuerto, volver a casa, contarle a todo el mundo las novedades y liar el petate.

—Uau, casi nada. ¿Y Mannix? ¿También va a liar el petate? ¿Se muda contigo?

—Sí —dije, y me permití saborear la sensación—. Mannix y yo estamos juntos en esto.

Nos hallábamos en la sala de preembarque del JFK cuando recibimos la noticia de que Betsy y Jeffrey habían sido admitidos en la Academy Manhattan. Betsy gritó de alegría y hasta Jeffrey parecía complacido.

—Uau. —Mannix se había puesto pálido—. Tenemos el colegio, el apartamento, tú tienes el contrato con la editorial… Esto ya no hay quien lo pare. Es hora de derivar a mis pacientes para el próximo año.

Lo miré preocupada.

—No tenemos que hacerlo.

—Quiero hacerlo. Todos los planetas están alineados —dijo—. Pero no deja de ser… un gran paso.

—Si yo ya me siento culpable por abandonar a mis clientas cuando lo único que hago es pintarles las uñas, no quiero ni imaginar lo difícil que debe de ser para ti.

Negó con la cabeza.

—Los médicos no podemos permitirnos el sentimiento de culpa. Tenemos que compartimentar, es la única manera de sobrevivir. No te preocupes, Stella. Solo es un año. Estoy bien.

Cogió el móvil y empezó a enviar correos.

Sería mejor que yo empezara también. Debía hablar con Ryan. Tendría que haberlo hecho el día anterior pero temía el enfrentamiento. Y debía solucionarle la papeleta a Karen, buscar a alguien que me sustituyera durante mi ausencia.

—¡Por cierto! —Había recordado algo—. Mientras te estaban entrevistando esta mañana pasé por Dean & DeLuca y me encontré a Gilda.

—¿La Gilda de anoche? Qué casualidad.

—Fue una señal. Los planetas están alineados. Será mi entrenadora personal cuando volvamos a Nueva York. Saldremos a correr juntas. Tú también puedes venir. —Lo medité—. Mejor no. Gilda es joven y guapa.

—Tú eres joven y guapa.

—No lo soy.

Y aunque lo fuera, el mundo estaba lleno de mujeres jóvenes y guapas.

—No pienses eso —dijo Mannix leyéndome el pensamiento—. Puedes confiar en mí.

¿Podía? En realidad no me quedaba otra opción. Vivir en la desconfianza solo conseguiría volverme loca.

De vuelta en Dublín, como era de esperar, Ryan se puso hecho un basilisco.

—¡No puedes llevarte a mis hijos a otro país! ¡A otro continente!

—Está bien, pueden quedarse contigo.

Los labios le temblaron.

—¿Quieres decir… —tartamudeó— aquí? ¿Todo el tiempo?

—Un año más o menos. Hasta que sepa qué quiero hacer.

—¿Pretendes que me quede en esta vieja Irlanda de mierda cuidando de tus hijos mientras tú y Mannix Taylor os pavoneáis por la Quinta Avenida?

—También son tus hijos.

—Ah, no —se apresuró a decir—. No voy a ser el malo de la película que impide a sus hijos vivir en Nueva York. Es una gran oportunidad para ellos.

Reprimí una sonrisa. No era elegante refocilarse.

—¿Está bien el colegio que les has buscado?

—Es similar al Quartley Daily pero no tan caro.

Aunque a regañadientes, Ryan aceptó esto último como una buena noticia.

—Y pueden ir andando —añadí—. Solo está a cinco manzanas del apartamento.

—El «apartamento». —Ryan no pudo ocultar su desdén—. Mira cómo hablas. ¿Y en serio que Mannix está dispuesto a dejar su trabajo?

—Ajá. —Procuré que mi voz sonara despreocupada.

—Pero es médico.

—Es solo por un año...

Estaba pensando en imprimir las palabras en una camiseta. La gente estaba escandalizada con la actitud de Mannix, como si fuera su deber seguir curando a la gente enferma.

—¿No se siente culpable? —preguntó Ryan.

—Sabe compartimentar.

—Yo no iría por ahí alardeando de eso —espetó.

—Compartimentar puede ayudarte a sobrevivir.

Ryan meneó la cabeza y sonrió burlón.

—No dejes de repetírtelo, verás lo bien que te va. ¿Es cierto que van a darte un cuarto de millón de dólares? ¿Me tocará algo?

Había previsto esa pregunta y Mannix me había ayudado a preparar una respuesta.

—Ryan, tú y yo ya tenemos un acuerdo económico.

Se encogió de hombros; únicamente lo había dicho por si sonaba la flauta.

—¿Sabes que ese enorme anticipo tampoco es tanto? Tú estabas ganando cuarenta mil al año y Mannix unos ciento cincuenta mil, ¿no?

—¿Cómo lo sabes?

Yo estaba al tanto de cuánto ganaba Mannix, pero nunca se lo había contado a Ryan.

—He estado en contacto... con Georgie Dawson.

Lo miré atónita.

—¿Por qué?

—Para mantenerme al día. Debo mirar por mí ya que nadie más se molesta en hacerlo. Bien, como te decía, un cuarto de millón de dólares es solo un poco más que vuestros ingresos conjuntos de un año. ¿Cómo vais a repartíroslo? ¿Piensas darle a Mannix un dinero de bolsillo a la semana, como si fuera tu fulano? No lo aceptará.

—Aunque no es asunto tuyo, Ryan, hemos abierto una cuenta conjunta para los gastos, el alquiler y todo lo demás. Mannix no quiere ni un céntimo del anticipo pero se lo merece: fue él quien hizo realidad el libro. Además, va a dejar su trabajo para trabajar conmigo y, por tanto, será remunerado.

—Entonces ¿vais a compartirlo todo?

—Todavía tenemos cuentas separadas, pero queremos abrir una cuenta conjunta y compartirlo todo a partir de ahora.

—Amor de verdad. —Ryan se enjugó una lágrima imaginaria—. De todos modos, ese dinero no durará eternamente.

—Si las cosas van bien —dije a la defensiva— puede que ganemos más. Me han pedido que escriba otro libro.

—¿Y crees que funcionará? Lo de *Guiño a guiño* será un visto y no visto. Cada año se publican más de ocho millones de libros. Existe una abrumadora probabilidad de que fracases.

Vale, Ryan estaba celoso. Él era el artista y las cosas no tendrían que haber salido así. Pero era yo la que se iba a vivir a Nueva York con el hombre de sus sueños y, por consiguiente, podía permitirme ser magnánima.

No todos reaccionaron tan mezquinamente como Ryan. Cuando le pregunté a Karen si podía tomarme un año sabático, me propuso comprar mi parte.

Me llevé una sorpresa. Esperaba que pusiera el grito en el cielo por dejarla colgada.

—El salón ya no te motiva —dijo.

Era cierto. Me embargó una profunda sensación de alivio.

—No te preocupes —añadió—, también es un alivio para mí.

—En realidad siempre fue tu salón.

—Tal vez. Dos cositas: buena suerte con tu nueva vida y todo eso, y no te vendas la casa.

—No pensaba hacerlo. Sé que es una aventura muy arriesgada, Karen. Solo estoy quemando unas pocas naves.

—Bien. No seas una imprudente. Ten un plan B. Y un plan C.

De repente me inquieté.

—Karen, ¿estoy loca? ¿Es un disparate que deje el trabajo, que me lleve a los niños a la otra punta del mundo, que Mannix se coja un año sabático? —La sensación de náusea daba vueltas por mi estómago—. Karen, estoy empezando a arrepentirme… Creo, creo… que estoy en estado de shock.

—Tranquilízate. Esto es un puto milagro, como ganar la lotería. Bueno, no tanto, con la lotería se gana más. Pero sé feliz.

Hice una inspiración profunda, y luego otra.

—He pensado vender el coche. No tengo dónde meterlo.

—Yo me encargo —se ofreció enseguida—. Yo te lo venderé. Otra cosa: me he enterado de que Mannix Taylor y tú vais a abrir una cuenta conjunta. Creo que estás loca. Yo nunca dejaría que Enda Mulreid se quedara un solo céntimo mío. Por lo tanto, el dinero de tu parte del salón lo pondré en una cuenta nueva a tu nombre y solo a tu nombre. Puedes llamarla la cuenta para tiempos difíciles, o la cuenta de la huida, tú misma. Puede que un día te alegres de tenerla.

—Me acabas de decir que sea feliz.

—Feliz y prudente.

—Feliz y prudente —repetí con sarcasmo—. Bien, debo ir a contárselo a papá y mamá.

Papá y mamá dijeron que se alegraban mucho por mí, si bien mamá no acababa de entender qué estaba pasando. Papá, por su parte, no cabía en sí de orgullo.

—¡A mi hija van a editarle un libro en Nueva York! A lo mejor voy a verte.

—¿Tienes pasaporte?

—Puedo sacármelo.

Después fui a ver a Zoe, que lloró desconsoladamente al oír la noticia, aunque en los últimos tiempos lloraba desconsoladamente con mucha frecuencia.

—Lo siento. —Se sorbió—. Te lo mereces. Pasaste un infierno durante tu enfermedad y ahora algo bueno ha salido de eso. Te echaré de menos.

—No me voy para siempre.

—Y mientras estés allí podré ir a verte sin tener que pagarme un hotel. Puede que hasta me vaya a vivir contigo, ahora que mi vida aquí se ha desmoronado.

—Mejorará.

—¿Tú crees?

—Pues claro. —Me sonó el móvil—. Es Georgie —dije—. ¿Te importa si lo cojo?

—En absoluto. —Me indicó con un ademán que contestara y se enjugó las lágrimas con un pañuelo de papel.

—¡Cariño! —exclamó Georgie—. ¡No imaginas cuánto me alegro por ti! Yo viví un año en Nueva York, a los dieciocho. Tenía un novio italiano, Gianluca, un príncipe, un príncipe de verdad, de la pequeña realeza italiana. Los hay a montones deambulando por el mundo. Monísimo, sin un céntimo a su nombre y totalmente chiflado. Me hacía plancharle las camisas con espray para la ropa de vetiver y si me olvidaba no me follaba. Hoy día el olor a vetiver todavía me pone cachonda y nostálgica.

No pude evitar una risa. Zoe, entretanto, me miraba triste y encorvada, aferrada a su pañuelo.

—Mannix me ha dicho que os vais la semana que viene —continuó Georgie—. Os perderéis mi fiesta de Separación. Me gustaría tanto que estuvierais… ¿No podríais retrasar un pelín la fecha?

—Me temo que no —dije con dulzura.

—Qué rabia. ¿Por qué no volvéis para la fiesta? ¿Un visto y no visto?

—Imposible, mi adorable cabra, pero te veré antes de irme. Brindaremos con Prosecco para celebrar tu separación.

—Soy un desastre, cielo, siempre acabo hablando de mí. Felicidades por lo del libro. ¡Un besote! —Y con una sonora ráfaga de besos puso fin a la llamada.

—¿Cómo puede alguien separarse de manera amistosa? —preguntó Zoe—. Yo odio tanto a Brendan que podría escupirle. Deseo que le ocurran todas las cosas malas del mundo. Quiero que se vaya a Australia de vacaciones y que nada más aterrizar su padre se muera y tenga que volver a casa. Quiero que la polla se le caiga a pedazos. Busco enfermedades en Google y rezo para que las contraiga. Hay una cosa horrible que puedes pillar en el ano, una bacteria que hace que el culo te pique todo el rato…

Tuve que interrumpirla. No había quien la parara cuando se ponía así.

—Al principio la separación de Mannix y Georgie no fue amistosa.

—Pero ahora lo es.

—Sí. Han presentado la solicitud de divorcio, han vendido la casa…

—¿Con valor negativo? —preguntó, esperanzada.

—Sin deudas. Tampoco hay dinero de por medio. Ha sido una ruptura limpia.

Los planetas estaban alineados, tal como había dicho Mannix.

Carmello enroscó un mechón de mi pelo en su dedo y estudió mi reflejo en el espejo.

—Tienes un pelo fantástico.

—Gracias.

—Con el corte adecuado podría quedar sublime.

—Eh…

Ruben se materializó a mi lado.

—¿Te falta mucho?

Siempre estaba estresado, pero ese día parecía que iba a empezar a chillar y que no iba a poder parar.

—Un poco más de flisflisflis —dijo lánguidamente Carmello— y podré ponerme con Annabeth.

Pero Annabeth Browning no estaba. Hacía hora y media que la esperaban y no había dado señales de vida.

—Vuelve a llamarla —dijo Ruben a su ayudante.

—No contesta.

—¡Pues mensajéala, tuitéala, pídele que te acepte en Facebook, pero encuéntrala!

Me hallaba en una suite del hotel Carlyle, preparándome para un artículo de cinco páginas para la revista *Redbook*. Annabeth Browning había abandonado finalmente el convento donde se había escondido y había vuelto a su casa, junto a sus dos hijos y su marido, el vicepresidente de Estados Unidos. Todos querían entrevistarla, pero ella había pactado una exclusiva con *Redbook* y alguien en algún lugar —ignoraba quién o cómo— la había convencido para que toda la entrevista tratara de cómo

Guiño a guiño la había «salvado». Finalmente el proyecto se había transformado en un «Cuando Annabeth conoció a Stella».

Se trataba de un importante acuerdo que nos beneficiaba tanto a Annabeth como a mí. Ella tendría su oportunidad de soltar el rollo típico sobre la rehabilitación («He salido fortalecida.» «Mi matrimonio se ha fortalecido.» «Mi fe en Dios se ha fortalecido.») y *Guiño a guiño* obtendría un montón de publicidad justo en el momento en que me disponía a hacer mi primera gira de promoción.

La suite estaba a petar. Además de Carmello, había una maquilladora, una estilista de moda, un fotógrafo, un redactor de *Redbook* y Ruben, mi publicista de Blisset Renown. Todos los actores principales se habían traído ayudantes. Hasta yo tenía uno: Mannix, que estaba apoyado en la pared con traje oscuro, observándome como si fuera un agente de la CIA.

—Annabeth sigue sin contestar —dijo la ayudante de Ruben.

—Pues baja a la calle y ponte a buscarla. ¡Y todos vosotros, fuera! ¡Tú, la maquilladora, fuera, fuera!

La gente lo miró pasmada.

—¡Tú! —Señaló al fotógrafo—. Y… tú… —Se había dado la vuelta para gritar a Mannix, pero algo en la expresión de su cara le hizo dar marcha atrás.

El móvil de Ruben tintineó. Leyó el mensaje y susurró:

—Joder.

—¿Qué ocurre?

—Chicos, a recoger —gritó Ruben—. Annabeth no vendrá.

—¿Qué? ¿Por qué?

—Poned la tele. ¿Dónde está la tele? Probad Fox News.

Pero salía en todos los canales. Annabeth había sido arrestada de nuevo. Al igual que la vez anterior, estaba conduciendo de manera imprudente mientras iba colocada hasta arriba de medicamentos con receta. Un transeúnte servicial la había grabado cuando intentaba darle un guantazo a uno de los agentes.

—Parece ser que tu libro no la curó, después de todo —comentó alguien.

Miré consternada la pantalla. Pobre Annabeth. ¿Cómo afectaría lo ocurrido a su matrimonio, a sus hijos, a su vida?

La gente empezó a recoger sus cosas en silencio. Al salir me sorteaban como si mi mala suerte fuera contagiosa. Algo más tarde que el resto, comprendí que la desgracia de Annabeth también era la mía.

—Vámonos a casa —dijo Mannix.

—Quiero ir caminando. —Estaba mareada—. Un poco de aire me sentará bien.

Le sonó el móvil. Mannix miró la pantalla y rechazó la llamada.

—¿Quién era? —pregunté—. ¿Phyllis?

—No es asunto tuyo.

Decididamente era Phyllis.

Mannix me cogió de la mano.

—Vamos.

Era finales de octubre y Manhattan estaba precioso —hacía una temperatura agradable, los árboles estaban cambiando de color y los escaparates de las tiendas rebosaban de botas alucinantes—, pero me estaba resultando difícil apreciarlo.

—La recaída de Annabeth es una mala noticia, ¿verdad? —le pregunté.

—Lo es para ella y para su familia, pero no estoy seguro de que lo sea para ti. Es un anzuelo publicitario más. Ruben tiene muchos otros bajo la manga. Oye, ¿no le notaste algo raro en el pelo?

Asentí.

—Sí. Se pone hollín en la cabeza para taparse la calva. Bueno, en realidad no es hollín, se llama «Adiós a los calvos» o algo así.

—Me pregunto qué habrá de cena.

—Y yo.

Reímos, porque sabíamos que sería comida mexicana. Siempre era comida mexicana.

Cuando Bryce Bonesman nos dijo que tendríamos asistenta y chófer, yo había dado por sentado que se refería a dos personas. Pero se trataba de una sola: una mexicana inquietante llamada Esperanza. Y no había coche; los Skogell habían devuelto el suyo al concesionario antes de partir a Asia.

Esperanza trabajaba como una mula. Hacía la compra, la limpieza, la colada y la comida y ejercía de canguro las noches que Mannix y yo salíamos. Sin embargo, apenas abría la boca, y yo no sabía si era un problema idiomático o un rasgo de su personalidad.

Había intentado hacerme su amiga. Nuestra primera noche la invité a cenar con nosotros lo que ella misma había preparado pero dijo «No, no», y se retiró a su diminuto cuarto, donde veía culebrones mexicanos a todo volumen. Me incomodaba esta separación entre Esperanza y nosotros, pero, a medida que los días pasaban y el trabajo se me acumulaba, me encontré demasiado cansada para sentirme culpable.

—¿Cómo voy a abordar la recaída de Annabeth en mi blog y en Twitter? —pregunté a Mannix.

—Cenemos primero y ocupémonos de eso después.

En cuanto entramos en casa Betsy y Jeffrey corrieron a sentarse a la mesa de la cocina.

—Daos prisa —dijo Jeffrey—, estamos hambrientos.

Por mucho trabajo que tuviésemos, la cena con los niños era sagrada.

Silenciosa como una tumba, Esperanza sirvió el chilli y yo murmuré:

—Gracias, muchas gracias.

Dejó un cuenco de guacamole en la mesa y Mannix dijo:

—Gracias, Esperanza.

Luego dejó una fuente de frijones refritos y los cuatro dijimos:

—Gracias.

—Tiene una pinta deliciosa —comentó Betsy.

—Deliciosa —convino Mannix.

—Deliciosa. —Estaba sudando de lo incómoda que me sentía.

Esperanza se retiró a su cuarto, su tele empezó a bramar en español y finalmente fui capaz de relajarme.

—¿Qué tal el día? —pregunté a mis hijos.

—¡Genial! —dijo Betsy.

—¡Sí, genial! —le secundó Jeffrey.

Se los veía muy animados: el colegio era estupendo, estaban haciendo amigos y les encantaba vivir en Nueva York.

—Es como vivir en una película —comentó Jeffrey.

Mi corazón saltaba de alegría. Saber que mi hijo estaba feliz atenuaba el sinsabor de esa tarde tan horrible.

—Pero echo de menos a papá —se apresuró a añadir.

Ya.

—Es normal —aseguré—. Prácticamente estabas con él veinticuatro horas al día, todos los días del año. ¿Cómo no vas a echarlo de menos?

—Stella… —Mannix me puso una mano en el brazo.

—No hagas eso —dijo Jeffrey.

—¿Qué? ¿Tocar a tu madre?

—Chicos —intervino Betsy—, no os peleéis.

Comimos en silencio cinco minutos, hasta que Betsy dijo:

—¿Ya estáis todos más tranquilos? Porque tengo algo que compartir.

—¿Oh? —Enseguida me inquieté.

Betsy dejó el tenedor en el plato e inclinó la cabeza.

—No os entristezcáis, por favor, pero Tyler y yo hemos cortado. Es un tío genial, siempre será mi primer amor, pero me es imposible seguir mis estudios y dar tiempo de calidad a una relación transcontinental. —Cuando levantó la cabeza tenía los ojos vidriosos a causa de unas lágrimas que no pude evitar pensar que eran un tanto forzadas—. Hemos hecho lo que hemos podido. Hemos puesto todo de nuestra parte, maldita sea. ¡Perdón por el taco! Pero hemos fracasado.

—Vaya —murmuré.

—¿Estás bien? —preguntó Mannix.

—Triste, Mannix. Gracias por tu interés. Absolutamente triste. Sigue siendo mi mejor amigo, pero estamos haciendo una transición a una fase nueva en nuestra relación y eso me genera una gran tristeza.

—De peces está lleno el mar —dije.

—¡Mamá! —Me miró horrorizada—. Estoy a siglos de eso. Primero debo pasar el duelo y honrar mi relación con Tyler.

—Por supuesto —dije quedamente—. Lo siento, soy una idiota.

—En eso tienes razón —convino Jeffrey—. ¿Podemos dar por finalizada esta porquería de cena?

—Solo si a Betsy le parece bien dejarlo aquí —señalé.

—Sí —aceptó ella en un hilo de voz—. Solo quería que lo supierais, chicos. Si me veis llorando o mirando melancólica por la ventana, quiero que sepáis que vosotros no sois la causa, que es el proceso por el que debo pasar.

—Eres muy valiente —apuntó Mannix—. Y quiero que sepas que tienes todo nuestro apoyo.

—Agradezco tus palabras.

—Y ahora —me dijo Mannix—, a trabajar.

—¿Quién te ha nombrado jefe de mi madre? —inquirió Jeffrey.

—Yo —dije.

—Te pasas el día trabajando.

—Porque hay un montón de cosas que hacer. —Estaba harta de explicárselo.

Bryce Bonesman quería cambios en *Guiño a guiño* y los quería ya.

—Tienes que reescribir una buena parte del libro —me había dicho Bonesman—. Algunas máximas simplemente no dicen nada. Y unas cuantas pertenecen a otras personas, ¿cierto? Lo que nos plantea un problema de copyright.

Básicamente, necesitaban veinticinco máximas originales y edificantes y las necesitaban a mediados de noviembre para poder publicar en marzo.

—Es una pena que no podamos publicar en enero —se había lamentado Bryce—. Enero es un páramo, nadie saca libros en ese mes, podrías tener el mercado para ti sola. Pero no llegamos.

Cada noche Mannix y yo repasábamos las libretas que él había guardado de nuestras conversaciones en el hospital, y hasta el momento habíamos pulido diecinueve frases que Bryce Bonesman había dado por buenas. No obstante, todavía nos faltaban seis y apenas nos quedaban dos semanas. Nunca había imaginado que ser sabia fuera tan difícil.

Para colmo, Bryce me había dicho que mi segundo libro tenía que ser «más de lo mismo».

—Idéntico al primero pero con material nuevo, claro.

De modo que me debatía constantemente entre el deseo de introducir las mejores máximas en *Guiño a guiño* y la necesidad de reservarme algunas para el segundo libro.

Mannix y yo nos retiramos a nuestro dormitorio, el cual hacía las veces de despacho.

—¿La llamada que recibiste después de la sesión de fotos era de Phyllis? —pregunté—. ¿Ha cancelado la reunión de mañana?

Titubeó. Quería protegerme de las malas noticias.

—Sí —confesó.

Fiel a su palabra, Phyllis no mantenía un contacto diario con nosotros. Lo único que le importaba era encontrar el momento óptimo para cerrar el mejor acuerdo posible para mi segundo libro con Blisset Renown. Por tanto, cuando se enteró de que yo iba a entrevistarme con Annabeth Browning para *Redbook*, decidió que sería perfecto tener una reunión con Bryce y su equipo justo el día después. «Todavía les durará el subidón y podremos entrar a saco. Saldremos de allí con medio millón de dólares.»

—Ya habrá otras ocasiones —le dije a Mannix—. ¿Y qué? ¿Me está afectando mucho la recaída de la pobre Annabeth?

—La gente no lo está relacionando contigo.

—¿Pero...?

—Lo siento, cielo, hay un correo de Ruben en el que dice que cuatro revistas han retirado los artículos que escribiste para ellas.

Ruben me había obligado a escribir incontables artículos para las revistas mensuales —unos más largos, otros más cortos, todo desde mi primer beso hasta mi árbol favorito pasando por la barra de labios que me salvó la vida— a fin de que salieran en la edición de abril. La edición de abril —que se publicaba en marzo para coincidir con mi primera gira— estaba a punto de cerrarse, por lo que había trabajado como una loca para terminar todos los artículos a tiempo.

—Vale. —Me tomé un momento para sentir la pérdida—. Lo hecho, hecho está. ¿Y el blog de hoy? ¿Debería decir que estamos rezando por Annabeth? En este país les encanta rezar.

—Creo que deberías distanciarte de ella.

—Me parece un poco… cruel.

—Estamos en un país cruel. Nadie quiere que le relacionen con un fracaso. Ya viste cómo reaccionaron todos en la sesión de fotos.

El móvil de Mannix sonó.

—Es Ruben.

—¡Gran noticia! —gritó. Aunque él estaba hablando con Mannix, yo podía oír todo lo que decía.

Una revista del mediooeste llamada *Ladies Day* quería que escribiera un artículo sobre mi enfermedad.

—Lo sé —dijo Ruben—, nunca has oído hablar de ella, pero arrasa en el interior. Ocho millones de lectores. Necesitan mil quinientas palabras antes de medianoche.

—¿Medianoche? —exclamé—. ¿Medianoche de hoy? Mannix, pásame el teléfono. Hola, Ruben, soy Stella. ¿Podrías aconsejarme sobre la manera de abordar la historia de Annabeth en mi blog?

—¿Qué Annabeth? Esa es la manera.

Colgó. Mannix escribió unas palabras en mi blog como si fueran de mi cosecha y yo me puse a trabajar en el artículo de *Ladies Day*. Todo lo relacionado con mi libro ocurría a una velocidad de vértigo y siempre tenía la sensación de ir terriblemente rezagada.

Mannix y yo estábamos aporreando nuestros respectivos teclados cuando el timbre de la puerta sonó y nos sacó de nuestra concentración.

—Gilda —dijo Mannix.

—¿Ya son las diez?

Gilda venía tres noches por semana para hacer Pilates conmigo.

—¿Estás demasiado cansada? ¿Quieres cancelar la clase?

—No, estoy bien.

—Mírate —exclamó Mannix riendo—. Llega tu enamorada y se te pasan todos los males. ¿Debería estar celoso?

—¿Debería estarlo yo?

Pero sabía que a Mannix no le gustaba Gilda. No porque yo fuera una ingenua —dentro de mí siempre había una pequeña parte que permanecía alerta—, sino porque entre ellos no había química. Se trataban con educación y cordialidad y eso era todo.

—¡Ha llegado Gilda! —gritó Jeffrey. Mi hijo, en cambio, estaba chiflado por ella.

Gilda asomó la cabeza por la puerta.

—Hola, Mannix. ¿Estás lista, Stella?

—Enseguida voy.

Mi clase de Pilates tenía lugar en el pasillo porque no había otro sitio. Pero Gilda había dicho: «Algunos de mis clientes tienen un gimnasio privado en su casa y no se esfuerzan ni la mitad que tú».

Comenzamos y, como siempre, fue duro. Cuando llevaba cincuenta levantamientos pélvicos se produjo un estruendo en el dormitorio de Betsy —algo había caído, supuse que uno de los estantes— y mi hija empezó a llamar a Mannix a gritos. Él salió del dormitorio y cruzó el pasillo.

—Lo siento —dijo, y se detuvo un instante sobre mí con las piernas separadas a ambos lados de mi cuerpo. Bajó la mirada y me dijo con los labios: «Quiero follarte fuerte».

Entre las contracciones de mi centro femenino que había estado haciendo y su mirada pensé que iba a tener un orgasmo allí mismo.

—¿Puedo convencerte para que hagas Pilates con nosotras? —preguntó Gilda con su voz melodiosa.

Ella seguía en modo de propulsión pélvica. Tenía las caderas levantadas y su región apuntando hacia él. Casi parecía que la voz hubiera salido de ahí. Mannix echó una ojeada casi imperceptible, enrojeció ligeramente y fue a socorrer a Betsy.

Cuando Gilda se hubo marchado trasladé el portátil a la sala para seguir con el artículo.

—Ven a la cama —me dijo Mannix.

—No puedo, tengo que terminar esto.

—Ven a la cama —insistió—. Es una orden.

Pero estaba demasiado agobiada para reír.

—No tardo.

Cuando finalmente envié el artículo por correo electrónico y me metí en la cama, Mannix ya dormía. A veces, cuando eso ocurría, su brazo me buscaba por la cama y tiraba de mí, pero esa noche no lo hizo.

A las siete del día siguiente Mannix y yo todavía dormíamos cuando llamaron a la puerta.

—Joder —farfulló Mannix—. Ah, es Gilda. Hora de salir a correr. —Abrió los ojos—. Todavía no has averiguado si Laszlo Jellico es su novio.

—Me lo ha mencionado una o dos veces. —Me estaba poniendo la ropa de correr—. Pero no sé si está con él. Yo diría que no. Vuelve a dormirte.

—¿Yo? Tengo responsabilidades que atender, entre ellas convencer a tu adorable hijo de que salga de la cama.

Me vine abajo. No era tarea fácil.

—Volveré dentro de cuarenta y cinco minutos. Gracias por ocuparte de los niños.

—De nada. ¡Y entérate! —gritó Mannix—. ¿Está o no está con él?

Cuando bajé a la calle encontré a Gilda haciendo sus estiramientos. Llevaba una sudadera rosa con capucha y un gorro también rosa. Estaba tan mona que me hizo reír.

—Ahora mismo aparentas doce años.

—¡Ojalá! Tengo treinta y dos.

Treinta y dos. Siempre me había intrigado su edad pero no había sabido cómo preguntársela.

Armándome de valor, dije:

—¿Y tienes novio?

—No estoy saliendo con nadie ahora mismo.

Lo medité. Supuse que quería decir «no», pero en Nueva York la gente ordenaba las palabras de manera diferente.

—¿Tú y Laszlo Jellico…? —insistí.

—Tuvimos un rollo, pero nada serio. Las relaciones son difíciles.

—Lo sé.

Me miró.

—Para ti no.

—Para mí sí, a veces.

—Pero Mannix…

Vacilé.

—Mi hijo lo odia. Y Mannix y yo somos muy distintos. Recibimos una educación diferente, pensamos de manera diferente.

Era un alivio poder hablar de ello con alguien que no iba a juzgarme, que no conocía mi antiguo yo, el que había estado casado con Ryan.

—Pues parecéis estar locos el uno por el otro —aseguró Gilda.

—Tenemos… química. —Sentí vergüenza, pero la culpa era mía; yo había iniciado la conversación—. Química física, ya me entiendes. A veces, el resto no es fácil.

Cuando regresé de correr encontré a Mannix intentando que los chicos se fueran al colegio, de modo que cuando Ruben llamó, respondí yo. Normalmente era Mannix quien lidiaba con el torrente de demandas de Ruben y me las transmitía luego de una forma más delicada, pero ahora estaba enfrascado en un pulso con Jeffrey sobre algo que era totalmente intrascendente pero que les concernía únicamente a los dos.

—¡Buenas noticias! —dijo Ruben. Yo ya había aprendido a desconfiar de esa expresión y con el tiempo acabaría detestándola—. A *Ladies Day* le ha encantado tu artículo.

—Qué bien.

—Pero quieren que añadas algunas cosas. Sobre tu fe. Sobre cómo la oración y la fe te salvaron la vida.

—¿Te refieres a la fe en Dios? Yo no creo en Dios.

—Pues di que sí. Eres escritora. Lo necesitan para esta tarde.

—Esta tarde debo hacerme la foto para el libro.

—O sea que tienes toda la mañana.

—¿Sabes algo de Annabeth? ¿Cómo está?

—Como ya dije, ¿qué Annabeth? Tengo para ti una lista de otros artículos breves. El *Sacramento Sunshine* quiere quinientas palabras sobre tu signo del zodíaco favorito, el *Coral Springs Social* quiere una receta original tuya baja en colesterol...

La mano de Mannix me arrebató el teléfono. Con los labios me dijo: «No hables con él», y salió de la habitación.

Mannix desconfiaba de Ruben. No le gustaba su enfoque disperso con respecto a mi publicidad. Decía que carecía de estructura, de un público concreto, que yo simplemente estaba proporcionando artículos de relleno para un sinfín de periódicos locales y agotándome en el proceso.

Mannix regresó minutos después.

—Reescribe el artículo para *Ladies Day* —dijo—. Tiene un público aceptable, a diferencia de esos panfletos que Ruben te está enchufando. Bien, me voy a nadar.

Cada mañana Mannix iba a una piscina cercana y se hacía cincuenta largos aporreando el agua como si esta hubiera insultado a su madre.

—Volveré dentro de una hora.

Trabajé con el artículo de *Ladies Day*, tratando de estimular mi fe en Dios, pero no era capaz de mentir de forma tan descarada: no era ético y, además, podía resultar peligroso. No creía en Dios pero le temía.

Durante el día Mannix establecía su despacho en la sala de estar y yo permanecía en el dormitorio, inclinada sobre mi portátil. De vez en cuando, a través de la pared, podía oír su voz hablando por teléfono y todavía poseía el poder de excitarme. Solo tenía que levantarme y quitarme la ropa y en menos de treinta segundos podría estar retozando con él. Pero había trabajo que hacer. A veces preparaba café y le dejaba una taza junto a la puerta, pero no le hablaba; era el acuerdo al que habíamos llegado, la única manera de resultar productivos.

Actualmente Mannix tenía un proyecto paralelo en marcha; me había dado una o dos pistas, pero sabía que no debía insistirle hasta que estuviera preparado para contármelo. Era cerca de la una cuando irrumpió en el dormitorio y declaró:

—Treinta mil.

—¿Treinta mil qué?

—El adelanto que está dispuesto a darte Harp Publishing por editar *Guiño a guiño* en Irlanda.

—Santo Dios.

Había sido idea mía excluir de mi contrato con Phyllis los derechos irlandeses. Solo estaba siendo patriótica. Pero semanas atrás Mannix había caído en la cuenta de que tales derechos podían venderse. Me había pedido permiso para conseguirme una editorial irlandesa y, por lo visto, acababa de hacerlo.

—Es una editorial acreditada. Ha publicado a un par de ganadores del Man Booker.

—¿En serio? Papá se pondrá muy contento. Caray, Mannix, treinta mil.

—Empezaron ofreciendo mil quinientos euros e hice que subieran hasta treinta mil. —No podía ocultar su satisfacción—. Y como Phyllis queda fuera de esto, no tienes que pagarle porcentaje alguno a tu agente.

—Tú has hecho de agente aquí, Mannix, tú has conseguido esto. ¡Estoy impresionada!

—¿Cuánto de impresionada?

Miré el reloj. Teníamos que ser rápidos.

—¡Así de impresionada! —declaré colocando la palma de mi mano en su pecho y arrojándolo a la cama.

Fue fácil desvestirle. En cinco segundos la camiseta y el pantalón de chándal estaban fuera. Su olor a almizcle hizo que mi cuerpo se abriera como una flor.

Descendí sobre él y me moví en movimientos sinuosos e infinitos, exprimiéndolo y moviéndolo conmigo. Todavía me sorprendía este nuevo control que tenía sobre mi propio cuerpo.

Mannix intentaba acelerar al tiempo que yo posaba una mano en su abdomen y decía:

—Más despacio.

Finalmente me dio la vuelta y el peso de su pelvis contra la mía me provocó inmediatamente un orgasmo.

—Espera, espera —le supliqué—. Uno más.

—No puedo —jadeó antes de sacudirse dentro de mí—. Lo siento —susurró en mi oído.

Le acaricié la cabeza.

—El cierre de la operación ha provocado en el muchacho un subidón de testosterona. Creo que nunca he conocido a nadie a quien le guste el sexo tanto como a ti.

—A ti también te gusta. Estás viviendo un ansiado despertar sexual y me estás utilizando.

—¿Eso crees?

Se encogió de hombros.

—Puede.

En el estudio donde iban a hacerme la foto para el libro, la estilista llegó con unos alucinantes Jimmy Choo que Berri, el director artístico, descartó al instante.

—¡Ni hablar! —gritó—. Debes parecer una mamá.

Deslicé mis pies en los altísimos zapatos de pedrería terminados en punta y Mannix agarró el móvil y me hizo una foto.

—¡No tuitees eso! —le advirtió Berri.

—Demasiado tarde —dijo Mannix, y los dos nos reímos.

—¡Yo soy el director artístico! ¡Aquí mando yo! ¡Y vosotros dos debéis tomaros esto en serio!

—¡Esos zapatos le quedan geniales! —protestó Mannix—. ¿Por qué te empeñas en convertirla en algo que no es?

—¡Esta! —Berri señaló a Mannix y atrajo la atención de todos los presentes en la sala—. Esta es la razón de que no queramos a los novios en las sesiones de fotos. —Se volvió hacia Mannix—. Todavía no lo has entendido. Stella no es como tú crees que es, sino como nosotros decidimos que sea. Y nosotros hemos decidido que sea una persona cálida y acogedora. Así es como conseguiremos que se venda su libro.

—Te compraré esos zapatos —me dijo Mannix bajando la voz.

La estilista le oyó.

—Puedo conseguirte un cincuenta por ciento de descuento.

—Entonces que sean dos pares.

Los tres estallamos en risas, lo que nos valió una mirada gélida de Berri y del fotógrafo. El problema era que esta sesión de fotos se parecía demasiado a otras cuatro o cinco sesiones que ya había hecho, incluida la sesión-que-nunca-tuvo-lugar del día anterior con Annabeth en el Carlyle.

En cada ocasión había tenido una peluquera diferente, un fotógrafo distinto y otro director artístico con otras indicaciones, cierto, pero en cada ocasión era la misma persona con la misma cara. Tanto derroche de tiempo y recursos hacía que todo el proceso se me antojara absurdo.

Llegamos a casa justo a tiempo para cenar con los niños. Estaban tan habladores y animados que fueron un bálsamo para mi alma. Después de la sesión de esa tarde y de las espantosas fotos en las que semejaba una bisabuela de noventa y tres años, me había preguntado si no habría cometido un tremendo error al desarraigarnos a todos y traernos a este extraño país.

Terminada la cena, Mannix me dijo:

—Ponte los zapatos nuevos y salgamos a tomar un martini.

Meneé la cabeza con gran pesar.

—Lo haremos cuando hayamos entregado a Bryce Bonesman las veinticinco máximas. Hasta entonces tenemos que seguir trabajando. Lo siento, cariño. Por cierto, ¿algún correo de Ruben?

—No.

—¿Puedo llamarle? Solo quiero saber si el artículo para *Ladies Day* ha gustado. Me lo curré mucho.

Mannix suspiró.

—Le llamaré y pondré el altavoz.

—Hola, Ruben —dije desde la otra punta de la habitación—. ¿Ha gustado el artículo de *Ladies Day*?

—Déjame ver los correos. *Ladies Day*, *Ladies Day*... Aquí está. No, no ha gustado. Qué se le va a hacer.

—¿No ha gustado nada? —pregunté.

—Nada.

—¿Y ya está? —No podía creerlo.

—Ya está. A la basura. Hay que seguir adelante.

Octubre tocó a su fin y noviembre pasó volando. No teníamos ni un segundo libre.

Mannix y yo terminamos las veinticinco máximas justo antes de que expirara el plazo de Bryce y seguidamente comencé mi formación mediática con un asesor llamado Fletch. Hicimos docenas de entrevistas televisivas falsas en las que, independientemente de lo que me preguntaban —la edad de mis hijos, mi lista de cosas pendientes—, yo respondía con *Guiño a guiño*.

—En serio —me decía Fletch—, mencionar el título de tu libro cada diez segundos es la mejor estrategia.

Me dio instrucciones detalladas sobre posturas, cruce de tobillos y posición de la cabeza. Incluso sobre la altura de zapato que me hacía caminar más derecha.

—Y necesitas unos cuantos chutes.

—¿Chutes? —Pensé que se refería a inoculaciones.

—Ya sabes, relleno en los labios, Botox alrededor de los ojos. Poca cosa, sin quirófano. Conozco a un tipo muy profesional.

Mannix se mostró totalmente en contra.

—Te destrozarán la cara.

Hasta ese momento me había resistido a las infiltraciones por los estropicios que Karen causaba en los rostros que «trataba», pero no podía evitar preguntarme qué aspecto tendría en manos de un buen profesional. Así que fui a ver al amigo de Fletch, quien me inculcó el enfoque de «menos es más» y me despidió con un rostro más lozano y luminoso pero no muy diferente. Nada que ver con las pobres criaturas que salían tambaleándose de Honey Day Spa tras los cuidados de Karen, a menudo con pinta de haber sufrido una apoplejía.

De hecho, los retoques en mi cara eran tan sutiles que Mannix no reparó en ellos hasta que se lo dije, y entonces se enfadó.

—Puedes hacer lo que quieras —dijo—, pero no lo hagas a mis espaldas.

—Lo siento —dije. Pero no lo sentía. Estaba encantada con las mejoras en mi rostro.

Sin embargo, pese a los chutes y todo el Pilates y el footing que estaba haciendo, Fletch consideró que aún no estaba lista para salir en la tele.

—Mírate en el monitor —dijo—. Fíjate en lo redondeado que se te ve el torso.

Las mejillas me ardían de vergüenza.

—Oye, que en la vida real estás genial —añadió—, pero este es nuestro trabajo. Tenemos que poner remedio a eso antes de que el gran público americano te vea. Búscate un nutricionista.

—Ya tengo —dije.

—¿Quién?

—Gilda Ashley.

—¿Oh?

—¿La conoces? —pregunté.

—Solo de nombre. Genial que tengas una nutricionista. Dile que te convierta en carboréxica. Cero, cero, cero carbohidratos. El pan ni lo mires. En cuanto veas un pastelito, repítete el mantra: «Que estés bien, que seas feliz, que estés libre de todo sufrimiento».

—¿El mantra es para mí o para el pastelito?

—Para el pastelito. No puede formar parte de tu vida pero no le deseas ningún mal, ¿entiendes?

—Entiendo.

—Si te lo repites a menudo, verás que tu actitud se vuelve amorosa y compasiva.

—Vale.

Qué curioso, siempre había oído que la meca de los pirados

era Los Ángeles, no Nueva York. Bueno, no morirás sin aprender algo nuevo.

De modo que Gilda asumió el control pleno de mi dieta.
Cada mañana me entregaba una bolsa térmica con mi comida
del día. De desayuno me tocaba un extraño zumo verde que
contenía, entre otras cosas, col rizada y cayena.

—A media mañana, si aprieta el hambre, pero debe apretar
mucho, puedes comer esto. —Me tendió una fiambrera enana.

—¿Qué es?

—Una nuez del Brasil.

Miré dentro. El fruto rodaba por la fiambrera, tan diminuto
que me produjo un ataque de risa del que Gilda acabó conta-
giándose.

—Lo sé —dijo—. Se ve muy triste.

—¿Qué habría dicho Laszlo Jellico si le hubieses dado una
cosa de estas? —Adopté un tono pedante—. Esto no me conviene en absoluto, Gilda, querida. ¡Tráeme las lolas de Amity
Bonesman y déjame mamar un rato!

Gilda seguía riendo —más o menos— pero se había puesto
colorada.

—¡Lo siento! —Me tapé la boca con la mano.

—No importa —respondió algo fría.

Sonreí tímidamente.

—Lo siento, Gilda.

En ese momento me di cuenta de que tenía miedo de perderla. Ella era lo más parecido a una amiga que tenía en Nueva
York. Echaba de menos a Karen y a Zoe y trabajaba tanto que
no disponía de tiempo para hacer otras amigas.

—Tranquila. —Sonrió—. No pasa nada.

A finales de noviembre, coincidiendo con Acción de Gracias, Nueva York inició la temporada de las fiestas navideñas. Blisset Renown tuvo la suya el diez de diciembre, pero la organizó en sus oficinas porque, como la gente no dejaba de repetirme, «el negocio editorial está agonizando» y sería una indecencia gastarse una fortuna en una comilona en un restaurante.

Estaba dando conversación a dos correctoras cuando noté un pinchazo en el trasero. Me di la vuelta. Era Phyllis Teerlinck, a quien no había visto literalmente desde el día en que consiguió mi contrato editorial en agosto.

—Hola —dijo blandiendo el bolígrafo que me había clavado en el trasero—. Dios mío, ¿qué te han hecho? ¡Te han «neoyorquizado»! ¡Estás flaca y radiante!

—Me alegro de verte, Phyllis.

—¡No me toques! —Rechazó mi conato de abrazo poniéndome delante la palma de su mano—. Odio estas fiestas. Todos besando el culo de todos. Hola, chicas —dijo a las dos correctoras—. Voy a agenciarme unas cuantas magdalenas para mis gatos. Exacto, soy la chiflada que vive sola con sus gatos. Pásame esa bandeja. —Volcó una bandeja de minimagdalenas glaseadas en una gran fiambrera que a continuación guardó en una bolsa con ruedas—. ¿Dónde está ese hombre tan sexy que tienes de novio, Stella?

—Allí.

A pocos metros, apoyado en una estantería, Mannix estaba hablando con Gilda. En ese momento ella dijo algo que le hizo reír.

—Magníficos dientes —comentó Phyllis—. Muy blancos. ¿Quién es el bombón que está hablando con él?

—Se llama Gilda Ashley.

—¿Ah, sí? ¿Y qué hace aquí?

—Preguntó si podía venir y pensé: ¿por qué no?

—¿Te fías de Mannix y ella?

Para divertirla negué con la cabeza.

—Noooooo.

Phyllis rió.

—Haces bien, Stella.

Como si hubiera notado nuestro escrutinio, Mannix se volvió hacia mí y me preguntó con los labios: «¿Todo bien?».

Asentí. Sí, todo bien.

Al reparar en Phyllis se acercó, seguido de Gilda.

—He oído que has cerrado un trato con una editorial irlandesa de tres al cuarto —le dijo Phyllis—. ¡Felicidades! Confiemos en que no haya omitido más territorios en nuestro contrato sin querer. Serías un buen agente.

Mannix se lo agradeció con una inclinación de cabeza.

—Viniendo de ti es todo un cumplido. ¿Te veremos en el nuevo año?

—¿Por qué? ¿Quieres que os lleve a un restaurante elegante y pague yo? Cuando Stella haya escrito su segundo libro y llegue el momento, les propondré un nuevo acuerdo y os haré ganar mucho dinero. Hasta entonces, ¡Felices Fiestas!

Se abrió paso entre los invitados, cogió una bandeja de magdalenas de las manos de un becario sorprendido y la vació en una de sus fiambreras.

—¿Es tu agente? —me preguntó Gilda—. Es… horrible.

El 21 de diciembre Mannix, Betsy, Jeffrey y yo volamos a Irlanda para pasar allí las Navidades. Era todo un poco extraño porque no teníamos dónde vivir. Mi casa estaba alquilada y Mannix carecía de hogar. En casa de mis padres no cabíamos los cuatro. Por muy supercompetente que fuera Karen, no me parecía justo que cayéramos todos sobre ella y sus dos hijos pequeños. La casa de Rosa estaba llena porque los padres de Mannix habían venido de Francia. Hero y su familia habían tenido que mudarse a un pisito de dos dormitorios después de que Harry fuera despedido del banco donde trabajaba, de modo que tampoco había espacio para nosotros allí.

Finalmente, Betsy y Jeffrey se quedaron con Ryan, Mannix se instaló en el pequeño apartamento de Roland y yo iba y venía entre las dos casas.

Me inquietaba conocer a los padres de Mannix, Norbit y Hebe, y no me equivocaba. Pese a su fama de gente animada y alegre, era evidente que no me consideraban lo bastante buena para Mannix. Su madre me clavó una mirada gélida y me dio un lánguido apretón de manos.

—De modo que tú eres Stella —dijo. Seguidamente reparó en Georgie, que se había pasado un rato por la reunión familiar de los Taylor, y ahogó un gritito—. Georgie, mi querido ángel, deja que te cubra de besos.

El padre de Mannix ni siquiera me dio la mano. En lugar de eso, correteó alrededor de Georgie como un perro agitando la cola y buscando un hueco para lamerla. Me tragué el dolor y decidí reaccionar como una persona adulta. Pero eso no hizo sino confirmar mis sospechas de que yo era una intrusa en el mundo de Mannix.

Norbit y Hebe no eran los únicos a los que no les gustaba. Ryan también estuvo de lo más desagradable, si bien eso no era ninguna novedad. Un día llegó a casa totalmente borracho y dijo:

—Aquí está. La mujer que me robó mi vida.

—Cállate, Ryan, estás borracho.

—Tendría que haber sido yo —dijo—. ¡Tu contrato con Harp apareció en todos los periódicos! No quiero ni imaginar lo que será cuando saquen tu chorrada de libro a la venta. Saldrás en la tele. A partir de ahora me niego a llamarte Stella. Para mí serás La Mujer Que Me Robó Mi Vida.

Al día siguiente declaró:

—Recuero lo que dije anoche y no me arrepiento.

—Genial. Me voy a ver a Zoe. Ella me trata bien.

Pero Zoe me dijo que estaba en «proceso de transformación».

—Estoy pasando de la tristeza a la amargura.

—No, por favor —le supliqué.

—Quiero hacerlo. Hasta tengo un mantra: «Cada día, en cada aspecto, me vuelvo más y más amarga».

No todo en Irlanda fue desagradable. Karen y yo salimos una noche con Georgie y lo pasamos en grande. Y me alegré mucho de ver a Roland. Seguía con sus trapos chillones pero había adelgazado un poco.

—¡Lo sé! —dijo bamboleando su panza todavía enorme—. Como una tabla, ¿verdad? ¿Estás preocupada? ¿Crees que tengo una tenia o algo parecido?

Me tronchaba con él.

—He estado haciendo marcha nórdica —dijo muy orgulloso—. Dentro de poco me confundirán con Kate Moss.

De regreso en Nueva York, Gilda me riñó por haber engordado tres kilos en Irlanda.

—Te pondremos en un ayuno de zumos. Diez días para empezar y después ya veremos.

¡Diez días!

El ayuno de zumos fue una auténtica tortura. No solo porque siempre tenía hambre, sino porque también lloraba mucho. Ese mes de enero cayó un metro de nieve en Nueva York, vientos gélidos soplaban directamente del norte y yo estaba permanentemente aterida y con la lágrima a punto. Salvo las veces que me descubría saltando como una fiera, por lo general debido a nimiedades.

Gilda se mostraba amable pero inflexible.

—¿Recuerdas todos esos trozos de tarta que te zampaste en Irlanda? Ahora los estás pagando.

Una mañana especialmente dura la situación pudo conmigo. Los copos de nieve formaban feroces remolinos al otro lado de la ventana y me notaba temblorosa y débil. Sonó el teléfono y una voz pija de mujer preguntó:

—¿Está Mannix?

—Se ha ido a nadar. Soy Stella. ¿Eres Hebe… eh… la madre de Mannix?

—La misma. Por favor, informa a mi hijo de que le he llamado. ¿Puedo confiar en que lo harás?

Y colgó. Me quedé mirando el auricular con cara de pasmo. No quería llorar, pero estaba sola en casa y nadie podía verme,

413

de modo que me dejé ir. Cuando Gilda llegó, no obstante, todavía me caían las lágrimas.

—Cariño, ¿qué ocurre? —preguntó, preocupada.

—No es nada. —Me sequé la cara—. La madre de Mannix, que llamó hace un rato y me habló como si fuera una… una criada de poco fiar, una delincuente, y eso me asusta.

—Pero ella vive en Francia, ¿no? —observó Gilda—. No estás obligada a verla.

—¿Y si Mannix piensa lo mismo? ¿Inconscientemente?

Gilda puso los ojos en blanco.

—Tú no puedes entenderlo —dije—. Crees que todos somos irlandeses, que todos somos iguales, pero Mannix y yo venimos de mundos diferentes. No tenemos mucho en común.

—A mí me parece que tenéis mucho en común.

—¿Te refieres al… al sexo? —Mi rostro rojo enrojeció aún más. Vale, tenía que reconocer que el sexo era fantástico—. Pero ¿y si eso es lo único que nos une? No se puede llegar muy lejos solo con eso. Gilda, ¿te importa que hoy no vayamos a correr? Estoy demasiado disgustada. Me noto las piernas como un flan.

Me miró compasivamente y negó con la cabeza.

—Mi trabajo es hacerte correr. Tu trabajo depende de que corras.

Me cambié y una vez en la calle el viento me abofeteó con su mano cruel. Corría llorando y las lágrimas se me congelaban en las mejillas mientras pensaba: no soy capaz de llevar esta vida. No tengo lo que hace falta. Solo la gente fuerte sobrevive en esta ciudad, gente con una autoconfianza, un dinamismo y una fuerza interior fuera de lo común.

—Feliz cumpleaños —susurró Mannix en mi oído.

Abrí los ojos y parpadeé varias veces.

—¿Champán? —dije— ¿En la cama? ¿Para desayunar?

—Es un día especial.

Me senté y bebí de la copa.

—¿Estás lista para tu regalo? —me preguntó Mannix mientras sacaba una bolsita de elegante papel negro.

—¿Es un cachorro? —pregunté.

Rió.

—¿Lo abro?

Deshice el lazo, dentro encontré una cajita negra con otro lazo. Lo deshice lentamente. En su interior había un saquito de terciopelo. Vacié el contenido en la palma de mi mano: unos pendientes de plata con incrustaciones que emitían intensos destellos.

—¿Son… brillantes? —Los miré boquiabierta—. ¡Dios mío, son brillantes!

Yo no poseía ninguna joya auténtica. Ryan había pagado unas diez libras por mi sortija de compromiso.

—Esto es un poco violento —dijo Mannix—, pero quiero que sepas que los he pagado yo… —De otra cuenta, no de nuestra cuenta conjunta—. ¿Es así como te imaginabas tu vida a los cuarenta? —me preguntó.

Casi no podía hablar. Estaba viviendo en Nueva York, con un hombre maravilloso, y dentro de cuatro días iba a empezar mi primera gira para promocionar mi libro por Estados Unidos. No podía creer lo afortunada que era.

Este era el momento de decirle a Mannix que le quería. Las palabras se agolparon en mi boca, pero volví a tragármelas. Parecería que se las decía por el regalo tan caro que acababa de hacerme, y nada más lejos de la realidad.

El regalo de cumpleaños de Gilda fueron dos entradas para un concierto de Justin Timberlake, porque siempre me había parecido atractivo. Por si eso fuera poco, Gilda me concedió un día sin restricciones de chocolate, helado y vino porque dijo que lo quemaría bailando. Fuimos al concierto juntas y disfruté de cada segundo: chillaba cada vez que Justin sacudía la cadera y lloré a moco tendido durante «Cry Me a River», y bailé tanto en mi sobredosis de adrenalina que mis imponentes taconazos no me dolieron lo más mínimo. Camino de casa, me sentía en un estado casi de dicha plena, y Gilda comentó:

—Deberíamos hacer esto más a menudo. Tienes pocas diversiones en tu vida. ¿Has visto alguna vez un ballet? ¿*El lago de los cisnes*?

—No, y si te soy sincera, suena un poco rollo.

—Te equivocas, Stella. Es, sencillamente, precioso, una experiencia… trascendental. Compraré entradas. Estoy segura de que te encantará.

Y para mi gran sorpresa, me encantó.

Y llegó el momento de iniciar la gira…

En *Good Morning Cleveland*, fui un reto para la maquilladora.

—¿Qué se supone que debo hacer con tus cejas?

—¿Qué les pasa?

—Son… espantosas.

Qué mujer más productiva. Las ocho y media de la mañana y ya llevaba tres horas levantada, había volado setecientos cincuenta kilómetros y había insultado mis cejas.

—Podría pintártelas —dijo—, pero si te las pinto no podrás depilártelas.

Curioso, porque una de las maquilladoras del día anterior —¿dónde era? ¿Des Moines?— me había dicho que las tenía excesivamente pobladas. Pero no tenía fuerzas para ponerme ahora a hacer una apología de mis cejas.

La sensación del suave pincel del colorete sobre la frente era agradable. Había cerrado un momento los ojos cuando…

—¿Stella?

Desperté bruscamente y delante de mí me encontré el rostro de una mujer joven.

—¡Una cabezadita! —dije con la voz espesa.

De cabezadita nada: podía notar la baba en la barbilla y no tenía ni idea de dónde estaba.

—Soy Chickie —me informó la mujer—. Estás en Cleveland, Ohio, y tienes que despabilar. Sales en pantalla dentro de siete minutos.

—¿Cuánto tiempo me he quedado traspuesta?

—Treinta segundos —especificó Mannix.

—¿Eres Mannix? —preguntó Chickie—. Vas a necesitar pasar por maquillaje.

—¿Perdona? —dijo Mannix.

—Necesitamos que salgas en el programa con Stella. Necesitamos que nos cuentes, por ejemplo, si te sientes castrado trabajando para ella.

—Con ella —aclaré por enésima vez—. Mannix trabaja conmigo, no para mí.

Era un tema recurrente allí donde íbamos en esta gira de promoción. Los medios estaban obsesionados con Mannix y siempre acababan haciéndome una de estas dos preguntas: ¿Cómo podía vivir tranquila habiendo castrado por completo a un hombre?, o ¿qué se sentía al traicionar el feminismo cediendo la gestión de mi carrera a mi pareja endemoniadamente lista y controladora?

—Necesitamos hablar con él —insistió Chickie.

—No —dijo Mannix.

—¿Lo ves? —señalé—. De castrado nada.

Pero Chickie tenía órdenes que cumplir.

—Necesitamos que salga en este espacio.

—No necesitáis mi fea jeta en televisión —arguyó Mannix.

—Eres mono. —Chickie parecía desconcertada—. Para ser un tío mayor. Quiero decir, para ser un tío más mayor. No pretendía... Necesito...

—La estrella es Stella. La necesitáis a ella.

—Pero...

—Yo necesito no salir en vuestro programa.

Chickie lo fulminó con la mirada unos segundos, luego se marchó pisando fuerte y hablando como una metralleta por su auricular.

—Necesito que la gente deje de decir que «necesita» cosas. —Mannix la observó alejarse. Se volvió apesadumbrado hacia mí—. Lo siento, cariño.

No importaba. Me dije que el asunto no tendría consecuencias.

Pero las tuvo. A modo de castigo, la presentadora no mencionó mi firma de ejemplares a media mañana, por lo que no vino nadie. Aunque puede que no hubiera venido nadie de todos modos. Estaba aprendiendo deprisa que las firmas de ejemplares eran impredecibles. Yo había creído que en las ciudades grandes sería más difícil captar gente porque había mucho más donde elegir y que en las poblaciones remotas las personas acudirían en tropel, pero no siempre era así.

Vaya, que por la razón que fuera Cleveland no me quería y yo estaba demasiado cansada para sentirme ofendida. Agradecía no tener que hablar con docenas de personas y repetir lo mismo una y otra vez. Por otro lado, mantenerme erguida en la silla con una sonrisa plantada en la cara tampoco era tarea fácil. Corría el riesgo de dormirme y darme de bruces contra la mesa.

Llevaba once días en la carretera promocionando *Guiño a guiño* y no había tenido un solo día libre. Si trazaras la ruta de la gira en un mapa de Estados Unidos y vieras lo mucho que volvía sobre mis pasos, te reirías.

Pero no dejaba de recordarme lo que Gilda me había dicho: que era afortunada. «Soy afortunada —me decía a mí misma—. Soy afortunada. Soy afortunada. Soy afortunada.» Estaba tan cansada que casi no era capaz ni de vestirme, pero estaba viviendo un sueño.

De hecho, de no ser por el plan de vestuario que Gilda había elaborado para mí, no habría sido capaz de vestirme. Funcionaba como un reloj.

Aunque es imposible tenerlo todo bajo control...

Ese mismo día en Cleveland, Ohio, durante un almuerzo benéfico un borracho me tiró media copa de vino tinto sobre mis zapatos de ante azul con tacón de aguja, los que lucía en casi todas mis apariciones televisivas.

Debo decir en mi honor que conseguí no morderle. Me obligué a sonreír, vertí vino blanco sobre el ante, lo cubrí de sal y seguí sonriendo a pesar de que las manchas persistían. Sonriendo, sonriendo, sonriendo. No pasa nada, gracias, solo son unos zapatos, jajaja, no, no le enviaré la factura de la tintorería. Además los zapatos no se pueden limpiar en seco, borracho de mierda, y ahora déjeme en paz, por favor, deje de disculparse, por favor, deje de obligarme a que se sienta mejor, ahora debo irme, lo he pasado de maravilla, sí, gracias, por lo menos conservo los pies, qué razón tiene, pero ahora debo retirarme a un lugar privado y gritar.

Una vez en la habitación del hotel, Mannix me dijo tímidamente:

—Tienes más zapatos.

Él, que no tenía un pelo de tonto, sabía que eso era lo peor que se le podía decir a una mujer.

—¡Mentira! —gemí alzando unas botas negras—. ¿Puedo llevar esto con faldas? No. ¿Y esto? —Le mostré unas Uggs y unas zapatillas deportivas—. No y no.

—¿Y estos? —Mannix sacó unas plataformas kilométricas.

—Son zapatos de noche, para cenas de gala. Estos —sostuve en alto el par estropeado— eran perfectos para llevarlos de día con faldas. ¡Eran bonitos, glamurosos e incluso cómodos! Y ahora están inservibles. Sé que mi reacción es exagerada, ¡pero eran el mismísimo eje de esta gira!

—¿El mismísimo eje? —repitió Mannix, mirándome.

—El mismísimo eje, y no me hagas reír.

Mannix siempre conseguía calmar las aguas. Durante unos minutos gloriosos antes de ponernos de nuevo a trabajar, yacimos en la cama el uno junto al otro.

—¿No podemos comprar otro par? —preguntó.

—Son de Kate Spade. Estamos en Hicksville, Ohio. Seguro que aquí no hay un Kate Spade.

—Pensaba que Kate Spade estaba acabado.

—Han reflotado. Y tú no deberías saber esas cosas. Compórtate como un hombre.

Rodó sobre mí y me miró.

—¿Que me comporte como un hombre?

Clavé mis ojos en los suyos. La energía entre nosotros cambió, se volvió densa.

No había tiempo, pero me dio igual.

—Se rápido —dije arrancándome las bragas.

Fue rápido. Más o menos. Sus gemidos aún flotaban en el aire cuando sonó el teléfono.

—Mierda —gruñó Mannix.

Era la recepción, para decirme que había un periodista esperándome en el vestíbulo.

—Gracias —jadeé—. Enseguida bajo.

—Quédate un minuto. —Mannix intentó inmovilizarme la cadera.

—No puedo. —Forcejeé hasta soltarme—. Durante mi ausencia, ¿podrías hacer algo con los zapatos?

—¿Y si les echo más vino tinto y hacemos ver que es parte del diseño? Rollo Jackson Pollock.

—Bueno...

Merecía la pena intentarlo. Me puse un tejano y unas botas, una ropa muy poco apropiada para Cleveland y muy poco apropiada para una entrevista, pero no tenía elección.

—Si eso no funciona cancelaremos el resto de la gira —dijo Mannix.

—Genial. Vuelvo dentro de media hora.

Las salpicaduras a lo Jackson Pollock no funcionaron; la mayor parte de ellas parecían lo que eran: manchas de vino. Mannix trató entonces de limpiar el ante con toallitas desmaquilladoras, pero acabó provocando una alopecia a los zapatos. Mientras yo escribía frenéticamente en mi blog, intentó encargar un par exacto al Kate Spade de Nueva York.

—¿Que pueden enviarlos a Cleveland, Ohio, esta noche? Pero nosotros volamos a Tucson hoy a las cinco de la tarde, y mañana nos iremos de Tucson a las siete de la mañana. Ya, no puede garantizarme que estén ahí para entonces... Vale, mañana estaremos en San Diego entre las nueve y media de la mañana y las cuatro de la tarde, pero no tenemos una dirección porque estaremos yendo de aquí para allá. ¿Mañana por la noche? En Seattle. Genial. —Tras facilitar todos los datos, colgó—. Bien, un par idéntico estará esperándote en Seattle.

Al día siguiente, en San Diego, no podría llevar tejanos y

botas. Me asfixiaría. No me quedaba otra que ir a comprar unos zapatos aquí, en Cleveland, para salir del paso. Pero tenía tres entrevistas seguidas.

—Yo iré —se ofreció Mannix.

Regresó con unos zapatos celestes: eran de charol, no de ante; tenían la punta redonda, no estrecha; el tacón era grueso y tosco en lugar de fino y curvo. Parecían de plástico. Eran cutres y espantosos.

—Casi idénticos, ¿eh? —exclamó Mannix todo satisfecho.

Una rabia poderosa, candente, se apoderó de mí. Putos hombres. Pandilla de idiotas. No tenían ni idea.

Algo, en algún lugar, me dijo que estaba siendo irracional, de modo que me tragué la furia y me recordé que solo tendría que llevar esa cutrería de zapatos un día.

(Al final no fue así, porque los zapatos de Kate Spade llegaron a Seattle cuando ya nos habíamos ido de allí. Los enviaron entonces a San Francisco, pero tampoco aparecieron a tiempo. Probablemente aún sigan en la gran masa continental de América, siguiendo mi estela como un fan de Grateful Dead.)

Mientras intentaba reconciliarme con mis zapatos cutres sonó el móvil. Era Gilda, y me debatí entre contestar o no. A lo largo de la gira Gilda había seguido mi entrenamiento personal por teléfono. Estaba al tanto de mis horarios, de modo que me había programado una sesión de footing cada día y una de Pilates cada dos.

—Hola, Gilda —dije—. Ya estoy cambiada, tengo el auricular puesto y estoy lista para empezar.

—¡Genial!

Me tendí boca arriba en el suelo de la habitación del hotel y respiré hondo.

—Vale, ya estoy en la calle y corriendo. Voy a un ritmo de un kilómetro y medio por doce minutos.

—Súbelo a un kilómetro y medio por diez minutos —dijo—. Mantén ese ritmo durante quince minutos.

—Vale. —Jadeé y resoplé mientras Mannix me miraba meneando la cabeza y sonriendo.

Gilda pronunciaba palabras de ánimo y yo respiraba entrecortadamente.

—Ahora da la vuelta —dijo—, pero haz el próximo kilómetro y medio en ocho minutos.

Resoplé en el auricular hasta que Gilda dijo:

—Baja el ritmo a diez. Ahora a doce. Mantente en doce hasta que llegues al hotel. ¿Qué tal tu dieta?

—Bien —jadeé—. En la comida benéfica me comí el pollo y las judías verdes. Nada de pan. Ni arroz. Ni postre.

—Esta tarde tienes que volar a Tucson para una cena benéfica. Las reglas son las mismas: te pongan lo que te pongan en el plato, los carbohidratos ni probarlos. ¡Ni probarlos! Y el azúcar tampoco. Te llamaré mañana a las cinco y media, hora de Tucson, para una carrera de seis kilómetros antes de ir al aeropuerto. Ahora ya puedes estirar. Buen trabajo.

—Gracias, Gilda. —Colgué y seguí tumbada en el suelo.

—Esto es una locura —señaló Mannix—. Dile que estás demasiado cansada para salir a correr y punto.

—No puedo. Se llevaría una gran decepción. Y ahora, al aeropuerto.

El vuelo a Tucson sufrió un retraso de tres horas y Mannix y yo avanzamos en nuestras respectivas úlceras.

—Es una cena benéfica —gemí con la cara enterrada en las manos—. Toda esa gente ha pagado una entrada. Esperan que acuda y les hable.

Una vez que aterrizamos en Tucson y nos subimos a un taxi, me enfundé como pude mi vestido de noche y le di una patada al taxista en la cabeza sin querer. Todavía me estaba disculpando cuando el hombre frenó delante del hotel, donde me esperaba una delegación de miembros del comité medio histéricos.

—Hola —dije—. Siento el…

—Venga, es por aquí. —Me subieron al estrado sin darme tiempo a recuperar el aliento.

Enseguida supe que me enfrentaba a un público difícil. A veces la energía está contigo y a veces no. Yo había tenido a estas personas esperando y se sentían heridas, así que en cuanto terminé de contar mi historia comenzaron las preguntas hostiles.

—Mi marido contrajo el síndrome de Guillain-Barré…

Asentí, solidaria.

—… murió.

—Vaya por Dios —murmuré—. Lo siento mucho.

—Era una buena persona, probablemente mejor persona que usted. ¿Por qué él murió y usted no?

—Bueno, yo sobreviví porque me hicieron una traqueotomía a tiempo y me conectaron a un respirador artificial.

—A él también le hicieron una traqueotomía. ¿Cree que se la hicieron mal?

—Hombreee…

—¿Por qué Dios permite que la gente muera? ¿Qué pasa con el plan divino?

Me miró a los ojos esperando una respuesta. Sabía de planes divinos tan poco como de traqueotomías.

—Los designios del Señor son inescrutables —acerté a decir—. ¿Más preguntas?

Una señorona de Tucson con un pelo asombroso agarró el micrófono ambulante y se aclaró la garganta.

—¿Cree que harán una película basada en su libro? Si así fuera, ¿quién le gustaría que la interpretara?

—Kathy Bates —dije.

Hubo un murmullo de desconcierto.

—¿Kathy Bates? —les oí decirse unos a otros—. Si es morena.

Había olvidado que los estadounidenses no se autodenigraban.

—Quería decir Charlize Theron —me corregí enseguida—. O Cameron Diaz. —Me estaba rompiendo la cabeza buscando actrices rubias—. Veo que una señora del fondo ha levantado la mano. ¿Cuál es su pregunta?

—¿Cómo puedo hacerme famosa?

—Asesinando a alguien —me oí decir.

Un «Oooooh» escandalizado recorrió la sala. Horrorizada, dije:

—¡Lo siento mucho! No debí decir eso. Es el cansancio… —Y no había empatizado con la mujer que había perdido al marido. Esta gira agotadora estaba minando mi parte compasiva—. Llevo once días en la carretera…

Una dama del comité me arrebató el micrófono.

—Gracias, Stella Sweeney. —Hizo una pausa para permitir algunos aplausos desganados y un par de abucheos—. Stella firmará su libro en el auditorio.

La cola era corta. No obstante, busqué con la mirada la presencia de chiflados. Los chiflados siempre se quedaban hasta el final. Los chiflados no hacían cola con el resto de la gente.

Esta noche, como un regalo especial, había dos megachiflados enfrentados: una señora vivaracha y un tipo con problemas para controlar su agresividad.

—Usted primero —dijo la señora vivaracha con un elegante ademán de la mano.

—No, usted primero —repuso el hombre.

—No, usted.

—Oiga, bruja, le estoy dejando…

Mientras se lo llevaban me arrojó unas hojas.

—¡Es mi libro! ¡Haga una crítica! ¡Llámeme!

La señora vivaracha acercó su cara a la mía y dijo:

—Voy a invitarla a unos cócteles en un bar estupendo que conozco y usted me va a contar su fórmula secreta para escribir un best seller.

—Es muy amable —dije—, pero he de tomar un avión dentro de seis horas a… —¿Dónde tocaba mañana?—. San Diego.

—¿Ah, sí? —Afiló la mirada—. ¡He comprado su libro! Se lo he recomendado a mis amigas. ¡Maldita zorra! Solo le estoy pidiendo…

—Gracias. —Me levanté y sonreí a nadie en particular—. Gracias, son ustedes encantadores. Tucson es una ciudad encantadora, sí. Todos ustedes son encantadores. Pero ahora debo irme.

Agarré de una mesa una copa de vino abandonada, la apuré de un trago, me descalcé y dije:

—¿Nos vamos, Mannix?

Tomamos un taxi hasta nuestro hotel, donde me tumbé en el suelo de nuestra habitación, delante del minibar, y vertí M&M's en mi boca mientras entonaba una y otra vez:

—Chocolate, chocolate, adoro el chocolate.

—Ruben quiere hablar contigo. —Mannix me tendió el teléfono.

Abrí mucho los ojos y negué con la cabeza: no quería hablar con Ruben. Había regresado de la gira hacía dos días y no había salido de la cama desde entonces. Casi no podía hablar debido al cansancio.

—Tranquila —me susurró—, es algo bueno.

Cogí el teléfono.

—Tengo una gran noticia —dijo Ruben en un tono seductor—. ¿Estás lista? ¡Bien! *Guiño a guiño* aparece en el puesto treinta y nueve de la lista de los más vendidos del *New York Times*. Bryce quiere que vengáis para una reunión posgira. Nos vemos el viernes a las once. Luego Bryce os llevará a comer.

Me desplomé sobre la almohada; me sentía flotar por el alivio.

Nada más colgar Ruben, recibí una ráfaga de felicitaciones de seis o siete vicepresidentes.

La siguiente en ponerse en contacto conmigo fue Phyllis.

—¿El treinta y nueve? —dijo—. Hasta mis gatos podrían alcanzar ese puesto.

Antes de la reunión Gilda vino a casa y me pasó el secador. Por lo visto, de adolescente había trabajado en una peluquería los sábados y había «pillado los trucos básicos».

—¿Hay algo que no sepas hacer? —pregunté mientras me enroscaba el pelo en el cepillo.

Rió.

—Mis conocimientos son fragmentarios. —De pronto frunció el entrecejo—. ¿No estarás pensando en ponerte ese vestido?

—Mmm, sí. —Era un vestido precioso de Anthropologie; Gilda me había ayudado a elegirlo.

—Hoy no —dijo—. Lo siento, Stella, pero hoy debes ofrecer una imagen agresiva. —Se puso a rebuscar en mi ropero y sacó un traje de chaqueta de corte severo—. Ponte esto —decidió—. Es el atuendo perfecto.

—De acuerdo —asentí.

Cuando llegamos a Blisset Renown, a Mannix y a mí nos condujeron hasta la mesa de la sala de juntas, donde aguardaba un pequeño ejército de vicepresidentes. Esperaba encontrarme con Phyllis —estaba incluida en los correos— pero no se la veía por ninguna parte.

—Hola a todos. —Bryce entró en la sala y ocupó su lugar en la cabecera de la mesa—. Empecemos.

Al parecer íbamos a comenzar sin Phyllis.

—Os felicito a todos por vuestro trabajo con *Guiño a guiño* —dijo Bryce—. Mi especial agradecimiento a Ruben y a su equipo por obtener tan excelente cobertura. Y, como es lógico, estamos encantados con la aparición del libro en las listas de los más vendidos. Por tanto, este es un buen momento para reflexionar y ver en qué punto estamos. Todavía no disponemos de las cifras definitivas de Barnes & Noble y de los minoristas online, pero poseemos información fiable de las librerías independientes que podemos extrapolar. Para eso voy a ceder la palabra a nuestro colega Thoreson Gribble, vicepresidente de Ventas.

Thoreson, un hombre con un torso enorme y una camisa blanquísima, dedicó una sonrisa radiante a todos los presentes.

—El libro aparece en las listas, lo cual es una gran noticia. Sin embargo, no hemos obtenido el despegue de ventas que nos habría gustado. —Señaló su iPad—. Suponemos que la relación con Annabeth Browning ha ahuyentado a algunos lectores. Pero los números son esperanzadores. Por ejemplo, sesenta y cuatro ejemplares vendidos en una librería independiente de

Boulder, Colorado, como resultado de una crítica elogiosa en *WoowooForYou*.

Me di cuenta de que estaba conteniendo la respiración.

—Vermont también mostró fuertes ventas —continuó Thoreson—. El Maple Books de Burlington vendió treinta y tres ejemplares en una semana gracias a una librera que se describe como una «apasionada» de *Guiño a guiño*. —Otra exhibición de piñata—. Bien por eso…

—Fantástico, Thoreson —le interrumpió suavemente Bryce—. Stella, Mannix, podéis leer el informe completo en vuestros ratos libres. Resumiendo, esto es una maratón, no un sprint. Hemos tenido un comienzo prometedor y el plan es avanzar de manera agresiva a partir de esta sólida base. ¿Podríamos haber obtenido mejores resultados de la primera gira? Desde luego. Pero, básicamente, estamos contentos.

—Gracias —murmuré con cierta inquietud.

—Dispones de muchos puntos de apoyo ahí fuera, de modo que el algoritmo del costo-beneficio de nuestro genio de las matemáticas Bathsheba Radice indica que merece la pena hacer dos giras más.

—Sí, pero… —comenzó Mannix.

—Este es el plan —le interrumpió Bryce—. Una gira en julio, cuando la gente esté empezando sus vacaciones, y otra en noviembre a fin de aprovechar el tirón navideño. Para principios del año que viene las ventas se habrán disparado. Ten listo tu nuevo libro el uno de febrero y publicaremos en julio.

Arrastró la silla y se levantó.

—Me ha encantado veros, chicos.

¿Se marchaba? Pensaba que íbamos a comer juntos.

Me levanté torpemente y Bryce me estrechó la mano y me dio unas palmaditas en el hombro camino de la puerta.

—Cuídate, Stella.

Era mediados de abril y la primavera había llegado prácticamente de un día para otro. El sol brillaba e incluso proyectaba un poco de calor. Mannix y yo regresamos a casa por Central Park, donde cientos de alegres narcisos amarillos flanqueaban el camino. Pese a la precipitada despedida de Bryce, era imposible no sentirse optimista.

De regreso en el apartamento envié un mensaje a Gilda para informarle de que estaba en casa y lista para salir a correr. Quince minutos después estaba llamando a mi puerta.

—Entonces ¿no te llevaron a comer? —me preguntó.

—No…

—Yaaa… ¿Y cómo está la chiflada de tu agente? ¿Qué robó hoy?

—No se presentó.

—¡Uau! ¿Te dejó sola en una reunión tan importante? No puede decirse que se mate por su diez por ciento.

Phyllis se llevaba en realidad un trece por ciento, pero aun así pensé que debía decir:

—No es de las que te llevan de la mano.

—Eh, no soy quién para opinar. Bien, ahora salgamos y aceleremos tu metabolismo.

—No la fuerces demasiado —dijo Mannix.

—Que sí, que sí. —Gilda puso los ojos en blanco—. Carga valiosa, lo sé.

Bajamos en ascensor y salimos al sol.

—Mannix es un encanto contigo —dijo Gilda.

—Bueno, él… Ah, sí, sí que lo es.

—Bien, ahora agitemos esos brazos y activemos ese corazón. —Y tú… hum… ¿estás saliendo con alguien en estos momentos?

Mi relación con Gilda era extraña. Teníamos una intimidad instintiva, pero como yo le pagaba debíamos mantener ciertos límites.

—Solo hago que besar sapos.

—Algún día conocerás a un hombre encantador —la animé.

—Te aseguro que no tengo intención de aguantar a ningún gilipollas. —Su tono era firme—. Estoy reservándome para un hombre maravilloso como Mannix.

«Estoy reservándome para un hombre maravilloso como Mannix.» Sus palabras resonaron en mi cabeza y, descolocada, me volví para mirar a Gilda. Siempre la había encontrado bonita, pero de pronto me pareció una reina; una hermosa reina con poder para arrebatarme a Mannix. Reculé boquiabierta.

Gilda dio un paso al frente y me agarró del brazo. Sus ojos azules me miraban espantados.

—Dios mío —se lamentó—. No quería decir eso. ¡Sé lo que estás pensando, pero olvídalo, por favor!

No me hizo falta hablar; sabía que tenía el miedo reflejado en el rostro.

—Stella, tú y yo trabajamos juntas, pero entre nosotras hay algo más. Somos amigas. Puedes confiar plenamente en mí. Nunca te haría daño.

Yo seguía sin poder hablar.

—No digo que el novio de otra chica siempre sea intocable. —Hablaba deprisa—. Por muy honesta que quieras ser, cuando hay química, hay química, ¿no?

Intenté asentir con la cabeza pero no pude.

—Si un tío tiene una relación que no funciona y siento que entre él y yo hay algo, a lo mejor… actuaría. Pero aunque yo no sintiera esta lealtad contigo, Mannix está loco por ti. Solo ha sido un ataque de victimismo por mi parte, de envidia. Y no porque tengas a un hombre como Mannix —se apresuró a añadir—, sino porque me gustaría dejar de conocer a gilipollas y empezar a conocer a tíos que valgan la pena.

—Está bien.

Corrimos cinco kilómetros. Pero yo seguía alterada.

En cuanto llegué a casa fui directamente a la sala.

—¿Mannix?

—¿Mmm? —Estaba concentrado en su pantalla.

—¿Te gusta Gilda?

Se volvió hacia mí con cara de sorpresa.

—No —dijo—. No me gusta Gilda.

—Es joven y guapa.

—El mundo está lleno de mujeres jóvenes y guapas. ¿A qué viene eso?

—Hace mucho tiempo te pregunté si la última persona con la que te habías acostado antes de mí era Georgie y dijiste que no. —No podía creer que no se lo hubiera vuelto a preguntar desde entonces—. ¿Quién era?

Tardó en responder.

—Una chica cualquiera. La conocí en una fiesta. Georgie y yo ya nos habíamos separado y yo vivía en aquel apartamento que tanto te gustaba. Fue un rollo de una noche.

Estaba tan celosa que tenía ganas de vomitar.

—«Una chica cualquiera» —repetí—. ¿Te parece una manera respetuosa de hablar de una mujer con la que te acostaste?

—Prefieres que te diga que era una profesora de yoga de veinticuatro años, un auténtico bombón, con unas tetas enormes?

—¿Lo era? —salté.

—Nunca acierto. Oye, no sé qué edad tenía. Me sentía muy solo, e imagino que ella pasaba por un momento similar. Al día siguiente me sentí aún peor, y creo que ella también.

—¿Cómo se llamaba?

—Eso da igual. No voy a decírtelo porque no quiero que te obsesiones. Detesto que no confíes en mí.

—No confío en ti.

—Pues yo sí confío en mí. Míralo de este modo: si me dejas compartir tu hogar con tu hija de dieciocho años, quiere decir que confías en mí en ese aspecto. Stella, no lo interpretes como un golpe bajo, pero fuiste tú la que dejó a su marido por otro hombre.

—Ryan y yo ya nos habíamos separado. —Callé, porque era mentira—. ¿Crees que Gilda flirtea contigo?

—Gilda flirtea con todo el mundo. Es su… arma, su modus operandi, su manera de comunicarse con el mundo.

—Sé qué quiere decir modus operandi.

Mannix rió.

—Ya lo sé. Oye, yo estuve con Georgie mucho tiempo y

nunca la engañé. La relación empezó a deteriorarse y ambos hicimos cosas de las que no nos sentimos orgullosos. No soy perfecto, Stella. He cometido errores...

Le miré fijamente y él me miró a su vez. No tenía ni idea en qué estaba pensando. A veces me era imposible leerle el pensamiento, como si no le conociera en absoluto.

—Tenemos que hablar —dijo.

El corazón se me aceleró.

—Son buenas noticias —añadió enseguida.

—Ah.

—*Guiño a guiño* está en el cuarto puesto de la lista irlandesa de libros más vendidos.

—¿Qué? —No podía creerlo—. ¿Cómo es posible?

—Salió la semana pasada. Muchos de los artículos que has escrito para publicaciones de aquí han llegado allí. Incluso el de *Ladies Day*.

—¿En serio? Vaya, qué bien. —Era una noticia fantástica, pero mi alegría iba unos segundos rezagada.

—Te han invitado a un viaje de promoción el mes que viene, pero sé que estás agotada. Por otro lado, podrías ver a tu familia y el alojamiento no sería un problema porque Harp pagaría el hotel.

—¿Qué hotel? —pregunté con recelo.

En la gira de Blisset Renown habíamos tenido nuestra buena ración de hoteles cutres sin insonorizar.

—El que queramos.

—¿El Merrion? —exclamé—. ¿Pagarían el Merrion? Caray. Acepta.

Rió.

—¿Y qué me dices de la agenda de Harp? Piden menos trabajo en una semana del que Blisset Renown exigía en un solo día. Únicamente quieren una aparición televisiva, en *Saturday Night In*.

—¿Crees que me harían un hueco?

—Matarían por tenerte —aseguró Mannix—. He recibido de ellos una avalancha de correos electrónicos.

—¿Papá podrá conocer a Maurice McNice?

—No sabía que le gustara.

—No le gusta, le odia, pero le encantaría tener la oportunidad de decírselo. Sigue hablando.

—Harp solo pide una entrevista para la prensa y una firma de ejemplares.

—¿Eso es todo?

—Solo una cosa más… Son muchas las emisoras de radio que quieren entrevistarte, pero me gustaría pedirte, como un favor, que elijas el programa de Ned Mount.

Ned Mount había sido estrella del rock antes que locutor de radio —había tocado en un grupo llamado The Big Event— y la gente lo adoraba.

—Verás… es que… me gustaría conocerlo —dijo Mannix.

—¿En serio? Genial, entonces. —Me sonó el móvil—. Es Ryan. Será mejor que conteste. Hola, Ryan.

—Hola, Ladrona de Vidas.

Suspiré.

—¿Qué puedo hacer por ti?

—He oído que vas a venir a Irlanda a promocionar tu librucho.

—¿Cómo lo sabes? Aún no hemos acordado nada…

—Hay algo que puedes hacer por mí, Stella. Consígueme un encuentro con Ned Mount. Ya que me has robado toda mi vida, considéralo como una pequeña compensación, una oportunidad de limpiar tu conciencia un poquito.

—Está bien.

Nada más colgar, el móvil volvió a sonarme.

—¿Karen?

—Así que vienes a Irlanda. Y he tenido que enterarme por la radio.

—¡Todavía no lo he decidido!

—Da igual, no te llamo por eso. Algo extraño está ocurriendo. ¿Te acuerdas de Enda Mulreid?

—¿Tu marido? Eeeeh… sí. —Miré a Mannix y pronuncié con los labios «Yo flipo».

—Quiere hablar contigo. La siguiente voz que escucharás será la suya.

Tras un breve chisporroteo y carraspeo, la voz de Enda Mulreid sonó en la línea.

—Hola, Stella.

—Hola, Enda.

—Stella, no soy dado a hacer estas cosas, pero quiero pedirte un favor.

—¿Oh?

—Sí. Es comprensible que digas «oh» en tono interrogativo. Estoy comportándome de una manera insólita y, obviamente, estás sorprendida. Mi petición es la siguiente: si vas al programa de Ned Mount, ¿te importa que te acompañe? Soy un fan suyo de «toda la vida». The Big Event fue la «banda sonora» de mi «juventud». Sin embargo, debo dejar claro que debido a mi cargo en la An Garda Síochána nunca podré devolverte el favor. Por ponerte un ejemplo, si te pillaran conduciendo por encima del límite de velocidad, no podría intervenir para anular la multa. Tendrías que «comértela».

—Enda, si voy al programa de Ned Mount y él está de acuerdo, podrás acompañarme y no esperaré compensación alguna.

—Podría comprarte un neceser de regalo de Body Shop.

—No es necesario Enda, en serio.

Colgué y dije a Mannix:

—¿El programa de Ned Mount? Vamos a tener que alquilar un autocar.

Con el trajín de preparar el viaje a Irlanda la tensión entre Gilda y yo se disipó. Solo hubo un momento, el día después de nuestra conversación, en que al abrirle la puerta para la clase de Pilates nos miramos con recelo.

—Oye, en cuanto a lo de ayer... —dijo.

—Por favor, Gilda, mi reacción fue exagerada...

—No, soy una idiota. Tendría que haber pensado antes de hablar.

—Soy muy susceptible en todo lo referente a Mannix. Pasa. Lo siento.

—Yo también lo siento. —Entró en el recibidor.

—Yo lo siento más.

—No, yo lo siento más.

—No, yo.

Nos echamos a reír y de repente las cosas volvieron a estar bien. Como había dicho Mannix, el mundo estaba lleno de mujeres jóvenes y guapas. Si las veía a todas como una amenaza, acabaría por destruirme.

—Quiero que sepas que te aprecio mucho —dijo.

Me di cuenta de que le creía. Aunque le pagaba, Gilda era mi amiga. Me transmitía su optimismo y entusiasmo y me proporcionaba soluciones a problemas que quedaban fuera de sus atribuciones. Demostraba una y otra vez lo mucho que yo le importaba.

—Tranquila, todo está bien —dije.

—Buf. ¿Y qué me dices de tu viaje a Irlanda? ¿No es genial? Puedo organizarte la ropa.

—La verdad es que solo iré una semana y no me moveré de Dublín, donde hace un tiempo estable, horriblemente estable, quiero decir, pero... Oh, lo siento, Gilda, no quería parecer desagradecida. Gracias, sería genial que me organizaras la ropa.

—Dinos —los ojos de Ned Mount brillaron—, ¿rezabas mucho cuando estabas en la cama del hospital?

—Ya lo creo. —Clavé la mirada en sus ojos astutos e inteligentes—. ¡Igual que rezo antes de consultar mi tarjeta de crédito!

Ned Mount rió, yo reí, los de producción rieron, y los veinte hombres o más que habían insistido en acompañarme a la entrevista, y que miraban ávidamente por el cristal insonorizado, también rieron.

—Fuiste muy valiente —dijo Ned Mount.

—No es cierto —repuse—. Hay que seguir adelante, eso es todo.

—Hemos recibido una avalancha de tuits y correos positivos —dijo—. Leeré algunos. «Stella Sweeney es una mujer muy valiente.» «El año pasado tuve una apoplejía y la historia de Stella me ayuda a tener fe en mi recuperación.» «Me encanta la actitud humilde y práctica de Stella. Nos convendrían más personas como ella en este país de quejicas y llorones.» Hay literalmente cientos de mensajes como esos, y debo decir que comparto su opinión.

—Gracias —murmuré, cohibida—. Gracias.

—Aquí termina nuestra entrevista con Stella Sweeney, queridos oyentes. Su libro, que seguro ya conocéis, se titula *Guiño a guiño*, y su autora estará firmando ejemplares el sábado a las tres en la librería Eason de la calle O'Connell. Volvemos después de una pausa.

Se quitó los auriculares y dijo:

—Gracias, has estado genial.

—Gracias a ti. Y gracias... —me volví hacia Mannix, Ryan, Enda, Roland y tío Peter, que estaban apretujados contra el cristal con la mirada implorante— por haber accedido a saludar a mis amigos.

—Es un placer. —Ned Mount se levantó—. Y te felicito de nuevo. No sé cómo pudiste aguantar todo ese tiempo en el hospital. Debes de ser una persona muy especial.

—Qué va, soy una persona de lo más corriente. —Me ruboricé—. Y ahora, prepárate —dije cuando abrió la puerta y la turba de hombres descendió sobre él.

Yo no podía dejar de sonreír mientras Enda Mulreid intentaba transmitir a Ned Mount lo mucho que The Big Event había significado para él; por lo visto, había perdido la virginidad al ritmo de «Jump Off a Cliff». Demasiada información.

Dejando a un lado los detalles de la vida sexual de Enda Mulreid que no pude evitar oír, fue un viaje maravilloso. La gente acudía en masa allí donde iba y me felicitaba por haber sobrevivido. En una de las críticas me llamaban la «inesperada gurú». «Nos das esperanza —me decían constantemente—. Tu historia nos llena de esperanza.»

Fui a *Saturday Night In*, donde Maurice McNice me describió como «la mujer que está arrasando en Estados Unidos», lo cual era del todo falso, pero por un rato me sumé a la ficción y declaré que sí, que era maravilloso triunfar.

Mannix y yo nos alojábamos en el Merrion, donde bebí y comí lo que me dio la gana y el único deporte que practiqué fue entrechocar copas de vino con Mannix. Durante una semana hice ver que Gilda no existía.

No todo era bueno, naturalmente. Un periódico publicó una crítica mordaz con el titular: «¿Pobre Paulo Coelho? Más bien pobre mujer en quiebra». Y una de las frases más despiadadas decía: «Tardé yo más en leer el libro que la autora en escribirlo».

Luego mi aparición en el programa de Maurice McNice fue atacada ferozmente por un periodista televisivo llamado William Fairey, que dijo: «Otra mujer victimista que utiliza su "triste" historia para intentar vender un par de sus libros infumables a otras mujeres victimistas».

Roland —que había venido a vernos a Mannix y a mí al hotel— echó un vistazo a la crítica y rió.

—William Fairey es un capullo amargado. Ha fracasado en todo salvo en ser un amargado. No te llega ni a la suela del zapato, Stella. No nos llega a ninguno de nosotros. Es un tipo despreciable.

En mayo, Georgie pasó un par de días por Nueva York camino de Perú.

—¿Por qué quiere ir a Perú? —me preguntó Karen por teléfono.

—Para «encontrarse a sí misma».

—Por Dios. Las demás tenemos que «encontrarnos» a nosotras mismas en el barrio donde nacimos y crecimos, pero las pijas solo pueden encontrarse a sí mismas viajando a otro continente y haciendo yoga en lo alto de una montaña al amanecer. ¿Se quedará allí mucho tiempo?

—Dice que indefinidamente.

—¿Y quién se hará cargo de la boutique?

—La mujer que se la lleva siempre.

—Si Georgie necesita ayuda —dijo Karen, fingiendo indiferencia—, si necesita alguien para que le eche un vistazo a los números, puede contar conmigo.

—Bien.

—¿Qué tal estoy, mamá? ¿Mannix? —preguntó Betsy.

Se había detenido en la puerta de la sala de estar ataviada con un vestido de raso de color verde menta, botas de militar y una camisa de leñador extragrande. Llevaba el pelo encrespado y se había pintado temblorosas rayas de grueso perfilador negro hasta el nacimiento del pelo. Pero seguía estando preciosa.

—Estás muy guapa, cariño —dije.

—Sí lo estás —convino Mannix—. Pásalo bien en el baile.

Llamaron al timbre y Betsy exclamó:

—¡Ya están aquí!

La Academy Manhattan era igual de puntillosa con su baile de graduación que con sus demás valores: «alentaba» a los alumnos a aceptar una noche sencilla, sin limusinas ni ramilletes ni emparejamientos. Habían llenado un restaurante tirolés del barrio con mesas alargadas y los sitios no estaban asignados para que todos pudieran participar y nadie se sintiera excluido. Por lo visto, la reina del baile era un chico.

—Bajad para decirme adiós y hacer muchas fotos para papá —nos suplicó Betsy.

Aguardando junto al bordillo de ese atardecer de finales de mayo había una furgoneta VW naranja alquilada especialmente para la ocasión. Estaba abarrotada de adolescentes de ambos sexos. La puerta lateral se abrió mientras yo hacía una foto tras otra. Por lo que pude ver, solo una persona se había dignado ponerse esmoquin, una chica robusta con el cabello peinado hacia atrás y ojos y labios de vampiro.

—¡Sube, Betsy, sube! —Sujetada por varios brazos, Betsy trepó y la camioneta partió entre risas y gritos.

Mannix la observó alejarse con una expresión de nostalgia en el rostro.

—¿Vas a volver a llorar? —le pregunté.

Betsy había tenido su ceremonia de graduación por la mañana, a la que Mannix había asistido porque Ryan había dicho que no podía pagarse el billete. Cuando Betsy subió al estrado y recibió su diploma sonriendo con timidez y orgullo, creí ver una lagrimita en el ojo de Mannix.

Él lo negó, naturalmente, pero momentos como ese me recordaban lo mucho que Mannix había deseado tener hijos en el pasado.

—Shep —le recordé mientras la furgoneta salía zumbando—. Tú, yo y Shep caminando por la playa. Concéntrate en eso.

—Vale —dijo—. Shep.

Shep se había convertido en nuestra palabra reconfortante.

Regresamos al apartamento.

—Voy a enviarle las fotos a Ryan —comenté—. ¿Qué te apuestas a que me llama por Skype para quejarse de la pinta de Betsy?

—Que se joda —dijo Mannix—. Estaba preciosa.

—Yo digo que llamará en menos de cinco minutos.

—En menos de tres.

Ganó Mannix. A los dos minutos y cincuenta y ocho segundos el rostro colérico de Ryan apareció en la pantalla.

—¡Es su baile de graduación! —gritó—. ¿Qué demonios lleva puesto?

—Está buscando su estilo. Deja que lo encuentre

—¿Y qué dice su anuario?

Tragué saliva. Esto le iba a doler.

—Fue elegida «la alumna con más probabilidades de ser feliz».

Ryan se puso hecho un basilisco.

—¡Qué vergüenza! —bramó desde el otro lado del Atlántico—. Es casi un insulto. ¿Quién diantre quiere ser feliz? ¿Qué hay del éxito, del dinero y el poder?

—¿Tan malo es ser feliz?

—¿Sigue con la tontería de ser niñera?

Unas semanas antes Betsy nos había dado un gran disgusto cuando resumió sus planes de futuro en el deseo de ser niñera.

—No es una carrera —señalé.

—¿No me digas? —Me miró con una dureza insólita en ella—. ¿De qué vida estamos hablando?

—Betsy, tienes que seguir formándote.

—Acéptalo, mamá. Académicamente hablando, no soy lo que se dice inteligente.

—¡Sí lo eres! Hablas español y japonés con fluidez y tu profesor dice que tienes un gran talento para el arte y el diseño. La culpa es mía —me lamenté—. Llegamos demasiado tarde a Estados Unidos para poder prepararte como es debido para el ingreso en una universidad de la Ivy League. Tendríamos que haber venido hace dos años.

—Tú flipas, mamá. Aunque eso tuviera algún sentido, a mí no me va nada el rollo de la Ivy League.

Me costaba entender a Betsy. Sintonizaba tan poco con el resto de su generación…, de hecho con el mundo occidental en general. No deseaba lo que ansiaba el resto de la gente: un trabajo donde pagaran un sueldazo.

Me había pasado casi toda mi vida preocupándome por su futuro y el de Jeffrey. Hasta cuando estaba paralizada en el hospital había invertido una enorme cantidad de tiempo en rezar para que Ryan estuviera supervisando debidamente sus tareas escolares. Pero a Betsy parecía darle igual. No es que fuera vaga, solo era excepcionalmente relajada.

Unas veces me inquietaba y otras me preguntaba qué tenía de malo que alguien estuviera satisfecho con su vida.

—Lo de ser niñera se lo quitó de la cabeza —le comenté a Ryan—. Ahora dice que quiere ser terapeuta artística.

—¿Artística? —bramó.

Ryan adoptaba una actitud muy extraña cada vez que uno de nuestros hijos mostraba aptitudes artísticas. Yo no sabía si se debía a que quería ser el único artista de la familia o si despreciaba el arte porque no había triunfado como pintor.

—La terapia artística es otra cosa —le expliqué con calma, porque tenía otra noticia mala que darle—. Ha tenido dos entrevistas en dos universidades de humanidades y le han ido bien, pero primero se tomará un año sabático.

—¿Para hacer qué?

—Bueno…

—Ah, no. ¿No estará pensando venir aquí?

—Ryan, eres su padre. Te echa de menos, echa de menos Irlanda. En cualquier caso no se quedará mucho tiempo. Tiene previsto viajar tres meses por Asia con cinco compañeros de su clase. No tienes de qué preocuparte.

—Lo que me faltaba —farfulló—. Y ese otro idiota, otro desastre.

Ese otro idiota era el pobre Jeffrey.

Era cierto que Jeffrey no había encontrado su lugar académicamente hablando. Había demostrado que no poseía una «mente matemática», pero tampoco destacaba en las asignaturas artísticas. Por insistencia de Ryan, lo habíamos orientado hacia lo que Ryan denominaba temas «más masculinos», como economía y negocios, pero tampoco había despuntado en eso. Hubo un breve período en que mostró una facilidad casi asombrosa para el mandarín, pero fue algo decepcionantemente pasajero.

—Se lo he dado todo —se quejó Ryan—. Putos mocosos desagradecidos. La culpa es tuya. Dilo.

—La culpa es mía. Tengo algo que te gustará —dije—. Jeffrey ha hecho un amigo rico. Lo ha invitado un mes entero a su casa de Nantucket.

—¿Cómo de rico?

—Alguien dijo que su padre era el dueño de medio Illinois.

Ryan no pudo encontrar nada malo que decir sobre eso, por mucho que lo intentara, de modo que después de un seco adiós colgó.

Mannix removió el vino en su copa.

—Tiene un matiz de impertinencia.

—Yo diría que de insolencia —señaló Roland pasándose la lengua por los labios.

Metí la nariz en mi copa y dije:

—¿Es posible que esté percibiendo un toque sutilísimo de... grosería?

Mannix y yo estábamos de vacaciones con Roland en la región vinícola del norte de California.

A principios de junio Betsy había partido en su viaje a Asia vía Irlanda y Jeffrey se había ido a Nantucket con su amigo rico. De repente Mannix y yo estábamos solos en Nueva York.

—Me siento raro sin ellos —dijo.

—Y yo, pero es una buena oportunidad para empezar el segundo libro.

—¿Por qué no nos vamos de vacaciones? —propuso Mannix—. Solo una semana.

—Ni hablar —repuse categórica.

Yo controlaba nuestro dinero con lupa. Un cuarto de millón de dólares nos había parecido una fortuna —que lo era—, pero el alquiler, los impuestos y el coste diario que suponía vivir en Nueva York eran altísimos. Nos habían surgido toda clase de gastos inesperados —como contratar a una niñera para que cuidara de mis hijos mientras yo estaba de gira—, y el anticipo que había recibido estaba desapareciendo mucho más deprisa de lo que había imaginado.

—Has tenido un año muy duro —insistió Mannix—. Has trabajado mucho. Necesitas un descanso.

—Lo sé, pero…

—¿Te gustaría ir a algún lugar con Roland?

—¿Con Roland? —Prácticamente grité—. ¿De dónde va a sacar Roland dinero para unas vacaciones?

—Acaba de vender un edificio de oficinas y ha saldado una buena parte de sus deudas. Dice que tiene otro par de proyectos a la vista. Y se está portando tan bien… No se pierde una sola reunión de Deudores Anónimos.

Me mordí el labio.

—Solo una semana —repitió Mannix.

—No estoy diciendo que sí, pero ¿adónde iríamos?

—Adonde tú quieras. —Se encogió de hombros—. ¿A los viñedos de California?

—¿Estaría bien? —pregunté, dudosa.

—Yo diría que superbién.

Dios, qué tentación.

—De acuerdo. —Cerré los ojos con fuerza—. De acuerdo. Hazlo. ¡Hagámoslo!

Organizamos el viaje en un plis plas. Nos reunimos con Roland en San Francisco, alquilamos un coche y pusimos rumbo al norte, parando de día en viñedos y en centros de alimentos artesanales y alojándonos de noche en «hostales» que en realidad eran hoteles de cinco estrellas pero con cretona. Tenían cuadras y restaurantes con estrellas Michelin y bodegas privadas.

Era maravilloso: el sol, los paseos en coche por la hermosa campiña, el placer de ver a Mannix tan feliz.

Roland formaba parte de un exclusivo colectivo sibarita online. Cada mañana introducía en su GPS las coordenadas y recibíamos indicaciones de la mágica gira hasta la casa de un panadero perdido que molía su propia harina a mano, o de dos hermanos que utilizaban una técnica insólita para ahumar beicon.

Yo no era sibarita, me daba igual si el pan provenía de una gran fábrica o de un viejo molino de agua, pero cada aventura era una experiencia divertida. Era fantástico estar con Roland, siempre positivo, siempre ameno, pero no uno de esos animadores agresivos que siempre requerían atención.

Cada noche, en los hostales con cretona, disfrutábamos de elaborados menús de degustación con los que Mannix y Roland intentaban sacarme de mi zona de comodidad.

—¡No puedo creer que nunca hayas probado las ostras! —exclamaron la primera noche.

—Tampoco los pichones —repuse—. Ni los huevos de codorniz. Y no pienso empezar ahora.

Me tentaban con diminutas cantidades sobre sus tenedores pero yo me mantenía firme, sobre todo con el pichón, así que optaron por educarme en el vino.

—Remuévelo. —Mannix me entregó una copa enorme—. Tómate unos segundos, a ver qué te dice.

—Huele a vino —declaré—. A vino tinto, si quieres que sea específica.

—Cierra los ojos —me ordenó Roland—. Muévelo en círculos y di en qué te hace pensar.

—Vale. —Lo moví unos segundos e inspiré—. En una boca desdentada.

—¿Qué?

—En serio. Una sonrisa frustrada. Una sonrisa que podría haber sido hermosa pero... que no llegó a serlo...

Abrí los ojos. Mannix y Roland estaban inmóviles, mirándome con cara de pasmo. Sus posturas y expresiones eran idénticas: aunque a Roland le sobraban treinta kilos y Mannix era fibroso como un lobo, no había duda de que eran hermanos.

Mannix levantó su copa, la agitó y bebió.

—Tiene razón. Contiene una tremenda tristeza.

—Estás hablando de ti —dijo Roland.

—En absoluto. Nunca he sido tan feliz. Pruébalo.

—Dios mío. —Roland se paseó un sorbo por la boca—. Tienes razón, Stella. Percibo elevados tintes de soledad y un regusto de pavor.

—Sueños rotos —dije.

—Belleza apagada.

—Neumáticos pinchados —añadió Mannix—. Los cuatro. Rajados a propósito.

Prorrumpimos en carcajadas, y así transcurrió la semana.

Cada copa de vino se convertía en una competición por la descripción más elaborada e insólita.

—Percibo matices de cuero de zapato.

—Y patas de mesa tambaleantes.

—Grafiti.

—Ambición.

—La chaqueta de un conductor de autobús.

—Apendicitis.

—Una gotita de azufre.

—Despojos del mar.

—Y desechos.

—Nooo… ¡Sí! Ahora empiezo a percibir los desechos.

—Gilda me matará —dije después de otra copiosa cena de cinco platos.

—Volverás al régimen la semana que viene —me reconfortó Roland—. Ahora come.

—¿Todavía practicas la marcha nórdica? —le pregunté con cautela.

—No —me respondió muy serio—. Tuve que quitármelo de la cabeza cuando rompí la máquina y me echaron del gimnasio.

Se me escapó la risa.

A decir verdad, Roland tenía pinta de haber abandonado todo ejercicio. Había perdido la relativa esbeltez que lucía en Navidad. Y cuando los mozos de las cuadras del Meadowstone Ranch and Inn lo vieron caminar hacia ellos balanceándose, se pusieron visiblemente nerviosos.

—¿Te fijaste en sus caras? —me preguntó Roland—. Hasta los caballos parecían preocupados.

Lágrimas de risa resbalaban por mis mejillas.

—Cuando vuelva a Irlanda empezaré con un nuevo entrenador personal. —Alzó la copa—. Pero ahora estamos aquí, en este precioso lugar, gozando de un vino y de una comida excelentes y vamos a disfrutarlo.

Más tarde, mientras nos preparábamos para acostarnos, Mannix me dijo:

—Estás enamorada de mi hermano.

—Naturalmente —aseguré—. ¿Quién no lo estaría? Es un tío genial.

Fueron las mejores vacaciones de mi vida, y cuando nos despedimos de Roland en el aeropuerto de San Francisco, tuve que hacer un esfuerzo para no llorar. Las vacaciones habían terminado, tendría que haber empezado a escribir mi segundo libro y no había hecho nada, y en dos semanas debía iniciar otra gira de promoción.

—Tranquila. —Mannix me estrechó la mano—. Piensa en Shep. Tú, yo y Shep caminando por la playa. Además, esta gira no será tan dura como la anterior.

Y no lo fue. No estaba obligada a madrugar tanto, la agenda no era tan apretada y cada cinco días tenía uno libre.

Mannix y yo nos sentamos a la mesa de la sala de juntas con Bryce Bonesman y algunos vicepresidentes. Según el último informe que habíamos recibido, el volumen de ventas era bajo y, una vez más, ni rastro de Phyllis.

—Hola a todos —dijo Bryce—. Un par de colegas no pueden estar hoy con nosotros porque es época de vacaciones. Parece ser que *Guiño a guiño* no aparece esta vez en la lista.

—Lo siento mucho —dije.

—Es una pena —convino Bryce—, pero imaginamos que se debe a la época del año en la que nos encontramos. En julio se editan muchos más libros que en marzo.

—Lo siento —repetí.

—Nuestro vicepresidente de Ventas, Thoreson Gribble, no ha podido venir pero nos enviará su informe por correo electrónico —explicó Bryce—. Resumiendo, mantenemos tímidamente la esperanza, la suficiente para proponerte que renueves el contrato de alquiler del apartamento. Los Skogell han decidido quedarse en Asia otro año. En noviembre harás otra gira y ahí será cuando todos nuestros esfuerzos den su fruto. Quién sabe, podríamos estar hablando de un best seller del *New York Times* para Navidad. ¿Sí?

—¡Sí! Y tendré mi segundo libro listo para febrero. —Bueno, por lo menos lo había empezado—. Se me ha ocurrido un gran título. «Justo aquí, justo ahora.» Creo que armonizará con el mindfulness y el Poder del Ahora y todas esas cosas que están tan de moda. —Haciendo un esfuerzo descomunal, inyecté positivismo a mi voz—. ¡Va a ser aún mejor que *Guiño a guiño*!

—Fantástico —proclamó Bryce—. Estoy deseando leerlo.

Una vez en la calle, el calor y la humedad de agosto nos golpearon a Mannix y a mí como una bofetada. Enseguida nos pusimos a hablar.

—Me tomaré otro año de excedencia —dijo Mannix.

—Pero...

—No te preocupes, he estado analizando la situación y no podemos abandonar el barco ahora.

—¿Estás seguro? —Me sentía culpable y abatida.

—No obstante, si alquilamos el apartamento de los Skogell otro año debemos tener clara nuestra situación económica. Es preciso hablar con Phyllis...

—¿Cuánto hace que no hablamos con ella ninguno de los dos? Siglos. No recordábamos cuándo había sido la última vez.

—Pero ahora las cosas son diferentes —dijo Mannix—. Tenemos que tomar decisiones y tú necesitas otro contrato.

En cuanto llegamos a casa telefoneé a Phyllis y puse el altavoz.

Contestó al instante.

—¿Diga? —Hablaba sorbeteando, como si estuviera comiendo fideos.

—Hola, Phyllis, soy Stella. Stella Sweeney.

—Lo sé. —Decididamente eran fideos—. ¿Crees que contestaría si no supiera quién eres? ¿Qué pasa?

—Acabamos de tener una reunión con Bryce —le expliqué—. Está entusiasmado. —Bueno, no exactamente, pero había aprendido que en este país era normal inyectarle positivismo a todo—. Así que Mannix y yo nos estábamos preguntando si podrías hablar con Bryce sobre lo de hacer otro contrato para el segundo libro.

—No.

—Lo siento, Phyllis, pero Mannix y yo necesitamos tener clara nuestra situación económica.

Rió.

—¡Qué mona, crees que lo que importa aquí eres tú! Pues desengáñate de una vez por todas. Lo importante aquí soy yo y mi reputación. Ahora mismo estamos en un punto muerto, pequeña. Este no es momento de parpadear.

—Pero…

—Oye, no estoy diciendo que no lo lamente por ti. No sabes si deberías prorrogar el alquiler del apartamento otro año, no sabes si deberías mantener a tu hijo en el colegio, pero ahora no es buen momento para negociar otro contrato con Blisset Renown. Si hubieras aparecido en la lista esta última vez… —Siguió una pausa elocuente y desagradable—. Oye, Bryce te mandará otra vez de gira en otoño. Todavía está invirtiendo dinero y recursos en ti. No ha tirado la toalla contigo. Pero nada sucederá hasta después de la gira.

—Entonces ¿qué hacemos?

—Haced lo que tengáis que hacer, volver a Irlanda o quedaros aquí, pero el contrato nuevo tendrá que esperar. Yo sabré cuándo es el momento idóneo, y no es ahora, desde luego.

—Phyllis, me… —Pero estaba hablando al aire. Phyllis había colgado—. ¡Oh!

Me volví hacia Mannix. Parecía tan conmocionado como yo.

—¿Qué hacemos? —La cabeza me daba vueltas.

Mannix respiró hondo.

—Analicemos la situación. —Parecía estar haciendo un gran esfuerzo para mantener la calma—. Lo más importante es Jeffrey y su educación. Fue muy duro para él dejar el colegio de Irlanda y aterrizar de golpe en uno nuevo en Nueva York. Se ha esforzado por adaptarse y está a punto de empezar su último año, el más importante. No podemos desestabilizarle en un momento tan delicado para él.

—Gracias —dije—. Gracias por anteponer a Jeffrey a todo lo demás.

—De nada.

—¿Más razones? No dispongo de un empleo al que volver y hay inquilinos en mi casa de Dublín, así que no tendríamos dónde vivir.

—Y todos mis pacientes han sido derivados —añadió Mannix—. Me llevaría un tiempo abrir una consulta nueva. —Tras un silencio angustioso, dijo—: Miremos las cosas desde otra perspectiva: tenemos dinero suficiente para vivir aquí otro año.

—Si somos cuidadosos, y lo seremos —aseguré con firmeza—. No más vacaciones. No más Gilda. No más nada. Pero ¿y si en febrero descubrimos que no quieren un segundo libro? ¿Y si *Guiño a guiño* no se vende lo suficiente? No querrán otro igual. Debo conseguir que mi nuevo libro sea mejor que el primero. Dios. —Hundí la cara entre las manos. Odiaba la inseguridad económica más que cualquier otra cosa en el mundo.

—No podemos pensar así. Además, Bryce se mostró optimista en la reunión —me recordó Mannix.

—Tímidamente optimista.

—Lo bastante para financiarte otra gira en noviembre. Creo que debemos quedarnos. Vamos, Stella, elijamos ser positivos. Elijamos simplemente no preocuparnos.

—¿Te han hecho un trasplante de personalidad?

Pero Mannix tenía razón. Habíamos quemado demasiadas naves. Habíamos invertido demasiado emocional y financieramente en nuestra aventura neoyorquina. La puerta de nuestra antigua vida se había cerrado del todo. No podíamos dar marcha atrás.

De repente el verano había terminado y era septiembre y Jeffrey estaba de vuelta en el colegio, cursando su último año.

Comuniqué a Gilda que no podía seguir pagándole, pero ella insistió en que siguiéramos corriendo juntas cuatro días a la semana.

—Somos amigas, ¿no? —dijo.

—Sí, pero…

—Me gusta correr y prefiero hacerlo acompañada.

Vacilé y finalmente acepté.

—De acuerdo, gracias. Pero si algún día puedo devolverte el favor, lo haré.

—Te he dicho que somos amigas.

Betsy regresó de Asia y no pudo encontrar empleo en ningún sitio hasta que, milagrosamente, Gilda le consiguió un trabajo de prácticas en una galería de arte. No le pagaban, pero encajaba vagamente con su plan de estudiar terapia artística, de modo que mi preocupación amainó.

El dueño de la galería era un hombre de aspecto cadavérico, vestido de negro de arriba abajo, llamado Joss Wootten. Según Google, tenía sesenta y ocho años, y tardé un tiempo —más que el resto— en percatarme de que era el novio de Gilda.

—Por Dios, mamá —dijo Betsy—, ¿por qué crees que conseguí el trabajo?

—Uau —musité. ¿Qué tenía Gilda con los tíos mayores?

Con suma delicadeza pregunté a Gilda qué era lo que le atraía de Joss.

—Es tan interesante —respondió con ojos soñadores.

—¿Como Laszlo Jellico? —pregunté, deseosa de entenderlo—. ¿Laszlo era interesante?

Me miró muy seria.

—Era interesante por las razones equivocadas.

—Ya —dije—. Lo siento. —Y comprendí que no debía volver a sacarle el tema.

Estaba haciendo mis progresos con el segundo libro, el cual era del mismo estilo que *Guiño a guiño*. En cada conversación que tenía ponía toda mi atención hasta que la cabeza me dolía, ansiosa por oír alguna frase sabia. Llamaba con frecuencia a papá y le instaba a recordar las cosas que decía la abuela Locke. Tenía unas treinta máximas aceptables y necesitaba sesenta.

Ruben seguía manteniéndome muy ocupada. Cada día debía escribir en el blog y tuitear algún dicho sabio y reconfortante, pero no me era fácil porque cada vez que se me ocurría algo bueno quería guardarlo para el segundo libro. En un momento dado me hizo entrar en Instagram.

—Quiero fotos cálidas con mucha cachemira —dijo—. Amaneceres y manos de bebés.

Esas cosas no iban realmente conmigo —prefería colgar zapatos bonitos y uñas cuidadas—, pero Ruben insistió:

—No se trata de cómo eres en realidad, sino de cómo decidimos nosotros que eres.

Gilda fue mi salvación.

—Yo lo haré —me propuso—. Y también tu Twitter. Y tu blog, si quieres.

—Pero…

—Lo sé, no puedes pagarme. No importa.

Sopesé los pros y los contras y finalmente cedí porque, sencillamente, no podía con todas las peticiones de Ruben.

—Algún día serás recompensada por tu bondad.

—Por favor. —Gilda restó importancia a mi gratitud—. No es nada.

La demanda de artículos por parte de Ruben seguía siendo implacable. Y no había hospital, colegio o centro de rehabilitación física de la región triestatal (básicamente, cualquier lugar al que no costara dinero mandarme) al que no fuera enviada para dar una charla.

Fue hacia finales de octubre cuando Betsy conoció a Chad. Este entró en la galería y declaró con todo el descaro que compraría una obra si Betsy aceptaba salir a cenar con él.

Yo estaba conmocionada y muy preocupada: ese hombre no le iba en absoluto. Era demasiado mayor —solo tenía cinco años menos que yo—, demasiado materialista y demasiado cínico.

Era abogado y ejecutivo hasta la médula. Trabajaba doce horas al día y llevaba una vida de trajes, limusinas y restaurantes caros.

—¿Qué te gusta de él, cariño? —le pregunté con cautela—. ¿Te hace reír? ¿Te hace sentir segura?

—Qué va. —Se estremeció—. Me excita.

La miré un tanto espantada.

—Lo sé —dijo—. No soy para nada su tipo, pero está pasando por su fase de chica excéntrica.

—¿Y tú?

—Y yo estoy pasando por mi fase de abogado mayor. ¡Es perfecto!

Levanté una montaña de mallas en busca de mi paleta de maquillaje. Gilda me había preparado un estuche con todas las sombras de ojos, coloretes, correctores y brillos de labios que iba a necesitar en mi gira de tres semanas, pero no lo encontraba por ningún lado. Había ropa desperdigada por todas partes, encima de la cama, del tocador, de la maleta. Miré en un cajón. No estaba. Sería mejor que apareciera pronto, porque nos marchábamos al día siguiente. Tal vez me lo había dejado en otra habitación.

Irrumpí en la sala, donde encontré a Mannix.

—¿Has visto mi…?

Enseguida supe que algo iba mal. Estaba sentado a su mesa con la cabeza entre las manos.

—Mannix, cariño.

Levantó la vista. Estaba blanco.

—Roland ha sufrido un derrame cerebral.

Corrí a su lado.

—¿Cómo te has enterado?

—Hero acaba de llamarme. No conoce los detalles pero es serio. —Agarró el teléfono—. Voy a llamar a Rosemary Rozelaar. Por lo visto está a cargo de Roland.

Qué pequeño era el mundo.

—¿Rosemary? —dijo Mannix—. Ponme al día. —Empezó a dibujar rayas en su libreta hasta agujerear la hoja—. ¿Un TAC? ¿Una IRM? ¿Ptosis? ¿Pérdida de conocimiento? ¿Total? ¿Cuánto tiempo? Mierda. ¿Cascada isquémica?

Yo no entendía la mayoría de esas palabras. Lo único que

sabía de derrames cerebrales era por un espantoso anuncio de televisión, en el que se hacía hincapié en que las víctimas de derrames cerebrales debían ser tratadas de inmediato para minimizar las secuelas.

Mannix colgó.

—Ha tenido un derrame isquémico seguido de una cascada isquémica.

No comprendía absolutamente nada de lo que me estaba diciendo pero le dejé hablar.

—¿Lo trasladaron rápidamente al hospital? —pregunté.

—No lo bastante. No antes de las primeras tres horas, que son cruciales. Su ritmo cardíaco es irregular, lo que sugiere una fibrilación auricular.

—¿Qué significa eso?

—Significa… —El médico que había en él se estaba esforzando por hablar al ciudadano corriente que era yo—. Significa que podría sufrir un ataque al corazón. Pero aunque no se dé esa complicación, está en coma. Lo que suceda los próximos tres días es de vital importancia.

—¿Por qué?

—Porque si no hay indicios de actividad normal en el bulbo raquídeo, no sobrevivirá.

Estaba horrorizada. Pero esta no era mi tragedia, debía mostrarme fuerte.

—Bien —dije tomando el control de situación—, nos vamos a Irlanda. Voy a mirar vuelos.

—Imposible. No puedes cancelar la gira.

—Y tú tienes que ir a Irlanda.

Nos miramos, paralizados ante esta situación novedosa. No teníamos una hoja de ruta, no teníamos ni idea de cómo actuar.

—Ve a Irlanda y cuida de tu hermano —dije, finalmente—. Yo haré la gira. Todo irá bien.

Se me estaba ocurriendo que Betsy podría acompañarme, si lograba convencerla de que se despegase unos días de Chad. Prácticamente estaba viviendo en su apartamento del centro y últimamente apenas la veíamos.

En ese momento llamaron a la puerta. Era Gilda, que venía a dejar unas prendas de cachemira que formaban parte del vestuario que me había organizado.

—Te he traído azul, que va muy bien con tu pelo, pero luego vi este tono rojizo y pensé… ¿Qué ocurre?

—El hermano de Mannix ha sufrido un derrame cerebral. Es grave. Debemos conseguirle un billete a Dublín cuanto antes.

—¿Y tú? —preguntó Gilda—. ¿Piensas hacer la gira de todos modos?

—Sí —dije—. Le pediré a Betsy que me acompañe.

—Yo lo haré —se ofreció—. Seré tu ayudante.

—Te lo agradezco mucho, Gilda, pero no podría pagarte.

—Deja que hable con Bryce.

—Gilda, son tres semanas, dieciocho horas al día…

—Deja que hable con Bryce.

—Está bien, pero…

—No te preocupes —dijo Gilda volviéndose hacia Mannix—. Cuidaré de ella.

—¿Tienes el número de Bryce? —le pregunté.

—Sí, de cuando salía con Laszlo.

—Ah, bien…

Acababa de despedir a Mannix en el aeropuerto de Newark cuando Gilda me llamó.

—Blisset Renown ha aceptado pagarme. Está solucionado.

—¿Cómo?

—Lo está y punto.

—Nada. —La voz de Mannix retumbaba en la línea—. No hay ninguna respuesta.

—No pierdas la esperanza —le dije—, todavía queda tiempo. —Habían pasado dos días desde el derrame.

—Mis padres han venido de Francia.

Tragué saliva. Si los padres de Roland habían viajado a Irlanda, eso significaba que la cosa era grave.

—Hoy le haremos otra resonancia —me explicó Mannix—. Puede que aparezca actividad en el bulbo raquídeo.

—Crucemos los dedos —dije.

—Te echo de menos.

—Y yo a ti.

Deseaba decirle que le quería, pero si lo hacía ahora, por teléfono y en esas circunstancias, parecería que lo hacía por pena.

Había otorgado tanta importancia al momento de pronunciar esas palabras que había terminado en un callejón sin salida. Me había dicho demasiadas veces que la situación tenía que ser idónea, y ahora me daba cuenta de que las situaciones idóneas no existían.

—¿Cómo estás tú? —me preguntó—. He oído que con Gilda tienes que hacer ejercicio de verdad. No puedes tumbarte en el suelo y resoplar en el teléfono como en las otras dos giras.

—¿Cómo lo sabes?

—Gilda me llamó para informarme de tus progresos. Stella, si no te ves capaz de salir a correr con todo el trabajo que tienes, díselo. ¿En qué ciudad estás ahora?

—En Baltimore, creo. Tenemos una cena benéfica.

—Llámame antes de irte a dormir.

—Lo haré. Prométeme que intentarás ser positivo.

—Te lo prometo.

Cada vez que hablaba con Mannix me obligaba a emplear un tono alegre, pero estaba muerta de preocupación.

¿Y si Roland fallecía? La idea de un mundo sin Roland me ponía tremendamente triste. Era una persona tan especial.

… Pero una persona especial con muchas deudas. Alguien tendría que pagarlas. Mis pensamientos egoístas eran fugaces, pero hacían que me avergonzara de todos modos.

¿Y qué le pasaría a Mannix si Roland no salía de esta? ¿Cómo afrontaría la muerte de la persona que más quería en el mundo?

Aunque Roland no muriera, su recuperación sería lenta y costosa. ¿Cómo íbamos a pagarla?

Quizá alguien tendría que haberle dicho a Roland que estar tan gordo no era una buena idea. Pero sabiendo lo divertido, listo y encantador que era, habría sido como asestarle una patada a un cachorro. Y Dios sabe que lo había intentado. Había trabajado con un entrenador personal desde su regreso de las vacaciones en California.

Con un suspiro, me puse los tacones, agarré mi bolso de fiesta y llamé a la puerta que conectaba mi habitación con la de Gilda. Un segundo después entré.

—¡Oh! —Gilda estaba trabajando en su portátil. Lo cerró de golpe.

—Lo siento. —Me detuve en seco—. He llamado. Pensaba que me habías oído.

—Ah… vale.

—Lo siento —repetí reculando hacia la puerta—. Avísame cuando estés lista.

Me pregunté por qué se mostraba tan misteriosa, pero tenía derecho a su intimidad.

—No, Stella, espera —dijo—. Soy una estúpida. Verás, estoy… estoy trabajando en un proyecto. Si te lo enseño, júrame que no te reirás.

—Claro que no me reiré.

Pero en ese momento habría dicho cualquier cosa, porque estaba deseando saber de qué iba.

Pulsó actualizar y en la pantalla apareció una página a color que decía: *Tu mejor ser: la salud óptima de una mujer desde los diez hasta los cien* de Gilda Ashley.

—Dios mío, es un libro. —Estaba atónita.

—Solo es algo con lo que llevo un tiempo jugando…

—¿Puedo verlo?

—Claro.

Me pasó el portátil y empecé a avanzar las páginas. Cada capítulo se centraba en una década de la vida de la mujer, en la comida y el ejercicio adecuados, los cambios físicos que debía esperar y la mejor manera de aceptar las dolencias propias de esa edad. Cada década tenía un fondo diferente, de un bonito color, y la información estaba distribuida a lo largo de las páginas con simpáticos puntos y bonitas columnas laterales.

El diseño era fantástico. Las páginas no estaban sobrecargadas de texto y las fuentes cambiaban conforme avanzaban las décadas, empezando por una fuente estilo viñeta para las adolescentes, siguiendo con fuentes más elegantes para los treinta, los cuarenta y los cincuenta, y terminando con fuentes más grandes y fáciles de leer para los sesenta en adelante.

—Está muy bien —dije.

—Está casi terminado —explicó, cohibida—, pero faltan algunos detalles.

—Es genial —insistí.

Lo que lo hacía tan atractivo era su simplicidad; a la gente le echaban para atrás los libros pesados y cargados de texto. Este libro era asequible e informativo, y con sus bonitos colores y la hábil ubicación de sus ilustraciones conseguía transmitir optimismo.

—El diseño es fantástico —dije.

Se ruborizó.

—Joss me ayudó un poco. Bueno, mucho.

—¿Cuánto tiempo llevas trabajando en este libro?

—Una eternidad… por lo menos un año. Pero no empezó realmente a tomar forma hasta que conocí a Joss. ¿Te importa, Stella?

Debía reconocer que estaba afectada, en parte por el hecho de que lo hubiera mantenido en secreto. Pero era una reacción infantil por mi parte. Y mezquina. ¿Por qué no podía Gilda escribir un libro? Esto no era un juego de suma cero donde solo un número limitado de personas tenía permitido escribir. Después de todo, mi contrato editorial había sido un verdadero golpe de suerte.

—No, no me importa —me obligué a responder—. Gilda, este libro es lo bastante bueno para editarlo. ¿Quieres que se lo enseñe a Phyllis?

—¿Esa loca que evita el contacto físico y roba magdalenas para sus gatos? No, gracias.

A las dos se nos escapó la risa, pero yo no pude mantener la mía mucho tiempo.

—Gilda —dije con tiento—, tú has conocido a otros agentes literarios, ¿verdad? —Estaba intentando hacer alusión a su época con Laszlo Jellico sin generarle mal rollo—. ¿Son todos tan duros como Phyllis?

—¿Bromeas? Esa mujer está mal de la cabeza. He topado con algunos excéntricos, los cuales pueden ser bastante divertidos, y unos cuantos están un poco chiflados. Pero esa Phyllis es horrible. Tuviste mala suerte porque debías tomar una decisión rápida. Si hubieses dispuesto de más tiempo, habrías podido entrevistar a varios agentes y elegir uno que fuera de tu gusto.

—Mannix dice que Phyllis no tiene que gustarme. Que esto es solo un negocio.

—Tiene razón. ¿Y sabes qué es lo más fuerte de todo?

—¿Qué? —pregunté, nerviosa.

—Que Mannix sería un agente fantástico.

Al tercer día de coma hubo una leve respuesta en el bulbo raquídeo de Roland, pero aún era pronto para cantar victoria.

—Existe un noventa por ciento de probabilidades de que no sobreviva —me dijo Mannix—. Y si sobrevive, la recuperación será larga.

Gilda y yo seguíamos adelante con la gira: Chicago, Baltimore, Denver, Tallahassee… Al quinto día tuve que dejar de correr.

—Si sigo, me moriré, Gilda. Lo siento, pero es así.

Hacía mis entrevistas, charlas y firmas de ejemplares en piloto automático. Gilda era una auténtica bendición. Me recordaba constantemente dónde estaba y qué hacía allí.

Extrañaba muchísimo a Mannix, pero cuando conseguía hablar con él estaba como ausente. A veces trataba de conectar conmigo diciendo algo como «Gilda me ha dicho que anoche hubo mucha gente», pero su corazón no estaba ahí.

En el transcurso de once días Roland sufrió tres paros cardíacos. En cada ocasión pensaron que iba a morir; sin embargo, resistió.

La gira tocó a su fin y Gilda y yo regresamos a Nueva York. Mi deseo era viajar enseguida a Irlanda para estar con Mannix, pero Jeffrey me necesitaba más. Esperanza y una canguro se habían ocupado de él durante mi ausencia, y marcharme otra vez nada más aterrizar habría sido un abandono en toda regla. Contemplé la posibilidad de sacarlo del colegio dos semanas antes del fin del trimestre y llevármelo a Irlanda, pero no podía sin más interrumpir sus estudios.

Siempre que Mannix lograba pasar un tiempo fuera del hospital se conectaba conmigo por Skype. Yo intentaba adoptar una actitud positiva y alegre.

—Piensa en Shep, Mannix. Tú, yo y Shep jugando en la playa.

Pero nunca conseguía arrancarle una sonrisa; su preocupación lo había vuelto inaccesible.

Betsy entraba y salía de nuestras vidas y nos traía extraños regalos, como cajas de *marrons glacés* con grandes lazos.

—Chad ha abierto una cuenta a mi nombre en Bergdorf Goodman —dijo—. Tengo dos shoppers personales. Están cambiando absolutamente mi imagen, incluida la ropa interior.

—¡Betsy! —Yo estaba horrorizada—. No eres una muñeca...

—Mamá. —Me miró de mujer-a-mujer—. Soy mayor. Y me estoy divirtiendo.

—Solo tienes dieciocho años.

—Dieciocho años es ser mayor.

—Son asquerosos. —Jeffrey había abandonado su *marron glacé*—. Parecen garbanzos.

—Creo que son garbanzos —dijo Betsy—. Garbanzos dulces.

Casi me echo a llorar. Tanto dinero invertido en su educación para convertirse en el juguete de un ricachón y confundir las castañas con los garbanzos.

En la fiesta de Navidad de Blisset Renown me encontré con Phyllis.

—¿Dónde está Mannix? —me preguntó.

—No ha venido.

—¿Ah, no?

—Está en Irlanda.

—¿Ah, sí?

Me negué a extenderme: Phyllis había tenido oportunidades de sobra para ponerse al día de mi vida y no se había molestado en hacerlo.

—He oído que Betsy se pasea por la ciudad con un hombre que le dobla la edad.

—¿Cómo te has enterado?

Me guiñó un ojo.

—¿Y cómo está ese hijo tuyo tan enfadado? ¿Jeffrey?

Suspiré y me di por vencida.

—Sigue enfadado.

—He visto en mi agenda que debes entregar tu segundo libro a Blisset Renown el uno de febrero. ¿Llegarás?

—Sí.

—¿Es bueno?

¿Lo era? Lo había hecho lo mejor posible.

—Lo es.

—Pues sube el listón —dijo—. Haz que sea excepcional.

—Feliz Navidad, Phyllis.

Me alejé. Estaba buscando a Ruben y lo encontré junto a una fuente de ceviche.

—¿Ruben?

—¿Sí?

—Me estaba preguntando… ¿alguna novedad sobre las listas?

—Sí. Una lástima.

—¿*Guiño a guiño* no está en ellas?

—Esta vez no. Oye, esas cosas pasan.

—Lo siento. —Me invadió una culpa atroz.

No podía contárselo a Mannix, bastante tenía ya con lo suyo, pero cuando llegué a casa llamé a Gilda, que respondió horrorizada:

—¿Se lo preguntaste a Ruben? Stella, nunca hagas esa pregunta. Si tu libro hubiera aparecido en las listas, créeme, tendrías a veinte personas llamándote para atribuirse el mérito.

El día en que la Academy Manhattan cerró para las vacaciones de Navidad volé a Irlanda con Betsy y Jeffrey.

Los niños se quedaron con Ryan y yo me instalé en el apartamento de Roland con Mannix, aunque él casi nunca estaba allí; vivía prácticamente en el hospital.

Mannix me había contado que Roland había mejorado; sin embargo, el primer día que fui a verlo me llevé una fuerte impresión. Estaba consciente y con el ojo derecho abierto, pero tenía la mitad izquierda de la cara paralizada y un hilo de baba le caía constantemente por la comisura izquierda de la boca.

—Hola, cielo —le susurré acercándome de puntillas—. Nos has tenido a todos muy preocupados.

Sorteé con sumo cuidado los cables que tenía conectados para poder darle un beso en la frente.

Roland emitió una especie de chillido leve. Sonaba tan patético y extraño que me asusté.

—Respóndele —me dijo Mannix casi con impaciencia.

—Pero… —¿Qué había dicho?

—Dice que estás preciosa.

—¿En serio? —Haciendo un esfuerzo por alegrar el tono, dije—: Muchas gracias. Tú, en cambio, has tenido días mejores.

Roland chilló de nuevo. Miré a Mannix.

—Pregunta qué tal la gira.

—¡Bien!

Tomé asiento e intenté aportar anécdotas divertidas, pero era una situación espantosa. Yo sabía por experiencia la angustia que generaba no poder hablar, y seguro que resultaba aún más duro para alguien tan elocuente como Roland.

Procuraba ocultar mi malestar. Pero a cada momento me asaltaban recuerdos de mis días en el hospital y sabía a ciencia cierta que a Roland le avergonzaba profundamente su estado.

—Está encantado de verte —insistió Mannix.

Los diez días que estuve en Irlanda los pasé sentada junto a Roland, contándole historias. Cuando terminaba una narración, Roland soltaba uno de sus terribles chillidos y la única persona capaz de interpretarlos era Mannix.

Aunque Rosemary Rozelaar era la neuróloga de Roland, resultaba evidente que había cedido todo el control a Mannix, quien se encontraba en su elemento, paseándose día y noche frente a la cama de Roland, estudiando informes y escáneres.

Los padres de Mannix seguían en Irlanda y se pasaban de vez en cuando por el hospital. Siempre daban la sensación de volver de una fiesta o de hallarse camino de alguna, y se traían ginebra en una petaca y la bebían en tazas de plástico junto a la cama de Roland.

Yo nunca me olvidaba de las deudas de Roland; me erosionaban el cerebro como una piedra en el zapato. Durante los últimos dos años Roland había saldado una gran parte, pero seguía debiendo miles y miles de euros, y era evidente que iba a tardar mucho, mucho tiempo en poder volver a trabajar.

Yo deseaba abordar el tema, porque no había duda de que al final tendría un impacto sobre Mannix y sobre mí, pero no quería añadir más preocupaciones a las que él ya tenía.

Finalmente fue él quien lo hizo. Una extraña mañana que no saltó de la cama para marcharse corriendo al hospital, dijo:

—En algún momento tendremos que hablar de dinero.

—¿Quiénes? ¿Nosotros?

—¿Qué? No. Me refiero a las deudas de Roland. Rosa y Hero. Y mis padres, aunque para lo que sirven… Hemos estado evitando el tema pero es necesario que convoquemos una reunión familiar. El problema es que ninguno de nosotros tiene un céntimo.

—Pero cuando entregue el nuevo libro en febrero…

—No podemos utilizar tu dinero para pagar las deudas de mi hermano.

—El dinero es de los dos, tuyo y mío.

Mannix meneó la cabeza.

—No sigas por ahí. Intentaremos buscar otra salida. Me voy a la ducha.

Camino del cuarto de baño sonó su móvil, que descansaba sobre la mesilla de noche. Suspiró.

—¿Quién es?

Miré la pantalla.

—¡Oh! Es Gilda.

—No hace falta que contestes.

—¿Para qué llama?

—Para preguntar por Roland.

Oh. Vale.

Dos días antes de que la Academy Manhattan reabriera sus puertas Betsy, Jeffrey y yo debíamos regresar a Nueva York.

—No puedo irme —me dijo Mannix—. Todavía no. Quiero esperar a que Roland se encuentre estabilizado.

—Tómate el tiempo que necesites.

Quería estar con Mannix, echaba de menos su presencia, sus consejos, todo su ser, pero estaba intentado comportarme como una persona más magnánima, más generosa.

Mannix nos llevó al aeropuerto y de pronto la idea de volver a Nueva York sin él se me antojó insoportable. Le quería, le quería tanto que me dolía, y sabía que tenía que decírselo. Tendría que haberlo hecho hace mucho tiempo.

Empujando nuestro carro, Mannix se abrió paso entre el caos posnavideño de la zona de preembarque hasta el mostrador de facturación.

—Poneos en la cola, chicos —dije a Betsy y a Jeffrey, y me llevé a Mannix a un lado.

—Mannix —dije.

—¿Qué?

—Te…

Empezó a sonarle el teléfono. Lo miró.

—Debo contestar —dijo—. ¿Rosa? Ya. Entiendo. Pero tienes que estar. Nos vemos allí.

—¿Va todo bien? —pregunté.

—Rosa está intentando escabullirse de la charla sobre el dinero de Roland. O la falta del mismo. Debo irme. Que tengas un buen vuelo. Llámame cuando llegues.

Me dio un beso fugaz en los labios, giró sobre sus talones y fue engullido rápidamente por la multitud. Me quedé donde estaba, paralizada por el pánico a que nuestro momento hubiese pasado, a que la mejor parte ya hubiese ocurrido mientras yo estaba esperando llegar a ella y ahora estuviésemos en la cuesta abajo.

El mes de enero en Nueva York fue nevoso y muy tranquilo. La promoción de *Guiño a guiño* finalmente había terminado y mis días eran extrañamente apacibles. Aparte de ir al cine una vez a la semana con Gilda, no tenía vida social. Trabajaba en *Justo aquí, justo ahora* y el momento álgido del día era una llamada o un Skype de Mannix. Parecía que Roland estaba empezando a estabilizarse. Yo siempre deseaba preguntarle a Mannix cuándo iba a volver, pero me contenía. Tampoco le preguntaba por las finanzas de Roland. Sabía que habían tenido una reunión familiar, y si Mannix estaba demasiado estresado para hablarme del resultado de la misma, debía respetarlo.

La última semana de enero recibí una llamada inesperada de Phyllis.

—¿Cómo va el libro nuevo?

—Ya lo he terminado. Estoy con los últimos retoques.

—¿Por qué no vienes a verme? Hoy. Trae el manuscrito.

—Vale. —¿Por qué no? No tenía nada mejor que hacer.

Cuando entré en el despacho de Phyllis, lo primero que dijo fue:

—¿Dónde está Mannix?

—En Irlanda.

—¿Qué? ¿Otra vez?

—No. Todavía.

—Oooh. —Phyllis no estaba al corriente de esa información y yo no tenía ganas de contarle toda la historia—. ¿Qué está ocurriendo entre vosotros? —me preguntó.

—Nada… —Me encogí de hombros—. Cosas.

—¿Cosas? —Me miró fijamente a los ojos pero no di mi brazo a torcer.

—¿No querías ver mi nuevo libro? —Le tendí el manuscrito.

—Sí. Andan diciendo cosas por ahí que me están poniendo nerviosa.

Me alarmé al instante.

Phyllis leyó detenidamente las primeras nueve o diez páginas, luego empezó a pasar las hojas deprisa. Antes de llegar al final, dijo:

—No.

—¿Qué?

—Lo siento, cielo, no sirve. —Su tono afable fue lo que más me inquietó—. *Guiño a guiño* no ha funcionado. Les cuestas dinero. Debes escribir algo diferente. No comprarán esto.

—Es exactamente lo que Bryce me dijo que escribiera.

—Porque la situación era diferente entonces. Han pasado dieciocho meses y *Guiño a guiño* ha sido declarado un fiasco.

—¿Un fiasco? —Nadie me lo había dicho—. ¿Total?

—Total. ¿Creías que nadie te llamaba porque están a dieta y malhumorados? Nadie te llama porque les das pena. Blisset Renown no sacará una segunda edición de *Guiño a guiño*.

—¿No podemos esperar y ver qué opinan?

—Imposible. Nunca debes llevarles nada que sabes que rechazarán. En pocas palabras, Stella, no voy a representar este libro. Márchate y vuelve con otra cosa, y hazlo pronto.

¿Como qué? Yo no era escritora, no era una persona creativa. Simplemente había tenido suerte. Una vez. Lo que podía ofrecer era más de lo mismo.

—Eras rica, tenías éxito y estabas enamorada —dijo Phyllis—. ¿Y ahora? Tu carrera se ha ido a la mierda y no tengo ni idea qué pasa entre tú y ese hombre, pero se diría que la cosa no va nada bien. ¡Tienes ahí un montón de material! —Se encogió de hombros—. ¿Quieres más? Tu hijo adolescente te odia. Tu hija está malgastando su vida. Has entrado en los cuarenta. De aquí a dos días estarás menopáusica. No podría irte mejor.

Moví los labios pero de mi boca no salió una palabra.

—En otros tiempos fuiste sabia —prosiguió Phyllis—. Lo que escribiste en *Guiño a guiño* llegó a la gente. Vuelve a intentarlo con estos nuevos desafíos. Envíame el libro cuando esté terminado. —Estaba de pie y trataba de conducirme hacia la puerta—. Tienes que irte, debo ver a unos clientes.

Me aferré a mi silla con desesperación.

—Phyllis. —Estaba suplicando—. ¿Tú crees en mí?

—¿Quieres un chute de autoestima? Ve al psiquiatra.

Me arrojó a la calle nevada. Por la tarde me llamó.

—Tienes hasta el uno de marzo. Prometí a Bryce algo «novedoso y fascinante». No me falles.

Estaba destrozada. No sabía qué hacer. Era imposible que pudiera escribir un nuevo libro. Pero una cosa estaba clara: no podía contárselo a Mannix. Bastante tenía con lo suyo.

La idea de no tener ingresos a partir de entonces me creaba una sensación de estar al borde del abismo que me resultaba insoportable. Mannix y yo habíamos sabido desde el principio que dejar nuestros trabajos para mudarnos a Nueva York constituía un gran riesgo. Sin embargo, nunca habíamos contemplado de qué manera podrían torcerse las cosas y dónde nos dejaría eso financieramente. Basándome en lo que Bryce había dicho en nuestra primera reunión, yo había supuesto que tenía por delante una carrera de varios años, una carrera que nos garantizaría una seguridad económica indefinida.

Me tiré dos días paralizada de miedo y con la mirada perdida. Gilda se percató de que estaba rara pero le di largas. Me aterraba hablar de lo que había ocurrido. Si hablaba de ello, se volvería real.

Luego, en una de esas bromas que a Dios le gusta gastarnos, Mannix telefoneó para decirme que volvía a Nueva York al día siguiente.

—Roland ya no corre peligro y no hay nada más que yo pueda hacer por él.

—Bien —dije.

—¿No te alegras?

—Estoy encantada.

—No lo parece.

—Lo estoy, claro que lo estoy, Mannix. Sabes que lo estoy. Hasta mañana.

En un momento de desesperación, llamé a Gilda y le conté lo que Phyllis me había dicho, palabra por palabra.

—No te muevas de ahí. Voy para allá.

Llegó media hora después con las mejillas sonrosadas a causa del frío. Llevaba un gorro de pelo blanco, unas botas también de pelo blanco y un plumón del mismo color. Estaba cubierta de copos de nieve, incluso en las pestañas.

—Hace un frío que pela. ¡Hola, Jeffrey!

Jeffrey se acercó para abrazarla. La propia Esperanza asomó la cabeza por la puerta y dijo:

—Señora, parece una princesa de cuento de hadas.

—Me gusta eso, Esperanza. —Gilda sonrió y Esperanza se retiró—. ¿Dónde podemos hablar? —Se quitó varias capas de abrigo.

—Vamos a mi cuarto.

—Bien. Cierra la puerta. Stella, voy a proponerte algo. Si no te gusta, olvida que te lo he dicho y nunca más volveremos a mencionarlo.

—Habla… —Pero ya sabía lo que se disponía a decir.

—Colaboremos.

—Sigue.

—Fusionemos nuestros dos libros…

—Mmm.

—Y creemos una guía práctica de todas las enfermedades, tanto físicas como espirituales, dirigida a aquellas mujeres que desean tener una vida plena.

Qué gran idea.

—¡Sí!

—Tú y yo formamos un buen equipo, Stella. Siempre ha sido así. El destino nos ha unido.

—Podríamos titular el libro así: «Destino».

—¡Claro! ¿O qué te parecería «Tu mejor ser»?

—Tampoco tenemos que decidir el título ahora.

—Entonces ¿seguimos adelante? —preguntó—. ¿Esto está ocurriendo de verdad?

—¡Sí! —exclamé, eufórica y casi mareada de puro alivio.

—Solo una cosa: no quiero que Phyllis sea nuestra agente.

—Oh, Gilda. —La euforia se me pasó de golpe—. Firmé un contrato con ella cuando empezó todo esto. Estoy obligada a tenerla de agente.

—No si las autoras somos las dos. Tu nombre saldrá en la portada en grande y el mío en pequeño, por supuesto, pero legalmente puedes prescindir de ella.

—No sé…

—Oye, Phyllis fue la agente idónea para tu primer libro. Te dio a conocer y te consiguió el contrato. Pero ahora ya no la necesitas. ¿Qué sentido tendría pagarle un diez por ciento por no hacer nada?

—¿Y quién sería nuestro agente?

Me miró como si hubiera perdido el juicio.

—Mannix, por supuesto. ¿No es evidente?

En cierto modo lo era.

—Acuérdate del contrato tan bueno que te consiguió con aquella editorial irlandesa.

—¿Podemos hablar de esto con él? —pregunté.

—¡Claro! Llega mañana. Le damos veinticuatro horas para recuperarse del jet lag y lo abordamos. —A Gilda se le escapó una risita—. No podrá resistirse.

—La ha cagado. —Gilda estaba defendiendo con vehemencia sus razones para pasar de Phyllis—. Tendría que haberte conseguido el segundo contrato nada más firmar el primero, pero pensaba que si esperaba un poco sacaría más dinero. Pecó de avariciosa.

Mannix y yo cruzamos una mirada: al excluir a Phyllis, ¿no estábamos pecando también de avariciosos?

—Solo estáis siendo inteligentes —aseguró Gilda.

—No sé… —repuso Mannix—. Siento que le debo lealtad a Phyllis.

—Y yo —dije.

—No es una cuestión de lealtad —dijo Gilda—. Esto es un negocio. Ella seguirá siendo la agente de Stella para todo aquello que se publique bajo su nombre. Siempre y cuando obtengas su visto bueno, claro. Pero una cosa está clara, chicos: Phyllis se ha negado a defender el segundo libro de Stella y necesitáis el dinero.

Al final todo se reducía a eso: dinero.

Nos habíamos gastado casi todo el anticipo. No en bólidos y champán, sino en las exigencias diarias de una ciudad tan cara como Nueva York.

—Necesitáis dinero para vivir —dijo Gilda dirigiéndose a Mannix—. Y están las deudas de Roland.

La miré desconcertada: ¿Gilda sabía cuánto debía Roland? Porque yo no. A lo mejor solo estaba hablando en términos generales.

Tras un largo silencio, Mannix dijo:

—Si esta es nuestra mejor oportunidad de seguir obteniendo ingresos, acepto.

—¡Bien! El diez por ciento para ti. Stella y yo iremos al cincuenta.

—Vale.

Mannix sonaba tan cansado que dije:

—Pensaba que te había gustado la vez que me hiciste de agente.

—Y me gustó.

—¿Quién se lo dirá a Phyllis? —preguntó Gilda.

Después de un silencio, Mannix dijo:

—Yo.

—Hazlo ahora —propuso Gilda—. Dejemos zanjado este tema.

Mannix cogió obedientemente su móvil. Gilda se levantó.

—Buf —dijo casi con deleite—, prefiero no escuchar la conversación. Vamos a servirnos una copa de vino, Stella.

Mannix entró en la cocina minutos después. Le tendí una copa de vino.

—¿Y...? —pregunté.

Bebió un largo sorbo.

—¿Cómo se lo ha tomado? —preguntó Gilda.

—Como era de esperar.

—¿Tan mal? —dije—. ¡Vaya!

Mannix se encogió de hombros. No parecía que le importara.

Gilda y yo pasamos el siguiente mes fusionando los dos libros, adjudicando a cada capítulo las máximas adecuadas. Gilda había roto con Joss Wootten, así que llevamos el proyecto a un artista gráfico joven y entusiasta llamado Noah. Se trataba de un trabajo delicado y complejo, mucho más de lo que yo había imaginado, en el que debíamos cortar parte del texto de Gilda y calzar el mío. Teníamos que repetirlo varias veces hasta conseguir una combinación armoniosa, y pasábamos tantas horas mirando pantallas de ordenador que casi me quedé ciega.

Pero era importante hacerlo bien. Estaba muy asustada, muy, muy asustada, porque era mi última oportunidad.

Mannix había comunicado a Bryce Bonesman que él era ahora el agente de este nuevo libro; le prometió algo «novedoso y fascinante» y dijo que estaría listo a comienzos de marzo.

Un jueves por la noche, el penúltimo día de febrero, cerca de las nueve Gilda dijo:

—Creo que ya está. Es imposible que nos quede más bonito.

—¿Imprimo? —preguntó Noah.

Respiré hondo.

—Sí —dije—. Imprime.

Observamos las hojas lustrosas caer de la impresora y armamos dos ejemplares de nuestro precioso libro, uno para cada una.

Todavía no habíamos resuelto el delicado asunto del título. Gilda quería llamarlo «Tu mejor Ser», mientras que yo prefería «Justo aquí, justo ahora», de modo que propuse dejar la decisión final a Blisset Renown.

—¿Se lo enviamos a Bryce por correo? —pregunté—. Si lo descargamos tardará un siglo.

—¿Por qué no se lo entregas mañana en persona? —me propuso Gilda.

—¿Por qué no las dos?

—Tú eres la autora principal, deberías hacerlo tú.

—Como quieras.

Lo celebramos con un abrazo, dimos las gracias a Noah y nos fuimos.

Una vez en la calle pregunté a Gilda si tomaba el metro.

—No. Voy a ver a un amigo.

Intuí que era uno de sus interesantes tipos mayores y no quise entrometerme.

—Te pararé un taxi.

Gilda tenía la mano en alto y un taxi ya se había detenido.

En casa, Mannix farfulló comentarios entusiastas conforme pasaba las hojas, pero me daba cuenta de que le suponía un esfuerzo. Me tenía muy preocupada desde su regreso de Irlanda. Aunque solía decir en broma que era una persona con el vaso medio vacío, temía que estuviera sufriendo una depresión de verdad desencadenada por el shock que había supuesto el derrame cerebral de Roland. Había dejado de ir a nadar, raras veces sonreía y nunca parecía del todo presente.

—Todo irá bien, Mannix —le aseguré—. Ya verás como todo se arreglará.

Al día siguiente me personé en Blisset Renown y le di el libro a la ayudante de Bryce, quien me prometió que se lo entregaría en cuanto llegara.

Regresé al apartamento y poco después de las once el teléfono de Mannix empezó a sonar.

—Es Bryce —dijo.

—Ha debido de ver el libro —supuse.

Mannix cogió el teléfono y conectó el altavoz.

—Hola, Bryce.

—¿Mannix? ¡Felicidades! No podrías haber elegido mejor proyecto para lanzar tu carrera en Estados Unidos.

—Gracias.

—Necesito un brainstorming con Ventas, Marketing, Digital, el equipo al completo. Y necesitamos que vengáis para reunirnos lo antes posible. ¿Qué tal mañana por la mañana?

A la mañana siguiente, en Blisset Renown, Ruben nos recibió a Mannix y a mí cuando salíamos del ascensor y lo seguimos por el pasillo. Pensaba que nos conduciría a la sala de juntas, pero para mi sorpresa nos llevó al despacho de Bryce. Gilda y Bryce ya estaban dentro, sentados detrás de la mesa de Bryce y enfrascados en una conversación.

Una pila de páginas a color —el libro nuevo— estaba desparramada frente a ellos.

—Mannix, Stella, sentaos —dijo Bryce.

—¿Vamos a tener la reunión aquí? —pregunté—. ¿Solo nosotros cuatro? ¿Y los vicepresidentes?

—Sentaos —repitió Bryce, y sentí una punzada de ansiedad.

Acerqué una silla y me senté frente a Bryce. Mannix tomó asiento a mi lado y Gilda se quedó donde estaba.

—Bien —empezó Bryce—, debo deciros que el nuevo libro nos ha encantado.

El alivio me inundó.

—El problema, Stella —continuó Bryce—, es que la que no nos gustas eres tú.

Pensé que había oído mal. Lo miré esperando que terminara el chiste.

—Es así. —Su tono era de pesar—. No nos gustas.

Me volví hacia Mannix buscando alguna pista. Él estaba observando detenidamente a Bryce.

—No funcionas —me dijo Bryce—. Te hemos enviado a todos los rincones de Estados Unidos. Tres veces. Hemos invertido mucho dinero en ti. Ruben te consiguió un montón de artículos, y el libro, sencillamente, no se ha vendido. No todo lo que esperábamos.

Golpeteó las hojas del libro nuevo con los dedos.

—Pero esto… Esto sí podemos hacer que funcione.

Mannix habló:

—Las máximas de Stella forma parte de ese libro.

Bryce meneó contrito la cabeza.

—Se extraerán de inmediato y su nombre desaparecerá de los créditos. Stella no formará parte de este libro.

—Las máximas de Stella son lo que le dan sentido —insistió Mannix.

Otro meneo de cabeza contrito de Bryce.

—Gilda tiene un montón de máximas propias, todas ellas mejores que las de Stella. Empezaremos con Gilda desde cero. Posee buenas ideas, tiene una presencia que quita el hipo y todo el mundo la adorará.

—¿Y qué hay de las cosas que yo he escrito? —No pude evitar preguntar pese a conocer la respuesta.

—No me has entendido —dijo Bryce—. Lo sé, estás en estado de shock y la vuelta a una vida normal será dolorosa, de modo que voy a decírtelo alto y claro: no habrá un segundo libro para ti. Se acabó, Stella.

—¿Vais a publicar el libro de Gilda? —pregunté—. ¿Sin mí?

—Exacto. Llevamos tiempo observando a Gilda. Nos encanta su trabajo en tu blog y en Twitter.

Mannix intervino entonces:

—¿Cuánto ofrecéis por el libro de Gilda?

—Ahora hablas como un agente —celebró Bryce con admiración—. Eso era justamente lo que quería oír.

—Un momento —dijo Mannix—. Necesito hablar con Stella. No puedo…

—No necesitas hablar con Stella —le interrumpió Bryce—. Necesitas hablar con tu clienta, y esta es Gilda. Dialoguemos.

—¿Dialogar? —espeté.

—¿Sabéis qué? —Bryce me miró con lástima—. Vosotros

tres tenéis mucho de que hablar. ¿Por qué no os vais? Tomaos un tiempo para asimilar lo que acaba de ocurrir aquí. Y usted y yo, señor —se dirigió a Mannix—, hablaremos después.

Bryce se levantó.

—Marchaos. —Nos instó a abandonar el despacho sacudiendo la mano.

Mannix y yo nos miramos. No reconocía la expresión de sus ojos y no sabía qué hacer.

—Marchaos —repitió Bryce—. ¡Y no olvidéis que todo va bien!

No recordaba haber tomado el ascensor. De repente estaba en la calle con Mannix y Gilda.

—Entonces ¿no tengo un contrato? —pregunté.

—No —dijo Gilda.

—¿Y tú sí? ¿Cómo lo harás? —Me notaba la voz espesa—. ¿Quién será tu agente?

Encogió los hombros como si no pudiera dar crédito a mi estupidez.

—Mannix.

—¿Mannix? —Lo miré—. ¿En serio?

—Stella —dijo él—, nuestra situación económica es precaria, necesitamos el dinero…

—¿Y qué pasa conmigo? —pregunté.

—Puedes ser mi ayudante —me propuso Gilda—. Puedes ocuparte de mi cuenta de Twitter, mi Instagram, mi blog. Puedes venir de gira conmigo cuando Mannix no pueda.

—¿Mannix irá de gira contigo…?

—Stella, entiendo que esto sea una sorpresa para ti —dijo Gilda—, pero comportémonos como adultos. Trata de verlo como si todos nos hubiéramos intercambiado los papeles. Bueno, casi todos. —Miró tiernamente a Mannix—. Mannix puede seguir siendo Mannix. Pero tú eres yo. Y yo… —Ladeó la cabeza y esbozó una sonrisa de oreja a oreja—. Supongo que yo soy tú.

YO

Miércoles, 11 de junio

10.10

—¡Mi casa! —grita Ryan—. ¡Mi coche! ¡Mi negocio, mi dinero! ¡No tengo nada! ¿Por qué me dejaste hacerlo?

—Lo intenté. Jeffrey lo intentó. —Podría llorar de impotencia—. Pero te negabas a escuchar.

—No tengo dónde vivir. Deja que me instale aquí contigo.

—No.

—¿Sabes dónde dormí anoche? En un albergue para hombres sin techo. Fue horrible, Stella. Peor que horrible.

—¿Intentó alguien…?

—Nadie intentó darme por ahí, si es lo que estás preguntando. Simplemente… se rieron de mí. Fui tratado con desprecio por hombres que no tenían nada salvo barba y piojos.

No han pasado ni dos días desde la proeza kármica de Ryan y el interés del público ya se ha desvanecido. La gente solo quería ver si llevaría su lunático proyecto hasta el final y ahora que lo ha hecho, la máquina ya está buscando al siguiente friki. Nadie dice ahora que Ryan está creando Arte Espiritual. La gente solo piensa que es un completo idiota.

Peor aún, se diría que les produce un placer malsano demostrar que estaba equivocado: nadie le está dando nada.

Con creciente inquietud, recuerdo lo que Karen me dijo el otro día: que soy una buenaza y que si no voy con cuidado acabaré con Ryan metido en mi cama. Karen siempre acierta. Todo lo que ha pronosticado hasta el momento sobre este asunto del karma se ha cumplido.

¡Pero yo no quiero acabar con Ryan metido en mi cama! Hace un millón de años de lo nuestro. Casi no puedo ni acordarme, y no digamos considerar la posibilidad de reavivarlo.

—Por favor, Ryan, no quiero bajar cada mañana y encontrarte repantigado en calzoncillos sobre mi sofá. Es demasiado... estudiantil.

—Se supone que eres una buena persona —dijo—. Te ganas la vida con eso.

—Ahora mismo no me gano la vida. ¿Por qué no hablas con un abogado? —le propongo—. Tal vez puedas recuperar algunas de las cosas que regalaste. Di que en aquel momento no estabas en tus cabales. Porque no estaba en tus cabales.

—¿Sabes? —dijo en un tono calculador—. Esta era antes mi casa.

—Ni se te ocurra ir por ahí —espeté, súbitamente asustada—. Eso ya lo arreglamos. De forma muy justa. Tú aceptaste, yo acepté, todos aceptamos. ¡Nosotros aceptamos, Ryan!

—Puede que no estuviera en mis cabales entonces. Puede que estuviera trastornado por el dolor.

—¡Y puede que yo no estuviera en mis cabales el día que me casé contigo! —La cara me arde y me cuesta respirar.

Pero discutir con Ryan no me llevará a ningún lado.

—Lo siento —digo—. Estoy... —¿Qué estoy? ¿Estresada? ¿Asustada? ¿Triste? ¿Cansada?—. Hambrienta. Tengo hambre, Ryan. La verdad es que tengo hambre casi todo el tiempo y eso me tiene malhumorada. Es muy difícil convivir conmigo. Oye, ¿qué me dices de Clarissa? Seguro que se presta a ayudarte.

—Esa Clarissa... —Ryan sacude la cabeza—. Ha cambiado todas las claves y no puedo entrar en la oficina. Ha vaciado la cuenta bancaria de la empresa. Imagino que ha montado una empresa nueva. Es una mala persona.

No es lo que se dice una sorpresa, pero sí un golpe.

—Oye —pregunta—, ¿no podría dormir con Jeffrey?

—¡No! —grita Jeffrey desde su cuarto.

—No —digo.

—¿Qué voy a hacer, Stella? —Sus ojos de color castaño me miran implorantes—. No tengo adónde ir. No tengo quien me ayude. Por favor, deja que me quede.

—Está bien. —¿Qué otra cosa puedo hacer?—. Puedes dormir en mi despacho, pero solo un tiempo.

—¿Cuánto tiempo es un tiempo?

—Nueve días.

—¿Por qué nueve?

—Ocho, si lo prefieres.

—¿Dónde guardaré mis cosas?

—Tú no tienes cosas. Y escúchame bien, Ryan: necesito trabajar. —El pánico me asalta cuando me imagino tropezando cada mañana con mi ex marido tirado en un futón—. En cuanto yo entre en el despacho necesito que te levantes y te largues.

—¿Adónde quieres que vaya estos días?

—Al zoo —improviso—. Te compraremos un pase de temporada. Lo pasarás genial con los elefantes bebé. Seguro que te gusta.

3.07

Me despierto.

Fuera todavía es de noche, pero noto algo diferente.

Tardo un instante en comprender qué es: no estoy sola en mi cama. Se me ha metido un hombre; un hombre con una erección, y la está presionando contra mi espalda.

—¿Ryan? —susurro.

—Stella —susurra él a su vez—, ¿estás despierta?

—No.

—Stella. —Me acaricia el pelo y empuja su erección con más fuerza—. Estaba pensando…

—Tienes que estar de coña —sigo susurrando, pero de una manera un poco chillona—. Largo.

—Vamos, Stella…

—Largo. Largo de mi cama, de mi cuarto, de mi casa.

Nada ocurre por un momento, luego veo la sombra espectral de su cuerpo desnudo corretear hacia la puerta inclinada sobre su erección con gesto protector, como un cangrejo artrítico.

Por el amor de Dios, ¿cómo he terminado en la cama con Ryan? ¿Cómo ha conseguido mi vida doblarse sobre sí misma y depositarme donde empecé?

—Vayámonos de aquí. Hace frío. —Gilda me cogió del brazo—. Mannix, vete a casa. Te veremos luego.

Mannix titubeó.

—Vete —insistió Gilda—. En serio. Stella y yo tenemos que hablar. Haré que todo se arregle.

Suavemente, Gilda me condujo hasta el vestíbulo de Blisset Renown. Mannix seguía en la calle, indeciso.

El guardia de seguridad se mostró sorprendido al vernos regresar tan pronto después de haber entregado nuestros pases de visitante.

—No se preocupe —le dijo Gilda—, no necesitamos los pases. Enseguida nos vamos.

Vi a través de la puerta de cristal que Mannix se había ido.

—Va todo bien —me dijo Gilda en un tono tranquilizador—. Va todo bien.

La cabeza me daba vueltas. ¿Por qué seguía diciendo que todo iba bien cuando era evidente que no era así?

—Todo sigue como antes —continuó—, con la diferencia de que ahora yo soy la estrella.

Hablaba con tanto aplomo, con tanta seguridad en sí misma.

—¿Lo sucedido hoy con Bryce ha sido algo «espontáneo»? —pregunté—. ¿O lo tenías planeado?

Se sonrojó, luego se le escapó una risita.

—Me has pillado. Llevaba un tiempo planeándolo.

—¿Cuánto?

Se retorció con coquetería.

—No sé... un tiempo.

¿Cuánto tiempo era «un tiempo»?

Mi mente repasó todo lo sucedido hasta ese momento. Los acontecimientos de los últimos dieciocho meses empezaron a encajar como piezas de un rompecabezas y de pronto se me hizo la luz.

—¡Dios mío! —La cara me ardía—. ¿Aquella mañana que me encontré contigo en Dean & DeLuca no fue casualidad?

Sonrió como una niña traviesa.

—Vale, no lo fue. La noche anterior estuve prestando atención. Sabía que irías a la Academy Manhattan y pensé que existía una posibilidad de que me topara contigo en Dean & DeLuca. Pensé que podríamos ser... amigas.

—¿Amigas? —dije con un hilo de voz.

—¡No me mires así! Yo he sido tu amiga. Te he mantenido delgada. Te he vestido en tus giras. Hasta te he pasado el secador por el pelo.

—Pero...

—¿Es culpa mía que tu libro haya sido un fiasco y no quieran otro?

—No, pero...

—Tengo talento —continuó—. ¿Tienes idea de lo que duele que te devuelvan siempre lo que escribes? ¿Quieres que rechace esta oportunidad simplemente porque me la ha ofrecido la gente que no quiere publicarte?

—No...

—Todos tenemos que sobrevivir, ¿verdad?

Hablaba como si yo hubiera participado de buen grado en los extraños sucesos de ese día.

—Es solo trabajo —dijo.

—¿Qué me dices de tú y Mannix? ¿Qué está pasando?

Se puso más colorada aún.

—Vale, eso no es trabajo. Bueno, no es solo trabajo. Mannix y yo nos hemos acercado. Nuestra relación se ha estrechado en los últimos meses. Ahora tenemos una conexión que no existía antes.

—Pero tú me dijiste…

—Que no iría detrás de tu hombre, y lo decía en serio. Pero Mannix ya no es tu hombre. Mannix y tú ya no conectáis. A vosotros os unía el sexo, ¿y cuándo fue la última vez?

Enmudecí, horrorizada. Era cierto que Mannix y yo no habíamos tenido sexo desde antes del derrame cerebral de Roland, pero lo había achacado a mis largas jornadas de trabajo.

—Mannix es mi agente ahora, y supongo que también mi representante —declaró Gilda—. Hará las cosas que antes hacía para ti. Pasará todo su tiempo conmigo.

—Pensaba que solo te gustaban los hombres mayores.

—¿Bromeas? Me dan arcadas. Salía con ellos porque, en fin, me eran útiles. Pero yo deseo a Mannix.

—¿Y qué dice Mannix al respecto?

Gilda bajó la mirada.

—Sé que esto es doloroso para ti. —Levantó la vista y clavó sus ojos azules en mí—. Si le pides que me deje, te aseguro que no lo hará.

—¿Ha ocurrido algo entre vosotros?

—Sé que esto es difícil para ti, Stella. —Me dio unas palmaditas en el brazo—. Con el tiempo será más llevadero.

—¿Ha ocurrido algo?

—Stella, sé que esto es difícil para ti. Pero él quiere lo mismo que yo.

—¿Ruben?

—¿Stella? No tengo permitido hablar contigo.

—Necesito un favor… El número de Laszlo Jellico.

Titubeó.

—Me lo debes —dije.

—De acuerdo. —Lo recitó de un tirón—. Yo no te lo he dado, ¿entendido?

Sin perder un segundo llamé a Laszlo Jellico y, para mi sorpresa, contestó. Pensaba que me relegaría al buzón de voz.

—¿Señor Jellico? Soy Stella Sweeney. Nos conocimos en

casa de Bryce Bonesman. Me preguntaba si podría hablar con usted de Gilda Ashley.

Tras una larga pausa, dijo:

—Hay un café en la esquina de Park con la Sesenta y nueve. Estaré allí dentro de media hora.

—De acuerdo. Hasta luego.

Crucé el centro a pie y encontré el café de Laszlo Jellico. Llevaba sentada a la mesa cinco minutos cuando lo vi entrar. No me pareció tan grande y peludo como aquella noche en casa de Bryce. Me levanté y le hice señas.

—Soy Stella Sweeney —dije.

—La recuerdo. —Su voz no era tan estentórea como me había parecido la primera vez. Se sentó frente a mí—. ¿De modo que quiere hablar de Gilda Ashley?

—Gracias por aceptar reunirse conmigo. ¿Puedo preguntarle dónde la conoció?

—En una fiesta.

—¿Y qué pasó? ¿Conectaron? ¿Usted le pidió el teléfono?

—No, apenas cruzamos dos palabras. No obstante, al día siguiente, cuando me dirigía al parque con mis perros, me la encontré en la calle justo delante de mi casa. Toda una coincidencia, ¿eh?

—Sí.

—Me extrañó verla allí —continuó—, porque ella vivía en otro barrio. Pero venía de...

—Ver a un cliente —terminé por él.

Sonrió con sarcasmo.

—A usted le hizo lo mismo, ¿verdad? Apareció de repente en mi camino, y menuda cara de sorpresa puso. Si se queda sin trabajo, podría ganarse la vida como actriz.

—¿Qué ocurrió entonces?

—Me pareció encantadora y quedamos en que se ocuparía de mi dieta. Poco después me oyó quejarme de mi papeleo y me ofreció su ayuda. Enseguida se hizo... indispensable.

Me remonté a aquella mañana en Dean & DeLuca. Había agradecido tanto ver una cara amiga en esta ciudad grande y acelerada. La rapidez con que Gilda se había vuelto imprescindible para mí también era ciertamente asombrosa.

—Gilda y yo nos llevamos de maravilla hasta que un día me enseñó un manuscrito... —Laszlo agitó la mano en el aire—. No sé muy bien cómo describirlo, era como un gran listado de síntomas y soluciones simplistas para problemas de salud femeninos. Ella insistía en que era un libro, pero no lo era. Quería mi ayuda para conseguir que se lo editaran, pero el manuscrito no tenía el menor interés, no podía recomendarlo. Al poco tiempo de negarle mi ayuda me retiró su... amistad. No volví a pensar en ella hasta que empezó a pasearse por la ciudad con ese viejo fantasma, Joss Wootten. Joss hizo un intento deleznable de provocarme diciendo, si no recuerdo mal sus palabras, que estaba «tirándose» a mi chica, y mientras se pavoneaba de ello hizo alusión a la grandísima suerte que había tenido de encontrarse casualmente a Gilda en la sala de espera de su dentista, nada menos.

Sentí un fogonazo de miedo mezclado con algo parecido a admiración por Gilda.

—Aunque tarde, empecé a desconfiar. Hice algunas indagaciones y... —Laszlo se encogió de hombros—. Y nada. La universidad de Overgaard existe. Es una universidad online, pero no hay nada de malo en eso. Gilda consiguió su certificado. Sus títulos de nutricionista y entrenadora personal son auténticos. Y hoy voy y me entero de que mi viejo amigo Bryce Bonesman va a editar un libro escrito por ella, un... ¿Cómo lo he descrito?: «un listado de síntomas y soluciones simplistas para problemas de salud femeninos».

Asentí.

—Gilda tenía un objetivo —continuó Laszlo Jellico— y lo ha conseguido. Me utilizó, pero probablemente no fui el primero y dudo que sea el último. Por cierto —añadió—, he oído que su marido le hace de agente.

—No es mi marido.

—Ya. Y nunca lo será. No si Gilda lo quiere para ella.

—Gilda lo quiere para ella. —Creí que iba a desmayarme.

Laszlo Jellico meneó la cabeza.

—Entonces conseguirá que sea suyo. Lo siento, muchacha.

Mientras regresaba a casa el pánico se fue apoderando de mí conforme hacía frente al hecho de que había perdido a Mannix. Al miedo se sumaba la humillación cada vez que revivía la conversación en el despacho de Bryce. «No nos gustas, Stella. No habrá un segundo libro para ti, Stella.»

Había sufrido múltiples traiciones: de Bryce, de Gilda y, la peor de todas, de Mannix. ¿Por qué no se había levantado y había plantado el puño en la mesa y había declarado que no aceptaría un libro escrito solo por Gilda?

Para cuando llegué al apartamento estaba tan aturdida que pensé que la cabeza iba a estallarme.

Mannix se encontraba en la sala, delante de su ordenador. Se levantó de un salto.

—¿Dónde estabas? Te he llamado un millón de veces.

Falta de aliento, pregunté:

—¿Realmente eres el agente de Gilda?

—Sabes que sí.

—¿Y su representante?

—No lo sé. Supongo que sí. Si me paga por ello.

—¿Cómo has podido? —Su traición me dolía tanto que me costaba respirar—. Deberías estar de mi lado. ¿Sabías que hoy iba a montar esa escena con Bryce?

—Naturalmente que no. Estaba tan sorprendido como tú. Pero… Te lo ruego, Stella, mírame. —Intentó cogerme por los hombros pero me aparté de él—. Ninguno de los dos tenemos ingresos. Gilda es lo único que nos queda.

—No quiero que trabajes con ella.

—Stella —imploró—, no tenemos otra opción.

—¿Ha ocurrido algo entre tú y ella?

—No.

—Gilda me ha dicho que os habéis acercado.

Mannix hizo una pausa.

—Puede que nuestra relación sea un poco más estrecha que antes.

El miedo me heló la sangre. Eso bastaba para confirmar todas las dudas e interrogantes que Gilda había suscitado.

—Stella, solo intento ser sincero.

—Mannix. —Clavé la mirada en él—. Te suplico que te alejes de Gilda. No es lo que parece. He hablado con Laszlo Jellico. Dice que utiliza a la gente.

—Es normal que lo diga, ¿no te parece?

—¿Por qué?

—Porque Gilda lo dejó y él se quedó hecho polvo. Desde entonces se ha portado con ella como un cabrón.

—Eso no fue lo que ocurrió. Gilda le enseñó su libro y… Oye, ¿cómo sabes todo eso?

—Gilda me lo contó.

—¿Cuándo?

—No lo sé. —Lo meditó—. Fue por teléfono, supongo que cuando estaba en Irlanda.

—¿Qué? ¿Tenías encantadoras conversaciones en las que os contabais vuestras cosas?

—Haces que parezca…

—Dios.

Sentí que me faltaba el aire. Estaba acabada. La belleza de Gilda y su absoluta certeza de que podía conseguir lo que quisiera… No podía competir con eso.

—Mannix, Gilda me ha robado mi vida.

—No me ha robado a mí.

—Sí lo ha hecho, solo que aún no lo sabes.

Apretó los labios.

—Mannix —dije—, te conozco bien.

—¿Tú crees?

—Sí. La polla te domina.

Se echó para atrás. Su cara era de asco.

—¿Alguna vez has confiado en mí?

—No. E hice bien. Tú y yo somos demasiado diferentes. Lo nuestro fue un error desde el principio.

—¿Eso crees? —espetó, y comprendí que estaba muy, muy enfadado.

—Sí. —Bueno, también lo estaba yo.

—¿En serio?

—Sí.

—Entonces, lo mejor será que me vaya.

—Sí, será lo mejor.

—¿Hablas en serio? Porque si me pides que me vaya, me iré.

—Vete.

Me miró con expresión amarga.

—Nunca me dijiste que me querías, así que supongo que nunca me has querido.

—No encontré el momento adecuado.

—Y es evidente que este tampoco lo es, ¿no?

—No.

Entró en nuestro dormitorio y sacó una maleta pequeña del armario. Le observé mientras la llenaba con algunas cosas. Estaba esperando que se detuviera, pero entró en el cuarto de baño, salió con una cuchilla y un cepillo de dientes y los añadió a sus demás cosas.

—No olvides la medicación. —Abrí el cajón de su mesilla de noche, encontré un blíster de pastillas y lo arrojé sobre la maleta.

Mannix cerró la cremallera en silencio y salió al recibidor, donde se puso el abrigo. Abrió la puerta e incluso entonces pensé que se detendría, pero siguió adelante. Cerró con un portazo y desapareció.

Esa noche no volvió, y fue como vivir dentro de una pesadilla. La posibilidad de que estuviera con Gilda me atormentaba, pero me resistía a llamarlo. Yo siempre había tenido que trabajar duro para no ser aniquilada por la fuerza de su personalidad, y eso era más cierto ahora que nunca. Me aferré a mi orgullo como si de un escudo se tratara; mientras lo conservara, yo seguiría existiendo.

Me llamó hacia las seis de la mañana.

—Cielo. —Por la voz parecía hecho polvo—. ¿Puedo volver a casa?

Tuve que cavar muy hondo dentro de mí para encontrar la fuerza necesaria.

—¿Sigues siendo el agente de Gilda?

—Sí.

—Entonces no puedes.

Llamó de nuevo a las diez de la mañana y tuvimos una conversación casi idéntica. La escena se repitió varias veces a lo largo de los siguientes dos días. Ignoraba dónde estaba viviendo Mannix, pero no habría soportado descubrir que dormía en casa de Gilda, así que no se lo preguntaba. Podía obtener alguna pista de lo que estaba haciendo consultando nuestra cuenta bancaria —para ver si estaba retirando dinero o cargando facturas de hotel— pero me daba demasiado miedo mirar.

No le conté a nadie lo que estaba ocurriendo porque si nadie lo sabía, entonces no era real.

Pero Jeffrey empezó a percatarse.

—Mamá, ¿qué está pasando entre Mannix y tú?

La culpa me recorrió por dentro.

—¿Habéis roto? —preguntó.

Sus palabras me sobresaltaron.

—No lo sé. Tenemos algunas… desavenencias. Estará fuera unos días.

—¿Tiene que ver con Gilda? —preguntó.

Me quedé helada. ¿Cómo lo sabía? ¿Qué había visto?

—He notado que Gilda tampoco viene por aquí. —Me miró con preocupación—. Pero todo se arreglará, ¿verdad?

—Esperemos que sí.

Todavía confiaba en que, si aguardaba el tiempo suficiente, las cosas se arreglarían de manera espontánea. Pero las horas pasaban y yo deambulaba ojerosa por las habitaciones, incapaz de tomar una decisión.

No tenía a nadie con quien hablar. No podía llamar a Karen: diría que ya se veía venir desde un principio y que no debería sorprenderme. No podía llamar a Zoe: empezaría a llorar y a decirme que todos los hombres eran unos cabrones. Y no podía llamar a mi mejor amiga en Nueva York porque esa amiga era Gilda.

Me pregunté qué consejo le daría yo a alguien en mi situación. Me di cuenta de que seguramente le diría que peleara hasta el final por él.

Pero la única manera de pelear por Mannix era seguir mandando ultimátums.

Cuando llamó de nuevo volví a decirle lo mismo que las demás veces.

—Mannix, te lo ruego, deja de ser el agente de Gilda.

—No puedo no ser su agente. —Su tono era apremiante—. Se nos está acabando el dinero, Stella, y esta es la única oportunidad que tenemos.

—Mannix, no me estás entendiendo: si eres su agente, tú y yo no tendremos ninguna oportunidad. Para eso más vale que lo dejemos ahora mismo.

—Cuidado con lo que dices.

—Solo estoy siendo realista. —Estaba muerta de miedo—. Tienes que alejarte de ella.

—¿O?

—O tú y yo hemos terminado.

—Entiendo.

Colgó.

Me quedé contemplando el teléfono. Al rato advertí que Jeffrey estaba en la habitación. Me avergoncé de mí misma. Él no debería estar escuchando estas cosas. Era demasiado vulnerable; su corta vida había sufrido ya demasiados trastornos.

—Mamá. —Procuró que su voz sonara animada—. Salgamos a comer una pizza.

—Vale.

Fuimos a un restaurante italiano del barrio, donde los dos hicimos un esfuerzo por estar alegres, y cuando regresamos a casa me sentí algo más esperanzada.

Estábamos quitándonos los gorros y las bufandas delante del perchero del recibidor cuando algo llamó mi atención: las botas de Mannix no estaban. Acostumbraban a estar junto a la puerta, con los demás zapatos de invierno, y la huella aparecía marcada en la moqueta. Pero habían desaparecido.

Presa del pánico, corrí hasta el dormitorio y abrí el armario. El lado de Mannix estaba vacío.

—Dios mío. —Me costaba respirar.

Corrí por el apartamento con Jeffrey a la zaga. El ordenador de Mannix no estaba, tampoco su bolsa de deporte, ni sus cargadores. Cada nuevo descubrimiento era como un puñetazo en el estómago.

Abrí la caja fuerte con dedos temblorosos; su pasaporte no estaba allí. Busqué entre todos los documentos y papeles, pero seguía sin aparecer. Finalmente acepté la verdad: Mannix se había ido. Del todo.

Llamé a la puerta de Esperanza.

—¿Ha visto a Mannix? ¿Ha venido mientras Jeffrey y yo estábamos fuera?

Pero Esperanza era ciega y sorda cuando le convenía.

—No he visto a nadie, señora.

Me arrojé sobre la cama y me hice un ovillo.

—Se ha ido. —Las lágrimas empezaron a rodar por mi rostro—. No puedo creerlo.

—Tú misma le dijiste que se fuera, mamá —dijo Jeffrey.

—Porque no esperaba que lo hiciera.

Me encogí todavía más y chillé como una niña, luego reparé en el rostro asustado de Jeffrey. Me tragué enseguida el dolor.

—Estoy bien. —Mi voz parecía la de un animal intentando hablar. Tenía el rostro empapado de lágrimas—. Lo siento, Jeffrey. —Me senté—. No pretendía asustarte. Estoy bien, estoy bien, estoy bien.

Jeffrey estaba haciendo una llamada.

—Betsy, es mamá. No está bien.

Al día siguiente Jeffrey entró sigilosamente en mi cuarto.

—Cariño. —Me senté en la cama—. Siento mucho lo de ayer.

Betsy había venido con un Xanax que le había robado a Chad y me había obligado a tomarlo. Al rato me calmé y me quedé dormida.

—Mamá, ¿podemos volver a casa? —preguntó Jeffrey.

—¿A casa?

—A Irlanda.

—No, cariño. Estás estudiando. Debes terminar el curso.

—Detesto ese colegio. No soporto a los demás chicos. Solo saben hablar de dinero y de lo ricos que son sus padres. No quiero volver.

—¿Me estás hablando de… dejar los estudios?

—No, solo quiero saltarme lo que queda de curso y empezar de nuevo en septiembre en mi antiguo colegio.

Guardé silencio. Esto era una catástrofe. Todo se estaba desmoronando a mi alrededor.

—¿Te drogas? —le pregunté.

—No, simplemente odio el colegio. —Luego añadió—: Odio Nueva York.

—Creía que te encantaba.

—Al principio. Pero la gente de aquí no es como nosotros, es demasiado dura. Y Betsy no volverá a casa. Ya es mayor. Se ha ido para siempre.

—Lo siento mucho, Jeffrey. —El remordimiento me devoraba por dentro—. He sido una madre terrible para ti.

—No todo es culpa tuya, pero quiero volver a casa.

—¿Te gustaría vivir con tu padre?

—No, pero viviré con él si esa es mi única opción. Piénsalo, mamá. No tienes un contrato para tu libro y Mannix y tú habéis terminado. No tienes ninguna razón para seguir en Nueva York.

Consideré la cruda verdad de sus palabras.

—¿Cómo sabes que no tengo un contrato?

—Betsy me lo contó. Dijo que todo el mundo lo sabe. Entonces ¿podemos volver a casa?

—Está bien —dije—. Volveremos a casa.

—¿Los dos?

—Los dos.

—¿Lo dices en serio?

¿Lo decía en serio? Me estaba adentrando en un terreno peligroso. No podía jugar con Jeffrey. Si le decía que volvíamos a Irlanda, así habría de ser. Era como decidir subirme a un tren rápido sabiendo que no podría bajarme.

—Sí —contesté—, lo digo en serio. Pero no podremos instalarnos en nuestra casa nada más llegar. Tendremos que dar un mes a los inquilinos.

—No importa. Entretanto viviré con papá. Y tú puedes quedarte en casa de tía Karen.

Llamé a Mannix, que contestó al instante.

—Cariño.

—Puedes volver al apartamento.

—¿Qué estás diciendo? —Su voz sonaba esperanzada.

—Jeffrey y yo nos vamos de Nueva York. Volvemos a Irlanda.

—¿Os vais de Nueva York? —Se había quedado estupefacto—. ¿Cuándo?

—Dentro de dos días.

—Ya. —No podía ocultar su enfado—. Buena suerte, entonces.

—Gracias...

Mannix ya había colgado.

Dos días más tarde Jeffrey y yo aterrizábamos en Dublín: nuestro sueño neoyorquino había concluido. Durante las primeras semanas Jeffrey vivió con Ryan y yo me alojé en casa de Karen. En cuanto nuestra vieja casa quedó libre, nos mudamos a ella. Jeffrey se aficionó al yoga y yo reinicié mi idilio con los carbohidratos.

Vivíamos del dinero que Karen había pagado por mi parte del Honey Day Spa, pero tarde o temprano se acabaría y necesitaba encontrar trabajo. En algún momento, llevada por la desesperación, decidí intentar escribir otro libro.

No me permitía pensar en Mannix porque era la única manera de sobrevivir. No tenía intención de honrar o llorar nuestra relación, ni de hacer ninguna de esas cosas que Betsy me habría aconsejado. Lo que debía hacer era superarla. Cortar por lo sano, me decía una y otra vez. Debía embalar el tiempo que había pasado con Mannix y guardarlo bajo llave en un cajón de mi memoria para no abrirlo jamás.

Mi determinación solo flaqueaba cuando escuchaba su voz, lo que sucedía cada siete o diez días porque, para mi desconcierto, y estupefacción incluso, a Mannix le había dado por dejar mensajes en mi buzón de voz. Nunca hablábamos, simplemente me dejaba mensajes breves con voz angustiada. «Por favor, háblame.» «Estabas equivocada.» «No puedo dormir sin ti.» «Te echo de menos.»

Unas veces conseguía reunir la fortaleza necesaria para eliminar los mensajes sin escucharlos, otras los reproducía y tardaba días en recuperarme. La curiosidad me acompañaba siempre —un deseo terrible, desgarrador, de saber exactamente cómo les iba a él y a Gilda— y tenía que hacer grandes esfuerzos para permanecer alejada de Google.

El único vínculo con Mannix que no era capaz de romper era Roland. No iba a verlo, ni siquiera lo llamaba, pero me mantenía al tanto de su vida a través de su cuidadora, con quien mi madre había trabajado tiempo atrás. En una violación de la confianza vergonzosa pero muy irlandesa, la mujer informaba a mamá de que Roland estaba recuperándose bien y luego mamá me lo contaba a mí.

Jueves, 12 de junio

7.41

Me despierto. Estaba soñando con Mannix. Pero aunque tengo el rostro bañado en lágrimas, mi estado es extraño: reflexivo, casi como si estuviera empezando a aceptar todo lo que ha sucedido.

Por primera vez entiendo dónde fallamos: los cimientos de nuestra relación no eran sólidos. Entre nosotros no había la confianza suficiente; el hecho de que yo no le dijera que le quería era una señal de que siempre había esperado que lo nuestro terminara mal.

Después, encima de nuestros débiles cimientos, pasaron muchas cosas demasiado seguidas —el derrame cerebral de Roland, la preocupación crónica por el dinero, el fracaso de un sueño compartido—, y Mannix y yo no fuimos lo bastante fuertes para soportar los golpes.

Quizá algún día, en un futuro lejano, cuando tenga ochenta y nueve años, pueda mirar atrás y decir: «Cuando era "jovencilla" me enamoré de un hombre carismático y pasional. Pertenecía a una clase social más alta y cuando la relación terminó me sentí morir, pero todas las mujeres deberían experimentar esa clase de amor una vez en la vida. Pero solo una vez, ya que podrías no sobrevivir a un segundo asalto. Un poco como con el dengue».

Me incorporo. Por lo menos no está metido en mi cama, así que tengo mucho de lo que estar agradecida. Qué morro el suyo, pero qué morro.

Lo encuentro en la sala de estar poniéndose los zapatos. Levanta la vista con expresión contrita y grita:

—¡No digas una palabra!

—Ya lo creo que la diré —resoplo.

—Fue sin querer —se adelanta.

—¡Te metiste en mi cama!

—Porque estaba incómodo y me sentía solo.

—¡Estabas buscando sexo!

—Tu problema, Stella Sweeney, es que juzgas demasiado rápido a las personas. No me extraña que tus relaciones siempre fracasen.

Empalidezco. Ryan parece nervioso: sabe que se ha pasado. Pero sigue hurgando.

—¿He tocado una fibra sensible? —pregunta—. Solo digo la verdad. No hay más que ver cómo llegaste enseguida a la peor conclusión con respecto a Mannix y a esa Gilda.

Me encojo. El mero hecho de escuchar el nombre de Mannix es como un bofetón en la cara.

—Mannix era un buen tipo —dice Ryan.

—¿Ah, sí? —No doy crédito. Ryan nunca ha tenido una palabra amable que decir sobre Mannix—. Veo que has cambiado de opinión.

—Porque soy flexible. Porque doy a la gente una segunda oportunidad.

—¿Basándote en qué información has cambiado de opinión?

—En la misma información que tienes tú. Voy a salir a comprarme un teléfono —dice Ryan—. Para poder recuperar mi vida. Jeffrey no quiso darme dinero. Ya se ha ido, a yoga, dijo. Eso no está bien, Stella, no es normal, un chico tan joven…

—Toma. —Le tiendo cincuenta euros—. Cógelos. Lo que sea con tal de perderte de vista.

—Cuánto resentimiento, Stella. —Sacude la cabeza con tristeza—. Cuánto resentimiento.

Y se larga, dejándome sola con mis pensamientos.

Se equivoca en una cosa: no estoy resentida. No odio a Gilda. En cierto modo casi la entiendo; solo hizo lo que tenía que hacer. Vale, tampoco estoy impaciente por que su libro salga a la venta y tenga que verla en la tele y en las revistas, toda joven y guapa ella y con Mannix a su lado. Me gustaría poder pasar esa parte a cámara rápida y estar sana y salva en la otra orilla, pero no estoy resentida.

Un pensamiento se abre paso en mi mente: ¿me he precipitado a la hora de juzgar a Mannix? Él me juró que no sentía nada por Gilda, pero yo estaba tan histérica por el miedo que no había sido capaz de escucharle. Ni siquiera Gilda había dicho en ningún momento que hubiera algo entre ellos; simplemente había insinuado que lo habría si yo desaparecía del mapa.

Yo siempre había temido que Mannix me hiciera daño, y cuando parecía que finalmente estaba ocurriendo, enseguida creí que era cierto. Esperaba ser herida y humillada, y me había rendido en vez de luchar por nuestra relación.

No me gusta pensar de ese modo. Hace menos de una hora sentía que me estaba reconciliando con lo ocurrido y ahora se me ha vuelto a remover todo.

Las preguntas, sin embargo, no dejan de formularse a sí mismas: ¿y si me he equivocado con Mannix y Gilda?

Pero de nada sirve lamentarse. Tomé una decisión y no hay vuelta atrás.

Será mejor que me ponga a trabajar.

8.32

Miro la pantalla.

8.53

Sigo mirando la pantalla. Me dispongo a tomar una decisión. ¡Bien, ya la he tomado! Renuncio oficialmente a esto de escribir. No saldrá bien, no puede salir bien.

Volveré a trabajar de esteticista. Antes me gustaba, no se me daba mal y me ganaba la vida. Me reciclaré, aprenderé las técnicas nuevas… y ese número que suena es el de Karen.

—¿Adivina qué? —me dice con la voz alterada—. He visto en Facebook que la mujer que más sola se siente del planeta ha vuelto de Sudamérica.

—¿Quién? ¿Georgie Dawson?

—Ha regresado de sus viajes para repartir su esplendidez entre nosotros, los campesinos achaparrados.

—¡Qué bien! Oye, Karen, voy a dejar de hacer ver que estoy escribiendo un libro y voy a reciclarme como esteticista y a aprender todas las técnicas nuevas.

—¿Tan mal va el libro?

—Simplemente no va.

—Qué pena —dice—. ¿Se acabaron las entrevistas con Ned Mount?

—Sí.

—Bueno, estuvo bien mientras duró. Investigaré un poco para ver qué curso te conviene más.

—Gracias. Y yo telefonearé a Georgie.

Llamé a su viejo número de móvil y enseguida contestó.

—¡Stella!

—¡Hola! ¿Has vuelto?

—Sí, hace exactamente veinte minutos. De hace dos días. Dime, ¿qué está pasando con Ryan?

—Ah, Georgie, ¿por dónde empiezo?

—Tienes que venir a verme. Ven a cenar a mi casa esta noche. Vivo en Ballsbridge. Una amiga de una amiga tenía una casa de sobra, ya sabes cómo son estas cosas.

—No, no lo sé, pero no importa.

—Cariño, voy a dejar clara una cosa ahora mismo: sé que Mannix y tú habéis roto. Lo siento mucho. ¿Cómo estás?

—Estoy bien. —Trago saliva—. Bueno, bien, bien, no, pero algún día lo estaré.

—Por supuesto. Eso me recuerda cuando estaba viviendo en Salzburgo, a los veinte años, y tenía una historia tremendamente sexy con un hombre mucho mayor que yo, un conde. Un conde de verdad que vivía en un *Schloss* de verdad. Llevaba unas botas negras de cuero hasta la rodilla, ¡no es coña! Casado, por supuesto. Con hijos e incluso nietos. Lo adoraba, Stella, y cuando me dejó me arrojé desnuda sobre la nieve a esperar la muerte. Entonces llegó la *Bundespolizei* y uno de los agentes estaba como un tren y empezamos una aventura de lo más tórrida y el viejo conde apareció con una Luger… Oh, lo siento, Stella, ya estoy otra vez hablando de mí y solo de mí. Lo que estoy intentando decirte es que conocerás a otro hombre. Y volverás a amar. ¡Seguro! Te espero esta noche a las ocho y media. Te enviaré un mensaje con la dirección.

Cuelga. Georgie se equivoca: nunca amaré a otro hombre. Pero tengo amigas. Me bastará con ellas y… Un momento, llaman al timbre.

Para mi sorpresa, en mi puerta está el locutor de radio más célebre de Irlanda, Ned Mount.

—Hola, Ned… ¿Buscas a Ryan?

—No —dice sonriéndome con sus ojos sagaces e inteligentes—. Te busco a ti.

19.34

Karen viene a casa para ayudarme a arreglarme para ir a ver a Georgie.

—No es necesario —protesto.

—Ya lo creo que sí. Cuando vas a verla a ella estás representándonos a todos nosotros. Toma, ponte esta blusa y deja que te pase el cepillo para dejarte el pelo bien suave y brillante. He de reconocer que tienes buen aspecto, Stella. Has perdido algunos kilos.

—No sé cómo. No he seguido la dieta exenta de carbohidratos. Bueno, supongo que la he seguido entre atracón y atracón.

—Y por la angustia que te genera Ryan. Nunca dejaré de repetirlo: la angustia es la mejor amiga de las gordas. Con eso no estoy diciendo que estuvieras gorda, gorda, solo… bueno, ya me entiendes.

19.54

Llaman a la puerta.

—¿Quién es? —pregunta recelosa Karen.

—Seguramente Ryan, que ha vuelto del zoo.

—¿No le has dado una llave de la casa?

—No.

—Bien hecho.

Es Ryan, y percibo en él un nerviosismo contenido.

—No voy a quedarme —anuncia—. Hay grandes cambios en marcha. En primer lugar, he encontrado a una persona dispuesta a darme cobijo.

—¿Quién?

—Zoe.

—¿Mi amiga Zoe? —pregunto.

—Y mi amiga Zoe —puntualiza—. También es amiga mía. Las brujas de sus hijas estarán fuera todo el verano y Zoe tiene dos habitaciones libres.

—¿Y qué otros cambios hay en marcha?

—Parece que voy a recuperar mi casa. La organización benéfica se ha dado cuenta de que no es bueno para su imagen beneficiarse dejando a alguien sin casa. —Se le ve muy animado—. Haré algunas recolectas de fondos para ellos… ¡Nos hemos hecho colegas! Y es muy probable que Clarissa me devuelva la empresa. Le dije que iba a crear una compañía nueva llamada Ryan Sweeney Bathrooms que le arrebataría todos los clientes, y que le iría mejor trabajando conmigo que sin mí.

—¿Y se te han ocurrido a ti solo todas esas soluciones? —le pregunta Karen.

—Sí —afirma él—. En su mayor parte.

—¿Seguro?

—Bueno, puede que haya tenido la ayuda de un asesor, pero básicamente el mérito es mío.

20.36

La casa de la amiga de una amiga de Georgie está en una preciosa callecita que desemboca en la calle más cara de Irlanda. Hay que reconocer que Georgie tiene clase. No hay aparcamiento, no obstante. La calle está abarrotada de coches de lujo. Meto mi pequeño Toyota en un hueco y me niego a dejarme intimidar.

Georgie abre la puerta con brío. Lleva el pelo largo y suelto y está morena y con un aire yogui. Estoy feliz de verla y me digo que si la amistad con Georgie es el único legado de mi relación con Mannix mi suerte no ha sido tan mala.

—Estás fantástica —exclama echándose a mis brazos.

—Tú también.

—Qué va, cielo, parezco una pasa. Demasiado sol. Voy a hacerme un lifting de mandíbula. Debí hacérmelo en Lima, pero estaba demasiado enamorada. Un culturista de veintiséis años. La cosa acabó mal. —Los ojos le brillaron—. ¡Para él! Lloró mucho cuando me marché.

—Antes de que me olvide, Ned Mount está intentando ponerse en contacto contigo. Hoy vino a mi casa, porque sabe que somos amigas, y me dejó un número.

—¿En serio? Qué encanto. Nos conocimos en un avión hace unos días. ¡Y saltó más de una chispa! Le llamaré. Vamos a la cocina. Como puedes ver, la casa es minimalista pero muy acogedora.

En la cocina ya hay alguien sentado a la mesa, y por un momento me irrito. Luego, para mi gran conmoción, me doy cuenta de que esa persona es Mannix.

—Sorpresa —dice Georgie.

Mannix parece estupefacto. Tan estupefacto como yo.

Sus ojos saltan de Georgie a mí y de nuevo a Georgie.

—Georgie, ¿de qué va todo esto?

—Vosotros dos tenéis que hablar.

—No.

Me dirijo a la puerta. Tengo que largarme de aquí. Cortar por lo sano. Cortar por lo sano. La única manera de sobrevivir es cortando por lo sano.

Georgie se interpone en mi camino.

—Sí. Stella, Mannix no hizo nada malo. No hubo nada entre él y Gilda.

Me cuesta respirar.

—¿Cómo lo sabes?

—Después de Perú, antes de volver a Irlanda, pasé una semana en Nueva York y quedé con Gilda. Le hablé con dureza. Creo que la asusté bastante. Es cierto que Mannix le gustaba. —Georgie se encogió de hombros—. Difícil de entender, lo sé. ¡Es broma!

Por el cariño que le tengo esbozo una sonrisa desganada.

—Ven a sentarte, cariño. —Georgie me engatusa hasta tenerme sentada a la mesa, frente a Mannix. Me pone delante una copa de vino—. No tengas tanto miedo.

Inclino la cabeza. No puedo mirar a Mannix a los ojos, es demasiado intenso.

—Gilda jugó contigo, tesoro. Quería que pensaras que ella y Mannix estaban liados. Pero no lo estaban. ¿Lo estabais, Mannix?

Mannix se aclaró la garganta.

—No.

—Nunca.

—Nunca.

Levanto tímidamente la cabeza y clavo la mirada en Mannix. Una energía intensa arde entre nosotros.

—Nunca —repite con sus ojos grises fijos en mí.

—Ahí lo tienes. —Georgie sonríe—. Es preciso que los dos entendáis lo que ha pasado. Vivíais una situación muy complicada. Existía la posibilidad de que Roland muriera y Mannix estaba destrozado. Cuando me lo contó, me eché a llorar. Estábamos muy preocupados, aunque ya sabes, Mannix, que siempre he pensado que estás demasiado apegado a Roland. Pero no eres mi marido, así que no es mi problema. —Sonríe de nuevo—. Se os estaba acabando el dinero, algo que os preocupa demasiado a los dos. Tendríais que ser un poco más como yo, que nunca me agobio y siempre salgo del paso.

Mannix le echa una mirada y Georgie ríe.

—Stella —continúa tras recuperar la seriedad—, Mannix pensaba que estaba haciendo lo mejor para ti cuando aceptó ser el agente de Gilda. Estaba aterrado, quería solucionar tu situación económica y no se le ocurría otra manera. Pero tú enseguida pensaste lo peor, y, para serte franca, no creo que tengas tan mala opinión de Mannix, creo que simplemente estabas asustada. Tienes ese amor propio tan típico de la clase obrera —rumia—. Crees que Mannix es demasiado arrogante y él cree que tú eres demasiado orgullosa. Tenéis un problema de comunicación… —Su voz se va apagando. Luego se repone y dice animadamente—: Pero lo solucionaréis. Bien, me voy. La casa es toda vuestra.

—¿Te vas?

—Solo por esta noche.

Se echa el bolso a su hombro elegantemente huesudo, un bolso precioso, no puedo por menos que observar. Debería decirle que me gusta, seguramente me lo regalaría. Eh, un momento, está hablando otra vez. Más consejos.

—Una última cosa: el libro de Gilda saldrá en algún momento. Puede que sea un éxito o puede que no, pero debéis desearle lo mejor. Os propongo un ritual fantástico: escribidle una carta y soltadlo todo. Todos vuestros celos y rencores, ¡todo! Luego quemáis la hoja y pedís al universo, o a Dios o a Buda o a quien queráis, que se lleve los malos sentimientos y deje los buenos. Podríais hacerlo juntos. Sería una forma maravillosa de limpiar y reconectar. Bien, me largo.

La puerta se cierra y Mannix y yo nos quedamos solos en la casa.

Nos miramos con recelo.

Tras un silencio, él dice:

—Georgie hizo ese ritual cuando estábamos casados y prendió fuego a las cortinas del dormitorio.

Se me escapa una risa nerviosa.

—Yo no soy de rituales.

—Yo tampoco.

—Lo sé.

Nos miramos, sobresaltados por el fogonazo de la familiaridad. Mi humor se ensombrece.

—¿Qué es de tu vida? —pregunto—. ¿Todavía eres el agente de Gilda?

Pone cara de sorpresa.

—No… ¿Es que no lo sabes? Te llamé, te dejé mensajes.

—Lo siento. —Carraspeé—. No los escuchaba. No podía…

—Dejé de ser su agente el día que me dijiste que te ibas de Nueva York. Ya no tenía sentido. Solo lo estaba haciendo por ti.

—¿En serio? ¿Y cómo está Gilda?

—No tengo ni idea.

—¿De verdad? —Lo miro fijamente a los ojos—. ¿No sientes curiosidad? ¿No te la encuentras por Nueva York?

—No vivo en Nueva York.

Estoy atónita.

—¿Dónde vives?

—Aquí, en Dublín. He vuelto a abrir mi consulta. Tardará en arrancar pero… me gusta ser médico.

De repente caigo en la cuenta de algo.

—Un amigo misterioso ha estado ayudando hoy a Ryan. ¿Eres tú?

—Sí.

—¿Por qué?

—Porque quiero ayudarte.

—¿Y por qué quieres ayudarme?

—Porque lo eres todo para mí.

Eso me cierra la boca.

Mannix alarga el brazo y me coge la mano.

—Nunca hubo nadie más. Siempre fuiste la única.

Los ojos se me llenan de lágrimas al notar el contacto de su piel. Pensaba que nunca volvería a sostener esa mano.

—No puedo dormir sin ti —dice—. Nunca duermo. Vuelve, por favor.

—Es demasiado tarde para nosotros —digo—. Ya lo he aceptado.

—Yo no. Te quiero.

—Yo te quería. Siento no habértelo dicho en su momento. Ahora será mejor que me vaya. —Me pongo en pie.

—No. —Se levanta atemorizado—. Por favor, no te vayas.

—Gracias, Mannix. Tuvimos una relación excitante y maravillosa. Nunca la olvidaré y siempre me alegraré de que ocurriera. —Le doy un beso fugaz en los labios, salgo de la casa y pongo rumbo al coche.

Me siento frente al volante y me pregunto cuál es el mejor camino hasta Ferrytown desde aquí. Luego pienso: ¿me he vuelto completamente loca? Mannix está ahí dentro; Mannix, quien dice que sigue queriéndome; Mannix, que no me engañó; Mannix, que quiere que volvamos a intentarlo.

Apago el motor, salgo del coche y regreso a la casa. Mannix abre la puerta. Parece hecho polvo.

—Perdona —digo con un gesto de impotencia—. No podía pensar con claridad. Ahora sí. Te quiero.

Me atrae hacia él.

—Y yo a ti.

Un año después

Acuno al bebé en mis brazos y contemplo su carita.

—Tiene mis ojos.

—Tiene mis ojos —dice Ryan.

—Chicos —interrumpe Betsy—, solo tiene cuatro semanas. Es demasiado pronto para tener los ojos de nadie. Además, es igualita a Chad.

Kilda suelta una especie de maullido, luego otro. Todo indica que se dispone a berrear.

—Betsy —digo, nerviosa.

—Yo la cogeré —se ofrece Chad. Sostiene el pequeño fardo contra su pecho y Kilda se calma enseguida.

Papá observa la escena con sumo interés.

—Tienes mano con ella, hijo —dice en un tono un tanto escéptico—. Teníamos nuestras dudas contigo. No estábamos seguros de que fueses un buen padre, pero te felicito.

—Sí —le secunda mamá.

—Gracias —dice Chad.

—De nada. ¡Bien! —Papá sonríe a todos los congregados en el salón de la casa de la playa—. Esta es una *entrée* al mundo digna de mi primera bisnieta. *Entrée* es una palabra francesa… Un momento. —Se da un golpe en el pecho y suelta un poderoso eructo—. Esta cosa espumosa me produce gases. ¿Tienes Smithwicks?

—Jeffrey —le pido—, tráele al abuelo una cerveza de clase obrera. Hay algunas botellas en la cocina.

Jeffrey se levanta obedientemente y mamá dice:

—Ya que estás, ¿puedes traerme una taza de té?

—Sí. ¿Alguien más quiere algo?

—¿Puedo comer un trozo de tarta? —pregunta Roland.

—¡Noooooo! —entona un coro de voces.

—Contente, cielo —le dice mamá—. Con lo que te ha costado perder todos esos kilos, ¿no querrás empezar a recuperarlos ahora?

—Tienes razón. —Alicaído, Roland frota la punta de su zapatilla de deporte rosa y naranja contra la alfombra.

—¿Y si te traigo agua de coco? —le pregunta Jeffrey.

—¡Vale! —Roland recupera al instante la alegría.

—Podrías contarnos una historia —propone mamá—. Háblanos de cuando conociste a Michelle Obama. Seguro que a Chad, siendo americano, le gusta.

—Nosotros deberíamos ir tirando —dice Ryan a Zoe con una mirada elocuente.

—Sí. —A Zoe se le escapa una risita—. Deberíamos.

Cabalgando. Todo el día cabalgando. El año pasado, cuando Ryan se mudó a casa de Zoe, entre ellos prendió algo fuerte. Y después de que Ryan recuperara la casa y la empresa, siguieron juntos.

Karen está en la puerta, contemplando las olas.

—¿No te hartas? —me pregunta—. De tanta… agua.

Me río.

—Me encanta.

—Yo no podría vivir aquí —dice—. No sé cómo lo aguantas. Yo no estoy hecha para el campo, ¿verdad, Enda?

—Tú eres urbanita. —Enda se la mira embelesado—. Eres mi urbanita.

—Por Dios, Enda. —Karen le clava una mirada mordaz—. No sé qué estás bebiendo, pero afloja.

Clark y Mathilde aparecen corriendo por el pasillo y entran en el salón.

—¡Eh! —grita Clark—. ¿Qué es esa cama columpio tan rara que hay en el cuarto del fondo?

Me suben ligeramente los colores.

—Solo eso, una cama.

—¿Tú y tío Mannix dormís en ella?

—No. —Lanzo una mirada a Mannix.

—No. —Mannix carraspea.

Estamos diciendo la verdad. Lo que menos hacemos en ella es dormir.

Karen nos observa detenidamente y pone los ojos en blanco.

—Nosotros también deberíamos ir tirando. Pero antes, Stella… —Se me acerca y, moviendo apenas los labios, dice—: Tenemos que hablar.

Me lleva a un rincón.

—No sabía si decírtelo o no, pero hoy ha salido algo en los periódicos británicos. Sobre…

—Gilda y su libro —termino por ella.

—¿Lo sabías? ¿Lo has visto? ¿Estás bien?

—Bueno…

Durante el último año Mannix y yo habíamos hablado muchas veces de cómo nos sentiríamos cuando saliera el libro de Gilda.

—Si sentimos rencor —había concluido yo—, será como sostener una brasa candente en las manos. El daño nos lo haremos a nosotros.

Hoy, cuando finalmente ocurrió, contemplé la foto del rostro bonito y sonriente de Gilda y leí la crítica positiva de su libro mientras las manos me temblaban y el corazón me latía deprisa. Le enseñé la página a Mannix y dije:

—¿Podemos desear que le vaya bien?

—¿Es lo que sientes? —me preguntó.

—Es lo quiero sentir —dije.

—Muy encomiable. —Mannix soltó una risa queda—. Pero recuerda que ella realmente, realmente, realmente no importa.

Los últimos invitados se marchan en torno a las siete. Los vemos alejarse con el coche por el camino que cruza las dunas y desaparecer tras la colina, y Mannix y yo nos quedamos solos.

—¿Dónde está Shep? —pregunta.

—La última vez que lo vi estaba corriendo por el campo.

—Demos un paseo.

Mannix silba y Shep desciende por la ladera trotando y agitando su negra cola como si fuera un penacho.

Estamos los tres solos en la playa. El sol del atardecer proyecta una luz dorada y las olas depositan un palo en la arena, justo a mis pies. Shep ladra y salta alborotado.

—¡Un regalo de los dioses! —digo—. Se lo arrojaré a Shep. Alejaos un poco los dos.

Mannix y Shep avanzan unos metros. Lanzo el palo y golpeo a Mannix sin querer.

—¡Ay! —grita.

Me doblo en dos, desternillada.

—Ha sido la brisa, échale la culpa a la brisa.

—Te perdono.

Mannix regresa y me atrae hacia sí, y Shep hunde el hocico entre los dos.

Esta es mi vida ahora.

Agradecimientos

Gracias a Louise Moore, la mejor editora del mundo, por su fe inquebrantable en mí y en este libro. Gracias a Celine Kelly por revisarlo con tanto brío y visión. Gracias a Clare Parkinson por la meticulosa y concienzuda corrección de estilo. Gracias a Anna Derkacz, Maxine Hitchcock, Tim Broughton, Nick Lowndes, Lee Motley, Liz Smith, Joe Yule, Katie Sheldrake y todo el equipo de Michael Joseph. Me siento muy afortunada de trabajar con personas tan magníficas.

Gracias a mi legendario agente, Jonathan Lloyd, y a toda la gente de Curtis Brown por creer en mis libros y cuidar tan bien de ellos.

Gracias a los amigos que leyeron la novela conforme la escribía y me aconsejaron y animaron: Bernice Barrington, Caron Freeborn, Ella Griffin, Gwen Hollingsworth, Cathy Kelly, Caitriona Keyes, mamá Keyes, Rita-Anne Keyes, Mags McLoughlin, Ken Murphy, Hilly Reynolds, Anne Marie Scanlon y Rebecca Turner.

Gracias en especial a Kate Beaufoy, que me acompañó en todo el proceso, y a Shirley Baines y Jenny Boland, que con su entusiasmo arrollador me hacían saber que estaba en el buen camino.

Gracias a Paul Rolles, quien realizó una generosa donación a Action Against Hunger para que uno de los personajes llevara su nombre.

A fin de comprender el síndrome de Guillain-Barré leí *Bed Number Ten* («Cama número diez») de Sue Baier y Mary Zimmeth Schomaker, *The Darkness Is Not Dark* («La oscuridad no es oscura») de Regina R. Roth y *No Laughing Matter* («No es motivo de risa») de Joseph Heller y Speed Vogel.

Gracias a las maravillosas Elena y Mihaela Manta de Pretty Nails, Pretty Face, que me inspiraron para escribir sobre un salón de belleza, si bien debo dejar del todo claro que Pretty Nails, Pretty Face no se parece en nada a Honey Day Spa.

Por último, gracias a mi querido marido y mejor amigo, Tony, por todo su aliento, ayuda y apoyo y por creer en mí; no existen palabras para expresar debidamente mi gratitud.